Gelebte Liebe

Höre auf dein Herz und entscheide mit Verstand

Eine Liebesgeschichte von Lorenz Filius

Impressum
Filius, Lorenz: Gelebte Liebe
© Lorenz Filius, 2007, 2008, 2009, 2013, 2021
Herstellung und Verlag: BoD - Books on Demand, Norderstedt
ISBN: 978-3-7534-1742-4

Bibliografische Information der Deutschen Nationalbibliothek
Die Deutsche Nationalbibliothek verzeichnet diese Publikation in der
Deutschen Nationalbibliografie; detaillierte bibliografische Daten sind im
Internet über http://dnb.d-nb.de abrufbar.

Der Autor:

Lorenz Filius, geb. 1965, wuchs in der Eifel auf und studierte Erziehungswissenschaften, Psychologie und Philosophie. Nach seinem Studium arbeitete er als Dozent in der Erwachsenenbildung. Seit 1997 lebte er aus beruflichen Gründen jeweils mehrere Jahre in Stockholm, Brüssel, Oslo und Rom. Zurzeit wohnt er in Mecklenburg-Vorpommern an der Ostsee.

... Ich ließ meine Blicke über die Wellen schweifen und genoss den Augenblick. Und doch, trotz des romantischen Moments, war da noch etwas in mir, was mich eigentümlich emotional bewegte, ein Gefühl, das mich bereits in früheren Zeiten hier und da überfiel, jedoch im Trubel des allgemeinen Alltags schnell wieder verflog: ein Gefühl der Sehnsucht, gepaart mit der Befürchtung, dass diese nie gestillt werden könnte ...

* * *

... Eine schwedische Nachbarin sagte mir damals, dass das, was ich als Sehnsucht empfinde, ein typisches skandinavisches Symptom sei, welches alle befalle, die einmal einen skandinavischen Sommer erlebt haben. „Es ist wie ein Virus; wer einmal in Schweden war, den zieht es immer wieder hierher" ...

Inhaltsverzeichnis

Meine Vorgeschichte

„Kinder, Florian, Katharina, kommt herein und zieht euch um. Johanna und Åke warten bestimmt schon. Wo steckt ihr denn?"

Victoria stand auf der Terrasse vor dem riesigen Garten hinter unserem kleinen Häuschen in Danderyd, einem nördlich von Stockholm gelegenen Vorort. Ich hatte mir gerade einen Sommeranzug angezogen und ging hinaus zu meiner Frau auf die Veranda, um ihr zu helfen, die Kinder zu suchen. Es war ein schöner Sommertag, und die Temperaturen waren prima für einen Kaffeenachmittag im Freien geeignet. Zu einem solchen hatten uns nämlich unsere Nachbarn an diesem Sonntag Ende Juni 2007 eingeladen.

„Haben sie sich wieder versteckt?", fragte ich Victoria und rief noch einmal selber nach ihnen. Da waren sie, hinter den Brombeerbüschen spielten sie Versteck. „Kommt, in Åkes Garten könnt ihr bestimmt wieder auf dem Trampolin springen."

„Au ja!", riefen sie, und schnell waren sie im Haus in ihren Zimmern im Untergeschoss verschwunden, um sich umzuziehen. „Man muss nur wissen, wie man sie packen kann", erklärte ich meiner Frau scherzhaft. Ich umarmte sie von hinten und strich ihr dabei über ihren Bauch. „Fühlst du dich wohl, Vicky?"

„Ja, sehr."

Wir genossen ein wenig die Mittsommersonne, während die Zwillinge sich fertigmachten.

„Noch ca. vier Monate, dann sind wir zu fünft", meinte Victoria leise und führte meine Hand über ihre Bauchdecke.

„Ich kann es fühlen, es bewegt sich schon. Und du bist sicher, dass es ein Mädchen wird?"

„Ziemlich sicher, die letzte Vorsorgeuntersuchung war jedenfalls dahingehend recht eindeutig", bestätigte Victoria, „und du, bist du soweit?"

„Ja, Liebste, von mir aus können wir los."

Da kamen auch schon Florian und Katharina die Treppe hoch gestürmt: „Fertig!", kam es wie aus einem Munde.

„Na dann kommt, gehen wir rüber", forderte ich meine Familienbande auf. Wir liefen über die Straße zum Gartentor des Hauses, welches uns direkt gegenüberlag. Es war das Haus des Rentnerehepaares Johanna und Åke, die wir hier im letzten Jahr kennen gelernt hatten.

„Hallo alle zusammen", begrüßte uns Johanna am Eingang, „kommt doch rein. Florian und Katharina, schaut, Åke hat das Trampolin für euch aufgebaut, habt ihr Lust?"

„Ja!", schrien die Kinder - und weg waren sie.

„Wir freuen uns, dass ihr vier uns heute hier besucht. Einen so herrlichen Sommertag muss man doch einfach mit lieben Menschen verbringen", meinte Johanna, „komm Victoria, setze dich doch hier her."

Johanna bot meiner schwangeren Frau einen besonders bequemen Liegestuhl an. Ich ließ mich direkt daneben auf der Gartenbank nieder. Unsere Gastgeber hatten eine gemütliche Kaffeetafel unter einem ihrer großen Apfelbäume an einem schattigen Plätzchen aufgebaut. Es duftete nach frischem Kaffee und Kuchen. Johanna hatte selbstgebackenen Apfelkuchen und frische Sahnetorte aufgetischt. Dann kam Åke daher.

„Hallo zusammen", hieß er uns willkommen, „ich habe schon gesehen, dass die Zwillinge ja mächtig Spaß haben. Victoria, wie geht es dir?" Sie wollte sich zum Gruß erheben, aber Åke, ganz Gentleman, drückte sie sanft zurück und meinte: „Bleib sitzen, soweit kommt es noch, dass du dich jetzt in deinem Zustand unnötig erhebst, um den Gruß eines alten Mannes zu erwidern", und er lachte selbst über seinen eigenen Scherz.

„Mir geht es den Umständen entsprechend gut", äußerte sie zufrieden auf ihren Bauch schauend.

„Nun nehmt doch alle mal Platz", sagte Johanna, „dann schenke ich euch schon einmal Kaffee ein - oder möchte die kleine Vicky", wie sie Victoria immer liebevoll nannte, „lieber Tee?"

„Tee, wenn es keine Umstände macht", fragte Victoria schüchtern an.

„Natürlich nicht, Tee kommt sofort." Johanna verschwand in ihrer Küche und kam wenig später mit einer Kanne Tee zurück. Während dessen machte es sich Åke in einem Gartenlehnstuhl gemütlich.

„So einen Lehnstuhl hatte mein Vater früher auch", bemerkte Victoria und schaute verträumt auf Åke, wie er da lässig hin und her schaukelte. Als alle saßen, blickte Johanna in die Runde und begann den Kuchen aufzugeben.

„Nun, dann wünsche ich einen guten Appetit, lasst es euch schmecken."

Es war ein entspannter Nachmittag, und die Kinder bekamen an einem extra Tischchen ihre Portionen aufgegeben. Als wir gesättigt waren und Johanna den Tisch abgeräumt hatte, kredenzte sie uns noch eine Flasche erfrischenden Apfelcidre. „Wann ist es denn soweit, Vicky?", fragte sie Victoria und zwinkerte gewitzt mit ihren lustigen Augen.

„Im Oktober - und wenn es ein Mädchen wird, dann wollen wir es Johanna nennen."

„Das ehrt mich aber", griente Johanna und errötete. Ich nahm Victorias Hand und lächelte sie an. „Und du, Peter", fuhr unsere Nachbarin fort, „fühlst du dich jetzt hier wohl, nachdem du die Festanstellung bei der IT-Firma auf Lidingö hast?"

„Ich kann nicht klagen", antwortete ich, „es macht mir richtig Spaß, die Leute in Deutsch zu unterrichten."

„Wollt ihr denn in Schweden bleiben?", erkundigte sich Åke.

„Ja", erwiderte Victoria, „nach dem einen Jahr Babypause habe ich nämlich hier die Möglichkeit, zumindest eine halbe Stelle als Musiklehrerin an der Stockholmer Musikschule zu bekommen. Das reicht mir schon. Ich brauche kein turbulenteres Leben mehr, und ich möchte das Baby nicht schon frühzeitig ganztägig in einen Hort geben müssen."

„Recht hast du", pflichtete ihr Åke bei.

„Peter, willst du uns nicht noch einmal erzählen, wie das alles eigentlich mit euch zweien begann", wollte Johanna wissen.

„Ich weiß nicht", dabei schaute ich meine Frau an.

„Erzähl es doch, Peter", nickte diese mir zu und lächelte zu Johanna hinüber.

„Ja, nur zu", bestärkte Åke ihren Wunsch, „wir würden gerne mal die ganze Geschichte hören."

„Na gut", gab ich mich geschlagen, Johanna schenkte mir noch einmal Apfelcidre nach, und ich lehnte mich Gedanken versunken zurück: „Also, das war so …"

Die Geschichte, von der ich nun berichte, erzähle ich so, wie sie aus meiner Erinnerung heraus zu Tage tritt. Dinge, die sich zeitgleich abgespielt haben, sind mir von Dritten zugetragen, und ich beschreibe sie hier, wie mir berichtet wurde. Es ist die Geschichte meines Lebens - und gleichzeitig auch die meiner großen Liebe, die ich, wenn auch sehr spät, nach einigen Wirren fand. Ich preise Gott dafür, dass es sich so zugetragen hat, denn in diesem Falle zählt das Ziel und nicht der Weg. Eigentlich sind es zu Beginn zwei Geschichten, die es zu erzählen gibt, die meine und die meiner Frau, genauer gesagt, meiner zweiten Frau, mit der ich zusammen ein neues Leben begann. Bis zu einem bestimmten Punkt hätte unser beider Dasein nicht verschiedener verlaufen können, zu einer Zeit, in der wir zwei nichts voneinander wussten. Es war eine Periode, in der sich unsere Einzelschicksale in komplett unterschiedlichen Welten abspielten. Nicht nur regional - Victoria, so heißt meine Frau, wuchs in Aberdeen auf und ich in einem verträumten Eifelort - sondern auch sozial, Ausbildung, Beruf und Beziehungen betreffend, verlief der erste Teil unseres Lebens grundverschieden; vielleicht in einem Punkt nicht ganz so verschieden, denn eine Gemeinsamkeit hatten wir immer beide schon: Die Sehnsucht; die Sehnsucht nach etwas ganz Bestimmtem und doch nicht Fassbarem, was essentiell zur Erfüllung eines Lebens gehört, und was wir beide in unseren Vorgeschichten offensichtlich nie erreicht hatten. Ich spreche hier nicht von der Sehnsucht nach Anerkennung, Erfolg oder auch sogenannter Liebe, sondern von einer Sehnsucht nach tiefer Zuneigung und innigster Zusammengehörigkeit zweier Menschen, die sich freilich nur selten findet in einer Zeit, in der Sachlichkeit, Erfolg und oberflächliche Emotionen zählen. Diese Sehnsucht war bei mir und wohl auch bei Victoria eine treibende Kraft, sozusagen eine immer schon da gewesene innere Triebfeder, welche allzeit auf der Suche nach einem ganz besonderen Ziel war. Mitnichten möchte ich behaupten, dass mein Leben, bevor ich Victoria kennen lernte, mich nicht zufrieden gestellt hatte - aber was erzeugt Zufriedenheit? Beruflicher Erfolg, ein sattes Polster auf dem Konto, eine harmonische Beziehung, Gesundheit, süße Kinder etc. etc.? Einiges davon hatte ich bestimmt.

Über finanzielle Probleme während meiner ersten Ehe konnte ich nicht klagen, auch, wenn wir zunächst nur wenig Geld hatten; wir kamen damit aus. Die Beziehung zu meiner damaligen Frau Caroline war, wie viele Beziehungen von Mitte 30 bis 40-jährigen Paaren, normal; so normal, dass der Alltag flüssig vor sich hin rauschte. Es funktionierte sozusagen. Kinder habe ich aus dieser Ehe zwei, die recht aufgeweckt sind und mir sehr viel bedeuten, vielleicht auch aufgrund einer besonders starken Affinität zu mir, geprägt durch meine besondere Vaterrolle, die wiederum durch die berufliche Tätigkeit von Caroline vorbestimmt wurde; aber dazu später mehr. Bleibt einzig der berufliche Erfolg, den man mit Anfang 40, wenn er dann mehr oder weniger ausgeblieben ist, doch schmerzlich vermisst. Eigentlich hatte ich von jedem etwas, und doch war die Summe dessen, was ich besaß nicht das, was ich mir von einem erfüllten Leben vorstellte, geschweige denn erträumte. Und dann war da dieses permanente Gefühl von Einsamkeit und fehlender sozialer Bezüge außerhalb meines familiären Lebens, welches mich wieder und wieder umtrieb. Manchmal glaubte ich, irgendetwas Essentielles im Leben falsch gemacht zu haben, was zu meiner Unzufriedenheit und Sehnsucht führte.

Ich bin in einem kleinen Dorf in der Eifel groß geworden. Es war ein sehr kleines Dorf mit ca. 400 Einwohnern. Viel los war dort nie. Das brauchte es aber auch nicht, da ringsherum so viel Natur war, dass ich mit den Jungs aus der Nachbarschaft, die alle so in meinem Alter waren, genug Spielfläche zum herumtoben hatte, wenn wir uns nachmittags nach den Hausaufgaben trafen. Die Schule besuchte ich in einem Nachbarort, Daun. Das war für mich wie eine große Stadt, obwohl dieser kleine Ort auch nur ca. 15000 Seelen beherbergte. Aber dort gab es alles, was ein Städtchen eben so ausmacht, Schulen, Geschäfte, Ärzte und so weiter. In meinem Wohnort gab es lediglich einen kleinen Lebensmittelladen und einen Frisör, zu dem wir Kinder aber nie gingen, da das Haare schneiden nicht nur bei mir, sondern auch bei meinen Kameraden Sache des Vaters oder der Mutter war. So war es denn für mich schon etwas Besonderes, wenn meine Eltern einmal die Woche zu einem Großeinkauf nach Daun fuhren und ich mit meinem Bruder mitfahren durfte. Manchmal sind wir sogar nach Trier oder Köln gefahren, um Einkäufe zu erledigen oder auch einmal andere Besonderheiten zu erleben, wie zum Beispiel Museumsbesuche. Bis hierher reichte mein Horizont in meiner Jugend. Mehr war nicht nötig und mehr brauchte ich auch nicht. Geprägt durch das Landleben war ich eigentlich dort so zufrieden, wie ich lebte. Wenn wir nach einer solchen Tour wieder nach Hause in unseren beschaulichen Ort kamen, phantasierte ich herum, wie es wohl noch weiter in der Welt aussehe. Andere Länder sehen, ja, interessiert hätte mich das schon, aber das schien für mich unerreichbar, weil auch meine Eltern nicht von dem Schlage waren, die große weite Welt kennen zu lernen. Nach meiner Schulausbildung entschloss ich mich dann zu studieren, Psychologie und Pädagogik. Dazu zog ich nach Bonn, in die damalige Deutsche Hauptstadt und fühlte mich recht weltmännisch, als ich mein erstes eigenes Zimmer mietete in der 250000-Einwohner Stadt, die mir als Dorfjunge wie eine kleine Metropole vorkam. Mein Studium ging so lala voran; an meiner

Intelligenz lag es wohl nicht, aber an meiner Bequemlichkeit. Ich machte, was ich machen musste, aber was darüber hinausging, nun, da ließ ich gerne mal den Lieben Gott einen guten Mann sein. So war ich früher schon als Kind. Dass ich überhaupt studierte, verdanke ich vorwiegend meinem Vater. Er merkte recht schnell, dass ich gerne immer den einfachsten Weg ging. Bei solch einem Leben auf dem Lande ist oft gar nicht mehr nötig; allerdings darf man dann auch keine beruflichen Wunder im späteren Leben erwarten. Dementsprechend waren meine Schulleistungen mittelmäßig - aber für eine Lehre als Fleischergeselle in Daun oder Gerolstein hätte es wohl gelangt. Erbaut war ich von diesen Aussichten allerdings nicht, und mein Vater machte mir klar, dass, wenn ich mehr vom Leben erwarte, ich auch etwas dafür tun müsse. Also strengte ich mich entsprechend an. Mein Bruder war da ganz anders. Ihn musste man nicht antreiben oder zu seinem Glück zwingen. Er wusste ziemlich früh, was er wollte: raus aus der Einöde. Nur im Gegensatz zu mir traf er Entscheidungen und nahm sein Leben schon früh selbständig in die Hand. Kurz vor Abschluss meines Studiums lernte ich Caroline kennen. Sie war eine süße Brünette mit Puppengesicht, wie ich immer sagte, weil sie so große Augen machen konnte in ihrem recht ebenmäßigen Gesicht. Wir verstanden uns sehr schnell sehr gut. Sie war ein bisschen burschikos, aber eben doch süß, wie ich fand, und so verliebten wir uns dann irgendwann.

Als ich Caroline mit 28 Jahren heiratete - sie war damals 25 Jahre alt – hing der Himmel für uns voller Geigen, obwohl unsere wirtschaftliche Situation zu dieser Zeit wirklich nicht die beste war. Sie lebte von einem Halbtagsgehalt als Sachbearbeiterin, und ich war mitten im Examen und trug mit Gelegenheitsjobs zu unserem Unterhalt bei. Wir verzichteten auf vieles und machten uns trotzdem ein gemütliches Leben. An Kinder dachten wir damals nicht, zumindest für mich war das lange kein Thema, vielleicht eher für Caroline, aber sie brachte das nie richtig auf den Punkt. Meine beruflichen Aussichten waren nach meinem Studium auch nicht gerade rosig, was nicht an einer Miserabilität meines Examens lag, sondern eher an der Chancenlosigkeit auf dem Arbeitsmarkt. So entschieden wir uns, ins Ausland zu gehen, um dort unser Glück zu versuchen. Carolines Arbeitgeber bot uns die einzigartige Möglichkeit an, dieses zu verwirklichen. Unser Ziel war Schweden, wo Carolines Firma eine Niederlassung in

Stockholm hatte, die gerade zu diesem Zeitpunkt eine Vakanz anbot. Ich und auch Caroline sahen unser Leben, wie es von da an verlaufen sollte, sehr illusorisch und durch die rosa Brille.

Am Anfang fanden wir dort alles toll; das Land und die Natur sind wirklich einmalig. Schon bei unserem ersten Anflug über die südlichen Gefilde Schwedens im Sommer 1997 kamen uns die Eindrücke wie im Traum vor: die grünen Weiten mit den Flüsschen und Seen unter uns, die wie eingestanzte Löcher die Wälder übersäten, sowie ein herrlicher, nicht enden wollender Sonnenuntergang, der um die Mitsommerzeit nach Überschreiten der Mitternachtsstunde fließend in ein Morgengrauen übergeht; eine wahrhaft romantische Stimmung, die so richtig in mein Grundgemüt passte und mich zum Träumen veranlasste. Das Leben freilich spiegelte diese Stimmung nicht wieder. Die ersten Wochen und Monate vergingen wie im Flug; alles war neu, alles war schön, und was nicht annähernd so war, redeten wir uns schön. Carolines Job war sicher und warf genug für ein komfortables Leben ab, viel angenehmer, als es in Bonn gewesen war. Stockholm ist eine Stadt, in der das Leben pulsiert und doch nicht überläuft. Es gibt genug Platz für alle, und wer die Einsamkeit der Natur sucht, so wie ich, wird schnell fündig. Wir lebten damals auf einer Insel direkt bei Stockholm – Lidingö, ein wunderschönes Eiland im Osten der Stadt, nur durch eine Brücke mit dem Festland verbunden. Im Süden der Insel gab es lauschige Plätze zum Verweilen direkt am Wasser zu den Schären, wo sich besonders in den Abendstunden Boote aller Art tummelten. Das Licht fiel dann seitlich flach durch die Bäume, und das dunkle Gelb der Abendsonne schillerte durch die sich im leichten Wind wiegenden Blattgeflechte der Birken. Caroline und ich gingen während der Sommermonate dort oft spazieren; manchmal saß ich auch alleine stundenlang am Wasser und dachte einfach an nichts. Ich ließ meine Blicke über die Wellen schweifen und genoss den Augenblick. Und doch, trotz des romantischen Moments war da noch etwas in mir, das mich eigentümlich emotional bewegte, ein Gefühl, welches mich bereits in früheren Zeiten hier und da überfiel, jedoch im Trubel des allgemeinen Alltags in Deutschland schnell wieder verflog; ein Gefühl der Sehnsucht gepaart mit der Befürchtung, dass diese nie gestillt werden könnte. In solchen Situationen verließ ich dann den Platz, um mich nicht weiter in diese Emotion hineinzusteigern. Eine schwedische Nachbarin sagte mir damals, dass das, was ich als

Sehnsucht empfinde, ein typisches skandinavisches Symptom sei, das alle befällt, die einmal einen skandinavischen Sommer erlebt haben. „Es ist wie ein Virus; wer einmal in Schweden war, den zieht es immer wieder hierher", gab sie mir zu verstehen. Das Flair des Landes gerade in den Sommermonaten hat so etwas Bezauberndes an sich, das es einem wirklich schwer macht, das Land wieder zu verlassen. In diese Stimmung passen wirklich Geschichten von Trollen und Elfen. Vielleicht war es in der Tat dieses „Virus", das mich befallen hatte, aber ich hatte die Vorahnung, dass noch mehr bei mir dahinter stecken musste. Komischerweise habe ich mit Caroline darüber nie gesprochen, obwohl wir uns sonst alles sagten. Sie genoss wie ich die Augenblicke, auch wenn sie keine Romantikerin war und wahrscheinlich auch jetzt nicht ist. Sie war auf eine Art sehr emotional und dann im gleichen Moment wieder sehr sachlich; so schnell konnte ich manchmal gar nicht umschalten.

Aber die Stimmungen in Schweden können sich schnell ändern, vor allem wenn der Sommer sich dem Ende neigt und kalte Herbsttage die lauen Sommertage ablösen. Dann wird es unwirtlich und immer dunkler; für einen durchwachsenen Mitteleuropäer eine echte Herausforderung. Um nicht in der Dunkelheit zu versinken, legt man in Schweden viel Wert auf Licht im Winter, wie auch sonst in ganz Skandinavien. Durch welche Stadt oder welchen Ort man auch in den dunklen Monaten insbesondere abends geht, überall ist Licht; nicht nur auf den Straßen, nein auch in den Häusern und insbesondere in den Fenstern und Gärten. Lampen stehen auf den Fensterbänken und leuchten nach außen wie nach innen; ein gänzlich anderes Bild als in Deutschland, wo nachts in den Wohngebieten geschlossene Jalousien oder Schlagläden für die entsprechende Verdunklung sorgen, und wo das Licht mit dem Zubettgehen gelöscht wird - nicht so in Schweden.

Mit dem kürzer werden der Tage und dem Gewöhnen an den Alltag in unserer neuen Umgebung verflog auch allmählich die Romantisierung des Landes. Nun kamen wir nach und nach wieder zurück zu den Gedanken und Problemen des alltäglichen Lebens. Caroline war eingespannt in ihren Beruf und ich ... ja, was war eigentlich mit mir? Warum war ich eigentlich hier? Aus beruflichen Gründen? Nun ja, meine Frau hatte sich sicherlich dahingehend verbessert, obwohl es viele Querelen bei der Arbeit gab, von denen sie mir allerdings nur schemenhaft berichtete. Aber meine Aussichten waren in Stockholm nach wie vor nicht rosig. Obwohl ich mittlerweile (nach 10 Jahren) gut schwedisch spreche, machte mir die Sprache damals doch Probleme. So war es auch kaum möglich für mich, eine beständige berufliche Tätigkeit dort aufzunehmen. Ich betätigte mich deshalb als freiberuflicher Autor und schrieb Fachartikel für diverse englische und deutsche Zeitschriften- und Buchverlage, damit ich nicht ganz aus meinem Fachbereich herauskommen würde und so etwas zum Familieneinkommen beitragen konnte. Mir wurde mehr und mehr klar, dass ich mich wohl in eine Abhängigkeit hineinmanövrierte, nämlich in die von meiner Frau, die das meiste Geld nach Hause brachte. Ich war eben nur Mitreisender. Diese Situation konnte nicht konfliktlos bleiben. Ich wurde von Tag zu Tag unzufriedener und depressiver, und Caroline machte der an sich gut bezahlte Job auch nicht besonders viel Spaß, obwohl man ihr die Möglichkeit anbot, in der Karriereleiter hochzusteigen, was unseren Aufenthalt in Schweden noch verlängern sollte. Von Zeit zu Zeit kamen ein paar Einladungen zu Cocktailpartys von Kollegen oder Carolines Vorgesetzten, die ich immer äußerst langweilig fand. Dort drehte sich das Interesse um meine Person nur insoweit, dass zwar kurz gefragt wurde, was ich denn so als Mitreisender mache, wenn dann aber als Antwort mehr oder weniger herauskam, dass ich das Haus hüte und gelegentlich etwas schreibe, war ich meistens für den Rest des Abends mir alleine überlassen. Deswegen versuchte ich solche Veranstaltungen zukünftig zu vermeiden.

Während wir anfangs noch viel gemeinsam unternahmen, kapselten wir uns mit Fortschreiten des schwedischen Winters mehr und mehr voneinander ab. Tagsüber schlug ich die Zeit tot, indem ich viel spazieren ging, und abends, wenn Caroline nach Hause kam, verbrachte ich die Stunden lieber vor dem Fernseher, als mich jeden Abend mit den gleichen Themen meiner Frau, die sich immer irgendwie um Arbeitsprobleme und Karrierepläne drehten, zu befassen. Während dessen saß sie in ihrem Zimmer und grübelte wahrscheinlich über den Sinn unserer Ehe nach. Anderweitige Freundschaften zu knüpfen, gelang mir auch nicht sonderlich, bis auf ein paar flüchtige Bekanntschaften in der Nachbarschaft, da zum einen das skandinavische Privatleben sehr familienbezogen ist und Freundschaften sich lange entwickeln müssen, und zum anderen, da ich selbst nicht unbedingt der Typ bin, der herzlich und offen auf andere Menschen zugeht. Auf meinen winterlichen Spaziergängen durch die verschneite Landschaft konnte ich viel nachdenken. Vor allem der Gedanke an das schnelle Fortschreiten der Zeit, verbunden mit der Angst, älter zu werden, ohne etwas Sinnvolles im Leben getan zu haben, quälten mich permanent. Ich wünschte mir so sehr, aus meinem Leben auszubrechen und ganz neu zu beginnen - aber irgendetwas hinderte mich daran, wahrscheinlich mein innerer Schweinehund, mit dem ich zeitlebens kämpfte. Vielleicht lag es auch am fehlenden Mut, mich von Caroline zu trennen, da ich wusste, dass sie trotz aller Probleme und Stress sehr an mir hing. Es waren vor allem die emotionalen Kalt- und Heißduschen, die unsere Beziehung belasteten. Mal verstanden wir uns gut, wenn bestimmte Dinge vorteilhaft liefen, mal weniger gut und manchmal sogar gar nicht; dann herrschte zwischen uns eine Eiseskälte. So ging das erste Jahr in Schweden dahin.

Eines Abends kam Caroline unerwartet früher vom Büro nach Hause und war sehr schweigsam. Das war sie sonst nie, sie hatte eigentlich immer irgendetwas von unterwegs zu erzählen, auch wenn es mich nicht sonderlich interessierte. Aber an diesem Abend im Frühjahr 98 war sie so ganz anders. Sie ging wortlos an mir vorbei in ihr Zimmer und grübelte. Ich fragte sie, ob irgendetwas Besonderes geschehen sei, sie sei so anders als sonst.

„Seit wann interessierst du dich für meine Probleme?", entgegnete sie mir und schaute mich mit wässrigen Augen aus ihrem dunkelblondhaarigen Puppengesicht an. Ihre großen braungrünen Augen wurden unter den aufkommenden Tränen mehr und mehr verwaschen. Aber sie antwortete nicht und saß verschlossen auf dem Stuhl an ihrem Schreibtisch. Mir schossen in diesem Augenblick nur zwei Gedanken durch den Kopf: jemand war gestorben oder sie hatte einen anderen Mann kennen gelernt.

Plump fragte ich „Sag bloß, du hast dich verliebt?"

Sie guckte mich nur noch trauriger an und flüsterte: "Du verstehst auch gar nichts."

„Wie soll ich es verstehen, wenn du es mir nicht sagst", antwortete ich etwas pampig und wissbegierig zugleich, „wenn ich eins nicht ausstehen kann, dann ist es dieses Geheule ohne Antworten", pflaumte ich sie weiter an. Ich war sehr angespannt und ärgerlich, weil ich mir wirklich einredete, sie hätte einen anderen. Eigentlich hätte mich das doch nicht aufregen dürfen, da es mir ja dann eher leichter fallen würde, ihr eine Trennung vorzuschlagen. Aber ich war gänzlich auf dem Holzweg. Ich wollte gerade ihr Zimmer verlassen, um mir meinen Frust abzuspazieren, da lief sie hinter mir her, stellte sich vor mich und fixierte mich mit ihren verweinten Augen. Dann ertönte eine ganz leise Stimme aus ihrem Mund mit den Worten „Ich bin schwanger." Meine Reaktion darauf benötigte einige Zeit; ich konnte und wollte nicht glauben, was ich da hörte. Angewurzelt stand ich da mit feuchten Händen und starrte Caroline an.

„Bist du sicher, ich meine woher weißt du das?", fragte ich.

„Ich war heute nach Büroschluss beim Arzt, und der hat es bestätigt."

Ich war wie versteinert. Wortlos drehte ich mich um und ging ins Wohnzimmer, nahm mir ein Bier aus dem Kühlschrank und setzte mich aufs Sofa. Das war nicht gerade die Wunschreaktion eines Mannes, welche eine Frau erwartet, die ihm mitteilt, dass sie ein Baby von ihm bekommt. Und doch war diese Reaktion meinerseits ein Zeichen dafür, dass unsere Beziehung wohl so ziemlich auf dem Nullpunkt war. In mir keimte ein Unbehagen auf über die Tragweite dieser Nachricht. Meine Gedankenspiele von Trennung, Neuanfang etc. konnte ich nun nicht mehr weiterspinnen. Wie soll man eine Frau verlassen, die einem gerade sagt, dass man Vater wird?

„Und, freust du dich?", fragte ich auf den Boden starrend.

„Du weißt, dass ich immer schon ein Kind haben wollte", meinte sie, „aber was denkst du? Gerade begeistert bist du ja nicht."

„Was willst du hören, dass ich glücklich bin? Soll ich jetzt vielleicht Luftsprünge machen? Du weißt genau, wie ich darüber denke, und dass das meine Situation nicht besonders verbessert."

„Du denkst natürlich wieder nur an dich und deine Situation; du hast doch alles was du brauchst, Geld und den ganzen Tag Zeit; jetzt bekommst du eben noch eine sinnvolle Aufgabe", fauchte Caroline auf mich ein.

„Was soll das heißen, sinnvolle Aufgabe? Für dich ist wohl klar, dass du weiter die Karrierekiste fährst und der blöde Mann zu Hause, der eh nichts zu tun hat, kann sich ja dann um das Kind kümmern; du machst es dir ja sehr einfach; fantastische Aussichten für mich", entgegnete ich ironisch.

„Dann stellen wir ein Kindermädchen ein", äußerte Caroline wohl nicht ganz ernst gemeint, „mit der kannst du ja den ganzen Tag rumflirten und brauchst dich ums Windelwechseln nicht zu kümmern; oder du gehst arbeiten und ich bleibe zu Hause."

Ärgerlich, mit einer Wut im Bauch, schnappte ich mir meinen Mantel und verließ das Haus. Ich musste jetzt noch mal alles in Ruhe überdenken, ohne mich in sinnlosen Streitfloskeln mit meiner Frau zu erregen. 1000 Gedanken gingen mir durch den Kopf, als ich durch das verregnete Stockholm wanderte. Ich wollte eigentlich kein Kind, nicht weil ich Kinder nicht mag, sondern weil ich mit mir selbst noch überhaupt nicht im Reinen war, was meine Zukunft betraf. Aber passiert war nun mal passiert. Ich sah keinen Ausweg aus dieser Situation, also musste ich mich ihr stellen. Flucht war da auch keine Lösung mehr, und ich wusste auch nicht, wohin ich hätte flüchten sollen. Als ich nach Hause kam, lag Caroline schon im Bett. „Bist du noch wach?", fragte ich, was sie bejahte und durch das schemenhafte Licht des Mondes, welcher durch das Fenster schien, sah ich in ihre von Tränen glänzenden Augen. „Komm in meinen Arm", wandte ich mich halbherzig versöhnlich zu ihr, und sie kuschelte sich eng an mich und traute sich nicht zu reden.

„Halt mich ganz fest", flüsterte sie dann und schlief ein.

Die Schwangerschaft von Caroline verlief soweit normal - und unsere Beziehung wurde dadurch wieder etwas enger. Auch die Tatsache, dass wir Zwillinge erwarteten, belastete mich nicht allzu sehr, da die Situation nun mal so war, wie sie war. Am 15. Dezember war es dann soweit, die Zwillinge kamen zur Welt. Zwei wirklich süße und gesunde Babys, zweieiig, Junge und Mädchen. Den Jungen nannten wir Florian und das Mädchen Katharina. Alles schien von nun an in festen Bahnen zu laufen. Die Kinder waren pflegeleicht, und mir kam meine Situation nicht mehr ganz so unzufrieden vor. Ich hatte in der Tat eine neue Aufgabe. Solange Caroline zu Hause war - sie hatte immerhin drei Monate Urlaub -, lief alles perfekt, und wir unterstützten uns gegenseitig. Auch die schwedische Sprache lernten wir mehr und mehr. Alles sah so ruhig und geordnet aus. Aber das war nur von temporärer Dauer. Obwohl es Caroline am Anfang schwer fiel, wieder zu arbeiten, legte sich das nach kurzer Zeit und sie begann mehr und mehr in ihrem Job aufzugehen. Sie hatte sich mittlerweile hochgearbeitet, und man schlug ihr vor, doch für immer oder zumindest viele Jahre lang in Schweden zu bleiben; ein Angebot, dem sie kaum widerstehen konnte. Ich war davon nicht sonderlich begeistert, da das für mich bedeutete, weiterhin dieses Leben zu führen, wie es bereits vor der Geburt der Kinder war, nur dass ich jetzt eben die Aufgabe hatte, mich um diese zu kümmern. Und da war es wieder, mein Problem; ich fühlte mich allmählich wieder so wie früher. Caroline war immer öfter weg, auch abends, aus dienstlichen Gründen, wie sie sagte, was ich ihr auch abnahm. Ich war rund um die Uhr mit den Kleinen beschäftigt und freute mich, dass sie so gediehen. Ich schien ein echtes Händchen dafür zu haben, wenn es mich auch nicht sonderlich ausfüllte. Caroline sah die Kinder vorwiegend spät abends, wenn sie schon schliefen, und am Wochenende.

So liefen die Jahre dahin. Florian und Katharina wuchsen heran; und dabei war ich ihre ständige erste Beziehungsperson, bis sie mit sechs Jahren im Sommer 2005 an der deutschen Schule in Stockholm eingeschult wurden. Meine Frau, die jetzt auch häufig auf Dienstreisen war, war nur sehr unregelmäßig zuhause. Wohl aus einem schlechten Gewissen mir gegenüber heraus kam sie eines Tages mit der Idee auf mich zu, doch ein Kindermädchen einzustellen; das könnte ja bei uns wohnen, da wir genug Platz hätten. Zunächst war ich nicht sehr erbaut von dieser Idee, aber andererseits konnte ich so zumindest etwas mehr Freiraum zurückgewinnen. Die Einschulung der Zwillinge brachte mir zwar schon halbtageweise eine Arbeitsentlastung, aber im Haushalt war dennoch immer viel zu tun. So willigte ich ein. Fiona Plääti hieß sie und kam aus Helsinki; sie sprach recht gut deutsch und war von robustem Schlage. Sie konnte wirklich mit Kindern umgehen und entsprach in ihrem Stil dem, was wir uns vorstellten. Als sie bei uns einzog, nahm sie vor allem mir gleich sehr viel Arbeit ab. Sie tat das wirklich gerne, und man sah ihr den Spaß, den sie mit den Kindern hatte, an. Sie brachte sie zur Schule und holte sie auch ab; oft taten wir das gemeinsam. So konnte ich wirklich mal ohne schlechtes Gewissen relaxen und mich meinen Gedanken widmen. Ich entwickelte einen Wust von Ideen, was ich nun anstellen könnte mit meiner neu gewonnenen Freiheit, aber ich musste auf dem Boden der Tatsachen bleiben, da ich trotz allem hier zuhause die Stellung halten musste und die Verantwortung hatte. Eine großartige Abwechslung gab es so nicht, und auch Unternehmungen mit der ganzen Familie waren rare Ereignisse, da Caroline fast nie Zeit hatte; und wenn sie sie hatte, wollte sie sich einfach nur vom Stress erholen. So entschied ich mich, etwas zu tun, was meinem Geiste wohl tat, außer nur Artikel zu schreiben; eigentlich keine große Sache, aber eine Aktivität, aus welcher sich weit reichende Folgen ergeben sollten. Ich meldete mich als Gasthörer an der Stockholmer Universität an, um in unterschiedliche Fachbereiche hineinzuschnuppern und meinen Horizont zu erweitern. Ich nahm an verschiedensten Vorlesungen zu geisteswissenschaftlichen Themen teil, die mich interessierten und vom eher öden Heimalltag ablenkten, auch wenn ich manchmal sprachliche Probleme hatte, zu folgen.

An einem Donnerstag in der Adventszeit im Jahre 2005 - ich war mit Fiona und den Kindern auf einer Museumstour unterwegs - auch um etwas für den Geburtstag der Zwillinge zu besorgen, denn sie wurden sieben Jahre alt -, machte ich einen kurzen Abstecher ins Universitätsgebäude, wie ich es auch sonst wöchentlich tat, um zu schauen, ob diverse interessante Sonderveranstaltungen angeschlagen waren. Viel Neues fand ich an diesem Nachmittag dort nicht, nur eine Vorlesungsankündigung neueren Datums für die nächsten Wochen war dort bekannt gegeben. Es ging dabei um Musik des Mittelalters und deren moderne Interpretation im klassischen Orchester. Klang interessant und bei weiterem Lesen der Bekanntmachung hieß es „Föreläsning på engelsk", was soviel hieß wie „Vorlesung auf Englisch." Das fand ich gut, endlich mal eine Vorlesung, die ich komplett verstehen würde; gleich notierte ich mir die Vorlesungsdaten - immer donnerstags um 15:00 - in meinen Taschenkalender. Die Rednerin hieß Victoria Filby und war Gastlektorin an der Universität Stockholm. Schon in der nächsten Woche sollte es losgehen. Ich musste nur noch Fiona davon überzeugen, da sie immer donnerstags ihren freien Tag hatte und das evtl. mit meinem neuen Termin kollidieren könnte. Als ich mit den Kindern und Fiona nach Hause kam, sprach ich sie beim Abendessen darauf an. Sie war zunächst nicht sehr dafür zu gewinnen, ihren freien Tag zu verschieben, aber als ich ihr anbot, stattdessen den Freitag frei zu nehmen – zumindest vorübergehend – zeigte sie sich zufrieden in Anbetracht verlängerter Wochenenden, an denen sie dann zu ihrem Freund nach Finnland reisen konnte.

An diesem Abend holte ich über die Vorleserin meiner neuen Veranstaltung Informationen über das Internet ein, wie ich es sonst auch über andere Veranstaltungsleiter tat, um fachliche Hintergrundinformationen über die Seminarleiter zu erhalten. Die Kinder waren zu Bett gebracht, Caroline noch im Büro, und Fiona hatte ich für den Rest des Abends frei gegeben. So stöberte ich im Internet nach Informationen über die neue Dozentin. Viel fand ich zunächst nicht unter ihrem Namen, und das, was ich fand, schien auch nicht zu dem zu passen, was ich suchte. ‚Victoria Filby: Früher bekannte englische Kinderschauspielerin in diversen Jugendserien' oder ‚Victoria Filby: ehemalige Schauspielerin und Musikerin in Toronto'. Weit herumgekommen, überlegte ich; aber nichts zu finden von wegen Universitätsdozentin oder ähnlichem. Dann endlich, nach einigem Stöbern fand ich eine Art Kurzbiografie von ihr. Ich war nicht ganz sicher, ob das wirklich die Frau war, nach der ich suchte. Ein Bild war auch dabei, wohl aber noch aus jungen Jahren. Da war sie schätzungsweise nicht älter als 17 oder 18 Jahre; hellblondes, sehr langes Haar, mit einem verschmitzten Lächeln, am Klavier sitzend. Hübsch, dachte ich, mal sehen, was da steht. Die Biografie enthielt neben den üblichen Lebensdaten eine beachtliche Ausbildungslitanei, die mit einer kurzen Filmografie begann und dann überging in eine Reihe von erfolgten Auszeichnungen im musischen und sportlichen Bereich. Vor allem im klassischen Tanz, Ballett und Eistanzen schien sie recht erfolgreich gewesen zu sein, und bei Jugendmusikwettbewerben hatte sie einige Preise gewonnen. Die Dame hat es ja drauf, sinnierte ich. Weiter stand dort: Spätere Ausbildung zur klassischen Musikerin und absolviertes Musikstudium mit Universitätsabschluss, letzteres sogar mit Promotion. Sie spielte zwei Instrumente, Klavier und Fagott. Ihr Alter wurde auf der Homepage mit 26 angegeben, was wie gesagt nicht zum Bild passte. Die Biografie brach dann relativ abrupt ab. Nach der Altersangabe fand sich abschließend nur noch der lapidare Hinweis, dass sie sich zurzeit wohl in Aberdeen aufhalte und dort als Lehrerin in einer Musikschule arbeite und dass über ihre sonstigen Tätigkeiten nichts Offizielles bekannt sei. Eine Kontaktadresse gab es nur in Form einer c/o-Adresse der Musikschule in Aberdeen. Ich schaute mir die Filmografie näher an. Von den Filmen, in welchen sie wohl im Alter von 10 bis 12 Jahren gespielt hatte - meist typische, wöchentlich ausgestrahlte Kinderserien -, hatte ich öfter gehört, diese aber nie gesehen, vielleicht weil sie damals in Deutschland auch nie gesendet wurden. Auch ihr Name war mir in diesem Zusammenhang nicht bekannt. Ihr beruflicher Werdegang hingegen schien einfach nur vorbildlich, alles mit Auszeichnung. Sie musste eine intelligente, aktive Person sein. So viele Ausbildungen und Prämierungen in jungen Jahren mit Abschlüssen an Universitäten etc. beeindruckten mich total, und ich konnte einen schwachen Anflug von Neid nicht leugnen. Blieb nur die Frage, ob das wirklich die

Ms. Filby war, die ich eine Woche später in der Uni treffen sollte, zumal sie ja wohl in Schottland lebte und nicht in Stockholm. Ich suchte noch nach ein paar aktuelleren Photos im Internet, fand aber nichts bis auf Filmaufnahmen und das besagte Bild auf der wahrscheinlich nicht mehr ganz so aktuellen Internetseite. An diesem Abend dachte ich noch lange über Victoria Filby nach. Wie schafft es eine Person, so viel so früh auf die Beine zu stellen? Sie musste doch ein interessantes Leben führen; und woran lag es wohl andererseits, dass solche Typen wie ich mit Anfang 40 immer noch nicht die Kurve gekriegt hatten, zumal ich ja selbst einen Uni-Abschluss hatte, aber eben ohne weiteren nennens-werten Erfolg; von sozialer Anerkennung einmal ganz abgesehen. Gleichzeitig war ich wirklich gespannt auf die kommende Woche, in der ich diese Frau, die mich sofort in ihren Bann zog, zum ersten Mal sehen würde. Die Faszination, die in meinen Augen von ihr ausging, war vielleicht nicht nur von ihren Erfolgen geprägt, sondern zusätzlich von einer plötzlichen, noch unbewussten, fixen Idee, die Bekanntschaft mit einer Frau ihres Kalibers könnte mich aus meiner innerlichen Lethargie befreien. Albern; und doch ertappte ich mich beim leisen Hoffen auf die Chance einer Unterhaltung mit ihr - vielleicht nach der Vorlesung. Letzteren Gedanken verwarf ich gleich wieder, da doch oft solch viel beschäftigte Menschen, die dazu auch noch in der Öffentlichkeit stehen, nur wenig Zeit für einzelne, nun nennen wir es mal ‚Fans' haben. Und wie gesagt, vielleicht war es ja auch eine völlig andere Person, die die Veranstaltung leiten würde als die, von der ich so unvermittelt zu schwärmen begann. Ich träumte weiter vor mich hin, und auch an diesem Abend schlief ich wie so oft ein, ohne dass Caroline bereits zu Hause gewesen wäre.

Victorias Vorgeschichte

Ich war spät dran an diesem Donnerstag. Der Gong zum Stundenbeginn in der Uni schlug schon zum zweiten Mal, was bedeutete, dass die Rednerin jetzt jeden Moment eintreffen konnte. Ich war als letzter kurz vor dem Eingang des Hörsaals, und ich sah beim Eintreten gerade noch am anderen Ende des Ganges eine schlanke Gestalt heraneilen. Ich überlegte, ob ich mich eher weiter vorne hinsetzen oder mehr nach hinten begeben sollte, als die schlanke Person von gerade an mir vorbeihuschte und sich ans Rednerpult begab. Hastig ließ ich mich nun direkt vorne in der ersten Reihe nieder, gleich neben der Tür und stellte mein Aktenköfferchen, welches ich übrigens immer dabei hatte, wenn ich unterwegs war - das war damals so eine Marotte von mir - neben mir auf den Boden. Ich nahm meine Schreibmappe heraus und legte sie auf den Tisch. Dann kramte ich aus der Seitenlasche einen Ausdruck des Photos aus dem Internet und legte ihn vor mich hin. Der Hörsaal war nur spärlich besetzt; ob es am geringen Interesse der Studenten lag, oder eher doch daran, dass es auf die Weihnachtsferien zuging, konnte ich nicht sagen, aber es war ein sehr angenehmes und entspanntes Gefühl, mit nur wenigen Studenten in diesem großen, mit Dämmerlicht beleuchteten Saal zu sitzen und dem zu folgen, was vorne vor sich ging. Nur das Podium war stärker beleuchtet, und die Pultlampe streute ein schwaches Licht auf das Gesicht der Rednerin. Ich mochte solche Beleuchtungsszenarien. Das hatte immer etwas Gemütliches und Entspannendes an sich. Zu dumm nur, dass ich meine Brille zu Hause vergessen hatte, so musste ich recht angestrengt nach vorne schauen. Bevor sie noch anfing zu reden, verglich ich das Bild vor mir mit meinem Gegenüber. Was ich anfangs bezweifelte, bestätigte sich nun. Sie war es wirklich. Die Haare waren anders, nicht so lang wie auf dem Photo, etwa schulterlang, leicht gewellt und dunkler. Ihre Größe schätzte ich auf etwa einsfünfundsechzig. Aber das Gesicht war eindeutig dasselbe, wie auf dem Bild. Alle Details konnte ich natürlich aus dieser Perspektive nicht erkennen, aber sie war es. Unerwartet trat sie mit einem Stapel DIN A4-Bögen hinter ihrem Pult hervor und eilte in meine Richtung, von mir aus gesehen rechts vorne. Schnell schob ich ihr Photo unter meine Mappe. Sie reichte mir den Stapel mit den Worten: „Would you please hand out this to the audience?" Ich nahm das Papier entgegen und reichte es weiter durch zu den übrigen Studenten. Es war ein Vorlesungsskript. Als sie wieder nach vorne ging, um sich hinter ihr Pult zu begeben, hielt sie auf halbem Wege inne, wendete sich zu uns hin und meinte: „Well, perhaps I should start the lesson by introducing myself to the audience." Etwas unsicher kam sie mir vor dabei, als wenn sie so etwas noch nicht sehr oft gemacht hätte. Umso gespannter war ich, was sie denn alles von sich preisgeben würde. Natürlich war nicht zu erwarten, dass sie alles das erzählte, was ich bereits in ihrer Biografie gelesen hatte; dazu neigte sie wohl zu sehr zum Understatement, wie ich später selbst erfahren sollte. Abgesehen davon gehört in eine persönliche Kurzvorstellung eigentlich auch nicht die Selbstbeweihräucherung besonderer Leistungen. Dementsprechend sympathisch erschien mir ihr Auftreten, und das, was sie uns über sich mitteilte, stimmte haargenau mit meinen Vorabnachforschungen überein.

„Well, and now I am here to tell you something about medieval music", schloss sie ab. Dann begab sie sich endlich hinter das Rednerpult, sammelte sich und begann ihre Vorlesung. Ich fand diese Frau von Anfang an faszinierend, vielleicht auch etwas geprägt durch meine Vorinformationen und beeindruckt durch das, was sie erreicht hatte. Ich versuchte ihrer Lesung zu folgen, ertappte mich jedoch dabei, dass ich ihrer Mimik, Gestik und Stimme mehr Aufmerksamkeit an sich schenkte als dem, was sie uns erzählte. Auch war ich sonst eher bestrebt, in Vorlesungen möglichst viel mitzuschreiben, was ich diesmal nicht tat, obwohl es ein Leichteres gewesen wäre als bei den sonstigen schwedischen Vorlesungen und Seminaren. Mehr und mehr geriet ich dabei in Gedanken darüber, wie diese eigentlich erfolgreiche Victoria Filby nun dazu kam, an einer Uni im verschlafenen Stockholmer Winter zu lehren, wo sie doch mit Sicherheit mit ihren Fähigkeiten andere Angebote hätte annehmen können. Dabei wäre ich selbst wohl froh gewesen, solch ein Angebot zu bekommen. Ich überlegte mir unterschiedlichste Szenarien, aus welchen Beweggründen sie in die schwedische Hauptstadt gekommen sein könnte. Freilich erschloss sich mir das Geheimnis ihres Werdeganges so nicht wirklich, und das, was ich im Folgenden erzähle, ist mir so zugetragen worden, wie Victoria es wohl erlebt hat. Dies ist nicht in einem Stück geschehen, sondern nach und nach, während wir uns kennen lernten.

Victoria war als Kind immer schon ein sehr aufgeschlossenes, lebenslustiges Mädchen. Sie war das Nesthäkchen in der wohlhabenden Familie, mit der sie in einem kleinen Haus in Denmore, einem nördlich von Aberdeen gelegenen Vorort, aufwuchs. Ihre beiden Brüder Timothy und Jonathan mochten sie sehr und verhätschelten sie fast ein bisschen. Für ihren Vater Patrick, einen bekannten Anwalt in Aberdeen, war sie allerdings der absolute Liebling. Er konnte ihr keinen Wunsch abschlagen und ließ sich immer um den Finger wickeln, was häufig zu Konflikten in der Familie besonders zwischen den Eltern führte; allerdings zu einem Preis, der, wie sich später herausstellte, nicht immer zu Victorias Vorteil war. Patrick war sehr ehrgeizig und verlangte frühzeitig viel von seinem Nachwuchs. So redete er immer von Plänen, die er mit den Kindern hatte. Mit den zwei ältesten Söhnen funktionierte das weniger gut. Sie verstanden es meistens mit Hilfe ihrer Mutter Cora, die Vorstellungen des Vaters abzuwiegeln und taten eher das, was ihnen gefiel oder besser in Mutters Vorstellungen passte. Vor allem Victoria entwickelte früh Interesse an Musik und Ballett. Um so mehr versuchte Patrick seine Ideen an ihr auszuleben, wohl auch als eine Art Gegenleistung für die Wünsche, die sie hatte. Da entwickelten sich regelrechte Tauschgeschäfte. Durch seinen Beruf hatte Patrick verschiedene Verbindungen und Beziehungen zu Film und Fernsehen. Auch kannte er einige Prominente aus diesem Metier. Eines Abends kam er nach Hause und hatte der Familie einen Vorschlag zu unterbreiten.

„Da findet nächste Woche ein Casting statt, die suchen ein Mädchen, das eine Rolle in einer Kinderserie spielen soll - das wäre doch was für Victoria", strahlte Patrick in die Runde beim Abendessen. Die damals Achtjährige machte große Augen.

„So richtig mit Filmen und so", fragte Victoria.

„Ja, ja", entgegnete ihr Vater und schaute erwartungsvoll seine Jüngste und die anderen an. Die Mutter verzog etwas das Gesicht und meinte: "Ich weiß nicht, Patrick, müssen wir unbedingt die Kinder in dieses Milieu einführen?"

„Was heißt hier Milieu", rief Patrick, „so eine Chance bekommt man nicht oft."

„Au fein", fiel Victoria ein, „da will ich mitmachen!"

„Na, ja, weißt du, Vicky", erklärte ihr Vater, „da musst du schon ein bisschen Text lernen und vor den Leuten da eine gute Show abliefern."

„Das mache ich schon", freute sich die Kleine und schaute dabei fragend ihre Mutter an. Diese schien nicht sehr begeistert:

„Sie hat doch schon Ballettunterricht und Musikstunden, reicht das denn nicht?", winkte aber dann ab und meinte nur, „also gut, dann versucht es halt mal", wohl denkend, dass das ganze Projekt wenig Aussicht auf Erfolg haben würde.

„Also, dann melde ich dich da an", beschloss Patrick stolz und nickte seiner Tochter vielsagend zu. Das Mädchen war sehr eifrig, wenn es darum ging, etwas zu erreichen, und so lernte sie auch emsig den Text, den sie von der Castingagentur erhalten hatte. Am Tag des Vorsprechens war Victoria ganz aufgeregt, stand aber prima die Sache durch. Zuhause waren alle stolz, insbesondere der Papa. Und einige Zeit später kam in der Tat ein Anruf der Castingagentur, die der Familie mitteilte, dass man ihrer Tochter die Rolle gerne anbieten würde.

Von da an änderte sich Victorias junges Leben mit einem Mal gewaltig. Sie musste nun ständig ans so genannte ‚Set' zum ‚drehen'. Das war an den unterschiedlichsten Orten und manchmal auch im Studio. Ihr Vater, der nun auch gleichzeitig ihr Manager war, fuhr sie immer hin zu den entsprechenden Drehplätzen. Victoria war einerseits begeistert, jedoch wurde die ganze Lebensumstellung, die mit diesem Thema zusammenhing, mehr und mehr zu einer Belastung für sie. Die Schule schaffte sie noch so nebenher, intelligent genug war sie dazu, aber ansonsten blieb ihr nicht mehr viel Freizeit - und mit Freunden spielen oder etwas unternehmen kam auch nur noch sehr selten vor. So war sie denn ganz froh, als die Serie abgedreht war und sich das Leben wieder zu normalisieren begann. Da war sie neuneinhalb Jahre. Aber dennoch schien nicht alles so wie früher gewesen zu sein. Die Kinderserie war ein voller Erfolg, und schon kam die Anfrage für eine Folgestaffel durch die Filmgesellschaft. Cora, Victorias Mutter, lehnte ab: „Nein, kommt überhaupt nicht in Frage, der Stress beim letzten Mal hat gelangt, das Kind wird nicht wieder diesen Strapazen ausgesetzt."

„Was regst du dich so auf?", fragte Victorias Vater, „die Kleine hat ihre Sache doch bei den Dreharbeiten prima gemeistert, was meinst du denn dazu?", dabei schaute er fragend und insistierend seine Tochter an. „Die ganzen Fans und Leute, die du kennen gelernt hast, hat dir das nicht gefallen?"

„Rede nicht so auf sie ein!", ging ihre Mutter dazwischen.

„Ich weiß nicht", meinte Victoria, „schon wieder?"

„So kommst du im Leben aber nicht weiter", wurde Patrick nun eindringlicher, „solche Chancen bekommt man nicht oft unter die

Nase gehalten, da kann man nicht immer gleich die Brocken hinschmeißen."

„Hör doch auf", rief Cora, „sei ehrlich: es geht Dir doch letztendlich dabei auch um die Werbewirksamkeit deiner Tochter für deine Anwaltskanzlei."

„Lächerlich", erwiderte Patrick, „ich bemühe mich hier, ihr die Bahnen für ein erfolgreiches Leben zu ebnen, und gedankt wird es einem mit Nörgelei; von nichts kommt eben nichts."

„Aber sie ist noch keine 10 Jahre alt", gab Cora zu bedenken, „setze sie doch nicht so unter Druck. Und denke auch mal an Timothy und Jonathan. Seit der Sache mit der Serie warst du doch nur noch für Victoria da." Die zwei Söhne standen schweigend im Hintergrund.

Patrick war jetzt ziemlich wütend: „Die beiden machen doch sowieso, was sie wollen, da ist Hopfen und Malz verloren, aber Victoria hat Grips genug zu wissen, was die Sache für sie bedeuten kann." Er schaute Victoria ermunternd an. Sie verzog etwas das Gesicht und sah zu Boden. „Also, wenn du jetzt ‚nein' sagst", ereiferte er sich weiter, „dann brauchst du mich in Zukunft um keine Gefallen mehr zu bitten, das sag ich dir." Dann ging er in sein Arbeitszimmer und schmiss die Tür hinter sich zu. Victoria lief hinter ihrem Vater her. „Papa, Papa", „ich mach's ja, es macht mir ja auch Spaß!", rief sie.

„Das musste ja jetzt kommen", meinte Cora und wollte die Kleine zurückhalten, aber da kam Patrick schon aus der Tür und nahm seine Tochter beiseite mit den Worten in Richtung ihrer Mutter: „Siehst du, sie möchte das doch auch." Er beugte sich zu Victoria nieder und flüsterte ihr ins Ohr: „Und wenn du deine Sache wieder so super machst wie beim letzten Mal, dann fahren wir zwei endlich ins Disneyland nach Paris." Victoria grinste breit, und Patrick wusste, dass er sie damit für sich gewonnen hatte.

Die Wochen vergingen, und Victoria war viel mit ihrem Vater unterwegs; von Hotel zu Hotel, von Drehort zu Drehort. Es war sehr anstrengend, und trotzdem hatten die beiden viel Spaß zusammen, jedenfalls sah das Victorias Vater so. Ihr neues Leben fand sie einerseits wirklich spannend; sie kam mit allerhand neuen Leuten in Kontakt; Produzenten, Schauspieler, und andere Menschen, die sie schon aus dem Fernsehen kannte. Vor den Hotels fanden sich kleine Gruppen von Jugendlichen ein, die ein Autogramm ergattern wollten. Es war wie in einer Scheinwelt. Alle schienen sie zu mögen. Victorias Brüder und ihre Mutter aber bekam die junge Schauspielerin in dieser Zeit nur selten zu sehen. Ein Familienleben gab es eigentlich während dessen nicht. Eines Abends, nach einem langen Drehtag im Hotel, fragte Patrick seine Tochter beiläufig, ob sie nicht auch Spaß an einem noch größeren Projekt hätte.

„Was meinst du damit?" wollte sie erstaunt wissen, „noch einen Film?"

„Ja, aber diesmal einen richtigen fürs Kino und so."

„Du meinst so einen richtigen mit echten Filmstars?", eiferte sie.

„Genau, mit echten Filmstars und mit amerikanischen Drehorten. Es ist zwar keine Hauptrolle, aber der Produzent meinte, dass du mit deinem Talent wie geschaffen für den Part bist."

„Da wird Mama aber was dagegen haben", raunte seine Tochter.

„Ach, das kriegen wir schon hin", beruhigte sie Patrick.

Die zweite Staffel der Serie war wieder sehr erfolgreich. So dauerte es nun nicht mehr lange, bis die kleine Victoria ein Angebot nach dem anderen bekam. Freilich konnte sie die nicht alle annehmen, dennoch, in zwei Jugendspielfilmen wirkte sie dann doch noch mit. Sie war bald eine richtige kleine Prominente. Aber sie war eigentlich auch Schülerin und hatte einen großen Ehrgeiz, die Schule ordentlich fertig zu machen. Denn da, wie auch sonst, wollte sie ihren Vater auf keinen Fall enttäuschen. Allerdings entfremdete dieses permanente Hin und Her zwischen Familie, Schule und Freunden einerseits und Showbusiness andererseits sie zusehends von dem, was ihr wichtig war, nämlich ersteres. Ihr Vater managte sie prima, nur eben im Sinne ihrer Karriere, und finanziell gesehen war das für Victoria sehr einträglich. Die Gagen, die sie erhielt, waren nicht unerheblich, und nach einiger Zeit konnte sie auf ein kleines Vermögen blicken, welches ihr Vater gewinnbringend anzulegen wusste. So würde sie später ein sattes Polster auf dem Konto haben. Die Mutter hatte kaum Einfluss auf diese Situation, weil Victoria sich von klein auf immer schon an ihren Vater klemmte und in einer Art Leistungs-Gegenleistungssymbiose lebte.

In den folgenden Jahren hatte Victoria mehr oder weniger Erfolg beim Film. Nach der dritten Staffel der Serie wurde diese eingestellt, weil die Einschaltquoten doch nach und nach geringer wurden und damit auch das öffentliche Interesse an Victorias Person. Um die Eisen im Feuer zu halten, engagierte ihr Vater eifrig Werbeaufnahmen für sie, obwohl sie dazu überhaupt keine Lust hatte; aber wie trichterte Patrick ihr immer wieder ein: „Nicht alles im Leben macht Lust und Spaß." Sie merkte sehr bald, dass Freundschaften in diesem Metier sehr abhängig von Erfolg und Misserfolg waren. Ihr Vater war natürlich immer für sie da, doch je älter sie wurde, desto mehr avancierte die Vater-Tochter Beziehung zu einem geschäftlichen Verhältnis. Er war nun nämlich nicht mehr nur ihr Manager, sondern auch Teilhaber an Victorias mehr oder weniger vorhandenen Erfolgen, sei es in finanzieller Hinsicht, oder bezogen auf kundenorientierte Werbewirksamkeit. In der Schule wurde Victoria zwiespältig betrachtet, es gab keine richtigen Freunde, nur Fans, die sich mehr für ihre Merchandising-Identität als für sie selbst interessierten, denn ihr Leben passte so gar nicht mit dem Alltag der Klassenkameraden zusammen. Und so versuchte sie, die über Jahre gewachsene zwischenmenschliche Leere zu kompensieren, indem sie sich in allen möglichen Aktivitäten engagierte. Über die dort durchaus vorhandenen Erfolge in sportlichen und kulturellen Bereichen versuchte die mittlerweile 17jährige an Beliebtheit zu gewinnen. Aber Liebe gewann sie so nicht. Lies die Beliebtheit in ihren Augen nach, so musste schnell ein neuer Erfolg her. Es war wie eine Sucht: eine immerwährende Suche nach Liebe und Anerkennung. Damit verbunden war das ständige Hasten von Termin zu Termin, von der Tanzstunde zur Ballettaufführung, von Werbespots zum Musikunterricht. Victoria war immer unterwegs. Und je mehr sie unterwegs war, desto mehr entfremdete sie sich wieder von ihrem sozialen Umfeld. Die Art der Beziehung zu ihrem Vater verstärkte diesen Teufelskreislauf zusätzlich, weil er der einzige war, an den sie sich wenden konnte - und unbewusst nutzte er das wohl auch aus. Einzig in ihrem Hobby, dem Klavierspiel, fand sie Entspannung und zeitweise Ausgeglichenheit. Wenn Victoria spielte, und das tat sie sehr gut, vergaß sie die hektische Welt um sich herum.

Mit 18 Jahren war das Verhältnis zu ihrer Familie dann nicht mehr besonders gut. Victorias Mutter fand das, was ihre Tochter tat, nicht sehr zuträglich für sie. Ihre Brüder gingen ebenfalls eigenen Wege in Ausbildung und Beruf. Beide studierten mittlerweile in London. Nur ihr Vater zeigte seinen Stolz auf seine Tochter, wo er nur konnte. Wenn sie mit ihm auf gesellschaftlichen Anlässen war, prahlte er, was das Zeug hielt; sie konnte es manchmal nicht mehr mit anhören. Allmählich begriff sie, dass sie in all den vergangenen Jahren vornehmlich Werkzeug für Patricks Reputation war. So begann sie immer mehr, eine Aversion gegen ihren Vater zu entwickeln. Dies äußerte sich in zunehmenden Konflikten. Immer öfter stritten sie. Victoria warf Patrick vor, ihr die Kindheit durch seine Ideen geraubt zu haben, und ihr Vater entgegnete, dass sie ohne seine Beziehungen nie so weit gekommen wäre wie jetzt, und dass sie nun hervorragende Voraussetzungen hätte für ihr Studium und ihren Beruf. Ohne das alles müsste sie sich genauso jämmerlich, wie er es nannte, durchschlagen wie ihre Brüder oder ehemaligen Klassenkameraden. „Lieber jämmerlich durchschlagen, als bezugs- und emotionslos die Karriereleiter hochzuklettern", resümierte sie, worauf er ihr wieder Undankbarkeit vorwarf. So ging das eine lange Zeit weiter, bis Victoria ihre Ausbildung begann. Es war ein Musikstudium an einer Musikschule in Aberdeen. Obwohl die Schule in ihrem Wohnort lag, mietete sich Victoria ein kleines Zimmer. Sie hätte auch zu Hause wohnen können, aber die Konflikte in der Familie, vor allem mit ihrer Mutter, die ihre Karriere mit Argwohn betrachtete, hielten sie davon ab. Manchmal fragte sie sich, warum sie eigentlich so schlecht mit ihrer Mutter auskam. Eigentlich wollte diese sie ja nur vor den ausufernden Ideen ihres Vaters schützen; und eigentlich gab es vor allem deswegen immer Streitereien zwischen Victoria und Patrick. Und dennoch tat Victoria immer noch das, was Patrick wollte. Offensichtlich war gerade dies der heikle Punkt, den ihre Mutter ihr zum Vorwurf machte.

In ihrem Studium kam die junge Studentin schnell voran. Vor allem das Klavier war hier ihre große Leidenschaft. Sie machte gute Fortschritte und schloss die Ausbildung mit mehreren Instrumenten ab. Sie war so gut, dass sie gleich ein Stipendium an der Universität Toronto angeboten bekam. Der Sprung über den großen Teich faszinierte Victoria schon, obwohl das für sie bedeutet hätte, sich von ihrem Vater zu trennen, zumindest geographisch. Nach einigem Zögern aber entschloss sie sich, diesen Schritt zu gehen, ertappte sich jedoch dabei, wie sie im Stillen darüber nachdachte, ob ihr Vater das gut findet, und ob er sie dabei unterstützen würde, aber wie sagte gerade er immer zu ihr?: „So eine Chance bekommst du nicht wieder." Auch ihre Mutter hieß Victorias Entscheidung, nach Kanada zu gehen, für gut; wohl hauptsächlich deswegen, weil sie ihre Tochter dann endlich aus dem Einflussbereich des Vaters schwinden sah.

Victoria würde so mehr ihre eigenen Ideen verfolgen können. Nach alledem fiel ihr der Abschied denn auch nicht sonderlich schwer.

In Toronto angekommen, bezog sie ein kleines Zimmer in einer Wohngemeinschaft, in welcher auch andere Musikstudenten lebten. Eigentlich war sie für solche Verhältnisse nicht zu haben, da sie gerne alleine für sich studierte und sich so besser auf ihre Arbeiten konzentrieren konnte. Aber die Tatsache, dass es für Musiker aufgrund befürchteter Geräuschentwicklungen im Hause nicht so viele Zimmerangebote gab, und weil in dieser Wohngemeinschaft ein Klavier vorhanden war, zog Victoria es vor, dort einzuziehen. Auch waren ihre Studienkollegen recht umgängliche Typen. Die zwei Studenten Fred und Marvin aus Toronto und eine weitere Studentin Sonia aus Deutschland wohnten nun mit Victoria zusammen. Das war eine gänzlich neue Erfahrung für sie. Zum ersten Mal getrennt vom Vater, völlig auf sich gestellt und in der Pflicht, sich mit anderen zu arrangieren, kam sich Victoria in ihrer neuen Umgebung recht unsicher vor. Ja, sie fühlte sich sogar etwas unbehaglich. Aber die Gruppe nahm sie sehr freundlich auf, und zu ihrem Erstaunen behandelten sie sie so wie ein gleichwertiges, aber nicht besonderes Mitglied ihrer Gemeinschaft. Das kannte Victoria aus ihrem früheren Leben, der Schauspielerei und aller damit verbundenen Aktivitäten nicht. Ihre neuen Kollegen zeigten ihr das Leben und die Organisation in der Wohngemeinschaft. Sie gliederte sich schnell ein. Insbesondere mit Fred und Sonia kam sie gut aus, da die beiden ebenfalls Klavier spielten. Unter der Woche sahen sich die Vier eigentlich recht selten, weil sie in unterschiedlichen Semestern waren und völlig verschiedene Terminpläne hatten. Waren die einen zuhause, so waren die anderen unterwegs und umgekehrt. Jeder lebte im Prinzip sein eigenes Studienleben, und man sah sich vor allen Dingen abends beim gemeinsamen Abendessen. Hier tauschten sie sich aus, bis danach auch wieder jeder so seinen persönlichen Dingen nachging; es war eben mehr eine reine Wohngemeinschaft als eine Freundschaftsgemeinschaft. Victoria störte das nicht allzu sehr. Nur die Wochenenden empfand sie doch als ziemlich einsam, denn Sonia verbrachte diese immer bei ihrem Freund in Toronto, und Marvin fuhr meistens zu seiner Familie in einen Vorort, so auch Fred, wenn auch er manchmal zum Lernen am Samstag noch in der Wohngemeinschaft blieb.

An solch einsamen Wochenenden ging Victoria oft lange spazieren. Sie fühlte sich dann wirklich alleine. Bei ihren weiten Wegen durch die Stadt dachte sie häufig über ihr bisheriges Leben nach und fragte sich, ob das wohl alles gewesen sei, wenn sie denn in ein bis zwei Jahren ihr Studium abgeschlossen haben sollte. Sie resümierte dann über ihre früheren Erfolge und den damit verbundenen Trubel in ihrem Leben. Was hatte sie jetzt noch davon mit ihren 22 Jahren, außer natürlich relativ viel Geld? Manchmal wollte sie ihre Eltern anrufen, aber sie tat es dann meistens doch nicht, weil sie auch nicht recht wusste, was sie immer Neues erzählen sollte. Ihre Brüder meldeten sich dann und wann bei ihr, um nach dem Rechten zu hören und zu berichten, was sie jetzt so machten. So erfuhr sie dann auch, dass Timothy als Lehrer arbeitete und sich verlobt hatte und Jonathan in die Kanzlei seines Vaters Patrick eingestiegen war. Letzterer meldete sich überhaupt nicht bei Victoria. Das empfand sie als besonders verletzend. Früher war er doch immer für sie da, aber sie ahnte nun, dass mit dem Verlust ihrer populären Funktion auch das Interesse ihres Vaters an ihr nachgelassen haben könnte, und dass er bei alledem eigentlich nicht vorwiegend ihr Wohl im Auge hatte, sondern nur seinen eigenen Erfolg. Auf Nachfrage bei ihrer Mutter, was denn mit Vater los sei, dass er sich kaum nach Victoria erkundige, bekam sie nur die lapidare Antwort, dass er eben schwer beschäftigt sei und auch den Rest der Familie, insbesondere Cora, mehr und mehr vernachlässige. „Er ist eben ein Erfolgsmensch; dennoch Kind, er liebt dich natürlich nach wie vor", versicherte Cora ihr am Telefon. Solche unerfreulichen Gespräche machten Victoria nur noch mehr einsam. Und sie beschloss, den Kontakt nach Aberdeen zu ihrer Familie nicht unnötig zu forcieren. Im Innersten wusste sie, dass ihr Vater sie wirklich liebt, und er war ja auch immer gut zu ihr. Aber die Prioritäten, die er seinem Leben setzte, nämlich vor allem der Erfolg, standen der Vater-Tochter-Beziehung immer ein wenig im Weg. Deswegen hegte sie auch keinen Groll gegen ihn, aber enttäuscht war sie trotzdem.

Umso mehr freute sie sich, wenn Fred an manchen Samstagen in der Wohnung blieb, um zu lernen; da hatte sie wenigstens einen Ansprechpartner. Manchmal spielten sie zusammen vierhändig Klavier, gingen abends aus oder kochten sich gemeinsam etwas in der Wohnung. So kamen sie sich mit der Zeit näher, und zum ersten Mal empfand Victoria das Gefühl der Verliebtheit. Früher hatte sie für so etwas keine Zeit. Es entwickelte sich nach und nach eine Freundschaftsbeziehung. Endlich glaubte sie, einen Menschen gefunden zu haben, der sie nicht wegen ihrer Leistung liebt. Trotzdem konnte sie das nicht genießen. Sie konnte sich einfach nicht in diese Beziehung fallen lassen und meinte immer, sie müsse Fred etwas beweisen und hatte Angst, ihn ansonsten verlieren zu können. Fred belastete das zusehends. Währenddessen schritt Victorias Studium gut voran. Ihr Professor, bei dem sie auch ihre Promotion absolvieren sollte, Prof. Daniel Hallway, hielt große Stücke auf sie. „Wenn Sie so weiter machen", sagte er „dann werden Sie es noch zu viel bringen, ich jedenfalls werde Sie unterstützen, wo ich kann." Solche Aussagen mochte Victoria gar nicht, da sie dadurch an die typischen Plattitüden ihres Vaters erinnert wurde, nur mit dem Unterschied, dass Prof. Hallway keinen persönlichen Erfolg aus ihr ziehen wollte, sondern es wirklich ernst zu meinen schien. In seinen Seminaren fühlte sie sich aufgehoben. Bald arbeitete sie zunächst als studentische Kraft, und nach ihrem ersten Examen als wissenschaftliche Mitarbeiterin an seinem Lehrstuhl. Sie arbeitete sehr viel, zu viel, wie Prof. Hallway ihr des Öfteren vermittelte.

„Mir macht es Spaß", sagte sie dann immer fast automatisch.

„Das weiß ich doch", antwortete er, „Sie sollten aber mal etwas ausspannen; Sie nehmen kaum Urlaub und arbeiten wie besessen. Machen Sie für heute Schluss und gehen Sie nach Hause zu Ihrem Freund."

Es war wieder einmal Samstag; Sonia und Marvin waren bereits unterwegs, und Fred war schon beim Frühstück; er wollte an diesem Tag mit Victoria einen Ausflug zum Music Garden in Toronto machen, um einfach mal vom Lern- und Uni-Alltag abzulenken. Als sie in die Küche kam, wo Fred saß, nahm sie sich nur schnell ein Brot auf die Hand und wollte gerade zur Tür hinaus, da rief ihr Freund ihr hinterher: „Wir wollten doch heute einen Ausflug machen, wohin gehst du?"

„Heute geht es leider nicht!", rief Viktoria, „ich muss noch mal in die Uni, da liegt noch soviel rum, das will ich einfach wegarbeiten und vom Tisch haben."

„Aber doch nicht am Samstag! Was willst du damit beweisen und vor allem wem? Komm doch mal zur Ruhe", wollte Fred sie stoppen. Aber da war sie schon hinausgegangen. So ging das sehr oft. Irgendwann würde Fred die Konsequenzen ziehen; er hatte es satt, sich mit Victoria immer über dieses Problem zu streiten.

Kurze Zeit später beendete er die Beziehung dann auch und verließ bald darauf die Wohngemeinschaft. Das nagte wiederum sehr an Victoria. Im Seminar war sie von da an ungewöhnlich unkonzentriert, so dass es Prof. Hallway auffiel: „Was ist los mit Ihnen, sagen Sie schon, wo drückt der Schuh? Ist es was mit Ihrem Freund?" Er nahm sie beiseite und setzte sich mit ihr um den Couchtisch in seinem Büro.

„Was mache ich immer nur falsch?", flüsterte sie mit Tränen in den Augen, „ich mag Fred doch so sehr? Warum tut er mir das an?"

„Vielleicht spürte er nicht, ob Sie ihn mögen", antwortete Hallway.

„Natürlich weiß er es, wir waren doch schließlich über ein Jahr zusammen", entgegnete Victoria.

„Ich spreche von ‚spüren' und nicht von ‚wissen'. In einer Beziehung reicht es nicht aus, zu wissen, dass man sich liebt, man muss es sich zeigen", versuchte der Professor ihr klarzumachen, „erst dann fühlt man es auch. Liebe ist keine sachliche Wissenschaft, sondern eine Emotion, die man nicht mit Arbeit und Leistung beweisen kann, sondern nur durch gelebte Zuneigung. Denken Sie einmal darüber nach", fuhr er fort. So ganz schien Victoria ihn nicht verstanden zu haben oder verstehen zu wollen.

Um ihren Herzschmerz zu vergessen, steigerte sie sich nun in die Promotion hinein, die sie dann auch erfolgreich mit 26 Jahren abschloss. Sie wollte gerade das Angebot annehmen, an der Fakultät ihres Professors weiterzuarbeiten, da kam überraschend die Nachricht aus Aberdeen, dass ihr Vater einen Schlaganfall erlitten hatte und seitdem als halber Pflegefall zuhause war. „Gehen Sie zu Ihrer Familie", sagte Daniel Hallway, „Ihre Mutter wird Sie jetzt brauchen. Hier wird für Sie immer ein Platz sein."

Nur ungern verabschiedete sich Victoria von ihrer Fakultät, andererseits konnte sie so auch leichter die Beziehung zu Fred vergessen.

Zu Hause in Aberdeen angekommen - sie war in all den letzten Studienjahren nur selten dort -, fand sie ihren Vater in einem resignierten und verbitterten Zustand vor. Durch seinen Anfall bedingt konnte er nun nicht mehr die Geschicke seiner Kanzlei leiten; dort hatte mittlerweile Jonathan die Zügel in der Hand. Patrick saß im Rollstuhl. Timothy und seine Verlobte Claudia waren ebenfalls dort zu einem Besuch eingetroffen. Ihre Mutter freute sich sehr, als Victoria mit ihren Koffern durch die Tür kam. Das hatte sie gar nicht erwartet. Sie umarmten sich. „Schön, Kind, dass du wieder zu Hause bist", freute sich Cora.

„Hallo Mama, ich werde dich jetzt hier ein bisschen unterstützen."

„Komm, begrüße deinen Vater, er sitzt auf der Veranda."

„Willkommen Vicky", Patrick streckte ihr seine Hände entgegen, „du hast es ja ganz schön zu was gebracht, wie man hört."

„Das ist doch jetzt nicht so wichtig, Papa", antwortete sie, „wie geht es dir denn, ich habe mir wirklich Sorgen gemacht."

„Tja, man lebt so in den Tag hinein, ich kann ja nichts mehr machen. Und was ist von meinem Erfolg geblieben? Du siehst ja, ein Krüppel auf zwei Rädern", resümierte er, „und wenn ich sehe, was Jonathan aus meiner Kanzlei gemacht hat …"

„Wieso denn, sie läuft doch ganz gut, wie Jonathan mir bei seinem letzten Telefonat berichtete", fiel seine Tochter ein.

„Ach was!", winkte Patrick ab, „der hat sich viel kleiner gesetzt, weniger Aufträge, weniger Erfolg, und stell dir vor, er überlegt jetzt auch noch, Privatleute zu vertreten und gleichzeitig Geschäftskunden aufzugeben! Das alles ist doch ein enormer Rückschritt."

„Aber wenn es ihm doch so gefällt und Spaß macht …", sie wurde durch ein weiteres Abwinken Patricks unterbrochen: „Spaß ist nicht …", setzte er an. „… alles im Leben. Ich weiß", fiel sie ihm ins Wort, „diese Einstellung hat mich zu dem gemacht, was ich bin, aber ob ich dabei glücklich bin, sei einmal dahingestellt."

„Nun streitet nicht gleich schon", glättete Cora die Wogen, „kommt herein, das Essen ist fertig."

Jetzt erschienen auch Timothy und Claudia. „Hallo Schwesterherz", empfing ihr Bruder sie, „schön, dich wieder gesund hier zu haben! Darf ich dir meine Verlobte Claudia vorstellen, sie ist so wie ich Lehrerin. Nächstes Jahr wollen wir heiraten. Was wirst du hier in Aberdeen machen?"

„Das freut mich sehr für euch", sagte Victoria schon fast etwas neidisch dreinblickend - und sie sah den beiden an, dass sie wirklich verliebt waren, ein Herz und eine Seele. „Ich werde erst einmal hier an der Musikschule arbeiten; mein Chef aus Toronto hat mir hier eine Stelle verschafft." Patrick tönte aus dem Hintergrund: „Auch nicht unbedingt eine Verbesserung!"

„Ich bin vor allem wegen dir und Mama hier, begreif das mal endlich", regte sich seine Tochter auf.

„Beruhigt euch doch", meinte ihre Mutter, „und lasst uns jetzt endlich mal essen."

Nach dem Wochenende trat Victoria ihre Stelle als Lehrerin an der Musikschule in Aberdeen an. Dort spielte sie auch regelmäßig als Pianistin in einem Schulorchester mit. Gleichzeitig unterstützte sie ihre Mutter zu Hause mit dem pflegebedürftigen Vater, was nicht immer eine leichte Aufgabe war. Patrick war nicht sehr kooperativ und nörgelte ständig herum. Nach einem Jahr in Aberdeen lernte die mittlerweile 27jährige Victoria Linus Petorious kennen. Er war Eventmanager und sollte für die Musikschule eine Konzertwoche planen. Victoria wurde ihm zur Seite gestellt, um ihn bei seiner Arbeit zu unterstützen. Nach ihren Unterrichtsstunden traf sie ihn immer in einem eigens für seinen Zweck bereitgestellten Büro an. Hier konnten sie die Veranstaltung zusammen ausarbeiten. Danach gingen sie öfter spazieren oder eine Kleinigkeit im Bistro neben der Schule zu Mittag essen. Dabei kamen sie sich näher und verliebten sich allmählich ineinander. Diesmal nahm sich Victoria vor, ihren Freund nicht zu enttäuschen. Die Zeit, die sie zusammen hatten, wollte sie mit ihm verbringen und sich nicht durch Arbeit oder irgendeinen Leistungsdruck davon abhalten lassen. Und diese Zeit war sehr begrenzt. Nach der Musikwoche in Aberdeen konnte Linus sich zwar noch zwei Wochen beurlauben lassen, aber dann musste er los zu weiteren Aufträgen, wie er immer sagte. Und das bedeutete viele Reisen durch das ganze Land. So war diese Beziehung eine Beziehung auf Distanz. Victoria arbeitete weiter an der Musikschule, und Linus war ständig unterwegs. Gerade einmal alle zwei Wochenenden konnten sie sich sehen; meistens fuhr Victoria dann raus zu ihm auf ein Landhaus im Dorf Potterton, welches Linus dort erworben hatte. Es lag ca. zwei Kilometer von Denmore entfernt. Sie nutzen jede Stunde, um gemeinsam was zu unternehmen. Meistens Spaziergänge oder Fahrten in die Natur. Aber oft klingelte bereits sonntags morgens das Telefon, und Linus' Sekretärin Karen Dobs war am Apparat. Das bedeutete nichts Gutes, denn kurz darauf musste Linus wieder aufbrechen. Enttäuscht fuhr Victoria dann zu ihren Eltern nach Hause, wo sie wegen der Pflegebedürftigkeit des Vaters immer noch wohnte. Und dann war da noch die Schwester von Linus, die immer sehr oft bei ihren Aufenthalten im Landhaus anrief. Victoria bekam sie zwar nie zu sprechen, aber wenn Linus sich jedes Mal bei einem ihrer Anrufe mit dem Telefon in ein Nebenzimmer zurückzog, fand sie das schon merkwürdig. Meistens hielt er es aber kurz und deswegen machte sich Victoria auch nicht weiter Gedanken um die Sache.

Es kam der Tag der Hochzeit von Victorias Bruder Timothy. Die ganze Familie versammelte sich im Hause Filby. Es war ein ausgelassenes Fest, und Victoria beneidete ihre Schwägerin Claudia. Eine Woche später fasste sie sodann den Beschluss, Linus endlich einen Antrag zu machen, weil sie glaubte, ihn zu lieben und unterbewusst, um ihn festzuhalten, da sie befürchtete, sie könnten sich durch die Distanzbeziehung voneinander entfremden. Eigentlich müsse diese Initiative von Linus ausgehen, aber da hätte sie wohl noch lange warten können, dachte sie. Linus war nicht sehr begeistert. „Weißt du, das kommt momentan sehr ungelegen", meinte er, „gerade jetzt haben wir soviel im Auftrag, da befürchte ich, kaum Zeit für die ganzen Vorbereitungen zu haben."

„Das macht doch nichts", entgegnete Victoria, „ich kann das gut zusammen mit meiner Mutter und meiner Schwägerin übernehmen."

„Du setzt mich jetzt aber ganz schön unter Druck; ich meine, dass kommt so plötzlich und… „

„… und was?", unterbrach ihn seine Freundin, „so was kommt immer plötzlich. Entweder man liebt sich, dann können wir auch heiraten, oder man liebt sich eben nicht - dann aber verstehe ich nicht, warum wir noch zusammen sind."

„Natürlich liebe ich dich, aber lass uns doch…" Linus wurde durch das Klingeln des Telefons unterbrochen.

„Geh ran", meinte Victoria „ist bestimmt wieder deine Schwester oder Karen." Linus verließ den Raum, um in Ruhe zu telefonieren, wie er es immer tat. Als er zurückkam, schnappte er sich schnell seine Sachen, küsste seine Freundin flüchtig und sagte: „Ich rufe dich heute Abend an, dann sprechen wir noch einmal über alles, aber jetzt muss ich schnell fort, ein wichtiger Termin, du weißt ja." Dann hastete er aus der Tür. „Ja, ja, ich weiß ja", flüsterte Victoria leise nachahmend, während sie Linus nachdenklich aus dem Wohnzimmerfenster hinterher sah. So verbrachte sie den Rest des Tages mal wieder alleine, setzte sich an das Klavier in Linus Wohnzimmer und spielte sich ihren Frust von der Seele.

Es war am späten Nachmittag dieses Sonntages, und sie wollte gerade das Haus verlassen, um zu ihren Eltern zurückzufahren, da klingelte überraschend das Telefon. Auf dem Display stand ‚Linus'; komisch, um diese Zeit rief er doch sonst nie an, dachte Viktoria und nahm den Hörer ab. „Linus, bist du das?", fragte sie in den Hörer. „Was? Wieso? Ich dachte ...", stammelte sie und wurde dabei unterbrochen, „warum hast du deine Meinung so plötzlich geändert? ..., natürlich möchte ich noch, du weißt gar nicht wie glücklich du mich damit machst ..., ja, na klar, und grüße deine Schwester von mir, bye!" Victoria strahlte, Linus hatte urplötzlich in die Hochzeit eingewilligt. Sie konnte es kaum fassen, wenn ihr auch seine unerwartete Meinungsänderung etwas seltsam erschien. Aber sie war so beseelt von der Nachricht, dass sie an diesem Abend freudestrahlend zu ihren Eltern nach Hause fuhr, um ihnen die Botschaft zu überbringen.

Bis zur Hochzeit war noch einiges zu regeln, und die ganze Familie war eingespannt. Linus war während dieser Zeit wie immer kaum anwesend. Aber das störte Victoria nicht. Dazu war sie zu beschäftigt. Sie malte sich schon ihre gemeinsame Zukunft aus: vielleicht würde sie ja aufhören zu arbeiten und Kinder bekommen, dann würde sie auf jeden Fall für diese da sein wollen und nicht die Kindererziehung an ein Kindermädchen abgeben. Auf die Idee, dass sich Linus um die Kinder kümmert, während sie noch arbeitet, kam sie nicht. Das wäre in ihren Augen auch zu abwegig gewesen. Linus würde seinen Job nie aufgeben.

Dann war er da, der Tag der Hochzeit. Linus und Victoria wurden nur standesamtlich getraut. Linus wollte das so, er war kein Mann der Kirche, wie er immer sagte, und so willigte Victoria ein, und die beiden wurden ein Paar. Allerdings behielt sie ihren Namen ‚Filby' bei. Nach den Flitterwochen zog sie offiziell zu Hause aus und zu Linus ins Landhaus nach Potterton. Da dieses nicht weit vom Hause ihrer Eltern entfernt war, war es kein Problem, öfter nach dem Rechten zu schauen. Auch die Musikschule, in der sie arbeitete, war vom Landhaus gut erreichbar, wenngleich es ziemlich abgelegen lag. Trotzdem fühlte sie sich nach und nach immer einsamer in dem Haus. Linus war wie üblich unter der Woche auf Reisen, und sie trafen sich auch wie üblich nur am Wochenende. Irgendwann kam Victoria dann die Idee, Linus vorzuschlagen, ein Kind zu bekommen. Sie wusste, dass das etwas heikel werden könnte, aber dass er so vehement ablehnte, hatte sie nicht erwartet. „Wie stellst du dir das vor", fragte er, „willst du den ganzen Tag zu Hause herumhängen und auf das Kind aufpassen?"

Victoria verteidigte sich enttäuscht: „Was soll das heißen? Ist es so abwegig, dass eine verheiratete Frau sich ein Kind wünscht und eine Zeit lang zu Hause bleibt? Bei deinem Einkommen ist das doch kein Problem."

„Es geht hier nicht ums Geld", antwortete er, „ich will mich nur nicht schon so früh von einer zusätzlichen Belastung abhängig machen."

„Du nennst das ‚Belastung', wenn ich mir ein Kind wünsche?" Victoria fing jetzt an zu weinen.

„Nein ... ja ... oder ... ach ich weiß nicht", sagte Linus, „es ist mir einfach noch zu früh, und außerdem möchte ich noch eine Weile die Zeit mit dir allein genießen." „Welche Zeit?", schluchzte Victoria, „du bist doch sowieso nur halbwochenendweise zu Hause, da kannst du mir doch diese Ablenkung gönnen oder?"

„Ach", winkte er ab, „lass uns jetzt nicht darüber streiten", und er verließ das Zimmer, wie er das immer tat, wenn er Konflikten mit seiner Frau ausweichen wollte. Kurz darauf war er auch schon wieder weg.

Um der Einsamkeit des Landhauses zu entfliehen, blieb Victoria nach ihrer Lehrtätigkeit in der Musikschule abends dort länger und arbeitete dann noch an verschiedenen Projekten mit. So kam sie erst spät in der Nacht nach Hause und fiel meistens todmüde ins Bett. Dabei bemerkte sie nicht, wie sie sich mehr und mehr überarbeitete. Manchmal war es soviel, dass sie sich zum Teil etwas über das Wochenende mit nach Hause nahm. Linus störte das weiter nicht, was Victoria zu Denken gab. Gemeinsame Unternehmungen waren eher die Ausnahme. „Liebst du mich eigentlich noch?", fragte sie ihn einmal, während sie über ihren Papieren saß.

„Natürlich", kam es simpel von Linus zurück.

„Genau so eine Antwort habe ich nicht erwartet", antwortete Victoria, „mir hat mal jemand gesagt, dass es nicht genügt, zu wissen, ob man sich liebt, sondern dass man es sich auch zeigen muss."

„Du wolltest mich doch unbedingt heiraten, also was willst du denn jetzt noch? Wir haben eben beide viel um die Ohren ..." Dann unterbrach ihn das Läuten des Telefons. Victoria wollte abheben, aber Linus nahm ihr den Hörer aus der Hand: „Lass, lass, lass, ist wahrscheinlich wieder meine Schwester ..."

„...oder deine Sekretärin", vervollständigte seine Frau den Satz.

„Hallo ... ach du bist es ... jetzt ist es gerade schlecht ... ruf mich morgen in meinem Büro an ... ja, ja, bis dann", würgte Linus den Anrufer ab. Er wollte weiter ablenken: „Ach übrigens, nächste Woche würde ich dir gerne meinen neuen Mitarbeiter vorstellen, er heißt Joe Selmers und arbeitet mit mir an verschiedenen Projekten zusammen."

„Ich würde viel lieber mal deine Schwester kennen lernen, die ruft hier jedes Wochenende ununterbrochen an, aber gesprochen habe ich noch nie mit ihr, geschweige denn, sie gesehen. Wieso war sie eigentlich nicht auf unserer Hochzeit?", fragte Victoria.

„Du weißt, dass sie krank ist, und außerdem möchte ich nicht, dass sie dich mit ihren Problemen belästigt, da habe ich schon genug mit zu tun", wiegelte Linus ab. Schon sonderbar, dachte Victoria, diese Schwester hat auch sonst irgendwie noch niemand zu Gesicht bekommen. Dann versank sie wieder in ihren Papieren.

Sie arbeitete unentwegt, aß zu wenig und wurde immer abgespannter. Im Unterricht wurde ihr zeitweise richtig schummerig und übel. Eines Tages passierte es dann, sie brach mitten in einer Unterrichtsstunde zusammen. Der Notarzt brachte sie ins Krankenhaus, wo man einen akuten Schwächezustand diagnostizierte. Sie wurde krankgeschrieben, und man empfahl ihr, sich für einige Wochen zu Hause zu entspannen. Aber das konnte sie dort erst recht nicht. Linus konnte oder wollte sich nicht für sie frei nehmen. Sie hatte sich ihre Ehe irgendwie anders vorgestellt. In den Tagen ihres Krankenstandes besuchte sie häufig ihre Eltern. Ihre Mutter Cora meinte, es sei vielleicht das Beste für ihre Tochter, mal für eine Weile ganz weg aus dieser Stadt zu gehen, um Abstand zu gewinnen und über die Zukunft nachzudenken. Victoria stimmte ihr zu, gab jedoch zu bedenken, dass Cora mit dem zunehmend schwierigeren, herumnörgelnden Vater auf die Dauer alleine etwas überlastet sein könnte. Aber Cora beruhigte sie: "Der ist soweit stabil, wenn er so bleibt, dann komme ich schon mit ihm klar."

Am nächsten Tag fuhr Victoria bei ihrer Schule vorbei, um sich dort ein paar Fachzeitschriften zu besorgen. Als sie so darin herum las, fiel ihr eine Anzeige auf: Fakultät für Musik an der

Universität Stockholm sucht für das Wintersemester 2005 ab Dezember für drei Monate eine wissenschaftliche Mitarbeiterin und Gastrednerin für eine freie Vorlesungsreihe über mittelalterlicher Musik. Das wäre doch was, überlegte Victoria und musste an die Worte ihrer Mutter denken. Für ein paar Monate mal ganz woanders, nur für sich und über alles nachdenken. Kurz entschlossen rief sie in Stockholm an, ob die Stelle noch zu haben wäre, welches bejaht wurde, und so schickte sie ihre Bewerbungsmappe ohne längeres Zögern dorthin. Es dauerte keine zwei Wochen, da bekam sie von der Uni Stockholm Bescheid: „Nach Prüfung ihrer Unterlagen würden wir uns freuen, Sie bei uns im Hause begrüßen zu dürfen." Die Schule in Aberdeen hatte keine Einwände und stellte Victoria für eine Vorlesungszeit frei, und schon einen Tag später packte sie ihre Reisetasche mit dem Notwendigsten, hinterließ Linus eine kurze Abschiedsnachricht, verabschiedete sich von ihren Eltern und nahm den nächsten Flug nach Stockholm. Zu diesem Zeitpunkt war sie 29 Jahre alt.

Es waren noch ca. fünf Minuten bis zum Vorlesungsende - und ich hatte die ganze Zeit durch meine geistige Abwesenheit nicht sehr viel Inhaltliches mitbekommen. Zu sehr war ich damit beschäftigt, das Gehabe dieser Frau zu studieren. Als sie ihre Rede beendete, war mein Skriptblock vollkommen leer. So etwas war mir sonst noch nie passiert. Der Applaus, das typische Klopfen auf den Tisch, war durchaus vorhanden, wenn auch nicht übermäßig. Ms. Filby verabschiedete sich mit den Worten: "Thanks for listening; if you have further questions, do not hesitate to visit me during my office hours on every Wednesday at 6 p.m. in room 120. I hope to see you next week."
Damit schachtelte sie ihre Papiere zusammen und eilte schnellen Schrittes aus dem Saal, als wenn sie auf jeden Fall vermeiden wollte, mit nachfragenden Studenten zusammen-zutreffen. Es war viertel vor fünf, als ich mich auf den Weg nach Hause machte, die Universität war um diese Zeit schon sehr leer. Auf dem Weg nach draußen musste ich an den Büroräumen der Dozenten und Professoren vorbei und einzig unter dem Türschlitz von Raum 120 schimmerte noch Licht hindurch.

Das Kennenlernen

In den folgenden Tagen überlegte ich mir, ob ich Ms. Filbys Sprechstunde aufsuchen sollte, aber dafür fehlte mir eigentlich ein triftiger Grund, ich meine offiziell, denn in der Vorlesung hatte ich ja nicht besonders viel mitbekommen, also worüber sollte ich mich mit ihr unterhalten? Es war ja meine reine Neugier, diese Frau einmal persönlich kennen zu lernen. Ich schwankte noch. Die Entscheidung wurde mir dann durch Caroline abgenommen, die am folgenden Mittwoch auf eine Dienstreise fuhr und bis zum Sonntag blieb. Was sollte ich da unnötig an den Abenden alleine zu Hause sein? So kam mir dann doch die Abwechslung recht, mich mal mit jemand anderem zu unterhalten, als nur Beziehungsprobleme mit meiner Frau zu wälzen, oder über Kinderthemen mit Fiona zu sprechen. Also freute ich mich schon richtig auf Mittwochabend. Auf Fiona war Verlass, sie machte Abendessen für Florian und Katharina, und auch wenn sie abends frei hatte, erklärte sie sich bereit, an diesem Abend auf die Kinder aufzupassen.

Es kam der Mittwoch. Ich hoffte, dass sich nicht allzu viele Studenten wartend vor Ms. Filbys Büro tummelten, da ich Fiona nicht unnötig lange zu Hause warten lassen wollte. Und da meine Bahn von Lidingö, ein kleines verschlafenes Bummelbähnchen, vor allem im Winter so ungünstig fuhr, kam ich auch nur sehr knapp vor Sprechstundenbeginn auf dem Flur von Ms. Filbys Büro an. Aber da war kein Mensch. Komisch, dachte ich, ich werde mich doch nicht in der Zeit geirrt haben? Ich setzte mich auf die Wartebank vor ihrem Zimmer, und so harrte ich bestimmt fünf Minuten aus. Aus dem Inneren hörte ich nichts, auch konnte ich nicht erkennen, ob unter ihrer Tür ein Lichtschimmer leuchtete, der auf ihre Anwesenheit hätte hindeuten können, da die helle Neonbeleuchtung des Flures alles überstrahlte. Ich überlegte noch, ob ich vielleicht anklopfen sollte, da öffnete sich die Tür und ein blondes Gesicht schaute heraus, nach rechts und nach links, als ob es fragen wollte: „Will denn keiner eintreten?" Ms. Filby erblickte mich und fragte, ob ich wegen ihrer Sprechstunde gekommen sei. Ich nickte, und fast schon erleichtert bat sie mich herein, als ob sie gedacht hätte, dass sich wenigstens einer interessiere. Ihr Büro war spartanisch ausgestattet: ein Schreibtisch mit einem Wust von Papier darauf, ein Stuhl davor und dahinter, eine kleine Eckcouch mit Tischchen und einem riesigen Wandschrank voll mit Büchern und Akten. An sich nicht sehr gemütlich, aber der Raum war in gedämpftes Licht gehüllt, welches von der kleinen Schreibtischlampe herrührte. So entstand zumindest um den Schreibtisch herum eine Art behagliche Stimmung. Ms. Filby bot mir den Stuhl vor ihrem Tisch an und nahm selber dahinter Platz. Sie trug ein Laura Ashley Kleid und ihr halblanges, gewelltes Haar war mit einem Haarreif geziert. Ihr ebenmäßiges, kleines Gesicht mit blaugrünen Augen schaute mich fragend an, als ich etwas im Raum umherschaute. „Oh, sorry, it is not very comfortable in her, therefore I use only this light to have at least an illusion of more cosiness in this room", entschuldigte sie sich und zeigte dabei auf ihre Schreibtischlampe. "How can I help you?", fuhr sie fort.

Ich stellte mich kurz vor und sagte ihr, dass ich ein Hörer ihrer Vorlesung sei. „Oh yes, I know, I've recognized you in the right front corner of the audience", erinnerte sie sich, „are you from Germany, your accent sounds like this?", wollte sie weiter wissen, was ich bejahte. „Dann können wir uns auch auf Deutsch unterhalten", sprach sie weiter, „das ist kein Problem." Ich war überrascht, wie gut sie Deutsch sprach. Ihr Akzent war nicht sehr stark, eben typisch britisch, aber das machte sie mir sehr sympathisch. Sie hätte ja auch theoretisch erwarten können, dass ich Englisch rede. Vielleicht bot sie mir das auch deswegen an, da ich ja um einiges älter war als sie, also mindestens 10 Jahre, sozusagen als Respekt vor dem Altersunterschied. „Also, was kann ich für Sie tun, Herr Lorent", fragte sie noch einmal. Dabei wippte sie einen Bleistift zwischen ihren Fingern hin und her. Einen Ring trug sie an der linken Hand, wahrscheinlich war die Frau also verheiratet. Kein Wunder, dachte ich, wenn man so aussieht, bleibt man nicht lange allein, und ein leicht enttäuschtes Gefühl keimte in mir auf. Da fiel mir ein, dass ich meinen Ehering schon lange nicht mehr trug; irgendwann hatte ich ihn mal ab- und nicht wieder angelegt; warum, weiß ich auch nicht genau.

„Ja, eigentlich …", ich wusste gar nicht, was ich sie jetzt fragen sollte, „also ich wollte mich mal erkundigen … em … da Sie sich ja in mittelalterlicher Musik auskennen … em … wo man denn am besten solch eine Musik käuflich erwerben kann?" Etwas Besseres fiel mir nicht ein. Und es war mir ein wenig peinlich. Sie lächelte, genauso, wie sie es auf dem Photo im Internet tat, und sagte mir dann, dass es da wohl einiges gebe und ob ich denn etwas Spezielles suchen würde. Ich antwortete: „Ich suche mehr so allgemein Möglichkeiten, in der Richtung Tonträger zu finden - ich sammle solche Sachen, wenn sie verstehen?"

„Dann schlage ich Ihnen vor, sich doch einfach mal in diversen großen CD Läden umzuschauen; soweit ich weiß, gibt es von denen ja einige hier in der Stadt."

Ich nickte stumm, als ob ich das nicht selbst gewusst hätte. Was für eine Antwort sollte ich auf so eine Frage auch erwarten. Aber dann kramte sie aus ihrer Schublade einen Zettel hervor: „Hier, schauen Sie mal darauf. Diese Verlage veröffentlichen immer mal wieder Musikstücke moderner Ensembles mit mittelalterlichen Instrumenten; können Sie behalten." Ich nahm schweigend den Zettel, packte ihn in mein Köfferchen und schaute verlegen aber doch gebannt in das Gesicht meines hübschen Gegenübers. Sie sah mich an, als ob sie fragen wollte, was ich denn noch auf dem Herzen hätte. Während ich nach einer Blitzidee suchte, was ich Ms. Filby noch fragen könnte, kam sie mir zuvor und wollte wissen: „Wie fanden Sie denn die Vorlesung?"

„Öm ... Sehr interessant", antwortete ich mit bestätigendem Gesichtsausdruck."

„Was hat Sie denn am meisten interessiert", hakte Ms Filby nach.

Ich wurde etwas nervös und wusste wirklich nicht, was ich jetzt antworten sollte. Ein Glück, dass sie in dem Dämmerlicht nicht mein errötendes Gesicht sieht, dachte ich. Sie merkte wohl meine Verlegenheit und insistierte nicht weiter, indem sie selber fortfuhr: „Nun, das war ja auch nur mehr eine Einleitung in die Thematik, und morgen werde ich dann speziellere Punkte ansprechen." Ich war erleichtert, dass sie mir die Antwort auf diese Frage dadurch abnahm. „Aber sagen Sie mal, eine ganz andere Frage beschäftigt mich", wechselte sie das Thema. „Die spärliche Besetzung des Hörsaales fand ich schon etwas enttäuschend, und auch die Nachfrage nach meiner Sprechstunde sieht wohl eher mager aus; Sie sind bis jetzt der einzige." Ms Filby stand kurz auf, schaute aus der Tür und sah sich bestätigt. Als sie sich wieder setzte, stützte sie ihr Kinn in die rechte Hand und blickte mich etwas desillusioniert an.

„Ich glaube", antwortete ich, „dass das nicht an Ihnen liegt."

„Wieso meinen Sie?"

„Nun, hier in Stockholm geht alles etwas langsamer, ruhiger und nicht so überfüllt von statten. Die Uhren laufen hier anders. Und so kurz vor Weihnachten, sind die meisten Menschen fixiert auf das Lichterfest, und die Arbeit und das Getriebe des Alltags stehen eher im Hintergrund. Da dürfen Sie keine all zu großen Euphorien erwarten", erklärte ich ihr.

„Ist mir auch schon aufgefallen", sinnierte Ms. Filby, „alles irgendwie gemütlich und ruhig. Eigentlich mag ich das ja, ich bin es nur anders gewohnt von Toronto und Aberdeen."

„Ja, ich wohne schon einige Jahre hier, und es ist immer das gleiche; die Menschen hier leben nicht, um zu arbeiten, sondern arbeiten, um zu leben. Sie freuen sich an den Schönheiten, die das Land zu bieten hat. Im Sommer, wenn die Sonne nie untergeht, machen sie gerne lange Urlaub in der Natur, und in den kalten, langen Wintermonaten, wenn die Sonne nur sporadisch am Horizont erscheint, um gleich wieder in die Dämmerung überzugehen, macht man es sich zu Hause gemütlich mit Kerzen und Licht."

Ms. Filby schaute mich während meiner Ausführung verträumt an, und meinte schließlich: „Eigentlich eine gesunde Lebenseinstellung, die die Leute hier haben." Dabei erhob sie sich und ging zur Tür, um noch einmal zu sehen, ob davor vielleicht doch noch ein Student auf sie wartete, aber Fehlanzeige. Ich stand nun ebenfalls auf und wollte mich von ihr verabschieden. Sie schaute mich freundlich an, streckte mir ihre Hand entgegen und meinte: „War nett, Sie kennen zu lernen, Herr Lorent, kommen Sie morgen zur Vorlesung?"

„Sicherlich", erwiderte ich, und versuchte ebenso freundlich zurückzulächeln, was mir bei ihrem Anblick nicht gerade schwer fiel.

„Na dann ist mir ja zumindest ein Hörer sicher", griente sie in sich hinein, „und kommen Sie gut nach Hause."

Als ich den Flur entlang zum Ausgang des Instituts lief, hörte ich noch Schlüsselgeräusche, und als ich mich umdrehte, sah ich, wie Ms. Filby in einen Wintermantel eingehüllt ihre Bürotüre abschloss und in die mir entgegengesetzte Richtung verschwand. Auf dem Nachhauseweg dachte ich darüber nach, wo sie wohl wohnt in der Stadt. Überhaupt ging mir ihr Anblick den ganzen Abend nicht aus dem Sinn. Sie kam mir irgendwie einsam vor, und intuitiv ahnte ich, dass sie vielleicht nicht mit ihrem Mann, sondern alleine nach Stockholm gekommen war. Auch tat sie mir ein bisschen leid, da sich außer mir wirklich niemand für ihre Sprechstunde interessiert hatte; und dafür war sie nun extra abends in die Uni gekommen.

Bei meinem Eintreffen zuhause wartete Fiona schon auf mich und teilte mir mit, dass die Kinder brav eingeschlafen seien und es weiter keine Probleme mit ihnen gab. Ich dankte ihr und entließ sie nun in ihren wohlverdienten Feierabend. Ich versuchte, an diesem Abend Caroline noch anzurufen, um zu sagen, dass im Hause alles klar liefe und es keine Besonderheiten gebe, aber es war nur ihre Mailbox erreichbar, worauf ich mein Sprüchlein hinterließ.

Am nächsten Tag, ich hatte gerade mit den Kindern die Hausaufgaben gemacht und wollte sie Fiona übergeben, um zu meiner Vorlesung um 15 Uhr zu fahren, da klingelte das Telefon. Es war Caroline, die unüblicherweise anrief, was sie sonst kaum tat, wenn sie auf Dienstreise war, um mir zu sagen, dass sie meine Nachricht auf der Mailbox erhalten habe und dass ich wissen solle, dass sie mich liebe. „Ja", antwortete ich, ich weiß, „ich liebe dich ja auch."

„Tja, wenn sonst weiter nichts ist, dann sehen wir uns am Sonntag Abend; bis dann Schatz", beschloss sie ihren Anruf. Wie ich diese Art von Liebesbezeugungen hasste, so plötzlich, so nüchtern und ohne Zusammenhang, als wenn bei allen Eheproblemen, die wir hatten, auf jeden Fall zwanghaft versucht werden musste, mit solchen Sätzen alles ins Lot zu rücken. Ich kam mir beim Erwidern solcher Liebesfloskeln immer lächerlich vor, zumal ich wusste, dass wir uns eine Woche später wieder über unsere Beziehung, ihre Berufsrolle und meine Rolle zu Hause streiten würden. Eigentlich freute ich mich vielmehr, Ms. Filby in der Vorlesung wieder zu sehen als auf das Wiedersehen mit meiner Frau. So machte ich mich dann schnell auf den Weg, um rechtzeitig im Hörsaal zu sein. Diesmal war ich pünktlich. Ich setzte mich wieder vorne rechts hin und wartete auf den Beginn der Vorlesung. Ich nahm mir vor, etwas aufmerksamer als beim letzten Mal zu sein, da ich mir bei einem erneuten Zusammentreffen mit Ms. Filby nicht noch einmal die Blöße geben wollte. Der Hörsaal war dieses Mal noch weniger gefüllt als in der Woche zuvor. Ich wusste, dass das in der Tat nur damit zusammenhing, dass es mittlerweile zwei Wochen vor Weihnachten war und viele Studenten schon, nun, ich sage mal Weihnachtsferien machten. Ms. Filby kam herein, schaute ins Plenum, und ihre Miene verzog sich sichtlich enttäuscht, darauf erblickte sie mich und warf mir ein flüchtiges Lächeln mit einem Augenzwinkern zu, als wollte sie sagen: „Na dann wollen wir mal." Diesmal konnte ich ihrer Vorlesung gut folgen. Ich weiß nicht, ob ich es mir einbildete, dass sie öfter in meine Richtung schaute, oder ob es eben nur eine der vielen Richtungen war, in die Redner für gewöhnlich allgemein blicken während ihres Vortrages. Schon seltsam, dachte ich, dass mich solche Fragen beschäftigen, aber ich merkte, wie mich ein angenehmes Gefühl berührte, wenn ihr Blick vermeintlich meine Sitzposition traf. Das, was sie uns erzählte, war sehr interessant. Sie las nicht einfach von ihrem Pult aus vor, sondern sie moderierte die Rede richtig; mit viel Gestik, Mimik und vor allem Wissen sprach sie völlig frei, ohne auf ihr Skript zu schauen. Das machte die Sache sehr lebhaft. Man merkte förmlich, wie sie versuchte, das Publikum mitzureißen, was bei einem solchen Thema wie dem ihren auch nur dann möglich sein konnte, wenn man sich für dieses Feld interessierte. Ich merkte, wie das bei einigen Studienkollegen und auch bei mir gut ankam. Wir folgten ihrer Moderation sehr aufmerksam. Im Gegensatz zur vorangegangenen Woche, als sie mir anfangs sehr unsicher vorkam - ich konnte mich auch täuschen -, war sie dieses Mal ein Vollprofi. Sie ließ sich ihre Enttäuschung über die geringe Saalbesetzung nicht anmerken und war sichtlich mit Herz bei der Sache. Mir imponierte das. Einfach toll, wie diese Frau da vorne herumwirbelte und das Beste aus dem machte, was man aus dieser Situation machen konnte. Vielleicht war das ihr Erfolgsrezept, sich mit Kraft in eine Sache zu steigern und diese durchzuziehen. Der Erfolg, das ansonsten eher träge Publikum zum aktiven Zuhören zu bewegen, war offensichtlich. Gut möglich, dass das eine wesentliche Eigenschaft war, die mir etwas fehlte, um Erfolg zu haben, die Eigenschaft, sich einer Sache ernst anzunehmen und bis zum Ende durchzuführen. Ich wusste selbst, dass ich allzu oft im Leben den Weg des geringsten Widerstandes gegangen war, weil er ja so bequem war, dann allerdings auch nur zu mäßigen Ergebnissen oder zu Kompromissen führte, was sich auch in der Unzufriedenheit meines damaligen Lebens äußerte. Vielleicht war gerade das der Punkt, warum die eine so früh erfolgreich war und der andere so spät im Leben immer noch nicht Fuß gefasst hatte und abhängig vom Einkommen seiner Frau war.

Nach der Vorlesung wollte ich gerade meine Schreibmappe in meinem Koffer verstauen, da fiel, von mir unbemerkt, Victorias Photo, welches ich immer noch in der Mappe liegen hatte, heraus auf den Boden. Ms. Filby kam just in dem Moment zum Ausgang in meine Richtung und bückte sich mit den Worten: „Herr Lorent, Sie haben etwas verloren." Ich schaute sie erstaunt an, und sie drückte mir das Bild in die Hand. Mann, war mir das peinlich. Mir schoss die Hitze ins Gesicht. Ich nahm das Photo, bedankte mich, hoffend dass sie nicht darauf geschaut hätte, und steckte es in meine Jackentasche. Aber meine Hoffnung wurde enttäuscht, sie hatte wohl ein Blick darauf geworfen. „Also aktuell ist das ja nicht mehr", meinte sie mit einem amüsierten Lächeln, „wo haben Sie das denn her?"

„Ehm, aus dem Internet", antwortete ich mit immer noch rotem Gesicht."

Wir verließen zusammen den Hörsaal und gingen gemeinsam ein Stück den Gang entlang. „Ja", sagte sie, „das waren noch Zeiten, darf ich das Bild noch mal sehen?" Ich gab es ihr zögernd und sie schaute nachdenklich darauf: „Das war so um meinen Schulabschluss herum", meinte sie leise und betrachtete das Photo mit eingehender Nachdenklichkeit, so als ob in ihrem Kopf eine dazu passende Geschichte ablaufen würde. Sie schwieg einige Sekunden lang, dann aber wie aus einem Gedanken wachgerüttelt, als wir an ihrem Büro vorbeikamen, gab sie mir das Bild zurück und fragte: „Hat Ihnen die Vorlesung gefallen?" Ich nickte und konnte mir nicht verkneifen zu sagen, dass ich ihren Vortrag diesmal richtig toll fand. Da bekam sie wieder dieses verschmitzte Lächeln und freute sich sichtlich über meine Zustimmung und verabschiedete sich. „Dann bis nächste Woche", und sie verschwand in ihrem Büro.

Als ich zu Hause ankam, erwartete mich das Übliche: Fiona mit den Kindern, Abendessen, Gutenachtgeschichte erzählen und zu Bett bringen. Während die Zwillinge schliefen und Fiona sich in den Abend verabschiedet hatte, saß ich noch mit einem Glas Wein auf der Veranda, eingehüllt in eine Winterjacke, und schaute in den klaren Winterhimmel von Stockholm. In der Ferne vernahm ich das Tuten der Schiffe auf dem Arm des Värtasees, der bis nach Stockholm hineinreicht. Ich dachte über meine Beziehung zu Caroline nach, oder was davon noch übrig geblieben war, und gleichzeitig ertappte ich mich, wie ich sie und Ms. Filby anfing zu vergleichen, in vielerlei Hinsicht. Beide waren Personen, die offensichtlich ziemlich stringent das verfolgen, was sie anstreben. Bei Caroline wusste ich das, ich kannte sie als jemanden, der zielstrebig seinen Weg geht. Deswegen war sie wahrscheinlich nun auch in ihrer Firma so weit gekommen. Und dann Victoria Filby; von ihr wusste ich eigentlich nur das, was ich gelesen hatte, und das, was ich mir einbildete zu wissen, nachdem ich ein paar Mal mit ihr gesprochen und sie in den Vorlesungen erlebt hatte. Aber eines war mir klar, Ms. Filby musste ebenso zielstrebig sein und ihre Ziele im Leben verfolgen, denn sonst hätte sie nicht eine solche Biografie. Aber weshalb wirkte diese Zielstrebigkeit beider Frauen unterschiedlich auf mich? Vielleicht war es die Art der weiblichen Ausstrahlung, die den Unterschied ausmachte. Ich war mittlerweile müde, ließ den Gedankengang ausklingen und ging zu Bett.

Der Sonntag kam, und ich wollte am Nachmittag mit den Kindern Caroline in Arlanda vom Flughafen abholen. Dieser liegt ca. 25 Kilometer nördlich von Stockholm. Da wir kein Auto hatten, fuhr ich mit Katharina und Florian mit der kleinen blauen Lidingöbahn von unserer Insel nach Stockholm und von dort aus mit dem Airportbus zum Flughafen. Caroline war seit einer Woche mit einem Arbeitskollegen in Köln auf einer Tagung. Sie wollten dort vor Weihnachten noch irgendein wichtiges Geschäft abschließen. Sie wusste nicht, dass ich sie mit den Kindern abholen wollte; es war auch nicht meine Idee, sondern die Zwillinge hatten mich gebeten, mit ihnen am Sonntag eine Tour zu machen, um Mama zu überraschen. Sie würde sich bestimmt freuen. In der Abholhalle angekommen, positionierte ich mich mit den beiden Kleinen dort, wo die ankommenden Fluggäste aus einer großen Flügeltüre herauskamen. Carolines Flugzeug war gerade gelandet, und so mussten wir noch etwas warten. Wir standen etwas ungünstig, so dass man uns nicht direkt hätte erblicken können beim Herauskommen aus der Flügeltür. Plötzlich, nach ca. 10 Minuten, erschien Caroline mit ihrem Koffer, einem Blumenstrauß und einem Mann an ihrer Seite, der wohl ihr Arbeitskollege zu sein schien. Sie unterhielten sich ziemlich angeregt, etwas zu angeregt für meine Begriffe, und so erblickten sie uns nicht. Katharina wollte gerade auf sie zustürmen, da hielt ich sie zurück, mit der Bitte, etwas ruhiger zu sein, sie könnten ja gleich ihre Mutter in Empfang nehmen. Die Zwillinge verstanden natürlich nicht, warum ich das tat, aber ich wollte sehen, was die beiden Ankömmlinge als nächstes vorhatten. Sie begaben sich ziemlich dicht nebeneinander gehend - bildete ich mir jedenfalls ein - zum Ausgang und positionierten sich am Taxistand. Ich konnte die Kinder kaum zurückhalten, aber ich wollte unbedingt herausfinden, ob sie jeweils alleine losfahren würden oder zusammen. Und in der Tat, sie verfrachteten beide ihre Koffer in ein und demselben Taxi. Noch bevor ich mit den Kindern folgen konnte, stiegen sie auch schon ein, und waren weg. Das ging nun etwas zu schnell. Katharina fing an zu weinen: „Wo fahren die denn jetzt hin?"

„Bestimmt nach Hause", beruhigte ich sie, selber nicht wissend, wo die Fahrt wohl hinging. „Kommt Kinder", rief ich, „wir nehmen direkt das nächste Taxi dahinter." Ich setzte die beiden auf die Rückbank und sagte dem Taxifahrer, er solle dem vorausfahrenden Wagen bis ans Ziel folgen. Die Fahrt ging nach Stockholm rein, aber auf der Abbiegemöglichkeit nach Lidingö fuhr das andere Taxi geradeaus in Richtung Innenstadt. Vor dem Bürogebäude, in dem Caroline arbeitete, bog es in eine Tiefgarage ab. Ich bat unseren Chauffeur, er solle warten, bis das andere Taxi wieder aus der Garage herauskomme. So vergingen ca. fünf Minuten, und die beiden Kinder wurden hinten langsam quengelig. „Wann kommt denn endlich die Mama", fragte Florian.

„Sie kommt, wann sie kommt", entgegnete ich etwas genervt, „geduldet euch etwas, ich rufe sie jetzt mal an." In dem Moment kam das Taxi wieder aus der Tiefgarage; ohne Caroline oder ihren Begleiter. Ich wies nun meinen Fahrer an, er solle uns nach Lidingö nach Hause fahren. Auf der Fahrt dorthin versuchte ich Caroline anzurufen. „Caroline Lorent", kam es aus dem Hörer.

„Ja hallo, ich bin's", meldete ich mich, „wo bist du jetzt?"

„Wir sind eben gelandet, ich bin gleich zu Hause, also bis dann Schatz."

Mehr als misstrauisch machte mich dieses Kurzgespräch. Warum sagte sie mir nicht, dass sie mit ihrem Kollegen noch ins Büro fuhr? Jeder Ehemann wäre jetzt eigentlich eifersüchtig geworden, nicht so ich. Ich hatte zwar meine Verdachtsmomente, aber richtig eifersüchtig fühlte ich mich nicht, ganz im Gegenteil, ich dachte sofort an Victoria Filby und hatte kein schlechtes Gewissen dabei. Was sie jetzt gerade wohl machen würde, und wie sie diesen kalten regnerischen Sonntag verbracht haben würde, fragte ich mich. Wahrscheinlich habe sie wohl zu Hause gearbeitet oder ihr Mann wäre bei ihr, überlegte ich mir, und eine leichte Wehmut überkam mich dabei.

Zu Hause angekommen, waren die beiden Zwillinge ziemlich müde und frustriert, ihre Mutter nicht abholen gekonnt zu haben, wie es eigentlich geplant war. Ich hatte ihnen gegenüber ein wenig ein schlechtes Gewissen, da ich die Situation ja am Flughafen hätte aufklären können. Aber mein Misstrauen war stärker als der Wunsch nach einem pseudoharmonischen Wiedersehen. Es dauerte denn auch nicht lange, da fuhr ein Taxi vor und Caroline stieg aus. Die Kleinen begrüßten sie stürmisch, ich war eher zurückhaltend. „Was ist", willst du deine Frau nicht umarmen?", kam sie auf mich zu. Ich tat, wie sie sagte, aber eher halbherzig.

„Wie war dein Flug?", fragte ich.

„So lala, wir hatten etwas Verspätung, deswegen komme ich erst jetzt, lasst uns reingehen."

Sie erwähnte mit keinem Wort ihren Umweg mit dem Kollegen über ihr Büro. Dann platzte Florian heraus: „Wir waren auch am Flughafen, und wollten dich abholen."

Caroline stutzte: „Dann haben wir uns wohl verpasst, das tut mir leid."

„Aber wir haben dich gesehen. Wohin bist du denn mit dem Mann im Taxi gefahren?", fragte Florian.

Caroline blickte mich erstaunt, oder besser gesagt ertappt an und stammelte: „Ja weißt du Florian", dabei schaute sie zu mir, „ich war noch mit einem Kollegen im Büro, und da haben wir noch etwas für morgen ausgearbeitet."

„So, so", meinte ich leicht ironisch.

„Was heißt hier ,so, so'", ging sie mich an, „wenn ihr mich gesehen habt, warum habt ihr euch nicht bemerkbar gemacht, dann wären wir zusammen nach Hause gefahren."

„Wir sind ja hinter deinem Taxi hergefahren", verkündete Katharina, „und als du dann nicht aus dem großen Haus gekommen bist, ist Papa mit uns nach Hause gefahren."

„Du hast mir nachspioniert", hielt Caroline mir vor, „das ist doch das Letzte … und dazu noch mit den Kindern."

In dem Moment drehte sich das Türschloss und Fiona trat herein. Der aufkeimende Konflikt wurde jäh unterbrochen.

„Ist das ein fieses Wetter", schauderte sie, „mein Flug war ganz schön rumpelig."

„Hatten Sie ein schönes Wochenende?", fragte ich Fiona.

Sie grinste und meinte: „Das kann man wohl sagen, mein Freund will sich doch tatsächlich verloben."

Anerkennend schaute ich sie an und nickte: „Und wann ist die Hochzeit?"

Caroline, immer noch sichtlich genervt, ging aus der Situation heraus in die Küche und meinte beiläufig: „Überlegen Sie sich das gut."

„Was hat sie denn?", fragte Fiona mich.

„Vergessen Sie es. Könnten Sie die Kinder ins Bett bringen?", bat ich sie.

„Na klar", antwortete Fiona, „kümmern Sie sich um Ihre Frau, ich mache das schon."

Ich folgte Caroline in die Küche. Sie schmollte sichtlich und meinte dann: „Findest du es nicht ein bisschen albern, mir so nachzustellen, vertraust du mir nicht?"

„Na, was soll ich denken, wenn du da mit so einem Typen recht vertraulich durch die Gegend flanierst?"

„Mein Gott, was ist denn dabei?", stöhnte sie, „ich war eben mit Robert auf Dienstreise, und unterwegs im Flugzeug haben wir uns gut unterhalten, das war alles."

„Und warum bist du dann mit ihm noch ins Büro gefahren?", hakte ich nach, worauf sie antwortete, dass das eben rein dienstlich war und zur Vorbereitung des folgenden Arbeitstages gedient hätte. Aber dafür könne sie von mir ja kein Verständnis verlangen, da ich ja nicht in der Arbeitswelt integriert wäre und deswegen solche Dinge nicht nachvollziehen könne. Das verletzte mich und machte mich auch gleichzeitig wütend.

„Ist es vielleicht nur meine Schuld, dass ich hier nicht im Arbeitsleben stehe und als Hemmapapa meine Zeit verbringe?" – Hemmapapa ist übrigens in Schweden der Begriff für Väter, die nicht arbeiten, sondern zu Hause für die Kinder da sind, während die Mutter berufstätig ist.

„Nein, natürlich nicht", antwortete Caroline, „aber etwas mehr könntest du schon aus deinem Leben machen. Du hast doch jetzt Zeit genug dazu, weil Fiona da ist. Wofür bezahlen wir die eigentlich. Geh' doch mal raus, pack was an und zieh es durch", drang sie in mich, „dann wirst du auch zufriedener und musst dich nicht mit solchen Lächerlichkeiten befassen." Ganz so Unrecht hatte sie damit wahrscheinlich nicht, weil sie genau meinen wunden Punkt traf. Aber die Art, wie sie das sagte, mochte ich überhaupt nicht. Es war so eine herrische Art; irgendwie männlich kam es mir vor, wenn sie so aufgelegt war. „Und wenn du so einer tollen, hübschen Frau wie mir mehr zeigen würdest, dass du sie liebst, bräuchtest du auch keine Sorgen zu haben, dass sie fremdgeht; das war doch deine Angst heute, oder?", wetterte sie weiter. Ich hasste es, wenn sie sich selbst so lobte.

„Das ist genau das Problem", erwiderte ich, „wie soll ich dich als Frau lieben, wenn du dich mir gegenüber wie ein Mann benimmst?"

„Sei doch froh, dass ich so tough bin und den Laden hier am Laufen halte; andere Männer würden mich mit Kusshand nehmen."

Andere vielleicht …, dachte ich. So ging diese Diskussion hin und her und das nicht zum ersten Mal. Es endete immer gleich. Sie begab sich in ihr Zimmer und suchte sich irgendwelche Akten raus, die sie für ihren Job brauchte, dann vergrub sie sich darin.

Ich, mal wieder desillusioniert, was unsere Beziehung anging, nahm meinen Wintermantel und ging an die frische Luft zu einem Spaziergang. Meistens lief ich dann hinunter zum Wasser, um nur auf das Plätschern der Wellen zu hören und den vorbeifahrenden Booten hinterher zu schauen. Das entspannte mich und ich konnte abschalten. Mir kamen dann immer wieder Fragen in den Kopf, wie ich aus diesem Leben aussteigen und ein anderes beginnen könne, aber ich fand mich selber immer in meinem Leben gefangen. Dabei fragte ich mich stets, warum ich nicht einfach die Konsequenzen ziehe. Aber mein mich allzeit plagender innerer Schweinehund hielt mich davon ab. Ich wollte den Kindern das nicht antun, und auch meinte ich zu wissen, dass Caroline sich eigentlich nicht trennen wollte. In solchen Momenten wusste ich einfach nicht weiter und war froh, wenn ich endlich abends spät, oft nach langem Grübeln, im Bett lag und den Tag vergessen konnte.

In der folgenden Woche, es war die letzte vor Weihnachten, wollte in unserem Hause so gar keine weihnachtliche Stimmung aufkommen. Nur den Kindern zuliebe machten wir das, was man üblicherweise macht in dieser Zeit. Plätzchen backen, basteln, weihnachtliche Vorfreude schüren, Geschenke packen, etc. Fiona war bei alledem eine echte Perle, denn sie verstand es prima, mit den Kleinen solche Sachen zu machen. Ich dachte, dass sie bestimmt mal eine gute Mutter werden würde. Caroline war ja immer auf der Arbeit, und ich beteiligte mich an den heimischen Aktivitäten, so gut ich konnte. Ein bisschen machte es mir ja auch Spaß, und ich konnte mich so etwas ablenken von meinen persönlichen Problemen mit mir und meiner Frau, wenn ich sah, welche Freude Katharina und Florian hatten. Mir war es wichtig, dass sie die Beziehungsprobleme nicht unnötig mitbekamen, aber ganz ließ sich das wohl nicht vermeiden. Die beiden merkten schon, dass zwischen ihrer Mutter und ihrem Vater oft Krisenstimmung herrschte. Ich fand es äußerst unpassend, dass

Caroline so kurz vor Weihnachten abends noch so lange fort war. Sie war zwar auch sonst an den Abenden länger im Büro, aber irgendwie kam es mir nun so vor, als wenn sie immer erheblich lange wegblieb. Das brachte ich natürlich gedanklich in Verbindung mit dem Erlebnis vom vorigen Sonntag. Eines war bei der Sache komisch: richtige Eifersucht spürte ich dabei nicht, sondern lediglich ein unsicheres Gefühl, welches wohl darin begründet war, dass ich möglicherweise unterbewusst die Befürchtung hatte, dass alles das, was wir uns aufgebaut hatten, irgendwie gefährdet sein könnte.

Am Mittwoch, es hatte endlich mal nach einer nasskalten Woche mit Regen angefangen zu schneien, wollten die Kinder, Fiona und ich einen Ausflug in den Skansen machen. Der Skansen ist ein großer volkshistorischer Park im Stockholmer Stadtteil Djurgarden, in welchem innerhalb einer riesigen Parkanlage zum einen das schwedische Leben vor hunderten von Jahren mit Gebäuden, Häusern, Hütten, Handwerk und Brauchtum etc. dargestellt wird und in dem sich zum anderen ein Tierpark befindet, in der die ganze typische Tierwelt Nordeuropas versammelt ist. Schneewölfe, Bären, Elche, Seehunde und vieles Weitere gibt es in diesem Freilichtmuseum in riesigen Gehegen zu bestaunen. Es ist so groß, dass man an einem Tag nicht durchkommt, will man alles intensiv betrachten. Im Sommer füllt sich das Ganze dann auch mit richtigem Leben. Dann laufen dort in Trachten gekleidete Mädchen und Jungen herum, in den Häusern bewegen sich Menschen, die so angezogen sind, wie es früher üblich war, und in den Handwerksstuben sitzen richtige Handwerker, die dem Besucher zeigen, wie damals mit den alten Geräten und Werkzeugen gearbeitet wurde, selbstverständlich auch entsprechend eingekleidet. Im Winter geht es dort eher beschaulicher zu, aber der Weihnachtsmarkt, der sich dann dort befand, war schon etwas Besonderes. So fuhren wir vier dann am frühen Nachmittag mit der Lidingö-Bahn los, die sich durch die wie von Puderzucker bedeckte Landschaft ihren Weg von der Insel zur Stadt bahnte, vorbei an gelben und roten Häuschen mit weißen Dächern, die teilweise, wenn es richtig geschneit hatte und die Dächer voller Schneeverwehungen hingen, wie Lebkuchen-häuser aussahen. Am Stadtrand angekommen, mussten wir noch zwei Stationen mit der Tunnelbahn fahren und dann den Bus zum Skansen nehmen. Dort sahen wir bereits eine kleine Schlange vor dem Eingang des Parks stehen. Das muss man sich nicht so vorstellen wie in Deutschland, wo riesige Pulks von Menschen zu einem Weihnachtsmarkt strömen, sondern, da Stockholm nicht so überlaufen ist, verläuft sich die Menschenmenge bei einem solchen Event auf einem derartig großen Gebiet weitläufig. Man kann hier also wirklich gemütlich schlendern und muss sich nicht an den Massen vorbei rempeln.

Wir reihten uns an einer Kasse ein, und die Kinder waren natürlich ungeduldig und etwas zappelig, so dass Katharina aus Versehen gegen die Person vor uns stieß. Ich zog sie zurück und sagte: „Entschuldigung." Mit einem ‚No problem' drehte sie sich um und schaute lächelnd auf die Kinder hinunter, die verschämt zurückgrinsten. Dann sah sie mich kurz an und staunte: „Hey, what a surprise!" Ich war überrascht, es war Victoria Filby, die da so unsanft von unserer Kleinen geschubst wurde. „Hallo", sagte ich, „das ist wirklich eine Überraschung." Unter ihrer Mütze, unter der ihr blondes Haar nach hinten nur noch zur Hälfte herausschaute, hatte ich sie gar nicht erkannt. Unser Wiedersehen wurde kurz unterbrochen, da sich die Schlange an der Kasse weiter vorwärts schob und Ms. Filby an der Reihe war, ihr Eintrittsticket zu lösen. Sie nahm es entgegen, lief ein Stück voraus und ich dachte bei mir, wenn sie weitergeht, dann will sie wohl nicht gestört werden. Während ich die Karten für uns vier kaufte, behielt ich Ms. Filby aus dem Augenwinkel im Blick. Sie lief nicht weiter, sondern stand - scheinbar sich umschauend - am Treppenaufgang zum Park, immer wieder zu uns hin blickend, als wenn sie auf uns warten würde. Jedenfalls deutete ich das so. Als ich die Karten gelöst hatte, lief ich voran langsam auf Ms. Filby zu, während Fiona und die Kinder hinter mir herkamen. „Sind das Ihre?", fragte sie mich, „die sind ja goldig."

„Ja, zwei auf einen Streich", erwiderte ich.

„Und die Mama?", fragte sie neugierig auf Fiona blickend.

„Nein, nein", negierte Fiona, „ich bin nur die Nanny."

Unser Grüppchen lief schweigend die Treppe hinauf. Oben angekommen, eröffnete sich der Park mit dem angegliederten Weihnachtsmarkt. „Wollen wir zusammen ein Stück laufen?", ergriff ich die Initiative und schaute Ms. Filby fragend an, die offensichtlich alleine hierher gekommen war.

„Ja warum nicht", nickte sie.

„Wollen wir zuerst über den Weihnachtsmarkt spazieren oder in den Park?"

„Oh ja, über den Weihnachtsmarkt!", riefen die Kinder.

„Na dann mal los", spornte Fiona sie an und schickte sich an, mit den Zwillingen vorzulaufen, „unterhalten Sie sich ruhig", sagte sie im Vorbeigehen, „ich habe die zwei im Griff."

So ging sie mit den Kindern vor, und ich schlenderte mit Ms. Filby hinterher. Die Gässchen mit den Weihnachtsbuden und Essensständen waren sehr beschaulich in der winterlichen Nachmittagsdämmerung anzusehen. Alles war weihnachtlich geschmückt, mit Lichterketten, Weihnachtsbäumen usw. Es roch nach einer Mischung aus Weihnachtsgebäck, Lagerfeuer und Glögg. Glögg ist so eine Art Glühwein, aber viel süßer, und er steigt sehr schnell in den Kopf. Wir wanderten eine Weile schweigend nebeneinander her, dann fragte ich Ms. Filby: „Was verschlägt Sie eigentlich nach Stockholm?"

„Ach, einfach mal eine berufliche Abwechslung" antwortete sie, und ich merkte, dass sie jedoch nicht näher darauf eingehen wollte. Stattdessen zeigte sie auf einen riesigen Weihnachtsbaum, der sich plötzlich vor uns an einer Wegkreuzung aufbäumte: „Ist der nicht herrlich", staunte sie, worauf ich ihr zustimmte. Unter ihrer Mütze hervorschauend betrachtete sie gebannt den großen Baum mit den hunderten von Lichtern, und ihr Gesicht mit den winterroten Wangen leuchtete wie bei einem Kind, welches gerade eine weihnachtliche Bescherung erlebt. Dann gingen wir weiter und sie sprach: „Sie wohnen schon länger hier in Stockholm, stimmt's?"

„Ja, seit gut acht Jahren."

„Und was machen Sie beruflich, wenn ich das so fragen darf?"

„Sie dürfen, aber erwarten Sie keine allzu hochtrabende Tätigkeit. Seit die Kinder da sind, bin ich zu Hause und versorge sie, während meine Frau sozusagen das Geld nach Hause bringt. Ansonsten schreibe ich hier und da Artikel für Fachverlage."

„Was heißt denn da ‚hochtrabend'? Also das finde ich schon sehr beachtlich", ermunterte Ms. Filby mich, „das ist doch eine enorme, verantwortungsvolle Leistung, die Sie da all die Jahre erbracht haben; und so, wie Ihre Kleinen aussehen, scheint Ihnen deren Aufzucht wohl gelungen zu sein." Innerlich stolz und äußerlich etwas verlegen, denn so hatte Caroline mir das noch nie gesagt, wiegte ich den Kopf hin und her.

„Na ja, Fiona, unser Kindermädchen, ist mir auch eine große Hilfe dabei."

„Trotz alledem", meinte Ms. Filby, „die Verantwortung liegt bei Ihnen, und so etwas gibt es heute nicht mehr so oft, wo alle doch Karriere machen wollen und in den modernen Familien jeder auf seinem eigenen Selbstbestätigungstrip ist. Glauben Sie mir, ich weiß wovon ich rede." Dabei schaute sie mich etwas wehmütig an.

Fiona kam zurück und fragte: „Die Kinder würden gerne dort drüben in dem Pfannkuchenhaus einen Kuchen essen und Schokolade trinken, wollen wir uns nicht alle dort niederlassen, da ist es bestimmt schön warm." Ms. Filby und ich schauten uns an, nickten übereinstimmend, und so kehrten wir denn in das Pfannkuchenhaus ein. Es roch herrlich nach Pfannkuchen, Zimt, Schokolade und Kaffee. Wir suchten uns einen leeren Tisch, an dem wir alle Platz fanden. Es war gedämpftes Licht in dem Häuschen, und die schmuckvollen Teelichter auf den Tischen verbreiteten eine gemütliche, urige Stimmung, fast schon romantisch. Die Kinder nahmen Fiona zwischen sich, und ich setzte mich über Eck neben Ms. Filby, nachdem ich ihr den Stuhl heranrückte. Sie schaute mich erfreut, verwundert an und sagte leise ‚Danke'. Während Fiona mit den Kindern die eine der beiden Menükarten durchging, bot ich Ms. Filby die andere an: „Ladies first."

„Wir können doch zusammen hineinschauen", lächelte sie mich an und schob die Karte in unsere Mitte. Während es beim Studium des Menüs zwischen den Zwillingen und Fiona hoch her ging, steckten Ms. Filby und ich gemeinsam unsere Köpfe in die Speisekarte. Dabei näherte ich mich ihrer Wange bis auf doppelte Handbreite, was ich als sehr nah, aber durchaus angenehm empfand. Auch bekam ich eine leichte Gänsehaut am ganzen Körper, wohl verursacht durch den Geruch, den ihre Gesichtshaut und ihre Haar verströmte; eine Mischung aus Eigengeruch und einem leichten, nicht aufdringlichen Parfum. „Und, haben Sie sich entschieden?", schaute sie mich von der Seite an, dabei wischte sie eine Haarsträhne von ihrer Wange nach hinten.

„Ich glaube, ich nehme den Standard Preiselbeerkuchen und eine Tasse Kaffee", nickte ich.

„Ich möchte das gleiche", stimmte Ms. Filby zu, „nur Tee, statt Kaffee."

Dann gaben wir unsere Bestellungen auf. Die Kinder und Fiona nahmen jeweils den bunten Früchtepfannekuchen, wobei sich die Zwillinge einen Pfannkuchen teilten; die Portionen waren nämlich so groß, dass selbst ein Erwachsener nur mit Mühe einen ganzen Kuchen schaffte. Wie wir so da saßen, schaute ich beiläufig auf die Uhr und fragte Ms. Filby, ob sie an diesem Tage keine

Sprechstunde mache. Sie antwortete, dass sie sie für diesen Abend abgesagt habe, da drei Tage vor Weihnachten ohnehin kaum einer kommen würde. „Nun", meinte ich, „nach Ihrer letzten Vorlesung vielleicht doch; haben Sie nicht gemerkt, wie Sie die Leute begeistert haben?"

„Also ich habe mein Bestes gegeben, auch für mich selbst, damit ich für mich weiß, dass es ok war. Aber trotzdem, ich lasse es für heute einfach mal dabei. Denn so einen schönen entspannten Nachmittag wie diesen, habe ich schon lange nicht mehr erlebt. Wohnen Sie hier direkt in Stockholm?", wollte sie weiter wissen.

„Nein, wir wohnen auf Lidingö in einer Doppelhaushälfte im Ortsteil Brevik."

„Da haben Sie es ja nobel getroffen, ich wohne übrigens in Östermalm in einer ziemlich kleinen Dachgeschosswohnung, möbliert, aber ganz gemütlich. Nur leider muss ich da zu Ende Januar raus, und deswegen suche ich ein kleines Haus zu mieten, irgendwo außerhalb der Stadt, wo es nicht so laut ist, und wo ich in Ruhe arbeiten kann. Das Studentenpärchen, das zurzeit unter mir wohnt, ist ziemlich lebhaft. Sie wissen da nicht zufällig etwas? Ich meine, es muss ja nicht gerade Lidingö sein."

„So aus dem Stegreif fällt mir da nichts ein", erwiderte ich, „aber ich kann mich gerne für Sie umhören, wenn es Ihnen nichts ausmacht."

Ms. Filby wurde etwas verlegen: „Es würde mir zwar nichts ausmachen, aber ich möchte auf keinen Fall Ihre Zeit für meinen Privatkram in Anspruch nehmen."

Ich beschwichtigte: „Nein, nein, ich kann mich da wirklich mal kundig machen, ich wohne ja schon so lange hier und kenne so einige Anlaufstellen; wenn mir was eingefallen ist, kann ich Sie ja anrufen."

„Ehrlich, das ist aber nett, dann gebe ich Ihnen doch mal meine Telefonnummer, am besten mobil, da erreichen Sie mich dann eher oder abends zu Hause." Sie kramte einen Zettel aus ihrem flauschigen Wintermantel, schrieb darauf ihre zwei Telefonnummern auf und steckte ihn mir zu. Dabei bemerkte ich, dass sie Linkshänderin war. Ich hatte mal irgendwo gehört, dass Linkshänder sensible Menschen sein sollen; konnte aber auch ein Klischee sein. „Jetzt ist es aber wirklich schon spät", meinte sie plötzlich, „ich muss noch ein bisschen für das Institut arbeiten und Sachen für den Weihnachtsurlaub packen."

„Ja", bestätigte ich, „wir müssen uns jetzt auch auf die Socken machen", und ich schaute auffordernd zu Fiona und den Kindern, die anfingen, sich abmarschbereit zu halten.

„Ich hoffe, ich habe Sie alle jetzt hier nicht aufgehalten, ich meine, wir haben uns nun hier so verquatscht, dass wir gar nicht den Rest des Skansen gesehen haben", bemerkte Ms. Filby mit sichtlich schlechtem Gewissen.

„Nein, den Kindern ging es vor allem um den Weihnachtsmarkt, und Fiona und ich kennen den Skansen schon vom letzten Sommer. Aber vielleicht können wir das Ganze ja mal im Frühling wiederholen, dann kann man sich bei angenehmeren Temperaturen auch länger hier draußen aufhalten", schlug ich vor. Ms. Filby nickte mit einem ‚Warum nicht' im Gesichtsausdruck.

„Wo bezahlt man denn hier?", fragte sie sich umschauend. Ich zeigte ihr den Weg. Zusammen gingen wir zur Kasse, während Fiona sich mit Florian und Katharina zum Ausgang begab. Ich fragte mich, ob ich Ms. Filby einladen sollte, aber da zückte sie schon ihren Geldbeutel. Als ich für Fiona, die Kinder und mich bezahlt hatte, gingen wir zusammen zum Ausgang. Dort fiel Ms. Filby dann noch ein, dass tags darauf, also Donnerstag, am Tag ihrer Vorlesung, abends um 17 Uhr ein Julbord im Hasselbacken, in einem Hotelrestaurant gleich in der Nähe des Skansen stattfände, und ob ich nicht Lust hätte, alleine oder mit Familie dort zu erscheinen; sie würde da auch mal der Neugierde halber vorbeischauen. Ein Julbord ist ein traditionelles skandinavisches Weihnachtsessen, meist in Buffetform, bei dem allerhand typische weihnachtliche, aber auch traditionelle Gerichte serviert werden. Man kann es privat veranstalten, oft aber findet es auf Ankündigung auch in diversen Restaurants zu meist akzeptablen Preisen statt. Dort geht man dann mit Freunden oder Familie hin, und lässt es sich gut gehen.

„Ich weiß nicht, ob ich das morgen Abend schaffen werde", überlegte ich, „das muss ich zu Hause noch absprechen."

„Vielleicht schaffen Sie es ja doch", ermunterte mich Ms. Filby, wobei ich mich fragte, ob sie dass rein informativ meinte, oder ob sie diese Gelegenheit nutzen wollte, mich eventuell wieder zu sehen. Am Ausgang des Skansen verabschiedeten wir uns dann. „Sehen wir uns morgen zur Vorlesung?", versicherte sie sich noch, kurz bevor sie ein Taxi direkt nach Östermalm nehmen wollte, und ich nickte. Während Ms. Filby mit dem Taxi verschwand, begaben wir uns per Bus und Bahn heimwärts auf unsere Insel.

Zu Hause wartete Caroline schon ungewöhnlich früh auf uns. Sie war irgendwie nicht gut aufgelegt. Ich wollte gerade die Tür aufschließen, da wurde sie von innen von ihr geöffnet, als hätte sie die ganze Zeit davor gewartet. „Da seid ihr ja endlich", begrüßte sie uns. Wir waren alle etwas erstaunt, denn um diese Zeit, es war kurz vor sechs Uhr abends, war meine Frau für gewöhnlich noch lange nicht zu Hause. Während Fiona die Kinder auszog, folgte ich Caroline ins Wohnzimmer, wo sie es sich mit leiser Musik, Wein und Schokolade gemütlich gemacht hatte.

„Wie lange bist du denn schon hier?", fragte ich sie.

„Seit ca. zwei Stunden", meinte sie mürrisch, „wir haben heute das Büro früher geschlossen, da das der letzte Arbeitstag vor Weihnachten ist."

„Wir haben doch heute erst Mittwoch", rechnete ich nach, „und Weihnachten ist erst am Samstag."

„Schon, aber mein Kollege und ich haben ab morgen Urlaub, oder hast du das schon wieder vergessen, und da konnte ich heute schon etwas früher weg."

„Ach so", überlegte ich, „na ja, den genauen Tag deines Urlaubsbeginns hatte ich jetzt nicht im Kopf."

„Hättest du aber wahrscheinlich, wenn du dich mehr für deine Frau interessieren würdest; ich weiß z.B. ganz genau, wann du deine Vorlesungen oder sonstigen Termine hast."

„Ist doch nicht so wichtig", versuchte ich ihre aufsteigende Erregung abzumildern.

„Was habt ihr denn den ganzen Nachmittag getrieben?", wollte Caroline neugierig wissen.

„Wir waren im Skansen auf dem Weihnachtsmarkt", ertönte es von oben, als Katharina und Florian die Treppe herunterkamen.

„Ist ja toll", rief Caroline, „erzählt doch mal, wie war das denn?" Die beiden Kinder setzten sich zu ihrer Mutter auf das Sofa und berichteten ihr in allen Einzelheiten, was sie erlebt hatten. Sie wussten das besser als ich, da Fiona dort vor allem mit ihnen beschäftigt war und ich mich ja fast ausschließlich mit Ms. Filby unterhalten hatte. Natürlich erwähnten sie, dass Papa die ganze Zeit mit einer netten Frau geredet habe, und dass diese Frau mit ins Pfannekuchenhaus gegangen sei, wo sie dann alle zusammen etwas gegessen hatten. „Kenne ich die?", fragte Caroline etwas beunruhigt.

„Ach, das ist so eine Dozentin von der Uni, die wir dort zufällig getroffen haben", antwortete ich.

Carolines Begeisterung von dem, was die Kinder ihr erzählt hatten, schlug etwas in sachliche Neutralität um: „Ihr amüsiert euch, während ich den ganzen Tag arbeite, und der Haushalt bleibt liegen, toll!"

„Was soll das denn jetzt? Für die Kinder war es ein großer Spaß. Du hast doch gesagt, ich solle mit ihnen mal dort hin fahren."

„Ja, ja, und für dich war es wohl auch ein Riesenspaß; du hast doch den Nachmittag wohl mehr mit dieser Dozentin verbracht als mit den Kindern!"

Ihre Augen wurden ganz krallig in ihrem Puppengesicht; ich mochte diesen Blick nicht, da ich wusste, dass, wenn sie diesen aufsetzte, es ein langes zermürbendes Streitgespräch gibt.

Fiona, die dazukam und merkte, dass sich da wieder Gewitterwolken am Beziehungshimmel anbahnten, versuchte zu schlichten: „Also Frau Lorent, eigentlich habe ich Ihrem Mann die Kinder dort abgenommen, da konnte er sich mal etwas freier unterhalten, und mehr war da ja auch nicht."

Ich schaute verschämt auf Fiona, und meine Frau ging jetzt auf sie los: „Und Sie unterstützen das auch noch, ist ja klar; der …", damit meinte sie mich, „…soll seine Zeit mit den Kindern verbringen und nicht mit anderen Frauen."

Fiona verließ kopfschüttelnd den Raum und fragte, ob sie jetzt Feierabend machen dürfe. „Gehen Sie nur", nickte ich ihr zu. Sie verschwand in ihrem Zimmer.

„Ich habe übrigens Flüge gebucht", wechselte Caroline das Thema.

„Wann und wohin?", fragte ich erstaunt zurück.

„Für übermorgen, am Freitag; meine Mutter hat die ganze Familie zu Weihnachten nach München in ihr Haus eingeladen."

Ich rollte die Augen; zu Carolines Mutter hatte ich überhaupt keinen Draht, und es gab schon jedes Mal, wenn sie sie nach Stockholm einlud, lange Diskussionen zwischen uns, wie lange sie denn wohl bleiben sollte.

„Also dazu habe ich nun überhaupt keine Lust", gab ich meinen Unmut kund.

„Das habe ich mir gedacht; jetzt hätten wir mal Zeit, zusammen irgendwo hinzufahren, und da hast du natürlich keine Lust."

„Es geht nicht darum, dass ich keine Lust habe, etwas mit der Familie zu unternehmen, sondern ich will mir einfach nicht mehrere Tage lang die Themen deiner Mutter monologisierend anhören."

Caroline winkte ab: „Alles nur Ausreden; weißt du was? Ich fliege mit den Kindern alleine, dann kannst du dich hier über die Feiertage zuöden." Damit brach sie das Gespräch ab, legte sich aufs Sofa, setzte ihren Kopfhörer auf und tat, als ob sie sich entspannen würde. Dann nahm sie ihn noch einmal kurz ab, um mir mitzuteilen, dass sie am nächsten Abend noch eine Einladung habe.

Ich ging derweil nach oben zu den Zwillingen und las ihnen ihre Gutenachtgeschichte vor.

„Was hat Mama denn?", fragte Florian. Ich beruhigte ihn und meinte, dass sie etwas abgespannt und müde von der vielen Arbeit sei und einfach mal ein bisschen Ruhe brauche. Als ich die beiden zugedeckt hatte und ihr Zimmer verließ, ging ich nach nebenan und klopfte an Fionas Tür. Sie bat mich herein.

„Ich wollte Sie nicht stören", sagte ich, „aber könnte ich Sie noch mal kurz sprechen?"

„Sicher, setzten Sie sich doch", bot sie mir ihren Schreibtischstuhl an, während sie auf ihrem Bett saß.

„Also wissen Sie, es ist mir jetzt etwas unangenehm, aber ich wollte Sie mal fragen, ob Sie morgen Abend noch mal einspringen könnten, da meine Frau wohl unterwegs ist und ich eigentlich ebenfalls zu einem Termin weg müsste."

„Ist kein Problem", beruhigte Fiona mich, „die Kinder gehen immer so brav ins Bett, da macht es mir nichts aus, wenn ich hier studiere und gleichzeitig ein Auge auf sie werfe; gehen Sie ruhig und lassen Sie sich Zeit."

„Sie sind ein Engel", bedankte ich mich bei ihr, „und erzählen Sie es noch nicht meiner Frau; das gibt nur wieder Diskussionen."

„Ich schweige wie ein Grab", versicherte Fiona mir, vielleicht auch etwas ärgerlich auf Caroline, weil sie sie zuvor so angegangen hatte.

Am nächsten Tag gab mir Caroline dann noch einmal beim Frühstück zu verstehen, dass sie an diesem Abend wohl länger aufgrund einer Einladung zu einem Weihnachtsessen weggehe und freitags dann mit den Kindern gegen Mittag zum Flughafen fahren würde. Ich müsse mich darum nicht weiter kümmern, da sie Fiona den Auftrag gegeben habe, mit den Zwillingen ihre Koffer zu packen. Ich bliebe anscheinend in Stockholm, versicherte sie sich noch einmal. Ich nickte stumm.

„Ich gehe heute Nachmittag wie üblich zur Vorlesung, wie du weißt", erwähnte ich nur beiläufig.

„Redet da die Dozentin von gestern Nachmittag?", fragte Caroline neugierig und zugleich misstrauisch nach. Ich stimmte zu, was sie eher ironisch mit einem ‚na dann!' quittierte.

Nachmittags packte ich wie immer meinen kleinen Koffer und begab mich nach Stockholm zur Uni, eigentlich weniger wegen der Vorlesung, als mehr um Ms. Filby zu sehen. Sie stürmte recht verspätet in den Saal, stellte eine schwarze Reisetasche hinters Pult und begann sogleich ihre Lesung, professionell wie beim letzten Mal. Sie schien mir dieses Mal etwas abgehetzt zu sein. Warum sie wohl die Reisetasche mitgenommen hatte? Während ihrer Rede schaute sie ab und zu mir herüber und zwinkerte mich wohlwollend an, was ich verlegen lächelnd erwiderte. Nach der Vorlesung ging ich zu ihr nach vorne und fragte sie, ob sie denn an diesem Abend zu jenem Julbord gehen wolle, auf welches sie mich hingewiesen hatte. „Ja sicherlich", antwortete sie, "und Sie, kommen Sie auch?"

„Ja, aber um ehrlich zu sein, werde ich alleine kommen, weil…", ich suchte nach einer Begründung, da vervollständigte Ms. Filby meinen Satz: „… Ihre Frau auf die Kinder aufpassen muss."

„Genau!", bestätigte ich; ich konnte ihr ja schlecht sagen, dass ich ganz froh war, ohne Caroline dort hin zu gehen. „Wann wollen Sie denn los?", fragte ich sie weiter.

„Nun, ich ziehe mich jetzt schnell um", Ms. Filby zeigte auf ihre Tasche, „und dann gehe ich vom Büro aus direkt los." Ich schaute überlegend auf den Boden, und sie schien zu merken, dass ich mich nicht traute, sie zu fragen, ob wir zusammen losgehen wollten. „Sie können mich ja gerne begleiten", meinte sie daraufhin. Ich nickte sie zufrieden an und erklärte ihr, dass ich nur noch gerade zu Hause etwas abklären müsste. „Ok, ich würde vorschlagen, dann treffen wir uns in ca. 10 bis 15 Minuten vor meinem Büro."

Während Ms. Filby den Gang entlanglief, um sich in ihrem Raum umzuziehen, rief ich zu Hause an. Am Apparat war Fiona, und ich fragte sie, ob Caroline noch daheim sei, aber Fiona erzählte mir, dass sie wohl schon vor einer halben Stunde abgeholt worden sei, von einem Taxi, in dem schon jemand drin saß. Ich stutzte und dachte mir dann aber sofort, dass das nur ihr Kollege gewesen sein konnte, mit dem sie wahrscheinlich gemeinsam zu ihrer Veranstaltung fuhr. Ich wünschte Fiona einen ruhigen

Abend und sagte ihr, dass ich so gegen 22 Uhr wieder zu Hause sein würde, und wenn meine Frau früher nach Hause käme, sollte Fiona ihr mitteilen, dass sie nicht wüsste, wo ich bin.

Danach machte ich mich auf zu Ms. Filbys Büro, setzte mich artig auf die Wartebank und kramte in meinem Köfferchen herum. Da erschien sie auch schon. Sie hatte ihren Wintermantel an, aber darunter sah ich den Ansatz eines blauen Kleides hervorschauen, und ich war gespannt, wie sie wohl aussähe, wenn sie den Mantel ablegen würde. Ihre Haare waren etwas hochgesteckt und das hübsche Gesicht dezent geschminkt. Sie blickte mich an und meinte: „Den haben Sie wohl immer dabei", und sie zeigte auf meinen Aktenkoffer.

„Ja, ist ganz praktisch, da kriege ich immer alles unter, was ich so unterwegs brauche", erläuterte ich.

„Ist doch gut, wenn's Ihnen hilft, Sie brauchen sich dafür doch nicht zu rechtfertigen. Gehen wir?", munterte sie mich auf.

Ich erhob mich, und wir beide schlenderten zum Ausgang der Universität. Ms. Filby schaute sich um und lief dann schnurstracks auf ein wartendes Auto zu. „Kommen Sie, oder wollen Sie in dem Schneegestöber Wurzeln schlagen?" Ich lief hinter ihr her, und das wartende Auto entpuppte sich als Taxi, was ich durch die dichten Schneeflocken nicht direkt erkennen konnte. Hastig nahmen wir auf der Rückbank Platz; ich hielt ihr dabei die Tür auf und half ihr mit dem Mantel, der sich im Schloss leicht verhakte, in den Wagen zu steigen. Ich setzte mich neben sie. Über und über bedeckt mit dicken, nassen Flocken schauten wir uns beide an und mussten lachen. „Zum Hasselbacken bitte", rief sie dem Fahrer zu. „Sehr aufmerksam übrigens von Ihnen", sagte sie zu mir und zeigte auf die leicht beschädigte Stelle ihres Mantels, "der wäre beinahe zerrissen."

„Keine Ursache."

Während uns das Taxi langsam Richtung Innenstadt fuhr, bei dem Schneegestöber ging es nicht besonders schnell vorwärts, erzählte Ms. Filby mir, dass sie um 19 Uhr schon wieder aufbrechen müsse.

„Wie schade", bemerkte ich, „weswegen denn?"

„Ich nehme einen Nachtflug nach Aberdeen. Ich werde Weihnachten zu Hause verbringen, vorher muss ich aber noch kurz an der Uni vorbei."

Nach 20 Minuten Stop and Go kamen wir endlich am Hasselbacken Hotelrestaurant an. Es war festlich beleuchtet mit einer Mischung aus Fackeln, herkömmlichen Laternen und Lichterketten, das Ganze garniert mit Schnee. Es sah toll in der Dunkelheit aus. Ms. Filby zahlte das Taxi und wir stiegen aus. Mit ihren Pumps konnte sie kaum durch den Schnee laufen, und ich reichte ihr die Hand, um sie etwas rutschfreier zu führen. Endlich erreichten wir den Eingang. An der Rezeption konnte man für das Buffet bezahlen und die Kleider abgeben. „Darf ich Ihnen aus dem Mantel helfen?", bot ich meiner Begleitung an.

„Oh, ein echter Gentleman, " antwortete sie und ließ sich mein Angebot gerne gefallen. Dann bekam ich endlich das Abendkleid zu sehen, auf dessen Anblick ich schon die ganze Zeit gespannt war. Es stand ihr hervorragend. So hatte ich sie noch nie gesehen. Das Kleid, welches sie einmal in ihrer Sprechstunde getragen hatte, fand ich schon sehr reizend, aber das hier übertraf alles. Ich konnte mein Erstaunen kaum verbergen und meinte: „Umwerfend sehen Sie aus, wenn ich mir diese Bemerkung erlauben darf." Ms. Filby errötete etwas und lenkte dann aber schnell ab: „Kommen Sie, lassen Sie uns hineingehen." Ich ging voraus in den Speisesaal. Sie folgte mir. Vor uns tat sich ein Meer von gedeckten Tischen auf, alle mit weißen Tischdecken und wunderschöner Kerzenbeleuchtung, darauf drapiert typisch skandinavischer Weihnachtstischschmuck in Form von Tannenzweigen, roten Schleifen und Weihnachtsfigürchen.

„Das sieht aber schön aus", staunte Ms. Filby.

Das Buffet hatte gerade eröffnet. Es war so umfangreich, dass man hätte nicht alles probieren können. Verschiedenste Fischgerichte, Käse- und Fleischplatten gab es da, umgeben von Salaten und Canapés aller Couleur. Auch die Getränkeauswahl war reichlich; vom einfachen Tafelwasser über diverse Kaltgetränke bis hin zu Bier und Wein, nebst Glögg, sowie Kaffee und Tee war alles vorhanden, was das Herz begehrt. Im Hintergrund lief ganz dezent klassische Musik. Ich schlug vor, uns zunächst einen Tisch auszusuchen. Die meisten Tische waren zu Vierern, Sechsern oder Achtern zusammengestellt, und an diesen ließen sich vor allem Familien oder Grüppchen nieder. Nur am Fenster gab es ein paar kleine Doppeltische, mit Stühlen, die sich gegenüber standen. Diese waren noch alle frei.

Ich steuerte gerade auf einen der Doppeltische zu, da sah ich am anderen Ende des Raumes, ebenfalls an einem Zweiertisch sitzend, Caroline mit ihrem Kollegen. Oh nein, dachte ich, nicht das jetzt auch noch. Mir wurde unangenehm warm. Das war also ihre Weihnachtsveranstaltung. Ich dachte weniger darüber nach, in welchem Verhältnis sie mit ihrem Kollegen da saß und ob mir das missfallen sollte oder nicht, sondern mehr beschäftigte mich der Gedanke, wie ich ein Zusammentreffen von mir und Ms. Filby mit Caroline um jeden Preis verhindern konnte. Ich steuerte auf den ersten Tisch in der Fensterecke zu, und meinte zu Ms. Filby: „Hier ist es doch gemütlich." Sie stimmte zu, und schnell bot ich ihr den Stuhl an, so dass sie mit dem Gesicht in Carolines Richtung saß und ich mit dem Rücken in dieselbe. Von hinten würde mich meine Frau vielleicht nicht so schnell erkennen. Außerdem saß Caroline selber seitlich zu uns und schien ohnehin mehr fixiert auf ihr Gegenüber zu sein, als sich seitwärts umschauen zu wollen. Auch sie hatte sich sehr adrett zurecht gemacht, aber eben typisch Caroline; irgendwie etwas dienstlich sah ihre Kluft aus, Bluse, Jackett und knielanger Rock, wie immer korrekt.

„Soll ich uns etwas zu trinken holen?", fragte ich Ms. Filby, die eine der wenigen Damen im Saal war, die wirklich festlich gekleidet waren.

„Aber gerne doch, hmm, was nehme ich denn, vielleicht ein Glas Weißwein."

„Gut, ich bin gleich wieder da." Ich lief zum Getränketisch und beeilte mich, da ich nicht unnötig das Risiko eingehen wollte, Caroline zu begegnen. Als ich zurück an unseren Tisch kam, war Ms. Filby verschwunden. Ich schaute mich fragend um, wo sie denn hingegangen sein könnte. Da sah ich sie mit zwei Tellern am Buffettisch stehen und zu mir herüberwinken, als ob sie mir zu verstehen geben wollte, dass sie für uns ein Menü zusammenstellen würde. Ich nickte und drehte mich schnell wieder um und schaute nochmals vorsichtig nach hinten, denn in dem Augenblick erhob sich Caroline von ihrem Platz und ging auf Ms. Filby zu, die ihr irgendwie im Wege stand. Sie grinste sie an und zeigte umständlich auf die Gläserabteilung hinter ihr. Letztere nahm ein Glas, gab es Caroline, worauf diese damit beim Getränketisch verschwand. Puh, noch mal glatt gegangen, dachte ich. Ms. Filby kehrte mit zwei reichlich belegten Salattellern zurück. Sie hatte jedem von uns etwas Krabben- und Kartoffelsalat lecker garniert aufgegeben, dazu etwas Brot.

„Ich hoffe, ich habe Sie nicht übergangen und Ihren Geschmack getroffen", reichte sie mir vorsichtig den Teller.

„Aber natürlich doch", bedankte ich mich.

„Ich dachte mir, so sparen wir uns unnötige Laufereien und können hier gemütlich sitzen."

Ich stimmte zu. Wir hatten eine sehr angenehme Unterhaltung. Anfangs war ich etwas verunsichert, weil ich mir immer einbildete, Caroline könnte uns hier erkennen und beobachten. Aber das legte sich. Manchmal schaute Ms. Filby an mir vorbei und schien etwas irritiert.

„Ich glaube, die Dame dahinten schaut hier ab und zu herüber - die, der ich eben das Glas gereicht habe", meinte sie etwas verunsichert.

„Lassen Sie sie doch schauen", winkte ich ab, „manche Leute sind halt sehr neugierig. Vielleicht findet sie ja auch Ihre Garderobe toll."

„Wirke ich etwa zu overdressed?", fragte sie erschrocken.

Ich beschwichtigte sie: „Auf gar keinen Fall, ich bin richtig stolz, mit so einer attraktiven Frau hier zu sitzen." Oh, da hatte ich wohl sehr stark in die Komplimentenkiste gegriffen, denn Ms. Filby schaute schüchtern, aber dennoch erfreut auf ihren Teller und wechselte schnell das Thema.

„Was treibt Sie denn hier an die Uni? Ich sehe Sie nur sporadisch dort, sind Sie richtig als Student eingeschrieben?"

Ich erklärte ihr, dass ich in Deutschland studiert hatte und in Stockholm nur interessehalber als Gasthörer die eine oder andere Vorlesung verfolge, sozusagen als Hobby. Neugierig fragte sie mich weiter, was ich denn studiert hätte. Ich antwortete: „Psychologie und Erziehungswissenschaft; als Magisterstudiengang eine eher brotlose Kunst; mit Diplom, ja da hätte ich eine Praxis aufmachen können" schwärmte ich, „aber nun gut, man kann die Zeit nicht mehr zurückdrehen."

„Warum?", meinte Ms. Filby „es ist nie zu spät, dazuzulernen oder etwas Neues zu beginnen, sie wissen als Psychologe doch sicherlich, dass das Lernen ein lebenslanger Prozess ist."

„Ja", erwiderte ich, „in der Theorie hört sich das gut an, aber die Realität …"

Sie unterbrach mich „… sollte eben dieses Lernen bei Ihnen bewirken. Schauen Sie, Sie können so gut mit Menschen umgehen … nein ehrlich, ich habe das gemerkt, wie Sie im Skansen mit Ihren Kindern umgegangen sind und mir gegenüber … na ja, ich habe selten so einen netten, zuvorkommenden Gesprächspartner erlebt, außer vielleicht meinen alten Professor in Toronto, und da müsste es Ihnen doch möglich sein, mehr aus sich zu machen. - Aber na ja, das ist nicht alles im Leben." Dabei schaute sie aus dem Fenster, als ob sie über irgendetwas reflektieren würde. Dann fuhr sie fort: „Wissen Sie, ich habe mir immer die Arbeit gesucht, aber mein Lebensziel habe ich deswegen auch noch nicht gefunden."

Ich fragte sie, ob ihr Mann mit ihr da in Stockholm wohne, was sie verneinte. Eigentlich hätte ich darauf selbst kommen können, denn sonst wäre sie doch sicherlich an solch einem Abend mit ihm und nicht mit mir ausgegangen.

„Nein", sagte sie, „den sehe ich nur sehr selten, auch wenn ich in Aberdeen zu Hause bin, er ist immer unterwegs. Er ruft zwar oft an, aber wenn es so etwas wie Fernbeziehungen gibt, dann ist die meine ganz bestimmt eine. Jetzt am Wochenende zu Weihnachten werde ich ihn zum ersten Mal seit einem Monat wieder sehen, und meine Eltern natürlich. Auf die freue ich mich besonders."

Die Zeit unseres gemeinsamen Beisammenseins schritt voran. Als wir unsere Teller geleert hatten, waren wir ziemlich satt. Bis zu Ms. Filbys Abreise an diesem Abend hatten wir noch eine halbe Stunde Zeit, und ich schlug ihr vor, vielleicht noch etwas frische Luft zu schnappen, bevor sie verschwände. Sie willigte ein, und so begaben wir uns zum Ausgang. Ich schaute kurz zu Caroline hinüber, die sehr vertieft in das Gespräch mit ihrem Kollegen war. Ich war mir sicher, dass sie uns, bzw. mich nicht erkannt hatte. Damit sie uns nicht doch noch am Hotelausgang über den Weg liefe, überredete ich Ms. Filby, hinunter zum Wasser zu gehen, um etwas am Strandweg entlangzulaufen. Sie schaute auf ihre Füße und meinte, dass das mit ihrem Schuhwerk problematisch werden könnte. „Ach was", wiegelte ich ab „notfalls haken Sie sich bei mir ein, dann rutschen Sie nicht aus."

„Sehen Sie, das meine ich, diese Art ist es, die mir an Ihnen gefällt und die nicht selbstverständlich ist."

„Kommen Sie, gehen wir ein Stück."

Der Weg zur Strandpromenade war gut begehbar, und so spazierten wir eine ganze Zeit lang am Wasser entlang.

„Ich möchte mich für den kurzen, aber schönen Abend bei Ihnen bedanken, alleine wäre ich mir dort wohl etwas verloren vorgekommen."

Ich stimmte zu: „Ja, so ein Weihnachtsessen in Schweden ist eben eine typisch familiäre Sache. Singles haben es da eher schwer, in Kontakt zu kommen."

Wir standen eine Weile still nebeneinander und schauten auf die kleine Insel Skeppsholm. Dort finden sich einige romantische, Gebäude in alt-romantischem, schlossartigem Baustil; die Insel selbst ist der Altstadt von Stockholm östlich vorgelagert. Dahinter sahen wir die nächtlichen Lichter der Stadt. Es hatte aufgehört zu schneien, und der Himmel riss auf. Schnell flogen die Wolken über uns hinweg, und hier und da war der nördliche Sternenhimmel zu erblicken. Wie wir so da standen, befiel mich wieder dieses Sehnsuchtsgefühl, wie ich es bei meinen einsamen Besuchen des Strandes auf Lidingö erlebte, aber dieses Mal mit einer angenehmen emotionalen Komponente der Geborgenheit, was vermutlich auf Ms. Filbys Anwesenheit zurückzuführen war. Dann kam der Moment des Abschieds. Ich hätte hier mit ihr trotz der Kälte von ca. minus fünf Grad noch lange so stehen können, aber sie musste los.

„Wir wollen mal sehen, ob oben beim Hotel Taxis bereitstehen, sonst rufe ich Ihnen eines", schlug ich vor. Sie nickte und wir begaben uns zurück zur Straße. Dort standen eine ganze Reihe Taxis zur Abholung der Hotelgäste bereit. Wir liefen zum vordersten Wagen. Ms Filby wollte gerade einsteigen, da drehte sie sich noch einmal zu mir um, umarmte mich zaghaft und meinte leise zu mir: „Und nochmals vielen Dank." Dann setzte sie sich in das Taxi, winkte mir abermals lächelnd aus dem Fenster zu und verschwand.

Ich schaute mich um, ob vielleicht irgendwo Caroline zu sehen war, aber ich konnte sie nirgends entdecken, möglicherweise war sie schon mit ihrem Kollegen fortgegangen oder auch noch im Hotel. Gerade kam der Bus in Richtung Karlaplan, einem Platz in Stockholm, von welchem aus ich nach Lidingö weiterfahren wollte, da sah ich sie mit ihrer Begleitung aus dem Restaurant kommen. Beide waren recht angeheitert. Ich konnte mich entscheiden, den Bus zu verpassen, um zuzuschauen, wo sie sich jetzt hinbegaben, oder doch schnell den Bus zu nehmen und nach Hause zu fahren. Ich entschied mich für letzteres, da ich so meinen Aufenthalt vor Caroline nicht rechtfertigen musste, weil ich wahrscheinlich früher zu Hause eintreffen würde als sie. Ich stieg ein und begab mich in den hinteren Teil des Busses, um durch das Rückfenster noch etwas zu sehen. Die beiden gingen nicht zum Taxistand, wie ich vermutet hatte, sondern begaben sich zu Fuß in Richtung Strandvägen, der großen Straße am Wasser entlang in die Innenstadt. Als sie an meinem Bus vorbeikamen, duckte ich mich, damit sie mich nicht erblickte. Neben der vorderen Einstiegstür blieben die beiden dann plötzlich stehen, und ich befürchtete, sie könnten dort einsteigen. Ich hoffte inständig, dass der Fahrer bald losführe, und überlegte gleichzeitig, wie ich meinen Aufenthalt hier in diesem Bus erklären würde. Aber da setzte er sich schon in Bewegung, ohne dass die zwei eingestiegen waren. Ich atmete auf.

Nach einer gemütlichen Bummelfahrt mit der Lidingöbahn durch die dunkle, verschneite Landschaft kam ich dann gegen 20.30 Uhr zu Hause in Brevik an. Hier waren um diese Zeit die Bürgersteige schon hochgeklappt, und es war kein Mensch weit und breit zu sehen. Ich ging zu unserem Haus und überlegte, ob Caroline vielleicht doch schon dort wäre. Ich blickte durch das Wohnzimmerfenster, aber da saß ganz treu Fiona und schaute fern, was eindeutig bedeutete, dass Caroline noch nicht zu Hause gewesen sein konnte. Fiona bemerkte mich wohl am Fenster und öffnete die Tür.

„Ach Sie sind es, Herr Lorent, da bin ich aber beruhigt; ich dachte schon, irgendwelche Einbrecher treiben ihr Unwesen, es ist ja doch recht einsam hier um diese Zeit."

„Ist schon gut, Fiona, ich bin es nur", beruhigte ich sie, „meine Frau ist wohl noch nicht da?"

„Nein, und ehrlich gesagt, mit Ihnen habe ich auch noch nicht gerechnet."

„Hat sich kurzfristig etwas anders gestaltet", entgegnete ich knapp, „sagen Sie, macht es Ihnen etwas aus, wenn ich noch ein bisschen spazieren gehe?"

„Nein, gehen Sie nur, wie gesagt, ich habe sowieso noch nicht mit Ihnen gerechnet."

„Gut, und wenn Caroline kommt, können Sie ihr ja sagen, dass ich noch einen kleinen Rundgang zum Wasser gemacht habe."

Ich ging meiner Wege durch die mittlerweile klare Luft und genoss die Ruhe des Moments um mich herum. Nachdem ich die lange Allee zum Wasser gelaufen war, setzte ich mich dort auf eine Bank in der Dunkelheit direkt am Ufer. Es wehte kein Lüftchen, nur die Sterne und der Mond schienen auf den Arm des Värtasees, der an unserer Insel vorbei bis in die Innenstadt reichte. Es war kalt. Das leise Geräusch der Wellen, mal am Ufer als Plätschern und mal zwischen den angelegten Booten als Gluckern vernehmbar, wirkte ungemein beruhigend auf mich. Es war die Stille der Einsamkeit, die mich umgab, und die ich in dieser Situation als sehr angenehm empfand und die doch gleichsam auch mich dann und wann die Sehnsucht nach etwas Unbeschreiblichem schmerzlich verspüren lies. Ich dachte an den Abend mit Ms. Filby. Ich sah sie vor mir, ihr Lächeln, ihre Gestik und Mimik, und ich erinnerte das Gefühl, das ich hatte, als ich zuvor neben ihr still am Ufer stand, welches das gleiche war wie jenes, als sie mich später zum Abschied umarmte, und welches in Ansätzen schon vorhanden war, als wir zusammen in die Speisekarte im Pfannekuchenhaus schauten. Ich ahnte, welches Gefühl da in mir mehr und mehr wuchs: ich begann, mich zu verlieben. Und ich ließ dieses Gefühl einfach zu. Ich dachte in dem Moment überhaupt nicht an Caroline und ihren Kollegen, kein bisschen Eifersucht verspürte ich. Das war ein zweites Indiz dafür, dass sich meine Emotionen in eine neue Richtung bewegten. Ich wurde jäh in meinen Gedanken unterbrochen, als ich hinter mir Schritte vernahm.

„Peter, bist du das da auf der Bank?", hörte ich eine Stimme sagen. Noch bevor ich die Stimme zuordnen konnte, sah ich schemenhaft Carolines Gesicht, welches schwach durch den Mond beschienen wurde. „Fiona sagte mir, dass ich dich hier finde. Wie war dein Abend?"

„In Ordnung", meinte ich. Fiona musste wohl ihren Mund gehalten haben. Dabei war auf sie immer Verlass, vielleicht auch, weil sie mit mir irgendwie besser auskam als mit meiner Frau. Nicht dass Caroline sie schlecht behandeln würde, aber Fiona und ich verbrachten schließlich halbe Tage zusammen mit den Kindern, und da wächst natürlich mit der Zeit ein gewisses Vertrauen. Allein das sollte mir schon zu denken geben, wenn man sich besser mit der Nanny unterhalten kann, als mit seiner eigenen Frau, weniger vom Intellekt her betrachtet als mehr von der menschlichen Seite.

„Ich hatte auch einen wunderbaren Abend", erklärte Caroline. „Wir waren mit Kollegen im Hasselbacken bei einem Julbord, das wäre bestimmt auch was für dich gewesen."

Mit Kollegen, dachte ich, da hatte sie wohl leicht übertrieben. Wollte sie mich absichtlich täuschen? Ich überlegte krampfhaft, ob die Personen, die sonst noch um sie gesessen hatten, andere Mitarbeiter gewesen sein könnten. Aber sie saß ja mit dem einen

Kollegen an einem Doppeltisch ziemlich auf sich fixiert. Nein, da konnten keine anderen Kollegen gewesen sein, dass war rein privat.

„Wo warst du denn heute Abend?", fragte sie mich, und ich merkte an ihrer Aussprache, dass sie wohl mehr als nur zwei Gläser Wein getrunken hatte. Ich antwortete ihr, dass ich auch noch in der Stadt unterwegs war; zum Bummeln, log ich sie an. Ich dachte mir, wenn sie mir nicht alles erzählte, müsste ich das auch nicht tun.

„Da saß übrigens einer, der sah so ähnlich aus wie du, und der hatte eine richtig süße Frau dabei; und wie er mit ihr umging und sprach", schwärmte Caroline, „so würde ich mir das auch einmal von dir wünschen."

Wenn sie wüsste…, dachte ich bei mir und dass ich mit Caroline so auch umgehen würde, wenn sie sich mir gegenüber anders verhalten würde. Ich fragte sie, warum sie zu mir zum Wasser gekommen war. Sie meinte, nur um ein bisschen zu plaudern. Ich merkte, wie sie mich neidisch machen wollte mit ihrem Gerede von ihrem tollen Abend mit den Kollegen. Sie erzählte und erzählte, auch beeinflusst durch ihren Alkoholspiegel. „Gehen wir nach Hause?", fragte sie dann. Da ich jetzt auch nicht mehr an meine stillen Gedanken von vorhin anknüpfen konnte, lief ich mit Caroline die Allee entlang zurück, schon deswegen, weil sie ziemlich schwankte und ich etwas Angst hatte, sie könnte unterwegs stürzen. Zu Hause angekommen, schob ich sie durch die Haustür, sie war wirklich arg betrunken. Ich sagte Fiona, dass sie Schluss machen könnte für diesen Abend. Ein weiteres Gespräch mit Caroline zu führen, sah ich als nicht mehr sehr sinnvoll an. Ich hätte zwar noch zu gerne gewusst, wo sie noch mit ihrem Kollegen hingegangen war, aber das war, so glaubte ich, nicht der richtige Zeitpunkt, darüber einen Konflikt auszutragen. So schickte ich sie denn ins Schlafzimmer. Sie sollte sich vor ihrem Flug mit den Kindern am nächsten Tag ausruhen. Auch ich ging an diesem Abend früh schlafen.

Weihnachten

Am nächsten Morgen sah Caroline ziemlich müde aus. Dementsprechend einsilbig war sie auch. Die Koffer der Kinder hatten diese mit Fiona bereits am Vortag gepackt, und Caroline tat dies direkt nach dem Aufstehen hastig zwischen Frühstück und Morgentoilette. Ihr Flug ging um 10 Uhr. Als das Taxi kam, verabschiedete ich mich ausführlich von meinen beiden Kleinen.

„Kannst du nicht mitkommen, Papi?", fragte Katharina.

„Vielleicht das nächste Mal", antwortete ich, „ich muss hier im Haus noch einiges erledigen."

„Aber Weihnachten ohne dich ist doch doof", maulte Florian.

Die Kinder schauten traurig zu Boden. Das trieb mir etwas das Wasser in die Augen.

„Nun kommt schon, hängt nicht so lange da herum", unterbrach Caroline die Szene, „das Taxi wartet. Machs gut Peter, ich melde mich aus München; Fiona, wir sehen uns dann nach dem Jahreswechsel."

Mit einem flüchtigen Abschiedskuss auf meine Wange nahm sie die Zwillinge und ihren Koffer und verließ das Haus. Da war ja die Verabschiedung von Ms. Filby herzlicher, dachte ich. Die Koffer wurden im Taxi verstaut und weg waren sie; die Kinder winkten aus dem Rückfenster.

„Jetzt sind wir beide alleine", wandte ich mich zu Fiona, „wann geht denn Ihr Flug nach Helsinki?"

„Morgen früh an Heilig Abend", meinte sie, „da muss ich um fünf Uhr mit dem Taxi weg. Und jetzt werde ich mal packen und noch ein paar Dinge in der Stadt besorgen."

Ich schlug ihr vor, den Abend gemeinsam zu verbringen; ich würde selber eine Pizza machen und wir könnten bei einem Glas Wein plaudern. Fiona willigte ein: „Fein, da freue ich mich." Sie verließ das Haus. Mit einem mal war es ganz still. Kein Kindergetobe, keine Aktivitäten, sehr ungewohnt, aber auch sehr entspannend. Ich ging einkaufen und besorgte alles für den Abend. Dann überlegte ich mir, wie ich wohl die Feiertage hier zu Hause verbringen wollte. Ich beschloss, einfach mal nichts zu tun und viel spazieren zu gehen und mir über einige Dinge im Klaren zu werden. Das war das erste Mal seit Jahren, dass ich so lange ganz alleine war. Den Rest des Tages relaxte ich einfach nur noch. Am Abend, Caroline hatte sich gerade aus München gemeldet und durchgegeben, dass sie und die Kinder gut bei ihrer

Mutter angekommen seien, läutete ein zweites Mal das Telefon. Ich dachte gerade, was Caroline denn jetzt noch vergessen hätte, zu sagen und schaute auf das Telefondisplay, welches mir immer ihre Rufnummer anzeigte. Aber dieses Mal stand da nur ‚privat‘. Ich stutzte und hob den Hörer mit einem ‚Hallo‘ ab. „Ja hallo, ist da Peter Lorent?“, ertönte eine weibliche Stimme aus dem Telefon. Ich bejahte und versuchte, die Stimme zuzuordnen, doch bevor mir das gelang, sprach sie schon weiter: „Ich bin's, Victoria Filby, ich wollte Ihnen und Ihrer Familie ein schönes Weihnachtsfest und ein gutes Neues Jahr wünschen.“

„Das ist aber eine nette Überraschung“, antwortete ich und erwiderte den Weihnachtsgruß zurück, „Ihnen ebenfalls, wo sind Sie denn gerade?“

„Bei meinen Eltern, wir bereiten hier alles für Heiligabend vor, da kommt unsere ganze Familie zusammen, und Sie, Sie haben bestimmt viel Spaß mit den Kindern.“

Tränen stiegen mir wieder in die Augen, und ich musste mich zusammenreißen, dass Ms Filby am anderen Ende nichts von meiner familienlosen Weihnacht mitbekam.

„Ja klar doch“, sagte ich gefasst, „hier ist ziemlich viel Trubel, wie das eben so ist, wenn man mit Kindern Weihnachten feiert. Wann kommen Sie denn zurück nach Stockholm?“

„So Anfang Januar, wenn die Vorlesungszeit wieder beginnt, und dann muss ich mir ja noch dringend eine neue Bleibe suchen.“

„Das wird aber dann sehr knapp“, gab ich zu bedenken, da ich selbst aus eigener Erfahrung wusste, wie schwer es ist, in Stockholm bezahlbare Mietobjekte zu finden, „ich kann mich ja in der Zwischenzeit mal hier umhören und bei einigen Maklern anfragen, was es denn so gibt.“

„Belasten Sie sich doch jetzt an Weihnachten nicht mit meinen Problemen, das brauchen Sie nun wirklich nicht zu tun“, wiegelte sie ab.

Wenn sie wüsste, wie gerne ich mich damit ‚belaste‘, dachte ich bei mir und antwortete: „Nein, das passt, ich mache so etwas gerne, und belasten tut mich das nun gar nicht.“

„Wenn Sie meinen“, kam es von der anderen Seite, „aber nur, wenn Sie wirklich Zeit haben.“

Sie konnte ja nicht wissen, dass ich sehr viel Zeit haben würde. Ms. Filbys Stimme hörte sich über das ganze Gespräch hinweg irgendwie beschwert an, und ich fragte sie, ob bei ihr alles in Ordnung sei.

„Alles soweit klar hier, ehm, ja - dann wünsche ich Ihnen noch eine gute Zeit; bis dahin, also, ich melde mich dann mal", verabschiedete sie sich.

„Machen Sie das, ich würde mich freuen." Damit war das Gespräch beendet, und ein kleines Glücksgefühl durchfuhr mich. Ich machte mir sofort eine Notiz, damit ich direkt nach den Weihnachtsfeiertagen meine Wohnungsrecherche für meine neue Bekanntschaft beginnen könnte.

Fiona kehrte zurück, und ich begann das Abendessen für uns vorzubereiten. Ich machte einen Pizzateig und belegte ihn mit Schinken, Pilzen, Käse und frischem Spinat; darin war ich ganz gut, weil ich mir früher als Student so etwas schon öfter gemacht hatte. Und nach einer kurzen Zeit duftete das ganze Haus nach meiner Pizza. Ich überlegte, wie schön es jetzt wäre, hier mit Ms. Filby zusammen zu Abend zu essen, so musste ich mit Fiona vorlieb nehmen, die aber auch eine angenehme Essenspartnerin war. Es war eine sehr harmonische Atmosphäre an dem Abend, ganz im Gegensatz zu sonst. Ich hatte gemütliche Kerzen auf dem Tisch angezündet und Glögg serviert. Fiona fühlte sich sichtlich wohl, und es schmeckte ihr auch. Ein bisschen hatte ich ein schlechtes Gewissen, weil das, was ich da servierte, doch sehr kalorienreich war und Fiona immer sagte, sie müsse etwas abnehmen. Aber sie langte zu, grinste mich an und meinte nur, dass man das an Weihnachten ruhig dürfe. Ich konnte mich immer sehr gut mit ihr unterhalten, so auch an diesem Abend, besonders, weil die Kinder nicht mit am Tisch saßen und so mal ausnahmsweise ein ungestörtes Gespräch möglich war. Wir unterhielten uns über alles Mögliche, dabei kam die Rede auch auf die konfliktreiche Beziehung zwischen Caroline und mir.

„Wissen Sie", sagte Fiona, „es geht mich ja nichts an, aber die Kinder fragen mich schon oft, warum Sie und Ihre Frau …, na Sie wissen schon …"

„…uns oft in den Haaren liegen; sagen Sie's ruhig. Natürlich geht Sie das was an. Sie leben ja schließlich in unserer Familie mit, und ich bin ja heilfroh, dass Sie trotz der Querelen noch bei uns bleiben. Es ist ja oft auch nicht leicht für Sie, wenn Sie zwischen den Stühlen sitzen. Sie verhalten sich vorbildlich, auch wenn meine Frau das manchmal nicht so durchblicken lässt. Aber was soll ich machen, irgendwie weiß ich auch nicht mehr weiter. Wir haben uns richtig auseinander gelebt. Ich weiß manchmal nicht, ob ich mich trennen soll oder nicht. Alleine schon der Kinder wegen habe ich Skrupel."

„Sie sollten auf Ihr Herz hören, meinte Fiona, „und dann mit Verstand entscheiden."

„Tja", erwiderte ich, „aber was sagt mein Herz? Und ist es richtig, was es sagt?", wohl wissend, dass es zurzeit vor allem für eine bestimmte Person schlug, aber davon erzählte ich Fiona nichts. Umso mehr war ich verwundert, als sie mich darauf ansprach.

„Herr Lorent, mir müssen sie nichts vormachen. Ich habe bei Ihnen eine Veränderung in den letzten Tagen gemerkt."

Ich lenkte ab: „Wieso? Habe ich Sie irgendwie anders behandelt als sonst, womöglich schlechter?"

„Nein, im Gegenteil, Sie sind immer sehr korrekt zu mir, aber wenn Sie neuerdings manchmal abends nach Hause kommen, sind Sie so aufgeräumt, nicht mehr so nachdenklich."

„Meinen Sie?", ich schaute sie mit einem aufgesetzten Pokergesicht an.

„Ja, und ich kann mir denken, dass es etwas mit der Bekanntschaft im Skansen zu tun haben könnte. Verstehen Sie, ich möchte mich da nicht einmischen, aber wenn Sie ihr Herz befragen, was das Richtige ist, sollten Sie nicht alles auf eine zu lange Bank schieben. Ich weiß das von Leuten, die haben auch der Kinder zuliebe jahrelang eine gesunde Beziehung geheuchelt. Und am Ende hat es dann so richtig gekracht. Ich glaube, das war für deren Kinder schlimmer, als wenn sie sich frühzeitig getrennt hätten. Ich weiß, was ich sage, diese Leute waren nämlich meine Eltern. Da war ich acht Jahre und mein Bruder 12. Wir haben all die Jahre mitbekommen, dass etwas nicht stimmte. Mein Vater ging notorisch fremd, und Mutter hat das immer runtergespielt, weil sie so an ihm hinge, hatte sie immer gesagt, und weil sie doch die Familie zusammenhalten wollte. Alle haben sich etwas vorgemacht, und am Ende hatte keiner mehr Kraft in der Familie. Als es dann irgendwann zum großen Knall kam, war es vor allem für uns Kinder viel schwerer zu verkraften, als wenn sich die Eltern frühzeitig im Guten getrennt hätten."

„Sie wissen ja vielleicht Bescheid", staunte ich, „das tut mir leid, dass Ihnen das widerfahren ist."

„Ist schon gut", meinte Fiona, „ich habe damit heute abgeschlossen, aber denken Sie einmal darüber nach. Und noch eines: ich weiß, auch das geht mich nichts an, aber immer wenn ich zu ihrer Frau ins Arbeitszimmer gehe, dann finde ich da regelmäßig eine oder zwei leere Weinflaschen. Ich denke, ab und zu ist das ja kein Problem, aber das passiert mir fast jeden Tag."

Ich war schockiert. Sollte Caroline ein beginnendes Alkoholproblem haben? Das konnte ich mir gar nicht vorstellen, so tough, wie sie immer tat. Sofort erinnerte ich mich an ihren berauschten Zustand vom Vorabend und bekam ein schlechtes Gewissen, ob ich irgendwie schuld daran sein könnte, dass sie scheinbar dem Alkohol eher ihre Probleme anvertraute als mir. Zu denken gab es mir, was Fiona da erzählte, und es machte nur noch deutlicher, wie sehr sich meine Frau und ich mittlerweile auseinander gelebt hatten. „Ich werde ein Auge darauf halten, Fiona", gab ich mich sichtlich betroffen. So schritt der Abend voran und wir unterhielten uns noch über Gott und die Welt, bis es fast Mitternacht war. Fiona wollte mir noch beim Abräumen und Abwaschen helfen, aber ich sagte ihr, dass ich sie ja schließlich eingeladen hätte, und sie solle sich nun ruhig zu Bett begeben, sie müsse ja am nächsten Morgen auch früh raus. Irgendwann gegen ein Uhr nachts lag ich dann auch im Bett und fühlte mich nicht ganz wohl. Ich bekam leichte Kopfschmerzen, die ich zunächst alleine auf die Wirkung des Weines schob.

So gegen sieben Uhr morgens erwachte ich patschnass geschwitzt. Es war Samstag der 24. Dezember. Mein Schädel brummte, und mein Hals schmerzte extrem. Ich versuchte, aufzustehen, aber da drehte sich mir alles. Ich hatte mir augenscheinlich einen heftigen grippalen Infekt zugezogen, daher wohl auch die Kopfschmerzen am Vorabend. Schöne Bescherung, dachte ich, und das zu Weihnachten. Dann überlegte ich mir in meinem grippalen Dämmerzustand, dass es doch eigentlich egal sei, und dass ich die einsame Zeit nun nutzen könnte, mich mal so richtig auszukurieren. Ich rief nach Fiona, realisierte aber gleich, dass sie ja schon mindestens seit zwei Stunden weg sein musste. Mein zweiter Anlauf, das Bett zu verlassen, ging besser, und ich schlich langsam in die Küche, um mir so etwas wie ein Frühstück zu machen. Schnell den Kaffee aufgesetzt, eine Schnitte gegessen und dann nichts wie zurück ins Bett, so elend war mir. Das Fieberthermometer zeigte satte 39 Grad an. Mann, hatte mich das erwischt. Auch ein Aspirin half da wenig. Ich versuchte, mich zeitweise irgendwie zu beschäftigen, aber auch das war sehr mühsam. Ich überlegte, ob ich genug zu essen hatte bis Dienstag, oder ob ich mich noch zum Supermarkt quälen müsste. Der Blick in den Kühlschrank war nicht gerade überzeugend; Brot, Milch,

Kaffee und ein paar Dosen, etwas Gemüse und Kartoffeln fand ich in den Vorratsschränken; nicht gerade das, was man sich so vorstellt, um an Weihnachten zu verspeisen, aber danach war mir auch nicht zumute. So beschloss ich, den Tag komplett im Bett zu verbringen. Die Stunden bis zum Nachmittag schleppten sich zwischen Dämmerschlaf und Wachzuständen hin. Dabei träumte ich sehr wirres Zeug, was wohl aufgrund meines Fiebers zustande kam. Alles tanzte wild im Kreis, Gedanken an meine Beziehung mit Caroline, an Victoria Filby, die Kinder, Fiona etc. Dann begann ich, mir auch noch selber leid zu tun. Oh Mann, hoffentlich war das bald vorüber.

Gegen Abend dann sank das Fieber, und ich konnte aufstehen. Um wenigstens die Illusion von Weihnachten zu haben, ich weiß auch nicht, warum ich mir daraus einen Zwang machte, zündete ich mir ein paar Kerzen an und holte den alten, kleinen, verstaubten Kunststoffweihnachtsbaum vom Speicher. Den hatte ich noch aus meiner Studienzeit; fast schon ein Wunder, dass all die winzigen Birnchen nach so vielen Jahren noch funktionierten. Da die Kinder in diesem Jahr bei der Großmutter in München waren, hatte ich keinen richtigen Weihnachtsbaum gekauft. Danach öffnete ich mir eine Dose Ravioli und dazu nahm ich zwei Scheiben Brot. Jetzt musste nur noch etwas genauso Stilloses zum Trinken her. Was passe denn besser dazu, als eine Dose Bier, dachte ich mir. Das typische Bier aus Schweden ist süßer, hat weniger Alkohol als bekannte deutsche Biere und schmeckt wie … na ja, auch irgendwie nach Bier. Ich wollte gerade die Beine hochlegen und den Fernseher einschalten, da klingelte es an der Haustür. Es war so gegen fünf Uhr Nachmittags, und ich dachte, wer um diese Zeit noch nicht vor dem Weihnachtsbaum sitze oder zumindest entsprechende Vorbereitungen träfe, müsse entweder einen besonderen Grund haben, bei anderen Leuten an der Haustüre zu klingeln, führe nichts Gutes im Schilde oder … und genau, ich lag richtig mit dem dritten Gedanken. Es waren die Keksverkäufer. Das passiert in Schweden sehr oft, dass vor allem an Wochenenden oder Feiertagen Jugendliche durch den Ort von Haus zu Haus ziehen und versuchen, irgendetwas an den Mann zu bringen, meistens Saison-Süßigkeiten oder Gebäck, um ihr Taschengeld aufzubessern. Eigentlich mochte ich diese Art der Belästigung nicht leiden, aber an diesem Abend kamen sie mir genau recht, da die Knabbereien in unserem Haus nämlich gänzlich aufgebraucht waren; die Kinder hatten wohl wieder kräftig zugelangt. Ich öffnete die Haustür, und vor mir standen zwei 14-15 jährige Mädchen in dicken Winterjacken, die wie aus der Pistole geschossen ‚God Jul' wünschten, was soviel wie Frohe Weihnachten bedeutet. Dann sagten sie ihren Standardspruch auf, den sie wahrscheinlich schon unzählige Male an anderen Haustüren runtergeleiert hatten: „Vil du köpa julgodis?", zu Deutsch: „Willst du Weihnachts-Süßigkeiten kaufen?"

Ich fragte sie, was sie denn anzubieten hätten. Sie zeigten mir ihren Bauchladen mit Keksen, Schokolade und Jule-Marzipan. Ich wies auf den Marzipan und gab zu verstehen, dass ich zwei Päckchen haben wollte. Ich gab ihnen 30 Kronen. Mit einem kurzen ‚Tack, hej do' bedankten sie sich und zogen zum Nachbarhaus. Ich hatte kaum die Türe geschlossen, klingelte es wieder, dieses Mal das Telefon. Insgeheim hoffte ich, dass es Ms. Filby sein könnte, aber auf dem Display erschien eine Nummer aus München. Hätte ich mir auch denken können, dass Ms. Filby um diese Uhrzeit wahrscheinlich eher in angenehmer Runde mit ihrer Großfamilie sitzt und Weihnachten feiert - bildete ich mir jedenfalls ein -, als irgendwelche Bekannten in Stockholm anzurufen. Es waren die Kinder, die ihrem Papa ein frohes Fest wünschen wollten. Sie fragten mich, ob ich es auch schön gemütlich hätte und Weihnachtssachen essen würde; bei Oma wäre später Bescherung. Ich versicherte ihnen, dass es mir gut gehe. Dann kam Caroline noch ans Telefon: „Frohes Fest, Schatz", meinte sie, „kommst du mit dem Alleinsein klar?" Ich war zu stolz, ihr von meinen gesundheitlichen Malessen zu berichten, und so bemühte ich mich trotz meiner belegten Stimme klar zu antworten: „Bei mir ist alles bestens, hab mir eine Dose Ravioli aufgemacht und sitze vorm Fernseher." „Du und deine Scherze", meinte Caroline; sie glaubte mir das wahrhaftig nicht. Sie wünschte mir noch einen schönen Abend und würde sich dann wieder zum Jahreswechsel bei mir melden. Jetzt erwartete ich niemanden mehr. Meine Eltern waren schon vor Jahren verstorben, und mein Bruder turnte irgendwo in den Staaten als Ingenieur herum. Ich überlegte, ob ich ihn mal anrufen sollte, aber ich hatte nicht mal seine Nummer, außerdem hatte ich seit Jahren nur sporadisch ein Lebenszeichen von ihm empfangen. So machte ich es mir denn an diesem Heilig Abend auf dem Sofa vor dem Fernseher bequem.

Am folgenden Morgen fühlte ich mich immer noch sehr schlapp, aber die Lebensgeister schienen allmählich wieder zurückzukehren. Ich verbrachte die beiden Weihnachtstage nur mit Ausruhen, Spazierengehen, Essen und Schlafen. Dabei fand ich endlich mal Zeit, liegen gebliebene Arbeiten zu erledigen, etwas aufzuräumen und die Ordnung im Hause ein bisschen auf Vordermann zu bringen. So manche Erinnerungen fielen mir da in die Hände: Photoalben, alter Tand und Kram, der sich über die Jahre angesammelt hatte, ach ja, und die alten Familienvideos aus Zeiten, als die Kinder noch klein waren. Ich legte sie mir heraus, um sie mir an diesem Abend einmal anzusehen. Ich überlegte mir, ob ich auch in Carolines Zimmer aufräumen sollte. Ich wusste, dass sie das nicht gerne mochte, aber ich wagte einen Blick hinein in ihr Büro, entschied mich dann aber, alles dort so zu belassen, wie es war. Ich wollte gerade ihr Zimmer verlassen, da fiel mir ein, dass in der Wand hinter ihrem Schreibtisch noch ein Verschlag war und sie mir gesagt hatte, dass ich dort absolut nichts zu suchen hätte. Ich habe mich auch nie dafür interessiert, da ich dachte, sie hätte da eben besonders persönliche Sachen gelagert. Aber irgendwie war ich jetzt neugierig geworden. Ich zögerte noch, doch dann gewann meine Neugier. Ich kroch unter den Schreibtisch und öffnete den Verschlag in der Wand. Hinter einem Wust gestapelter Zeitschriften fand ich zwei große Kisten, aus deren Innerem es wie Glas klang, als ich sie herauszog. Sie waren ziemlich schwer. Dann endlich hatte ich sie soweit unter dem Schreibtisch stehen, dass ich eine von ihnen öffnen konnte. Was ich darin sah, erinnerte mich an das, was mir Fiona zwei Tage vorher erzählt hatte. Die Kisten waren voller Weinflaschen. Insgesamt etwa an die 10 bis 12 Stück. Warum hatte Caroline die hier versteckt. Trank sie etwa wirklich insgeheim, um ihren Frust oder sonst was zu vergessen? Ich wurde beunruhigt, da sie in der letzten Zeit öfter mal nach Alkohol roch, allerdings maß ich dem keine weitere Bedeutung zu, denn ich wusste, dass sie ab und zu mit Kollegen in der Firma einen Umtrunk hatte. Auf ihrem Schreibtisch lag ihre letzte Kreditkartenabrechnung herum, überhaupt sah das Zimmer ziemlich unaufgeräumt aus. Ich schaute mir die Rechnung an und fand regelmäßige Abbuchungen des Systembolaget, des staatlichen Monopolgeschäftes in Schweden, welches einzig und alleine Alkoholika mit höherer Prozentzahl verkaufen darf. Caroline musste ihren Vorrat wohl peu a peu angehäuft haben. Ich stellte die Kisten zurück und schob die Zeitschriften wieder davor. Das Ganze gab mir sehr zu denken, und ich nahm mir vor, Carolines Verhalten in Zukunft in dieser Hinsicht im Auge zu behalten, schon der Kinder wegen; jetzt konnte ich auch endlich mit der Aussage von Katharina etwas anfangen, die ihrer Mutter beim Schuhe Zubinden öfter sagte: „Mama, du riechst wieder so komisch aus dem Gesicht." Zu denken, gab es mir auch deswegen, weil mir dadurch deutlich wurde, wie wenig körperlichen Kontakt ich noch zu Caroline hatte. Sonst wäre mir das doch bestimmt schon eher aufgefallen. Ich begann ein bisschen die Schuld bei mir zu suchen. War es vielleicht nicht sie, die mir nicht das gab, was ich suchte, sonder eher ich, der sie nicht verstand und nicht auf ihre Bedürfnisse zuging, weil ich mich selber mit meinen eigenen Problemen zu sehr befasste? Die ganzen Gedanken, die ich mir schon öfter bezüglich einer Trennung gemacht hatte, kamen mir jetzt so schlecht vor. Wenn Caroline solch ein Problem haben sollte, dann konnte ich sie doch nun unmöglich verlassen. Und was sollte aus den Kindern werden, wenn es mal wirklich problematisch würde mit ihr? Aber vielleicht bildete ich mir das alles auch nur ein. Ich beschloss, die Sache zunächst einmal ruhen zu lassen. Die beiden Weihnachtstage ließ ich verstreichen, ohne wirklich Sinnvolles zu tun. Ans Wasser gehen, die Erkältung auskurieren und einfach nur die Seele baumeln lassen, dachte ich mir.

Doch Gedanken drängen sich manchmal auf. Ich musste hier und da während diesen Tagen an Victoria Filby denken. Was sie jetzt wohl gerade machte und wie sie die Weihnachtsfeiertage vielleicht mit Mann und Familie verbringen würde? Öfter kam mir dann der Gedanke, sie einmal auf ihrem Mobiltelefon anzurufen, nur so, um Hallo zu sagen. Aber ich verwarf dieses Vorhaben immer wieder, da ich, obwohl ich mich verliebt hatte, nicht ihre seltene Zeit mit ihrem Mann stören wollte. Dann wieder dachte ich, warum nicht, es sei doch kein Verbrechen, mal kurz durchzurufen, legte den Hörer aber doch wieder auf, ohne ihre Nummer gewählt zu haben. Ich glaubte zu wissen, dass sie ein sehr viel schöneres Weihnachtsfest verleben würde als ich; dass ich damit nicht richtig lag, erfuhr ich sehr viel später von ihr.

Victorias Flug an besagtem 22. Dezember hatte aufgrund schwerer Schneeverwehungen auf dem Arlanda Flugplatz im Stockholmer Norden starke Verspätung, so dass sie auf dem Dyce International Airport in Aberdeen erst spät in der Nacht ankam. Während des gesamten Fluges musste sie an den netten Abend mit Peter Lorent denken und dass sie eigentlich gerne mit ihm noch länger zusammen gewesen wäre. Sie hoffte, am Flughafen von Linus abgeholt zu werden, denn er wusste ja, wann sie landet. Umso größer war ihre Enttäuschung, als sie ganz verloren in der Ankunftshalle stand, wo niemand auf sie wartete. Ihren Eltern machte sie deshalb keinen Vorwurf, es war ja schließlich ein verspäteter Flug und außerdem weit nach Mitternacht. Ihr Vater konnte sie sowieso nicht abholen, da er an den Rollstuhl gefesselt war, und für ihre Mutter wäre es auch zu anstrengend gewesen, um diese Zeit noch zum Flughafen zu fahren. Aber sie würden sich zu Hause garantiert sorgen, und so beschloss Victoria zunächst, dort anzurufen, um zu sagen, dass sie gut angekommen sei.

Ihre Mutter war erleichtert: „Kind, bei dem Sturm haben wir uns wirklich Sorgen gemacht."

„Ist schon gut", beruhigte Victoria Cora, „es war etwas holprig, aber nun bin ich ja da."

„Fährst du jetzt mit Linus ins Landhaus nach Potterton oder bringt er dich zu uns?", fragte Cora weiter.

„Wieso Linus?", „der ist doch gar nicht hier am Flughafen."

„Verstehe ich nicht, er hat uns heute Abend angerufen und erzählt, er hole dich dort ab."

„Habe ich auch gedacht", antwortete Victoria, „ich bin zwar etwas enttäuscht, dass er nicht gekommen ist, aber ich hätte es mir auch denken können, du weißt ja, immer unterwegs und wenig Zeit. Ich nehme mir jetzt ein Taxi, und bin dann bald bei euch."

Sie saß kaum im Taxi, da klingelte ihr Mobiltelefon. Eine Sekunde lang dachte sie, dass es vielleicht Peter Lorent wäre, verwarf aber sofort den Gedanken wieder, denn am anderen Ende der Leitung meldete sich Linus: „Hallo Vicky, wo bist du?"

„Na, auf dem Nachhauseweg", sagte sie, „ich habe mir ein Taxi zu meinen Eltern genommen. Bist du im Landhaus? Ich kann auch zu dir nach Potterton kommen, dann würden wir uns heute Nacht noch sehen."

„Nein bloß nicht!", erregte sich Linus am anderen Ende, „ich meine, ich bin noch nicht zu Hause, ich wurde noch aufgehalten. Sonst hätte ich dich natürlich abgeholt."

„Um diese Zeit? Ich meine, wer arbeitet denn um diese Uhrzeit noch und dann so kurz vor Weihnachten?", fragte Victoria skeptisch nach.

„Na du kennst doch die Branche, die macht keinen Halt vor Feiertagen. Und wenn ich da nicht mitziehe, dann ist ruckzuck der Auftrag weg. Am besten, du fährst zu deinen Eltern nach Hause, und ich komme morgen bei euch vorbei. Schlaf dich erst mal aus, und dann sehen wir uns ja", beschwichtigte ihr Mann sie.

Während der Fahrt erblickte Victoria zwei Kinderbilder an der Armatur des Taxis. „Ihre?", fragte sie den Taxifahrer, einen bärigen Typen.

„Hm", merkte dieser auf, „oh ja, meine zwei Goldhasen; fünf und sieben, die habe ich immer bei mir. Ihre Mama ist vor zwei Jahren gestorben, Autounfall. Sie war eine echt liebe Frau. Tagsüber, wenn die Kinder aus der Schule kommen, gehen sie zu meiner Schwester. Sie freuen sich schon auf Weihnachten, denn da mache ich mein Taxi dicht und bin nur für sie da."

„Oh, das tut mir leid", erwiderte Victoria leise.

„Na ja, der Herrgott hat uns zwar nur eine kurze, aber dafür wunderbare Zeit geschenkt, da möchte ich nicht undankbar sein. Wissen Sie, es gibt so viele Leute, die sind solange verheiratet und nehmen das irgendwann als selbstverständlichen Gewohnheitszustand hin, dass sie darüber alles verpassen, was in ihrer Beziehung an Bedeutung gewesen sein könnte. Und ehe sie es sich versehen, sind sie alt und verbittert oder haben sich schon vorher getrennt."

Draußen war es ziemlich stürmisch, der Regen klatschte nasskalt gegen die Windschutzscheibe des Wagens, und obwohl Denmore nicht weit vom Flughafen entfernt war, ging die Fahrt nur langsam voran.

„Mann, ist das ein Sauwetter", grummelte der Fahrer, „entschuldigen Sie Miss, aber ich muss so langsam fahren, man sieht ja kaum noch etwas auf der Straße."

„Ist kein Problem", erwiderte Victoria, „darauf kommt es jetzt auch nicht mehr an." Sie hatte den Satz noch nicht zu Ende gesprochen, da machte das Taxi eine Vollbremsung.

„Mist!", fluchte der Fahrer, „hier geht es nicht mehr weiter." Eine riesige Birke lag quer auf der Fahrbahn.

„Das ist nur ein paar hundert Meter entfernt von meinem Zuhause", meinte Victoria, „die paar Schritte kann ich sicher laufen."

„Aber Miss, Sie werden vollkommen durchnässt werden; warten Sie zumindest bis der Regen nachgelassen hat hier im Auto, ich verständige über die Zentrale derweil die Feuerwehr", schlug er ihr vor.

„Das wird wohl noch eine Weile so weiter schütten, nein, ich steige hier aus", entschied sie.

„Wie Sie meinen, Miss", sagte der Fahrer achselzuckend. Victoria bezahlte das Taxi, stieg aus, nahm ihren Koffer aus dem Kofferraum und schleppte sich mitsamt ihrem Gepäck durch den matschigen Weg zum Haus ihrer Eltern. In der Eingangstür brannte Licht, und sie war noch nicht ganz dort angekommen, da kam auch schon ihre Mutter heraus: „Kind, du holst dir ja den Tod."

„Hallo Mama", begrüßte die Heimkehrerin ihre Mutter völlig durchnässt, „wie geht es euch?"

„Erzähle ich dir alles später, komm jetzt erst mal herein und trockne dich ab." Es war mittlerweile zwei Uhr nachts.

„Schläft Papa schon?", wollte Victoria wissen.

„Ja sicher, er ist heute früh zu Bett gegangen. In letzter Zeit wirkt er ziemlich müde", klang es besorgt aus Coras Mund.

„Dann gehen wir am besten jetzt auch zu Bett", schlug Viktoria vor, „ich mache mich vorher noch ein bisschen frisch, und morgen können wir ja dann reden."

Sie umarmte Cora und begab sich nach oben in ihr ehemaliges Zimmer, dass sie schon seit ihrer frühesten Kindheit dort hatte. Sie schaffte es gerade noch, ihre Abendtoilette zu beenden, danach fiel sie wie tot ins Bett.

Am nächsten Morgen, der Sturm hatte sich gelegt, wurde Victoria von intensivem Kaffeeduft geweckt. Sie schaute auf und sah neben sich auf ihrem Nachttischchen eine kleine Kanne Kaffee und ein Stück frischen Frühstückskuchen auf einem Teller liegen. Das erfreute ihr Herz, und sie konnte ein ‚Süß' nicht unterdrücken. Sie setzte sich auf, rieb sich die Augen und musste erst einmal richtig wach werden. Wie lange sie wohl geschlafen hatte nach der anstrengenden Reise? Diese kam ihr ein wenig wie ein Spuk vor: der unruhige Flug, die Einsamkeit des Flughafens bei Nacht, der komische Anruf von Linus, der Taxifahrer mit den Kinderbildern im Auto und seiner seltsamen, wenn auch bedrückenden Story, ach ja, und dann war ja da dieser quergelegte Baum auf der Straße. Durch das leicht gekippte Dachfenster ihres Zimmers vernahm sie in einiger Entfernung das Geräusch von Motorsägen. Also doch kein Spuk, dachte Victoria, den Baum haben sie wohl erst heute Morgen beseitigt. Sie sah aus dem Fenster und wurde durch die blinkenden Lichter der Straßenbaumeisterei bestätigt. Sie setzte sich zurück in ihr Bett und trank erst einmal einen kräftigen Schluck Kaffee und genoss den Frühstückskuchen. Den kannte sie. Mutter musste ihn frisch gebacken haben wie in früheren Zeiten. Victoria schaute auf die Uhr und erschrak. Es war ja schon weit nach 10 Uhr morgens. Trotzdem fühlte sie sich nicht besonders gut ausgeschlafen. Dann hörte sie von draußen Autotüren, und kurz darauf klingelte es an der Haustür. Eine freudige Begrüßung war zu vernehmen. Das mussten Timothy und Victorias Schwägerin Claudia sein. Schnell stand sie auf und zog sich an.

Zu aller erst wollte sie aber ihren Vater begrüßen, den sie in der Nacht ja nicht mehr gesehen hatte. Als sie nach unten kam, saß dieser im Rollstuhl vor dem Kamin und versuchte darin Hölzer für ein gemütliches, wärmendes Feuer zu stapeln. Ihre Mutter und die zwei Neuankömmlinge waren in die Küche gegangen. Patrick saß mit dem Rücken zu Victoria und bemerkte sie nicht, als sie eintrat.

„Soll ich dir helfen, Papa?", fragte sie. Etwas erschrocken drehte Patrick sich um und freute sich sichtlich, seine Tochter wieder zu sehen.

„Hallo, Vicky, Liebes, ich dachte du schläfst noch. Wie geht es dir denn? Komm, umarme deinen alten Vater."

„Hej Papa, hur mår du", antwortete seine Tochter stolz, ein paar Brocken Schwedisch zu können.

„Was?", kam es von Patrick verwirrt.

„Das ist Schwedisch und heißt: Wie geht es dir?", klärte sie ihn auf.

„Na, du wirst doch wohl eine waschechte Schottin bleiben? Aber zu Späßen aufgelegt, das freut mich, was macht die Arbeit?", fragte Patrick weiter und ging nicht auf die Frage nach seiner Befindlichkeit ein.

„Frag mich lieber, wie es mir geht; von der Arbeit kann ich dir später noch erzählen."

„Du weißt doch, das eine hängt mit dem anderen zusammen, Vicky", war Patricks typisches Argument.

„Ja, ja", antwortete sie, „aber jetzt sag mal, wie sieht es mit deiner Gesundheit aus?"

„Tja, man wird halt nicht jünger. Solange ich mich nicht aufrege, meint der Arzt, und mein Herz schone, sollte ich wohl noch ein bisschen durchhalten. Aber ich habe es mir abgewöhnt, nur noch über Erfolge nachzudenken. In meiner Situation kann ich da so oder so nicht mehr viel reißen, und ich fühle mich einfach zu schwach, um mich da noch zu ereifern. Umso wichtiger ist es, dass ihr Kinder voran kommt."

„Das freut mich, dass du das so siehst", sagte Victoria und nahm seine Hand, „und ich hoffe du meinst vor allem unser persönliches Vorankommen und nicht nur die messbaren Erfolge."

„Na, so ganz kann ich natürlich nicht aus meiner Haut, vor allem, wenn ich sehe, wie Jonathan die Kanzlei führt, so ganz anders als ich früher und viel verhaltener; ach ich mag lieber nicht darüber nachdenken, sonst rege ich mich doch wieder auf", beendete Patrick das Thema.

Aus der Küche kamen jetzt Timothy und seine Frau dazu. Victoria umarmte ihren Bruder. Sie schaute erstaunt auf Claudia, die rundlicher geworden war.

„Ist es das, was ich denke?", fragte Victoria sie.

Ihre Schwägerin bejahte: „Das ist es wohl. In fünf Monaten etwa ist es soweit, und was es wird, da lassen wir uns überraschen."

„Ich freue mich für euch", lächelte Victoria sie an, erinnert an ihren eigenen unerhörten Kinderwunsch.

Sie ging in die Küche, um ihrer Mutter etwas zur Hand zu gehen bei den Back- und Essensvorbereitungen für Heilig Abend. „Na, hast du den stürmischen Tag gestern gut verkraftet?", fragte Cora sie, „nun erzähl mal, Kind, wie war denn deine bisherige Zeit in Stockholm?"

„Ich kann eigentlich nicht klagen", überlegte Victoria, „anfangs lief es etwas schleppend aber nun … doch, gefällt mir, vor allem entspannter."

„Du siehst auch viel entspannter aus, und außerdem kommst du mir irgendwie … nun, wenn ich nicht wüsste, dass du verheiratet wärst, würde ich sagen, du hättest dich verliebt."

„Nein, dass ist die gute Luft in Stockholm, die mich so erscheinen lässt", Victoria blickte verstohlen vor sich hin und knetete ganz andächtig den Kuchenteig, den ihre Mutter ihr in die Hand gedrückt hatte.

„Kind, einer Mutter kannst du nichts vormachen, aber Spaß beiseite", wurde Cora ernster, „meldet sich Linus oft bei dir? Uns erzählt er jedenfalls, dass er das tue."

„Vielleicht ein- bis zweimal die Woche von irgendwo hier in England ruft er an. Er erkundigt sich, wie es mir geht, und wenn ich sage, dass alles soweit in Ordnung ist, hakt er das einfach ab und erzählt dann ellenlange Geschichten von seinen wichtigen Aufträgen. Ach ja, und dann verspricht er mir jedes Mal, wenn er anruft, dass wenn er den nächsten großen Auftrag abgeschlossen hat, mit mir endlich mal alleine in Urlaub fahren wolle. Getan hat er das bisher noch nicht. Ich bin mal gespannt, ob er heute hier erscheint, wie er mir gestern Nacht telefonisch angekündigt hatte. Weißt du Mama, ich glaube, er interessiert sich nicht wirklich für mich als Person, vielleicht hätte ich ihn damals nicht zur Hochzeit drängen sollen." Victoria schaute nachdenklich auf das Hochzeitsbild, das sich in der Küche neben anderen Familienbildern auf der Fensterbank einreihte.

„Aber ihr wisst doch, dass ihr euch liebt", munterte Cora sie auf, „das wird schon, und wenn erst mal ein Kind da ist, dann sieht die Sache schon anders aus, das schweißt zusammen."

„Das ist auch so ein Punkt", meinte ihre Tochter, „er will ja im Moment, oder vielleicht überhaupt kein Kind. Ich würde es mir schon wünschen."

„Dann lass es doch darauf ankommen, und stelle ihn irgendwann vor vollendete Tatsachen", schlug ihre Mutter ihr vor.

„Auf keinen Fall", empörte sich Victoria, „das würde er mir nie verzeihen und dann wäre es, so glaube ich, auch ganz schnell aus zwischen uns; nein, das riskiere ich nicht. Unsere Beziehung war schon immer eine Fernbeziehung, und in Stockholm bin ich mir im Klaren darüber geworden, dass sich das wohl so schnell nicht ändern wird. Ich werde mich wohl oder übel damit arrangieren müssen. Vielleicht ist es auch gut so, wie es ist, denn dann vermisst Linus mich möglicherweise eines Tages so stark, dass er selbst auf die Idee kommt, für seine Frau etwas mehr Zeit zu opfern."

„Also, das ist doch Frohmacherei, dadurch lebt ihr euch nur noch mehr auseinander. Victoria, du musst unbedingt mit ihm reden, und ihr müsst was ändern", gab Cora ihr den Rat.

Am Nachmittag erschien Jonathan und begrüßte seine Schwester. Er kam wie immer ohne Anhang. Er war ein eingefleischter Junggeselle und konnte sich mit den Familiengeschichten nie so recht identifizieren. Auch mochte er keine Familienfeste, kam aber dennoch zu solchen Anlässen, um den Eltern die Illusion der intakten Großfamilie nicht zu nehmen. Deswegen hatten er und Victoria sich auch nie so viel zu erzählen, einfach, weil es aus seinem Privatleben nicht viel zu berichten gab. Vielleicht macht er es genau richtig, fragte sich Victoria. Hatte er doch mit solchen Problemen, wie sie sie hatte, überhaupt nichts zu tun; er musste sich nur um sich selbst und seine Arbeit kümmern und war doch ansonsten frei. Sie beneidete ihn etwas, gestand sich aber dann selber ein, dass sie einfach nicht der Typ sei, um für immer alleine zu bleiben, und damit hatte sie auch ihre eigene Theorie widerlegt, dass ihre Fernbeziehung gut ist, wie sie ist, denn das komme dem Alleinleben ja schließlich gleich. Vielleicht sollte sie wirklich mal mit Linus über ihre Beziehung ernsthaft reden.

Die Familie verbrachte einen angenehmen Nachmittag im Hause Filby. Kaffee, Tee, Kuchen und geselliges Beisammensein gaben Victoria ein bisschen das Gefühl von Familie, dass sie all die letzte Zeit so vermisste. Es trat allerdings ein, was sie befürchtete: Linus kam an diesem Tag nicht vorbei. Das bestätigte Victoria in ihren Annahmen, dass auf seine Versprechungen diesbezüglich kaum Verlass war. Resigniert saß sie in der Runde und ihr Vater versuchte sie aufzumuntern: „Lass den Kopf nicht hängen, er kommt bestimmt morgen, du kennst ihn doch, er hat halt viel um die Ohren, davon kann ich ein Lied singen."

„Du brauchst ihn jetzt nicht zu verteidigen", meinte Cora, „ein wenig mehr könnte er sich ja doch für seine Frau interessieren. Da muss der Job auch mal zurückstehen." Daraufhin erwartete Victoria von ihrem Vater das typische Gerede von wegen Emotionen seien nicht alles im Leben. Aber es blieb aus, denn man konnte Patricks Gesicht schon ansehen, dass er das Verhalten von Linus auch nicht sonderlich gut befand. Er meldete sich noch nicht einmal per Telefon, was er sonst wenigstens immer tat. Victoria wurde traurig, das Wasser stieg ihr langsam in die Augen. Sie hatte sich doch wahrhaftig eingebildet, nach den langen Wochen des sich nicht Sehens würde Linus sie freudestrahlend in Aberdeen begrüßen. Weinend verließ sie das Wohnzimmer, um sich im Bad die Augen zu kühlen. Da fiel ihr Peter Lorent ein. Den könne sie doch mal anrufen und ihm zumindest ein schönes Weihnachtsfest wünschen. Ihre Mutter kam aus dem Wohnzimmer, um in der Küche noch Tee zu holen, „durstige Seelen da drin", sagte Cora verlegen zu Victoria, beobachtend, warum ihre Tochter denn da vor dem Telefon wartete. „Willst du jemanden anrufen", fragte Cora dann neugierig, „vielleicht Linus - nur zu, wir stören dich nicht." Sie verschwand in der Küche, holte den Tee und ging wieder ins Wohnzimmer zurück. Dann nahm Victoria den Hörer ab, zu sich selber sagend: „Linus anrufen, von wegen, wenn der sich nicht bei mir meldet ..." Sie versuchte ihre Stimme zu fassen und wählte dann Peter Lorents Nummer. Victorias Mutter lief noch ein paar Mal zwischen Wohnzimmer und Küche hin und her: „Lass dich nicht stören." Aber einige Satzfetzen bekam sie sicher mit.

„… bei meinen Eltern … Sie haben bestimmt viel Spaß mit den Kindern … dann muss ich mir ja noch dringend eine neue Bleibe suchen … ich melde mich dann mal." Als Victoria auflegte und nicht mehr so traurig drein schaute, kam es von ihrer Mutter im Vorbeigehen: „Linus war das aber nicht."

„Nein, das war jemand Bekanntes aus dem Institut in Stockholm, dem habe ich noch ein schönes Weihnachtsfest gewünscht."

„So, so, jemand Bekanntes", nickte Cora schmunzelnd und verschwand wieder in der Küche.

„Ja, warum nicht", versuchte Victoria hinter ihr herlaufend sich zu rechtfertigen, „man wird doch wohl noch einem Freund ein schönes Weihnachtsfest wünschen dürfen."

„Hmm…", klang es einsilbig bestätigend aus der Küche, und Cora kam wieder mit Keksen heraus, „natürlich darfst du das Kleines", und sie tippte mit ihrem Zeigefinger auf Victorias Nase. Verschämt folgte Viktoria ihr ins Wohnzimmer, wo die anderen immer noch sich mehr oder weniger gut unterhaltend saßen.

„Und was sagt Linus?", fragte Timothy seine Schwester.

„Mit dem habe ich nicht gesprochen", antwortete sie und setzte sich wieder in die Runde.

„Mit wem du auch gesprochen hast, du siehst jetzt wenigstens nicht mehr so traurig aus", bemerkte Jonathan, der sonst nicht sehr gesprächig war.

Es war der Vorabend zu Weihnachten, und vom vielen Erzählen war die ganze Gesellschaft ziemlich müde geworden. Timothy und Claudia zogen sich in ein Gästezimmer zurück, was Mutter Cora ihnen zurechtgemacht hatte. Jonathan verabschiedete sich und sagte, dass er am nächsten Tag zu Heiligabend rechtzeitig kommen würde, und Victoria half ihrer Mutter noch beim Abwasch. Derweil saß Patrick im Wohnzimmer und war vor dem Kamin eingeschlafen.

„Ich bin jetzt auch müde und werde mich hinlegen", meinte Victoria nicht mehr hoffend, das Linus sich an dem Tag noch einmal melden würde, „die letzte Nacht liegt mir noch etwas in den Knochen, und da möchte ich mich noch einmal so richtig ausschlafen." Sie ging nach oben in ihr Zimmer. Als sie am Gästezimmer vorbeikam, hörte sie darin Claudia zu Timothy sagen: „Zu beneiden ist deine Schwester auch nicht; also wenn ich so eine Beziehung führen müsste, dann hätte ich mich schon längst getrennt, das kannst du mir glauben." Nachdenklich verschwand Victoria in ihrem Raum. Sie war jetzt zu müde, um darüber nachzudenken, ob Claudia wohl Recht haben könnte und schlief schnell ein.

Am nächsten Tag, Heilig Abend, wollte Cora vormittags noch in die Stadt zum Einkaufen fahren. Sie fragte ihre Tochter, ob sie vielleicht mitkommen wolle. Sie stimmte zu, da sie auch noch ein paar kleine Geschenke kaufen wollte. Während sich Cora vor allem um die kulinarischen Dinge kümmerte, setzte sich Victoria ab und streifte durch kleine Boutiquen. So kam sie auch an einem Musikgeschäft vorbei. Sie hatte schon einige Kleinigkeiten beisammen, da sah sie etwas, das sie an das erste Treffen mit Peter Lorent erinnerte, der doch nach mittelalterlicher Musik suchte. Sie überlegte, ob vielleicht diese CD von Blackmores Night mit solcher Musik in der Auslage des Geschäfts seinen Geschmack treffen würde. Sie ließ sich die CD als Geschenk verpacken. Victoria wollte gerade zum vereinbarten Treffpunkt zurückkehren, um mit ihrer Mutter nach Hause zu fahren, da fiel ihr ein, dass sie ja überhaupt noch kein Geschenk für Linus hatte, und das Schlimme war, dass ihr keine Idee in den Sinn kam, was ihm gefallen könnte. So wenig kannte sie seine Wünsche. Ein klischeehaftes Geschenk wie Krawattennadeln oder ähnliches aus Verlegenheit wollte sie nicht kaufen, dann lieber gar nichts. Es fiel ihr aber doch noch etwas ein. Seine Termine hatte Linus immer auf einem Wust von Zetteln notiert, den er mit sich rumschleppte. Er meinte immer, er finde sich damit am besten zurecht. So kaufte sie für ihn denn einen Filofax Kalender, das schien ihr ein passendes Geschenk zu sein.

Gegen Mittag, als alle Geschäfte geschlossen hatten und Victoria mit Cora wieder zu Hause eintraf, stand Linus' Wagen vor der Tür. Er selber war mit Patrick hinter dem Haus und hackte etwas Holz für den Kamin. Als er seine Frau erblickte, begrüßte er sie überschwänglich und irgendwie gekünstelt, das empfand jedenfalls sie so. „Hallo Vicky, mein Gott, was habe ich dich die ganze Zeit vermisst. Du musst mir unbedingt erzählen, wie es dir ergangen ist in den letzten Wochen in Stockholm."

„Geht nur voraus", sagte Cora, „das Holzhacken kann Timothy oder Jonathan nachher übernehmen."

„Lass uns einen kleinen Spaziergang machen", schlug Linus vor, und er legte seinen Arm um seine Frau.

„Ja gut", meinte sie etwas verdutzt über seine Überschwänglichkeit und glaubte, die Ursache dafür sei in seinem schlechten Gewissen wegen seines Ausbleibens am Vortag begründet.

„Erzähl doch mal, was hast du in Stockholm erlebt? Soll ja eine schöne Stadt sein."

„Ja, ist ganz nett, vielleicht ein bisschen kalt im Winter, aber durchaus sehenswert für eine Zeit und vor allem nicht so stressig. Würde dir bestimmt auch mal gut tun, der Aufenthalt da", spielte sie auf Linus' ständige Abwesenheit an."

„Ach, ja Vicky", meinte er, „ich werde mich bemühen, in Zukunft mehr Zeit für dich zu haben, ... mit gestern ..., weißt du, ... das war so eine Sache ..., eine nicht enden wollende hartnäckige Verhandlung in London hat mich völlig aus meinem Zeitplan gebracht; tut mir leid."

„Aber du hättest doch wenigstens mal anrufen können", entgegnete sie und merkte, wie er sich seine Begründung aus den Fingern sog. „Also in Stockholm wäre dir das nicht passiert", sprach sie weiter, „da macht keiner mehr wichtige Arbeiten einen Tag vor Weihnachten, da kümmert man sich schon längst um Familienangelegenheiten."

„Die Welt besteht aber nun mal nicht nur aus Stockholm, und irgendwie muss ja der Rubel rollen", antwortete Linus etwas arrogant. Diesen Zug mochte Victoria gar nicht an ihm.

„Wie stellst du dir das denn in Zukunft vor?", forderte sie Linus auf, ihr sinnvolle Vorschläge zu unterbreiten.

„Am besten ist es, du kommst wieder nach Potterton ins Landhaus, dann sehen wir uns zumindest wieder an den Wochenenden", schlug ihr Linus vor.

„Das ist doch der Status Quo von früher. Ich bin abends zu Hause alleine, und am Wochenende sehen wir uns wieder nur äußerst kurz, weil entweder dein Terminplan ruft, deine Sekretärin, deine Schwester, oder wer auch immer. Damit ist es nicht getan, und ich neige dann immer dazu, mich zur Ablenkung mit Arbeit zu überhäufen, und das ist nicht gut für mich, das weißt du; und dann in diesem Nest Potterton, nein, das genügt mir nicht. Da muss sich grundsätzlich etwas ändern."

„Ja was denn?", fuhr Linus auf, „soll ich meinen Job etwa an den Nagel hängen?"

„Davon redet doch keiner, aber du musst wissen, dass du mit mir verheiratet bist, und nicht mit deiner Arbeit."

„Aber es ist doch völlig normal, dass einer oder beide in einer Beziehung einer Tätigkeit nachgehen, und außerdem wolltest du unbedingt heiraten und du wusstest, dass du jemanden heiratest, der eben viel beschäftigt ist. Wir sind da kein Einzelfall, verstehst du?", erzürnte sich Linus weiter.

Sie löste sich aus seinem Arm, merkend, dass er nicht wirklich auf ihre Bedürfnisse eingehen wollte, drehte sich mit den Worten „Du willst mich einfach nicht verstehen, Linus" um und ging weinend die Strecke zurück zum Haus. Am gemeinsten aber fand sie seine Aussage, dass sie ihn ja schließlich heiraten wollte, und deswegen glaubte sie zu wissen, dass er für sie niemals seinen Job einschränken oder aufgeben würde. Aber warum hatte Linus ihrem Heiratswunsch damals überhaupt so plötzlich zugesagt? Darauf konnte sich Victoria lange keinen Reim machen.

„Was ist denn los Kind, habt ihr euch gestritten?", fragte Cora besorgt, als Victoria ins Haus kam, in ihrem Zimmer verschwand und sich schluchzend auf das Bett warf. Mit verstohlenem Blick kam Linus zurück, und als er auf Patrick und Cora traf, meinte Victorias Vater: „Lass mal Linus, das renkt sich schon wieder ein."

„Wenn du meinst", antwortete Cora ihm mit ironischem Unterton.

Scheinbar selbstkritisch beschwichtigte Linus: „Vielleicht war ich etwas zu hart zu ihr." Dann ging er hinter das Haus und hackte weiter Holz, wahrscheinlich um seine innerliche Erregung abzubauen.

Am Fenster ihres Zimmers stehend sah Victoria ihm dabei zu, sich selber fragend, was sie überhaupt noch verbinde. Sie beschloss, ihr Möglichstes zu tun, um die Stimmung an Weihnachten durch ihr Problem mit Linus nicht zu gefährden. Eine komische Ehe, die sie da führten, dachte sie. Es klopfte an ihrer Tür, und herein trat Claudia, die alles mitbekommen hatte.

„Wollen wir reden?", fragte sie ihre Schwägerin.

Victoria nickte, drückte ihr verweintes Gesicht in Claudias Schulter und verharrte so eine ganze Zeit. Als sie ihren Kopf erhob, schaute sie an ihrer Schwägerin herunter und sagte: „Und, wie fühlt sich das an, wenn da so ein kleines Wesen wächst?" Dabei schossen ihr wieder Tränen in die Augen.

Claudia versuchte sie etwas aufzumuntern: „Es ist ganz lustig, mal tritt es hier, mal tritt es da, man kann es deutlich spüren, wenn man die Hände darauf legt, und am stärksten bewegt es sich, wenn Timothy seine Hand darauf legt, als wollte es sagen: „Hier ist dein schärfster Konkurrent." Beide mussten lachen. „So gefällst du mir schon wieder besser", sagte Claudia, „möchtest du über Dein Problem mit mir sprechen?"

„Na, du hast es ja vielleicht schon mitbekommen, dass es zwischen mir und Linus nicht so gut läuft. Eigentlich liebe ich ihn, glaube ich jedenfalls, aber bei ihm bin ich mir da nicht so sicher", resignierte Victoria, „das ist doch keine Beziehung."

„Wann hat er denn mal Urlaub, dann könntet ihr doch mal richtig zusammen wegfahren und euch neu zusammenraufen", schlug Claudia vor. Etwas Besseres fiel ihr da auch nicht ein, und Victoria winkte ab.

„Das hat er mir schon so oft versprochen, immer kam etwas dazwischen. Er meint, er könne es sich nicht leisten, großartig etwas zu verpassen, sonst wäre er raus aus dem Geschäft. Komischerweise hat er für seine Schwester immer Zeit, die ist wohl krank. Gesehen hab ich sie noch nie."

„Ja, ist schon seltsam", gab Claudia zu bedenken, „also, wenn ich ehrlich sein soll, ich könnte so keine Beziehung führen. Ich meine, ich will dich da nicht beeinflussen, aber hast du schon mal über eine Trennung nachgedacht?"

„So etwas kommt einem schon einmal in den Sinn, aber ich habe Angst, hinterher noch einsamer zu sein als vorher. Und die ganzen rechtlichen und organisatorischen Dinge, die damit verbunden sind; ich weiß nicht", meinte Victoria verunsichert, „vielleicht ändert er sich ja doch mal." Letzteres glaubte sie sich selber nicht.

„Mensch", versuchte Claudia ihrer Schwägerin Mut zu machen, „du bist so eine starke Frau, du hast schon soviel geleistet in deinem Leben, da wirst du es doch wohl fertig bringen, dieses Problem zu lösen; ich meine du hast doch bestimmt eine Lebensplanung. Deine Ausbildung und deine Erfolge", dabei schaute sie sich anerkennend die Urkunden und Pokale an, die Victoria im Laufe ihrer Jugend errungen hatte, „das kannst du doch nicht alles in den Hintergrund treten lassen nur wegen Linus' Karriere!"

„Das ist genau mein Problem", meinte Victoria, „mir mangelt es bestimmt nicht an Intelligenz, und vom Kopf her ist mir das alles klar, auch dass eine Trennung vielleicht die beste Lösung wäre. Aber emotional fühle ich mich einfach nicht in der Lage, die richtige Entscheidung zu fällen. Ich habe gelernt, Entscheidungen nur mit dem Kopf zu treffen, und wenn es um Erfolge ging, lag ich damit wohl auch richtig. Aber meine Emotionen kann ich absolut schlecht einschätzen, und so habe ich Angst, Entscheidungen durch Emotionen zu treffen, die ich hinterher bereue. Das ist ein Problem, welches ich seit meiner Kindheit habe, genauer, seit meinen beginnenden Erfolgen im Filmgeschäft damals."

Victoria dachte an Patrick, dem sie ja einen Großteil ihrer Erfolge und Zielstrebigkeit zu verdanken hatte, aber auch daran, dass er sie so verstandesgemäß beeinflusst hatte, so dass ihr jetzt die emotionale Komponente irgendwie fehlte. Davon erzählte sie Claudia aber nichts. Diese nickte stumm, dann lenkte sie auf ein anderes Thema. Sie zeigte auf Victorias Einkaufstüte, die von den Einkäufen mit ihrer Mutter am Morgen herrührte. „Alles Geschenke für die Familie?", fragte sie neugierig.

„Ja, nur ein paar Kleinigkeiten, ich hab sie mir direkt einpacken lassen, und muss sie noch nach unten zum Weihnachtsbaum bringen; komm, lass uns gehen, mal sehen, was die anderen machen."

Die beiden Frauen gingen hinunter ins Wohnzimmer, wo Cora schon begonnen hatte, den Weihnachtsbaum zu schmücken. Linus und Patrick saßen in der Küche und unterhielten sich, während Timothy und der zwischenzeitlich eingetroffene Jonathan draußen an Timothys Wagen herumwerkelten. Victoria packte ihre kleinen Geschenke aus und legte sie zu den anderen unter den Weihnachtsbaum. Alle waren mit Namen versehen. Nur ein namenloses war übrig, das legte sie kurz auf den Tisch. Ausgerechnet Linus kam in dem Moment ins Wohnzimmer und ging auf Victoria zu, um sie versöhnlich zu umarmen. Sie wehrte seine Geste nicht ab, erwiderte sie jedoch nur passiv. Dann entdeckte er das kleine Päckchen auf dem Tisch und meinte: „Hier Vicky, das hast du noch vergessen." Schnell nahm sie die in besonders hübsches Geschenkpapier verpackte CD vom Tisch und steckte sie in ihre Jackentasche." „Ist das etwa für mich", fragte Linus lächelnd mit schlechtem Gewissen.

„Wer weiß", antwortete Victoria schnell und stahl sich an ihm vorbei, um die Treppe hinauf in ihr Zimmer zu laufen. Dort versteckte sie das kleine Paket unter ihrem Kopfkissen. Linus schaute ihr verdutzt hinterher, und Cora meinte zu ihm: „Es gibt wohl auch noch andere Leute, denen sie was schenken will." Linus wusste mit dieser Aussage nichts anzufangen, schüttelte den Kopf und ging wieder zu Patrick in die Küche.

Der Nachmittag brach an, und die ganze Familie war im Hause Filby versammelt. Traditionell warteten alle um fünf Uhr nachmittags auf die Bescherung. Mutter Cora gab sich jedes Jahr immer viel Mühe, um ein schönes Familienfest auszurichten. Im ganzen Hause roch es bereits nach Weihnachtsbraten und anderen guten Sachen. Aus dem geschmückten Wohnzimmer strömte ein Duft aus einer Mischung von entzündeten Kerzen und Tannenzweigen. Der Baum war fertig geschmückt, alle Geschenke darum verteilt, und Cora verschwand nun mit dem Weihnachtsglöckchen im Weihnachtszimmer, wie das Wohnzimmer von da an nur noch genannt wurde. Das war die Zeit, zu der sie alle Lichter darin löschte und nur noch Kerzen den Raum erhellen sollten. Dann klingelte das Glöckchen. Die wartende Gruppe in der Küche erhob sich, und alle begaben sich andächtig ins Wohnzimmer, geführt von Victoria, die ihren Vater im Rollstuhl voran schob. Zuerst wurde traditionell zur stillen Nacht gesungen. Dazu setzte sich Victoria ans Klavier und begleitete die nicht immer korrekten Sänger, was wohl aber nur ihr als ausgebildeter Musikerin auffiel. Alle schauten während des Gesanges andächtig auf ihr Klavierspiel, und eine heimelige Atmosphäre entstand, die Victorias Augen vor Rührung feucht werden ließ, weil sie es so schön fand und so gerne hätte, wenn diese Harmonie auch in ihrem sonstigen Leben Einzug finden würde. Danach wünschten sich alle gegenseitig ein frohes Fest, und Cora forderte ihre Familie auf, sich doch nun den Geschenken zu widmen, während sie sich ums Essen kümmerte. Jeder bekam von jedem eine kleine Aufmerksamkeit. Victoria beobachtete Linus' Gesicht, als er sein Präsent vor ihren Augen öffnete. Künstlich erfreut ging er auf seine Frau zu, umarmte sie und bedankte sich: „Sehr aufmerksam, Liebes, du hast wohl meinen Organisationswust nicht mehr ertragen können."

„So ist es, Linus", sagte Victoria, „vielleicht bekommst du deine Zeit jetzt besser in den Griff."

„Hier Vicky, das ist für dich", überreichte er ihr ein recht großes flaches Paket.

„Danke schön", antwortete sie, und öffnete es gleich. Es war ein Bild von einer in Stein gehauenen Violine aus einer Galerie eines gemeinsamen Bekannten, die sie und Linus einmal besuchten. Ihr gefiel das Bild nie, es strahlte in ihren Augen genau das aus, was sie eben nicht empfand, wenn sie klassische Violinenmusik hörte: nämlich Kälte. Eine Violine musste aus Holz sein.

„Hübsch", log sie Linus an, „dafür werde ich bestimmt ein Plätzchen finden." Typisch Linus, dachte Victoria, immer stilvoll, aber ohne sich Gedanken darüber zu machen, ob es ihr gefallen könnte. So war das mit vielen seiner Geschenke, sein Geschmack entschied, nicht der des Beschenkten.

Im Anschluss an die Bescherung rief Cora zu Tisch. Linus setzte sich auffällig schnell neben seine Frau, als ob er zeigen wollte, wie sehr er sie vermisst hat und sie liebt. Am Tisch legte er seine Hand auf die ihre und spielte den treu liebenden Ehemann. Er musste ein sehr schlechtes Gewissen haben, dachte sich nicht nur Victoria, sondern auch Claudia, die den beiden gegenübersaß und sie beobachtete. Cora hatte sich viel Mühe gegeben; der Tisch war fein gedeckt, und zwei dreiarmige Kerzenleuchter erhellten die Tafel ebenso festlich. Die Stimmung beim Essen war feierlich, aber auch irgendwie gedämpft und verkrampft, und Victoria glaubte zu wissen, dass sie und Linus der Grund dafür waren.
Nach dem Essen meinte Claudia: „Ich gehe schon mal nach oben und lege mich etwas hin. Das Kleine", dabei zeigte sie auf ihren Bauch, „macht mir heute etwas zu schaffen." Besorgt schaute Timothy sie an, und Victoria fragte: „Geht es dir nicht gut, vielleicht brauchst du einen Arzt?"
„Ach was, das hatte ich schon öfter", spielte sie die Sache herunter, „ein bisschen Ruhe und dann gibt sich das von alleine." Claudia verabschiedete sich von der Weihnachtsgesellschaft und verschwand mit Timothy im Gästezimmer.
„Schon sehr fürsorglich, mein großer Bruder", meinte Victoria in die Runde und schielte dabei auf Linus, den das Thema weniger zu interessieren schien. Er war mit Patrick im Gespräch und erzählte die ganze Zeit irgendwelche Erfolgsgeschichten aus seinem Berufsleben.
„Ja, das ist Timothy wirklich", stimmte Cora zu, „er ist im Gegensatz zu Jonathan ein richtiger Familienmensch. Und die zwei freuen sich so auf das Baby."
„Linus, bleibst du über Nacht, oder willst du mit Victoria nach Potterton fahren?", fragte Cora.
„Moment", unterbrach sie ihre Tochter, „ich hatte eigentlich vor, hier zu übernachten; wir können für Linus in meinem Zimmer doch noch das Gästebett aufstellen." „Oder so", Cora schaute auffordernd zu Linus, der sich etwas zierte, dann aber zustimmte, wohl um bei Victoria nicht noch mehr Öl ins Feuer zu gießen. Victoria fragte in die Restrunde, wer denn mit ihr nun

noch in die Abendmesse gehen wolle. „Dich brauche ich ja wohl nicht zu fragen, Linus", sprach sie ihren Mann an.

„Ich komme gerne mit", willigte ihre Mutter ein.

„Geh' ruhig, Mama, ich mache gleich noch den Abwasch, und Papa oder Linus können mir beim Abtrocknen helfen.", meinte Jonathan. Die zwei Männer stimmten zu.

So machten sich die beiden Frauen auf zur Kirche, in welcher Claudia und Timothy getraut wurden und in welcher Victoria auch am liebsten geheiratet hätte, es aber mit Rücksicht auf Linus nicht getan hatte. Es war eine Kirche in Old Aberdeen, einige Kilometer von Denmore entfernt. Hier ging Victoria früher gerne hin, da es so entspannend war, in dem ruhigen großen Raum zu sitzen und der Stille zu lauschen. Der Weihnachtsgottesdienst, der an diesem Abend gehalten wurde, war genau das, was ihre Seele nach den Unannehmlichkeiten mit Linus jetzt brauchte. Während dessen wurde im Hause Filby langsam alles zusammengeräumt, und die Familienmitglieder begaben sich allmählich zur Ruhe. Nur Linus ging nach draußen und hatte dort wohl noch ein ellenlanges Telefongespräch, wie Patrick Victoria später mitteilte. Spät am Abend nach der Messe, als Victoria und Cora wieder nach Hause kamen, hielt Victoria auf dem Weg vom Auto zum Haus inne und fragte ihre Mutter: „Sag mal, Mama, ich hoffe, ich verderbe uns allen mit unserem Beziehungsproblem nicht das Weihnachtsfest, ich habe so ein schlechtes Gewissen."

„Um Gottes Willen", winkte Cora ab, „wenn hier einer für Missstimmung sorgt, dann ist es Linus; er kann nicht verlangen, dass du sein Verhalten so hinnimmst. Nun, ihr seid jetzt beide hier, und ihr seid verheiratet, also lasst uns das Beste daraus machen. Aber du brauchst mit Sicherheit kein schlechtes Gewissen zu haben."

„Dann bin ich beruhigt, Mama", atmete Victoria auf und sie gingen ins Haus.

Es war schon ruhig, alle schienen früh ins Bett gegangen zu sein, jedenfalls relativ früh für einen Weihnachtsabend. Victoria ging in ihr Zimmer, in welchem Linus schon im Gästebett lag. Sie ging auf ihn zu und küsste ihn fragend: „Empfindest du überhaupt etwas, wenn ich dich küsse?"

„Natürlich", kam es von Linus etwas schlaftrunken, „komm her, leg' dich neben mich, wenn du willst." Victoria legte sich neben ihn unter die Decke und versuchte sich anzukuscheln, aber irgendwie spürte sie intuitiv, dass er eine abwehrende Haltung einnahm. Vielleicht wollte er auch einfach nur schlafen. Nach ein paar Minuten verließ sie sein Bett und begab sich in ihres. Sie dachte an den schönen Weihnachtsgottesdienst und schlief dann ein.

Es war so gegen zwei Uhr nachts, da wurde sie plötzlich wach. Im Haus war ein aufgeregtes Hin- und Hergelaufe. Linus schlief fest. Victoria stand auf, sammelte sich etwas und verließ ihr Zimmer, um nachzusehen, was denn so Aufregendes in der Nacht passiert sei. Auf dem oberen Flur stieß sie auf ihre Mutter: „Ist was mit Papa?", fragte sie beunruhigt. „Nein, der schläft fest", keuchte Cora, an ihr vorbei hastend in Timothys und Claudias Zimmer. Victoria lief hinter ihr her. Im Gästezimmer lag Claudia sich vor Schmerzen krümmend im Bett. Timothy saß auf der Bettkante und versuchte, seine Frau zu beruhigen. Es sah sehr ernst aus. Cora versuchte mit warmen Tüchern, die sie auf Claudias Bauch legte, die Krämpfe zu lindern, aber ohne Erfolg. Timothy schaute auf das Fieberthermometer: „Fast 40 Grad", stellte er fest, „wir sollten vielleicht den Notdienst rufen." Victoria war auf einmal überhaupt nicht mehr müde. In solchen ernsten Situationen konnte sie immer einen klaren Kopf behalten. „Wir warten jetzt nicht lange auf einen Arzt", sagte sie, wir müssen sie sofort ins Krankenhaus bringen. Timothy, hol schon mal deinen Wagen."

„Den haben wir gestern nicht mehr zum Laufen gekriegt, den können wir vorerst nicht benutzen", meinte er.

„Wo ist denn Jonathan?", fragte Victoria weiter, worauf Cora antwortete, dass er wohl spät nachts zu sich nach Hause gefahren sei.

„Dann muss eben Linus ran", entschied ihre Tochter und rannte in ihr Zimmer: „Linus, wach auf, du musst uns sofort helfen, du musst Claudia nach Aberdeen ins Krankenhaus fahren!"

Er schreckte hoch: „Ich, wieso ich? Ich meine, kann Timothy das denn nicht?", stammelte er verwirrt.

„Nein, sein Auto läuft nicht, und du hast einen schnellen Wagen", begründete sie.

„Aber ich muss morgen früh rechtzeitig wieder los …", versuchte Linus sich zu rechtfertigen.

„Ach, vergiss es!", unterbrach ihn seine Frau, „wenn man dich mal braucht … Mama, können wir deinen Wagen nehmen?", wandte sich Victoria an ihre Mutter.

„Sicher, Kind, ich hole ihn aus der Garage. Sorgt du und Timothy dafür, dass Claudia abfahrbereit ist."

Während Timothy seiner Frau half, sich anzuziehen, zog sich Victoria ebenfalls um, und sie und ihr Bruder stützten Claudia nach unten und halfen ihr in den von Cora vorgefahrenen, kleinen Wagen, den sie eigentlich nur zum Einkaufen benutzte und der nicht sonderlich schnell war. Eigentlich war es nicht sehr weit bis zum Krankenhaus, aber die Strecke nach Aberdeen kam Victoria dieses Mal unendlich lange vor. Sie schaute immer wieder nach hinten auf den Rücksitz, wo Timothy versuchte, seine immer blasser und apathischer werdende Frau zu unterstützen. Endlich kamen sie an der Notaufnahme an und Cora seufzte: „Schneller ging's nicht." Victoria lief an den Aufnahmeschalter und schilderte ihr Problem. Sofort kamen Sanitäter mit einem Bett angerollt, legten Claudia darauf, die nahe dabei war, das Bewusstsein zu verlieren, und verschwanden eilig im Emergencybereich - gefolgt von Timothy. Victoria rief ihm hinterher: „Wir kommen gleich nach." Cora parkte noch kurz den Wagen ein, und dann begaben sie und ihre Tochter sich eilig hinter den anderen her.

Vor den Untersuchungsräumen der Notaufnahme saß einsam Timothy und schaute angstvoll zu der Tür, hinter welcher die Ärzte um Claudias Leben zu kämpfen schienen. Victoria harrte neben ihrem Bruder und hielt seine Hand ganz fest. Cora lief während dessen unruhig den Gang auf und ab. Es dauerte zwei geschlagene Stunden, bis sich endlich etwas hinter den Türen regte. Dann kam der behandelnde Arzt heraus. Nass geschwitzt und sichtlich abgekämpft nahm er, auf die wartende Gruppe zugehend, seine Haube ab: „Da waren Sie aber gerade noch rechtzeitig", meinte er sich dann zu Timothy wendend, „Ihre Frau ist jetzt außer Lebensgefahr …"

„Und das Baby, was ist mit dem Baby?", fiel Timothy ihm mit angstvollem Blick ins Wort.

Der Arzt schaute zu Boden und schüttelte nur Kopf: „Es tut mir leid, es tut mir wirklich sehr leid."

Timothy war wie versteinert und starrte ihn an, dann fiel er seiner Schwester weinend in die Arme. „Oh mein Gott", flüsterte Cora und setzte sich langsam auf die Bank vor dem Behandlungsraum. „Kommen Sie", sagte der Doktor und nahm Timothy aus Victorias Arm, „Sie können jetzt zu ihr gehen, sie weiß es schon und braucht bestimmt Ihre Unterstützung."

„Kommst du klar, Timothy?", fragte seine Schwester ihn.

„Ist schon gut, ich bin in Ordnung. Fahrt ihr zwei jetzt nach Hause und schlaft noch etwas. Ich bleibe heute Nacht hier bei Claudia. Grüßt die anderen. Ich melde mich dann morgen bei euch."

Er verschwand mit dem Arzt im Behandlungsraum. Victoria und ihre Mutter gingen schweigend langsam den Gang entlang zum Ausgang und setzten sich ins Auto. Dort konnte Victoria auch nicht länger die Tränen zurückhalten. Es war jetzt alles zu viel für sie, und sie weinte sich in den Armen ihrer Mutter aus.

Als sie nach Hause zurückkamen, brach schon der frühe Morgen an. Linus und Patrick schliefen noch.

„Ich kann jetzt nicht mehr schlafen", sagte Victoria, „ich werde den Tag durchmachen."

„Bei mir das gleiche", bestätige Cora, „ich bin viel zu aufgewühlt, komm, ich mache uns schon mal ein kleines Frühstück - und wenn die anderen wach sind, dann können wir ja zusammen über alles sprechen."

Am Morgen erzählten Cora und Victoria den Daheimgebliebenen von den nächtlichen Erlebnissen. Während Patrick sichtlich schockiert in seinem Rollstuhl saß und mit versteinerter Miene seinen Kaffee schlürfte, versuchte Linus der ganzen Situation die Dramatik etwas zu nehmen:

„Sie wird darüber hinwegkommen" meinte er, vertieft in seinem Müsli rührend. Victoria schaute ihn mit ihren immer noch rot verweinten Augen zornig an, als wollte sie sagen: „Wie kann man nur so kalt sein." Sie schwieg aber, und dachte sich nur ihren Teil.

Ironisch meinte sie dann zu Linus: „Na, du hast doch bestimmt wieder einen Termin heute, obwohl der erste Weihnachtsfeiertag ist.", schmiss ihre Serviette auf den Tisch und verschwand aus der Küche.

Verdutzt fragte Linus in die Runde: „Was hat sie denn? Aber stimmt, ich müsste schon längst wieder unterwegs sein. Meine Arbeit macht vor Feiertagen eben keinen Halt. Also ihr beiden, macht's gut, vielen Dank für die Einladung. Ich melde mich bei euch zwischen den Tagen."

„Machs gut", sagte Cora nachdenklich, und Patrick winkte nur kurz mit der Hand.

„Vicky?", rief Linus im Flur die Treppe hinauf. Victoria erschien in der Tür ihres Zimmers. „Was ist, Linus?", kam es reichlich unlustig zurück.

„Ich bin dann weg", meinte dieser, „ich rufe dich morgen oder so an; ich glaube, ich kann da etwas für Silvester organisieren; bye!"

„Bye", erwiderte sie leise und verschwand wieder in ihrem Raum.

Sie legte sich auf ihr Bett und betrachtete all die Erinnerungen in ihrem Zimmer; alte Filmaufnahmen, Bilder aus Kinder- und Jugendtagen, als sie noch unbeschwert mit ihren Brüdern im Garten spielte, und die ganzen Urkunden und Pokale, die sie im Laufe der Jahre erhalten hatte. Sie fragte sich, welchen Wert das Ganze angesichts aktueller Lebensrealitäten noch habe. Sie dachte an die arme Claudia, und wie sie sich jetzt fühlen musste. Sie dachte an Linus, von dem sie eigentlich gar nicht so viel wusste, obwohl sie verheiratet waren, und sie dachte an Peter Lorent, der, wenn man es genau nahm, der einzige positive Lichtblick in ihrem Leben zu sein schien. Immer wenn sie an ihn dachte, keimte in ihr so etwas wie ein Hoffnungsgefühl auf - wenn sie dieses auch nicht direkt mit ihm in Verbindung zu bringen vermochte. Dann überlegte sie, ob sie nicht eigentlich glücklich sein musste, sie hatte doch so viel erreicht: früher Erfolg, viele Auszeichnungen, sie hatte einen guten Job, und sie war verheiratet, wenn auch nicht besonders glücklich. Aber vielleicht war gerade das Letztere der Punkt, der ihr stets vor Augen führte, dass sie irgendetwas vermisse. Hätte sie das, was sie in ihrem ganzen vorangegangenen Leben immer so schmerzlich vermisst hatte, nämlich Liebe und Geborgenheit, bei Linus gefunden, wäre sie wahrscheinlich jetzt nicht so unglücklich. Aber ihre Beziehung zu ihm verstärkte nur noch einmal die negativen Erfahrungen in ihrer Kindheit und Jugend, als solle es immer so weitergehen. Gedanken an Peter Lorent hingegen wirkten wie ein Pflaster auf eine sich kaum schließen wollende Wunde. Konnte es sein, dass sie für ihn mehr empfand, als sie sich zugestehen wollte? Sie merkte, wie sie begann, Linus und Peter zu vergleichen. Linus war sehr ehrgeizig, immer im Stress, auf seine Überzeugungen und Wünsche bedacht und anderen gegenüber oft gleichgültig, dachte sie, während Peter Lorent nie gestresst schien und nicht gleichgültig war. Im Gegenteil, er war ein sehr guter Gesprächspartner, und er schien sehr einfühlsam zu sein, wenn es um die Bedürfnisse anderer ging. Victoria wusste nicht, ob dieser Vergleich richtig war. Dazu kannte sie Peter Lorent zu wenig, auch konnte sie nicht sagen, ob sie diesen Vergleich nur im Kopf gedacht hatte, oder ob ihre

Emotionen da mit reinspielten; ihr altes Dilemma kam da wieder zum Vorschein. Über ihre wirren, durch Übermüdung geprägten Gedanken schlief sie ein. Sie erwachte erst am Nachmittag, als ihre Mutter sie weckte und sie fragte, ob sie mit ihr zu Timothy und Claudia ins Krankenhaus fahren wolle. Natürlich wollte sie, alleine schon, um Claudia etwas beizustehen. Nach einer stärkenden Tasse Kaffee und etwas Weihnachtskuchen fuhren die beiden los. Patrick ließ Grüße ausrichten und machte es sich vor dem Kamin bequem.

Obwohl Claudia einen solch schweren Schlag hinnehmen musste, wirkte sie bei Coras und Victorias Ankunft relativ aufgeräumt. Cora hatte ihr etwas Weihnachtskuchen mitgebracht und einen schönen Weihnachtsstern.

„Sie hat ein paar Beruhigungsmittel bekommen", so Timothy zu seiner Schwester. Diese nickte und setzte sich zu ihrer Schwägerin ans Bett.

„Na, wie geht es dir? Ach, was für eine blöde Frage", sagte Victoria verlegen.

„Körperlich soweit gut, meinen die Ärzte", antwortete Claudia mit schwacher Stimme.

„Sie kann vermutlich in ein paar Tagen das Krankenhaus verlassen", meinte Timothy, „ich werde dann mit ihr erst einmal an die See in Urlaub fahren, damit sie sich von allem etwas besser erholen kann." Sie unterhielten sich ein wenig, sparten aber die Ereignisse der Nacht aus, um Claudia etwas abzulenken und nicht unnötig zu belasten. Victoria und Cora wollten sich nicht allzu lange dort aufhalten, da Claudia immer noch sehr schwach schien. „Mach's gut Schwägerin, und ruf mich bitte an, wenn du mal jemanden zum Reden brauchst", bot Victoria ihr an und sie nickte dankbar. Timothy blieb bei seiner Frau, während die beiden anderen Frauen nach Hause fuhren.

Unterwegs kamen sie an der Musikschule vorbei, an der Victoria noch bis vor kurzem arbeitete, und an die sie wohl wieder im Sommer zurückkehren würde. „Halt mal kurz hier an, Mama", sagte sie, „ich möchte nur schnell aussteigen und einmal um die Schule gehen." Cora hielt am Straßenrand. Victoria verließ den Wagen und ging auf den Haupteingang zu, an dessen Tür etwas ausgehängt war. Sie las ‚Jahresabschlussfest 2005 am 29. Dezember 14 Uhr - und ab 19 Uhr Konzert mit anschließendem Cocktailempfang für geladene Gäste'. Das interessierte sie. Sie ging die Einzelheiten durch, da hörte sie von hinten eine Stimme sagen: „Ms. Filby, sind Sie das?"

Victoria drehte sich um: „Ja …?"

„Was machen Sie denn hier, ich dachte, Sie wären in Stockholm?" Sie erkannte Mr. Flannigan, den Hausmeister, der gerade um die Ecke bog, um einen weiteren Aushang anzuschlagen.

„Hallo, ein schönes Weihnachtsfest wünsche ich Ihnen", rief Victoria, „ja ich habe an Weihnachten meine Eltern besucht und wollte mich hier nur mal kurz umschauen."

„Soll ich Ihnen aufschließen, wollen Sie vielleicht mal reingehen und sich die Aula ansehen? Wir bereiten gerade alles für das Abschlussfest vor", bot ihr Mr. Flannigan an.

„Nein, ist nicht nötig", erwiderte sie.

„Doch, doch, warten Sie", preschte er vor und schon hatte er die Tür geöffnet und bat Victoria hinein. Er führte sie durch die ihr wohlbekannten Gänge hin zur großen Aula. „Schauen Sie mal, na was sagen Sie?"

„Da hat sich die Schule ja mächtig ins Zeug gelegt", staunte sie, als sie den festlich geschmückten Saal betrat, „von der Feier wusste ich gar nicht."

„Sie werden doch wohl eine Einladung erhalten haben, Ms. Filby."

Victoria stutzte, schüttelte nachdenklich den Kopf und sagte dann: „Also, ich habe bei meinen Eltern nichts gefunden, und zu mir nach Stockholm hat mich auch nichts von der Schule erreicht … ach Moment mal, vielleicht liegt noch Post in Potterton für mich herum. Da muss ich mal nachschauen, aber eigentlich habe ich mir alles nachsenden lassen."

„Werden Sie denn kommen?"

„Na, ich würde schon gerne aber …"

„ … also, Sie wird man wohl auch ohne Einladung hineinlassen", vervollständigte Flannigan ihren Satz.

„Ich werde schauen, was ich tun kann, muss aber jetzt wieder zurück. Meine Mutter wartet im Auto. Machen Sie es gut, Mr. Flannigan, vielleicht sehen wir uns ja am 29.", verabschiedete Victoria sich, und ging zurück zum Wagen.

„Entschuldige Mama, dass es etwas länger gedauert hat, aber ich habe noch jemanden getroffen, und stell dir vor, am Donnerstag findet hier ein Abschlussfest statt, zu dem ich wohl auch eingeladen wurde. Liegt bei euch vielleicht noch Post von mir?"

„Nein Kind", dachte ihre Mutter nach, „alles, was wir an Post für dich bekommen haben, haben wir dir nach Stockholm nachgeschickt."

Victoria grübelte: „Da war aber nichts dabei, kann sein, dass der Brief verloren gegangen ist. Hmm. Würde es dir was ausmachen, mir nachher kurz den Wagen zu leihen, dann könnte ich nach Potterton zum Landhaus fahren und nachsehen, ob vielleicht da noch Post für mich herumliegt."

„Klar kannst du den Wagen haben!"

Als sie zu Hause angekommen waren, fuhr Victoria gleich los. Das etwas abgelegene Landhaus machte bei ihrem Eintreffen äußerlich einen ziemlich verwahrlosten Eindruck. Überall lagen Herbstlaub herum und Äste vom letzten Sturm, das Gartentor war halb geöffnet, und der Zuweg zum Hauseingang war auch nicht gerade der sauberste. Viel hatte sich Linus in den vergangenen Wochen bestimmt nicht um das Haus gekümmert. Victoria verließ den Wagen und ging zum Haus. Als sie eintrat, merkte sie, dass es auch im Inneren nicht sehr bewohnt aussah. Es war kalt, alle Heizungen waren abgedreht. Nur ein schon etwas verblichener Geruch von Jasmin lag in der Luft, der wahrscheinlich von Duftkerzen herrührte. Aber es war ordentlich, fast so, wie an dem Tag, an dem sie nach Stockholm gereist war. Seitdem war sie nicht mehr dort gewesen. Victoria ging ins Wohnzimmer zu ihrem Schreibtisch, der ebenfalls genauso aussah, wie sie ihn verlassen hatte. Da lag Post auf ihrer Tischplatte, und außer ein paar Werbeprospekten lag ein Brief dazwischen; es war ein Brief von der Musikschule. Schon wochenlang musste dieser da gelegen haben. Da er dort lag und nicht im Briefkasten, musste Linus ihn also auf ihren Tisch gelegt haben. Typisch, dachte Victoria, den hätte er mir ja nachschicken können, war ihm wohl nicht wichtig genug. Es war die vermisste Einladung. Sie steckte den Brief ein und machte noch einen Rundgang durchs Haus. Das Schlafzimmer schien auch unbenutzt. Sie konnte nicht eindeutig sagen, ob Linus in letzter Zeit öfter dort gewesen war oder nicht. Eigentlich keine Besonderheit, denn er war ja wenn überhaupt, nur an den Wochenenden da. Und doch wurde Victoria den Gedanken nicht los, als ob er seit ihrem Auszug noch weniger das Landhaus betreten hätte. Überhaupt kam ihr das Haus so fremd vor; obwohl sie hier nach der Hochzeit mit Linus mehr oder weniger eingezogen war, fühlte sie sich überhaupt nicht heimisch. Keine

Gemeinsamkeiten, die sie und Linus irgendwie verbinden könnten, fand sie dort. Mag sein, dass es auch mit an der Einsamkeit der Gegend lag, die sie irgendwie unangenehm berührte, und an den vielen Konfliktgesprächen, die sie und Linus in diesem Landhaus meistens an den Wochenenden hatten. Sie begab sich zum Auto und fuhr nach Denmore zurück.

Die Tage zwischen Weihnachten und Neujahr verbrachte Victoria weiter bei ihren Eltern. Linus meldete sich dann und wann telefonisch mit einem schlechten Gewissen wegen seines chronischen Zeitmangels. Victoria sagte ihm, das sie kürzlich in Potterton war, um nach Post zu schauen. Er schien darauf nervös zu reagieren. Sie solle nicht in seinen Sachen herumwühlen, meinte er, und seine Ordnung nicht durcheinander bringen. Sie empfand das als eine Unverschämtheit und erwiderte ihm, dass sie erstens nur kurz da war, um ihre Post zu holen und sich zweitens ja wohl im Hause bewegen dürfe, wie sie wolle, da sie als Ehefrau ja schließlich offiziell immer noch dort wohne. Er solle sich lieber einmal um die Verwahrlosung ums Haus herum kümmern. Wütend legte sie den Hörer auf.

„Wieder Streit?", fragte Cora seufzend.

„Ach…", winkte Victoria ab.

Am Tag des Abschlussfestes der Musikschule wollte sie sich hübsch machen und wählte ein stilvolles, elegantes, dunkelblaues Cocktailkleid mit einem dazu passenden Perlenschmuck, den sie von ihrem Vater vor vielen Jahren zum Schulabschluss geschenkt bekommen hatte. Mit so etwas hatte sie Linus noch nie bedacht, überlegte sie, als sie sich die Kette von ihrer Mutter um den Hals legen ließ. Sie war eben mit dem Anlegen ihrer Abendgarderobe fertig, da läutete noch einmal ihr Mobiltelefon: „Victoria Filby", sagte sie hastig, weil sie gerade jetzt kaum Zeit hatte für ein längeres Gespräch, „hallo Herr Lorent, das ist ja eine Überraschung, ich habe nur leider nicht viel Zeit, da ich gleich zu einer Veranstaltung muss … Ja? Wirklich? Das wäre ja prima. Haben Sie sich extra für mich ins Zeug gelegt? Dann machen Sie einen Termin, irgendwann nach Neujahr, ich komme am zweiten Januar nachmittags zurück. Also ab dem dritten Januar wäre ideal. Und vielen Dank!" Sie legte auf und war erheitert.

„War das derselbe Mann, den du an Weihnachten angerufen hast?", fragte Cora neugierig nach.

„Ja", nickte Victoria etwas verlegen, „es geht da um eine Wohnung, aber jetzt muss ich mich schnell fertigmachen", und sie versuchte ihre Freude über Peter Lorents Anruf zu überspielen. Gleichzeitig hatte sie ein schlechtes Gewissen, ihn so schnell am Telefon abgefertigt zu haben.

Am Abend, kurz vor 19 Uhr, fuhr Cora ihre Tochter zur Musikschule. Gut gelaunt, mal etwas von ihren Problemen abgelenkt zu sein, verabschiedete sie sich zu Hause mit einem Kuss von ihrem Vater, der ihr viel Spaß wünschte. Vor der Musikschule war ein geselliges Treiben im Gange, laufend trafen neue Gäste ein. Sich unterhaltende Grüppchen standen vor dem Eingang und bewegten sich langsam ins Innere. „Bye, Mama, kann heute Abend vielleicht etwas später werden", sagte Victoria und verließ den Wagen. „Hallo, Ms Filby", wurde sie freudig aus einer Gruppe heraus begrüßt, „dass Sie den Weg hierher aus Stockholm gemacht haben …" Es war einer ihrer Dozentenkollegen, der sie da so begrüßte, und andere Kolleginnen und Kollegen kamen hinzu. „Wie ist es denn so in Schweden? Fühlen Sie sich wohl? Wann kommen Sie wieder zu uns?", prasselten die Fragen auf sie ein. Sie fühlte sich sofort heimisch; auch als sie noch dort arbeitete, war sie eine beliebte Mitarbeiterin. Sie betrat mit ihrer Kollegengruppe die feierliche Aula, in der an diesem Abend Stücke aus Tschaikowskys Klavierkonzert Nr. 1, gespielt werden sollten, vorgetragen von den besten Schülern der Schule. „Kommen Sie, nehmen Sie hier vorne Platz", führte sie ein Kollege nach vorne in die erste Reihe. Victoria wollte sich gerade hinsetzen, da wurde sie von der Seite angesprochen: „Ms Filby, welch eine Freude, Sie hier zu sehen." Es war Direktor Meyers, mit dem sie öfter an Schulprojekten arbeitete, und welcher der Leiter dieses Abends war. Sie begrüßte ihn ebenso freundlich. Dann begab er sich nach vorne auf die Bühne. Im Saal wurde es langsam still, das Licht wurde heruntergefahren und im Mittelpunkt des Scheinwerferstrahls stand der große Flügel, auf dem Victoria selbst schon so manches Mal gespielt hatte. Dr. Meyers stellte die erste Schülerin vor. Victoria kannte sie aus einem ihrer Seminare und zwinkerte ihr zu, als wolle sie sagen: „Sie machen das schon." Das Mädchen spielte wirklich gut, und Victoria hörte, so wie die anderen Gäste, aufmerksam zu. Es war ein wunderbares Klavierkonzert, welches die Schülerinnen und Schüler da vorführten, und sie konnte sich dabei so richtig entspannen. Sie genoss diesen Augenblick, es gab ihr ein unbeschreibliches Gefühl der Geborgenheit, ein Gefühl, das sie zum letzten Mal erlebte, als sie mit Peter Lorent am Strandweg unterhalb des Hasselbacken gemeinsam schweigend auf die Insel Skeppsholm schaute.

Nach ca. einer Stunde dann war das Konzert offiziell beendet, aber Dr. Meyers kam kurz vor Ende des letzten Stückes auf Victoria zu und flüsterte ihr leise ins Ohr: „Sie würden uns allen eine große Ehre erweisen, wenn Sie vielleicht zum Abschluss noch ein Stück spielen würden." Victoria war es gewohnt, vor Publikum zu spielen, aber sie wusste nicht so recht, ob sie sich hier und jetzt in den Mittelpunkt stellen sollte, sie hatte sich ja nicht darauf vorbereiten können. „Kommen Sie, geben Sie sich einen Ruck", meinte Dr. Meyers.

„Ok", flüsterte sie. Und sie wusste, was sie auch ohne Vorbereitung spielen könnte, da sie das schon so oft gespielt hatte, so dass sie es nicht mehr zu üben brauchte. Denn blamieren wollte sie sich auf keinen Fall. Die Töne des letzten Stückes verklangen, und Applaus setzte ein. Dann ging Dr. Meyers auf die Bühne, um Victoria anzukündigen. „Verehrtes Publikum, liebe Gäste, ich möchte nun einen besonderen Gast bei uns begrüßen. Sie ist eine Dozentin an unserem Hause, die allerdings zurzeit in Stockholm lehrt und trotzdem an diesem wunderschönen Abend den Weg zu uns gefunden hat. Sie ist eine begnadete Pianistin und so mancher Schüler weiß das zu schätzen. Sie hat sich bereit erklärt, das Konzert mit einer Rhapsodie von Liszt zu beschließen. Begrüßen Sie mit mir Victoria Filby." Victoria wurde verlegen und errötete leicht, als der Beifall einsetzte, was bei den Lichtverhältnissen im Saal aber nicht sonderlich auffiel. Sie ging nach vorne und nahm vor dem Flügel Platz. In der Aula war es mucksmäuschenstill geworden. Einige Sekunden ließ sie verstreichen, dann begann sie ihr Spiel. Sie genoss dabei die Stille im Saal einerseits und die Musik, die sie spielte, andererseits. Man spürte, dass sie völlig in ihrem Element war. Diese Musik und das Klavier waren es, die ihr in einsamen Stunden, von denen sie einige hatte, und in stressigen Situationen immer neue Kraft gaben. Als sie ihr Stück beendet hatte, setzte ein lang andauernder Beifall ein. Sie erhob sich, ging zum Bühnenrand und bedankte sich mit einem kurzen Nicken beim Publikum. Dann verließ sie das Podium. Das Licht wurde heller und das Buffet war eröffnet worden.

„Hervorragend, ganz die alte Victoria", rief ihr Dr. Meyers zu, „kommen Sie, ich möchte Ihnen ein paar Leute vorstellen. Er führte sie zu einer Gruppe von ausländischen Besuchern, die eine Einladung erhalten hatten, weil sie früher einmal in der einen oder anderen Weise mit der Musikschule zu tun hatten. „Darf ich Sie bekannt machen", sagte Meyers, „das sind zwei ehemalige koreanische Schüler, die hier studiert haben, und zwei amerikanische Dozenten von der Universität in New York; und das hier ist ...", damit deutete er auf einen älteren Herrn hin, der sich kurz umgedreht hatte, um sich dann aber wieder der Gruppe zuzuwenden.

„Prof. Hallway!", rief Victoria erfreut aus.

„Victoria Filby!", erwiderte dieser und umarmte seine ehemalige Studentin. „Ich habe ein wenig gehofft, Sie hier zu treffen, gab er erfreut zu"

„Was verschlägt Sie denn nach Aberdeen?"

„Na, er hier", antwortete Prof. Hallway salopp, „wir haben früher schon einmal zusammen gearbeitet. Darf ich Sie zu einem Glas Champagner hier am Buffet entführen?" Victoria nahm das gerne an, sie entschuldigten sich beim Rest der Gruppe, und begaben sich zum Buffettisch, wo sie sich ein paar Canapés nahmen und ein Glas Champagner einschenken ließen. Dann setzten sie sich gemütlich in eine Sitzgruppe, von denen mehrere am Rand des Saales aufgestellt waren. „Nun erzählen Sie mal", forderte Daniel Hallway seine ehemalige Studentin auf, „wie ist es Ihnen nach Ihrem Weggang aus Toronto ergangen? Hätten Sie nicht wieder Lust, bei uns anzufangen? Mich würde es sehr freuen."

„Darüber nachgedacht habe ich schon, mein Vater hat sich wieder stabilisiert, und eigentlich kommt meine Mutter ganz gut zurecht. Meine zwei Brüder kümmern sich auch um sie, sonst hätte ich auch die Abordnung nach Stockholm gar nicht annehmen können." Bei dem Gedanken an ihre Brüder musste sie an Timothy und Claudia denken und wurde etwas traurig.

„Ist was mit Ihnen?"

„Nein, nein, ich habe nur gerade an etwas gedacht, gehört hier aber nicht her. Jedenfalls bin ich ja nun hier verheiratet, und ich muss jetzt erst mal die Abordnung zu Ende führen und dann im Sommer sehe ich weiter."

Hallway nickte: „Machen Sie nur, aber Sie wissen ja, ein Anruf genügt, und ich hole Sie wieder über den Teich zu uns."

„Danke, Professor, ich weiß Ihr Angebot wirklich zu schätzen."

„Sagen Sie Daniel zu mir und lassen Sie den Professor. Aber wie kamen Sie auf die Idee, nach Stockholm zu reisen?"

Victoria erzählte ihm nicht den wahren Grund ihres Ortswechsels von Aberdeen nach Stockholm, sondern meinte nur, dass sie einfach aus Interesse einmal etwas anderes machen wollte, und dass ihr die Stelle dort gefalle, weil ihr das Arbeitsklima, welches durch die skandinavische Mentalität der Ruhe geprägt ist, sehr gut tue.

„Sie sind ja verheiratet, wie ich vernommen habe", wechselte Daniel Hallway das Thema, „ist Ihr Mann denn nicht mitgekommen heute Abend?"

„Der ist immer sehr viel beschäftigt und dauernd unterwegs." Dabei schaute Victoria sehr nachdenklich und drehte verlegen ihr Champagnerglas in der Hand. Sie wollte auf keinen Fall durchblicken lassen, dass sie arge Probleme mit ihrer Ehe habe, zum einen, weil sie nicht die Stimmung verderben wollte und ihren ehemaligen Lehrer nicht damit belasten wollte, und zum anderen hatte sie Angst, sich dadurch die Blöße zu geben. Daniel Hallway hatte ja schon einmal in ähnlicher Sache wegen ihres damaligen Freundes mit ihr geredet. Er würde sie zwar mit Sicherheit verstehen, und trotzdem hatte sie Angst, sich zu blamieren, weil er denken könnte, sie habe aus der einstigen Sache mit Fred nichts gelernt. Hallway spürte ihre Unsicherheit und war sensibel genug, um zu merken, dass da etwas nicht stimmte, aber er drang nicht weiter in sie. Dennoch deutete er allgemein die ihr bekannte Thematik an:

„Im Leben muss man immer wieder aufs Neue prüfen, was förderlich für einen ist, und was nicht. Deswegen ist es manchmal gut, Abstand zu gewinnen", damit wies er wohl auf ihre Abordnung nach Stockholm hin, was sie sehr gut verstand, „und nach einer Zeit der Muße werden die Situationen klarer, und neue Wege tun sich auf. Ich habe Vertrauen in Sie, dass Sie ihr Leben meistern werden. Denken Sie nur immer daran, was ich Ihnen einst schon sagte: bei allem, was Sie tun und entscheiden, hören Sie auch auf Ihr Herz."

Sie redeten noch lange an diesem Abend, und bei ihrer Verabschiedung kurz vor Mitternacht lud Daniel Victoria in sein Haus nach Toronto ein, wenn sie einmal Urlaub machen wolle. „Meine Frau freut sich bestimmt, wenn sie uns mal besuchen", meinte er, als er sie am Ausgang noch einmal umarmte. „Vielen Dank", erwiderte sie. Dann stieg sie in ein Taxi, welches ihr Hallway aufmerksamerweise vorher bestellt hatte. Als sie nach

Hause fuhr, fühlte sie sich zum ersten Mal seit ihrer Ankunft in Aberdeen richtig wohl.

Der nächste Tag brachte nicht viel Neues. Claudia ging es immer besser, und sie und Timothy machten sich auf den Weg in einen Kurzurlaub. Jonathan war wie gewohnt in der Kanzlei, und Victoria verbrachte die Zeit bis zum Jahreswechsel bei ihren Eltern. Am 31. Dezember gegen Mittag rief Linus plötzlich aus London an. „Hallo Vicky, alles soweit klar bei euch?", fragte er oberflächlich am Telefon, „hör' zu, ich habe zwei Einladungen zu einer großen Silvesterparty heute Abend in Aberdeen. Da kommen allerhand wichtige Leute zusammen, ich muss da auf jeden Fall hin, der Kontakte wegen. Werde den nächsten Flug nehmen. Für dich wäre es doch toll, wenn du mal auf andere Menschen triffst. Hättest du Lust, sonst gehe ich mit Karen dahin." Obwohl Victoria nicht wusste, mit welchen Frauen Linus sich sonst noch so traf während seiner beruflichen Tätigkeit und sie lieber auch nicht darüber nachdachte, missfiel ihr jedoch sein Vorschlag, mit dieser Karen den Jahreswechsel zu verbringen. Schließlich war diese Frau ja nicht mit ihm verheiratet, und zumindest einmal im Jahr könnte man ja mal als Ehepaar zusammen ausgehen. Sie sagte denn auch nicht wegen der von Linus so angepriesenen Leute zu - denn die Menschen, die ihr etwas bedeuteten, hatte sie schon zwei Abende vorher getroffen -, sondern aus Neugierde, und weil sie endlich mal mit Linus gemeinsam etwas unternehmen konnte, auch wenn es nur eine Silvesterparty war. „Also ich hole dich dann so gegen acht Uhr ab. Zieh was Nettes an, du weißt schon, nicht so uniformiert", beschloss er das Gespräch. Victoria fragte ihre Eltern, ob es für sie in Ordnung sei, den Jahreswechsel alleine unter sich zu verbringen. „Natürlich, hab ein bisschen Spaß, bevor du nächste Woche wieder abreisen musst. Du weißt ja, wir machen es uns hier traditionell gemütlich mit Kartoffelsalat und Würstchen wie jedes Jahr, vielleicht kommt Jonathan noch vorbei", meinte Cora, und auch ihr Vater war einverstanden. Das war Victoria wichtig, denn sie war, was solche Feiern anbetraf, auch eher traditionell und familiär geprägt und wäre gerne bei ihren Eltern geblieben. Aber damit sie mal wieder mit Linus zusammen etwas unternehmen konnte, ließ sie sich auf seinen Vorschlag ein. Wahrscheinlich glaubte sie immer noch daran, dass es eine Chance auf eine bessere Beziehung zu ihm gebe. Sie zog also ,etwas

Nettes' wie Linus es nannte, an, ein kurzes Cocktailkleid eben, passend zu einer solchen Veranstaltung.

Ausnahmsweise war an diesem Abend auf Linus Verlass. Er war pünktlich, wahrscheinlich weniger wegen Victoria als vor allem deswegen, weil er diverse Leute auf der Party nicht vor den Kopf stoßen wollte. Draußen hupte es zweimal. Linus hielt kurz sich aus dem Autofenster lehnend vor Victorias Elternhaus an und wartete, bis seine Frau einstieg. „Wir sind spät dran", meinte er nur und vergaß darüber, Victoria zu begrüßen.

„Hallo erst mal", versuchte sie ihren Mann zu einer etwas ausführlicheren Begrüßung zu bewegen, „auf ein paar Minuten kommt es doch wohl nicht an." Sie hatte sich noch nicht ganz angeschnallt, da preschte Linus mit einem Kavalierstart auch schon los in Richtung Aberdeen.

„Ich muss dir unbedingt meinen neuen Kollegen Joe Selmers vorstellen, mit ihm zusammen habe ich für die nächsten Monate ziemlich dicke Aufträge an Land gezogen. Der hat übrigens auch die Silvesterparty heute Abend organisiert, ein cooler Typ. Der wittert, wo was zu holen ist."

„Hmm", kam es eher gelangweilt von Victoria.

„Hey, was machst du denn für ein Gesicht?", fragte Linus verunsichert.

„Ich mag diesen künstlichen Stress nicht um eine Veranstaltung, wo man doch Spaß haben soll."

„Ja, ja", aber da sind halt auch ein paar wichtige Leute, weißt du?"

„Nein, weiß ich nicht, ich bin eigentlich davon ausgegangen, dass wir uns da ein wenig amüsieren."

„Tun wir ja auch, Vicky", beschwichtigte er sie. Seine hektische Fahrweise gefiel ihr nicht, und sie war froh, als sie endlich in Aberdeen vor dem Partysaal angekommen waren. „So, und jetzt schau mal etwas freundlicher drein", forderte Linus sie auf, „wir sind ja hier schließlich nicht auf einer Beerdigung." Skeptisch entstieg Victoria Linus' Sportwagen, als sie die ganzen dicken Limousinen der Prominenten vorfahren sah. Sie konnte sich vorstellen, was für Leute das waren. „Du schleppst mich hier doch wohl nicht auf eine Promiveranstaltung", fragte sie Linus verunsichert, als sie mit ihm hineinging.

„Ach was, komm schon, es wird dir gefallen."

Sie betraten den Festsaal, in dem lange Tischreihen aufgebaut waren, um die sich hunderte von Leuten allmählich niederließen. Auf der anderen Seite war eine große Fläche ausgespart, die für das Tanzen gedacht war. Auf der Bühne baute sich eine Bigband auf, die für die musikalische Unterhaltung des Abends sorgen sollte. „Hallo Ms Filby", hörte Victoria plötzlich eine schrille Stimme aus dem Hintergrund. Sie kannte diese Stimme, es war die von Karen, Linus' Sekretärin. Es war die gleiche Stimme, die Victoria selbst noch aus einigen Metern Entfernung aus dem Telefonhörer vernehmen konnte, wenn Linus früher zu Hause mit ihr telefonierte. „Guten Abend Frau…", versuchte Victoria sich an ihren Nachnamen zu erinnern. „Dobs, Karen Dobs, aber sagen Sie einfach Karen", vervollständigte sie Victoria.

„Ehm ja", meinte diese, und wusste nicht weiter, was sie sagen sollte.

„Hat Sie der gute Linus doch noch hierher bewegen können?"

Sie nickte nur kurz. Dann wurde sie schon von Linus weitergeführt zu einem Tisch, an dem Leute saßen, die sie noch nie gesehen hatte. Sie schienen wohl alle irgendwie wichtig zu sein, denn Linus stellte ihr einen nach dem anderen krampfhaft vor. Victoria kannte diese Art der Vorstellerei auf solchen Events von früher, als sie noch im Filmgeschäft war. Negative Erinnerungen stiegen dabei in ihr auf.

Dann plötzlich hörte man eine Fistelstimme durch die Lautsprecher, die den Abend mit begrüßenden Worten einleitete, und dabei nicht vergaß, wichtige Persönlichkeiten im Saal hervorzuheben. Die Stimme gehörte einem kleinen rundlichen Mann mit spärlicher Kopfbehaarung, der einen viel zu eng geschnittenen Anzug trug. „Wer ist das denn?", fragte Victoria Linus halb entsetzt und halb belustigt über den Mann, der sich da vorne in wilden Posen produzierte. „Das ist er", sagte Linus, „Joe Selmers, ich stelle ihn dir nachher vor." Die Bigband fing an zu spielen, und einige Pärchen zog es auf die Tanzfläche. Linus zog Victoria weiter durch die Reihen, um sie mit diversen Leuten bekannt zu machen; sie kam sich dabei wie eine Vorführpuppe vor. Dann erreichten sie Joe Selmers, der gerade vom Podium stieg. „Darf ich dir vorstellen Schatz, Joe Selmers… Joe, meine Frau Victoria."

„Sehr angenehm", erwiderte dieser und nahm Victorias Hand ungefragt zum Handkuss. Dabei spürte sie seine verschwitzten

Finger. „Sie sehen großartig aus, in welchem Business sind Sie tätig?"

„Im Bildungsbereich an der Uni", antwortete Victoria etwas unsicher, weil er sie von oben bis unten taxierte. Wie ein Scanner gingen seine Augen an ihr rauf und runter.

„Und Sie, Sie sind der neue Kollege von Linus?", fragte sie Joe Selmers.

„Ja, ja, wir werden in Zukunft nahe zusammen arbeiten bei diversen Projekten."

„Ist das peinlich", dachte Victoria, „der zieht einen ja förmlich mit seinen Blicken aus." Etwas verstört blickte sie zu ihrem Mann, der aber nichts zu bemerken schien, da seine Augen schon wieder durch die Menschenmenge streiften, um irgendwelche VIPs ausfindig zu machen. Außer Victoria grinsend anzustarren, schien diesem Selmers auch nicht viel Intelligentes einzufallen.

„Na, dann wünsche ich Ihnen noch einen schönen Abend, amüsieren Sie sich gut; wir sehen uns sicher später noch, Linus. Gnädige Frau, war angenehm mit Ihnen zu plaudern." Daraufhin trollte Selmers sich in Richtung Bierstand.

Sie kamen nun zu einer Gruppe mit Damen, und Victoria ahnte, was jetzt geschehen sollte. Linus stellte sie der Gruppe vor und meinte zu ihr: „Unterhalte dich doch etwas, ich komme nachher noch zu dir." Er küsste sie auf die Wange und verschwand in der Menge. Victoria fühlte sich regelrecht abgestellt. Sie schaute auf die Tanzfläche und hätte lieber die Zeit mit Linus dort verbracht, als in dem mehr oder weniger elitären Damenkreis am Ende des Saales. Die Themen, über die sich die Gruppe unterhielt, waren so gar nicht nach ihrem Geschmack. Deswegen konnte und wollte sie auch nicht allzu viel dazu beisteuern. Nur oberflächliches Zeug wurde da geredet, von kleinen Wehwehchen bis hin zum Skandal in irgendwelchen Kreisen, die Victoria nicht kannte und auch nicht kennen lernen wollte. Sie fühlte sich sichtlich unwohl und blickte sich immerfort suchend nach Linus um, konnte ihn aber nirgends entdecken. Sie beschloss, sich von der Damengruppe zu entfernen und ging zum Buffet hinüber. Dabei durchstreifte sie verschiedene Grüppchen, die sich alle viel und in ihren Augen gleichzeitig Unwichtiges zu erzählen hatten. Sie fühlte sich in alte Zeiten zurückversetzt, in denen ihr Vater mit ihr auf unzähligen solcher Veranstaltungen erschienen war und sie vorgeführt hatte. Wie sie das gehasst hatte. Sie nahm sich am Buffet etwas zu essen und schenkte sich ein Glas Sekt ein. Dann setzte sie sich an einen der Tische, wo nicht allzu viele Leute drum herum saßen. Irgendwie schien sich keiner so richtig für sie zu interessieren. Das kränkte sie nicht weiter, weil sie wusste, dass das eh nicht ihre Klientel war, eher die von Linus, und zum ersten Mal kam ihr der Gedanke, dass sie und Linus eigentlich gar nicht zusammen passten. Sie musste an das Abschlussfest an der Musikschule zwei Tage vorher denken und daran, dass sie jetzt viel lieber mit Mama und Papa zu Hause beim gemütlichen Kartoffelsalat sitzen würde. Den Abend mit Linus hatte sie sich anders vorgestellt, mehr mit ihm und privater, und sie ärgerte sich über sich selbst, dass sie sich eingebildet hatte, es hätte so ablaufen können. Der Abend verging. Wenigstens wurde sie von einem netten älteren Herrn, der sie da so alleine sitzen sah, zum Tanzen aufgefordert. Sie erwiderte das gerne, da er noch einer der wenigen Kavaliere der alten Schule gewesen zu sein schien und welcher an diesem Abend ohne Begleitung dort war.

Es neigte sich allmählich gegen Mitternacht, und endlich kam Linus leicht angeheitert auf seine Frau zu. „Hallo Liebes, ich hoffe du hast etwas Spaß gehabt?", fragte er sie. Victoria antwortete weiter nichts. „Komm, lass uns die Sektgläser füllen und nach draußen gehen", munterte er sie auf. Zusammen begaben sie sich auf die große Terrasse vor dem Saal, wo sich schon viele Leute eingefunden hatten und gebannt an den Himmel schauten, wo um Mitternacht das große Feuerwerk zu sehen sein sollte. Die Luft war klar, und Linus und Victoria standen nebeneinander, sich an ihren Sektgläsern festhaltend und die Minuten bis zum neuen Jahr zählend. Dann kam von innen über die Lautsprecher der Countdown heruntergezählt, von Joe Selmers. „Zehn, neun, acht", Victoria ergriff Linus' Hand, „sieben, sechs, fünf, vier", sie schaute ihn an, als ob sie fragen wollte „wohin wird uns zwei die Zukunft wohl führen?", „drei, zwei, eins …" Es schossen mit einem Male tausende Lichter in den Himmel. Über der ganzen Stadt tobte ein riesiges Feuerwerk, und auch von der Partyterrasse wurden Raketen und Sterne aller Art in die Luft geschossen. „Frohes Neues Jahr", sagte Victoria leise zu Linus und küsste ihn sanft mit einer Träne im Auge, weil sie in diesem Moment ahnte, dass es einer der letzten Küsse sein würde, die sie ihm gab.

„Auf uns", tönte Linus, und nahm sie in den Arm.

„…und auf erfolgreiche Geschäfte!", kam es laut von der Seite; es war Selmers, der die kurze Zweisamkeit störte und wild mit allen möglichen Leuten auf das neue Jahr anstieß, so auch mit Linus und Victoria.

„Ja, genau", ließ sich Linus ablenken. Karen kam auch noch hinzu und wollte es sich nicht nehmen lassen, ihrem Chef nach einem verstohlenen Blick auf Victoria rechts und links auf die Wange zu küssen, als ob sie das schon öfter gemacht hätte. Dann dachte Victoria wieder an ihre Eltern.

„Ich muss mal kurz telefonieren", sagte sie zu Linus.

„Ja, geh nur Schatz."

Sie verzog sich in den Saal und setzte sich in eine mehr oder weniger ruhige Ecke. „Hallo Mama, ein gutes neues Jahr wollte ich euch wünschen … was? … ja, ja ist nett hier … ja und grüße Papa… bis morgen früh… bye." Dann überlegte sie, ob sie Peter Lorent anrufen sollte, um ihm auch ein guten Jahreswechsel zu wünschen. Aber als sie seine Nummer wählte, war dort besetzt. Sie versuchte es nach einigen Minuten ein zweites Mal. Doch dann ging nur noch die Mailbox ran. Sie sprach nicht darauf, sondern legte lieber auf. Sie wollte ihn besser nicht im Kreise seiner Familie stören. Victoria ging zurück zu Linus und den anderen. Sie sah, wie sich Karen so nah an Linus heranstellte, wie sie es eigentlich sonst nur tat. Als die beiden Victoria bemerkten, trat Karen schnell ein Stück zur Seite und grinste sie an. Sie als auch Linus waren sehr stark angeheitert. Die ersten Gäste begannen nun, die Party zu verlassen, und auch Victoria wollte nicht mehr lange bleiben. Sie fragte Linus, was er denn jetzt noch vorhabe. Bevor der antworten konnte, kam Karen dazwischen und verabschiedete sich ebenfalls. „Also Linus, wir sehen uns dann", zwinkerte sie ihm zu, und zu Victoria meinte sie „Machen Sie's gut, Victoria, man sieht sich." Linus nickte ihr nur kurz mit aufgesetzt ernstem Blick hinterher.

„Ja, also Schatz, ich meine wir können ja noch ein wenig bleiben, und dann fahre ich dich später nach Hause", schlug Linus seiner Frau vor.

„Was willst du denn jetzt noch hier? Außerdem ist es besser, wenn du in diesem Zustand nicht mehr fährst, komm, wir nehmen uns ein Taxi und fahren gemeinsam nach Potterton."

„Ach, im Landhaus ist es jetzt kalt und ungemütlich", wurde Linus missmutig. Dann kam Joe Selmers dazu, der auch nicht mehr gerade nüchtern war.

„Lass sie doch nach Hause fahren, und du und ich, wir zwitschern uns noch einen, und danach kannst du gerne bei mir im Penthouse übernachten." Linus fand die Idee im Gegensatz zu Victoria annehmbar.

„Also, du kannst ja machen, was du willst, aber ich fahre jetzt entweder mit dir nach Potterton oder alleine zu meinen Eltern nach Denmore", beschloss sie.

„Ach was, junge Frau, der bleibt noch was bei mir", mischte sich Selmers lallend ein, „ich rufe ein Taxi für Sie und alle sind happy." Victoria schaute Linus ungeduldig an, merkte aber, dass dieser sich eher an Selmers klammern wollte und winkte schließlich ab: „Ist gut, ihr habt gewonnen, ich besorge mir selbst eine Fahrgelegenheit und fahre zu meinen Eltern, bemüht euch nicht." Victoria drehte sich um und ging. Ein Taxi brauchte sie sich nicht zu rufen, denn vor dem Festsaal standen mehrere auf Abruf bereit.

„Nach Denmore bitte", wies sie den Fahrer an. Auf der Fahrt überlegte Victoria, ob sie eventuell doch nach Potterton fahren sollte, um nachzusehen, ob sie noch ein paar Dinge gebrauchen könnte, die sie mit nach Stockholm nehmen würde. Außerdem wollte sie ihre Eltern um diese Zeit eigentlich nicht mehr aufscheuchen, da diese sich bestimmt schon zu Bett begeben hatten, und so wies sie den Taxifahrer auf halber Strecke an, sie nach Potterton zum einsamen Landhaus zu bringen. Dort angekommen, fiel ihr auf, dass in der oberen Etage Licht im Schlafzimmer brannte. Das war seltsam, sie war sich sicher, dass sie nach ihrem letzten Besuch im Haus alle Lichter gelöscht hatte. Linus war ja bestimmt nicht dort gewesen; er hatte sich die ganze Zeit zwischen den Tagen in Südengland aufgehalten, wie er sagte. Sie öffnete die Tür, auch diese war nur einmal abgeschlossen - und Victoria schloss Wohnungstüren aus Gewohnheit immer zweimal ab. Es musste also zwischenzeitlich jemand dort gewesen sein. Als sie eintrat, roch es wieder nach Jasmin, aber dieses Mal viel intensiver als vorher. Sonst hatte sich nicht viel im Haus geändert. Sie ging nach oben ins Schlafzimmer, um nachzusehen, was es mit dem brennenden Licht auf sich hatte. Aber dieser Raum schien ebenfalls unverändert. Ihre Bettseite war wie immer abgezogen, seitdem sie in Stockholm war, und Linus Seite war ordentlich gemacht, auch wie gewohnt. Und irgend glaubte Victoria jenen Geruch von Jasmin schon einmal wahrgenommen zu haben. Da viel ihr ein, dass es an diesem Abend in Linus' Auto ebenfalls so roch. Sie konnte sich nur einen Reim darauf machen: Es musste das Parfum von Karen gewesen sein, die Linus, wenn er unterwegs war, öfter mitnahm. Aber was sollte diese Karen hier im Haus zu suchen haben? Ein unguter Verdacht befiel Victoria. Sollte Linus etwa? … nein, sie verbot sich diesen Gedanken. Karen war überhaupt nicht sein Typ, viel zu schrill, und außerdem schätzte Victoria ihren Mann so ein, dass dieser in seiner ganzen Sachlichkeit ihr sagen würde, wenn da was mit einer anderen Frau wäre. Auch hätte er wahrscheinlich sowieso kaum Zeit für eine Affäre, dachte Victoria etwas naiv. Aber seltsam kam ihr die Geschichte schon vor. Sie ging ins Badezimmer und wühlte im Spiegelschrank herum, um nach etwas zu suchen, was dort nicht hingehört. Aber sie fand nichts. Dann konzentrierte sie sich wieder darauf, warum sie eigentlich das Landhaus aufgesucht hatte.

Sie hatte im ausgebauten Dachgeschoss noch Kartons gelagert mit einigen Unterlagen für ihre Arbeit. Dort wollte sie mal kurz nachschauen, ob noch etwas Brauchbares dabei wäre. Sie ging ganz nach oben ins Haus und verschloss die Speichertür hinter sich. Es war gemütlich dort oben, alles mit Holzvertäfelung und einer kleinen Sitzecke mit Couch. Sie machte es sich mit einer Decke auf dem Sofa bequem und stöberte, da sie noch nicht schlafen konnte, in ihren Kartons herum. Es war so gegen zwei Uhr nachts, da hörte sie unten jemanden zur Türe hereinkommen. Das konnte nur Linus sein, der wohl doch noch nach Hause gefunden hatte. Oder war da noch jemand? Victoria konnte es nicht sagen. Er musste jedenfalls noch viel getrunken haben, denn sie hörte ihn die Treppe herauf zum Schlafzimmer stolpern. Danach vernahm sie nichts mehr. Sie fragte sich, ob er in diesem Zustand noch selber gefahren oder gebracht worden sei. Auch überlegte sie, ob sie vielleicht zu ihm hinunter gehen sollte, aber sie blieb lieber oben liegen, da er jetzt wahrscheinlich kaum mehr ansprechbar war. Victoria kuschelte sich tiefer in ihre Decke und schlief bald auf dem Sofa ein.

Gegen sieben Uhr am Morgen des Neujahrtages wurde sie durch eine laut schlagende Autotür geweckt. Dann vernahm sie Motorengeräusch und meinte zu hören, wie ein Wagen davonfuhr. Sie rappelte sich auf und spürte ihre Kopfschmerzen, die wohl von der verspannten Lage auf dem Sofa und der kurzen Nacht herrührten. Sie packte die Unterlagen, die sie sich nachts herausgesucht hatte, zusammen, nahm ihren Mantel und stieg vom Speicher hinab ins Erdgeschoss. Da saß Linus mit einem Eisbeutel auf der Stirn. Als er seine Frau bemerkte, schreckte er hoch: „Was, du bist hier? Sag bloß, du warst die ganze Nacht über da?"

„Stell dir vor, ja", antwortete Victoria.

„Ich dachte du wolltest bei deinen Eltern übernachten?", fragte Linus verwirrt.

„Ich hab's mir anders überlegt, wollte nur noch ein paar Sachen hier abholen, bevor ich morgen wieder nach Stockholm fliege, und da bin ich wohl drüber eingeschlafen da oben. - Sag mal, wer ist denn da gerade weggefahren?"

„Weiß ich nicht, hier war keiner, der weggefahren sein könnte, da musst du dich verhört haben", ließ Linus genervt durch seinen Brummschädel verlauten.

„Und wie bist du heute Nacht hier hergekommen?", fragte sie hartnäckig weiter.

„Mensch, mit einem Taxi, mein Wagen steht noch in Aberdeen", wurde Linus jetzt richtig ungemütlich.

„Schon gut, schon gut." Victoria fand noch eine Tüte Müsli im Küchenschrank und rührte sich mit Milch ein karges Frühstück zusammen. „Eine Frage habe ich noch", bohrte sie weiter, „wonach riecht das eigentlich hier die ganze Zeit so stark, irgendwie nach Jasmin, habe ich den Eindruck." Linus tat so, als würde er schnuppernd die Luft prüfen, wackelte mit dem Kopf und sagte: „Ich rieche nichts Besonderes, vielleicht eine Duftkerze, die ich mal aufgestellt habe." Victoria schaute ihn ernst an, sagte aber nichts weiter. Sie saßen schweigend eine Weile zusammen. Dann kramte Linus ein Aspirin hervor und ging ins Bad. „Ich werde gleich von Selmers abgeholt, wir wollen heute noch nach Glasgow reisen und etwas vorbereiten", rief er aus dem Badezimmer.

„Wird diese Karen auch dabei sein?"

„Ja, aber die ist schon vorgefahren, ich meine von ihrem Hotel aus." Victoria war so, als würde Linus nicht ganz die Wahrheit erzählen, aber irgendwie hatte sie nicht die Kraft, sich weiter damit auseinanderzusetzen.

„Ich rufe mir jetzt ein Taxi, und fahre zu meinen Eltern", erklärte sie.

„Wir können dich doch in Denmore absetzen", schlug Linus ihr vor, „Selmers nimmt dich bestimmt gerne mit."

Das glaube ich wohl, so wie der mich gestern angestiert hat, dachte Victoria und lehnte ab: „Lass gut sein, ich fahre gleich mit dem Taxi."

„Wie du willst", kam es aus dem Bad zurück, „ich rufe dich dann an, wenn du wieder in Stockholm bist."

Victoria ging noch einmal kurz ins Badezimmer, um sich von Linus zu verabschieden: „Wenigstens einen Kuss zum Abschied?", fragte sie. Linus, der angestrengt mit seiner Krawatte beschäftigt war, beugte sich schnell und oberflächlich zur Seite, um ihren Kuss entgegenzunehmen. Er merkte nicht, dass das ein Versuch ihrerseits war, ihm ein paar Gefühle für sie abzutrotzen. Dann fuhr das Taxi vor, welches sie zu ihren Eltern nach Denmore brachte.

Dort verbrachte sie ihren letzten Tag in Aberdeen. Jonathan schaute auch noch kurz vorbei, um sich von seiner Schwester zu verabschieden. Von ihm erfuhr Victoria dann auch, dass Timothy und Claudia sich gut erholten und Claudia schon wieder auf dem Wege der Besserung sei und den Verlust des Babys relativ gut verkrafte. „Ich hätte gerne noch einmal mit ihr gesprochen", sagte Victoria zu ihrem Bruder, „aber vielleicht rufe ich sie von Stockholm aus mal an." Den letzten Abend in Aberdeen verlebte Victoria alleine mit ihren Eltern. Sie machten es sich vor dem Kamin gemütlich und plauderten über vergangene Zeiten, als sie noch unbeschwert das Kindsein genießen konnte. Sie war froh, dass ihr Verhältnis zu ihren Eltern, insbesondere zu ihrem Vater, wieder besser geworden war. Patrick, der immer recht müde wirkte, lebte richtig auf, als er einige Anekdoten von damals erzählte, und Cora servierte noch Reste vom Weihnachtsgebäck. Es war ein sehr harmonischer Abend, fand Victoria. Als sie zu Bett ging, bemerkte sie einen Gegenstand unter dem Kopfkissen: ach, das ist mir die ganze Zeit nicht aufgefallen, dachte sie, das hätte ich ja beinahe vergessen, und sie zog das Weihnachtspräsent für Peter Lorent hervor und verpackte es schnell in ihrer Reisetasche.

Am Tag der Abreise, es war der 2. Januar 2006, fuhr ihre Mutter sie zum Flughafen in Aberdeen, nachdem sie sich ausgiebig von ihrem Vater verabschiedet hatte. „Machs gut, Vicky und halte die Ohren steif", hatte Patrick beim Abschied gesagt, „und lass auch mal fünf gerade sein; mach nicht den gleichen Fehler wie ich. Du siehst, wo es mich hingebracht hat."

„Ich werde deinen Rat befolgen Paps", antwortete sie und küsste ihn auf die Stirn. Am Flughafen angekommen, sagte Cora zu ihr: „Du weißt Kind, wir sind immer für dich da, also wenn was ist …"

„… Dann rufe ich an", erwiderte ihre Tochter mit einem Nicken und zusammengepressten Lippen, „Machs gut, Mama und grüße alle." Sie umarmten sich, und danach verschwand sie im Passagierbereich ihres Abflugterminals.

Ich erholte mich recht schnell von meinem Virus und war nach den Weihnachtsfeiertagen wieder einigermaßen hergestellt. Da fiel mir ein, dass Ms Filby ja eine neue Wohnung oder ein Haus zu mieten suchte und ich ihr angeboten hatte, mich einmal umzuhören. Also loggte ich mich ins Internet ein und suchte auf den Webseiten verschiedener Makler Angebote, die für sie interessant sein konnten. Es war eine schwierige Angelegenheit, überhaupt etwas um diese Jahreszeit zu finden. Die meisten Makler befanden sich in den Weihnachtsferien und deren Büros waren geschlossen. Andererseits wusste ich, dass Ms Filby zu Ende Januar aus ihrer alten Wohnung raus musste. Es herrschte also ein gewisser Handlungsbedarf, der mich etwas unter Druck setzte. Seltsam, dachte ich bei mir, da spannst du dich für eine fremde Person derart ein, und für die Problemlösungen in deinem eigenen Leben musst du dich oft selber aus deiner Bequemlichkeit heraustreten, um diese überhaupt einmal in Angriff zu nehmen. Es musste mir zu diesem Zeitpunkt also schon einiges an Ms. Filby gelegen haben. Nach einer langen Recherche hatte ich denn auch einen Erfolg. Ich fand ein kleines Haus im Internet, dass zur Miete angeboten wurde. Es lag im Stadtteil Danderyd, welcher ca. 10 bis 15 Kilometer nördlich von der Innenstadt entfernt liegt. Ich dachte mir, dass Ms Filby vielleicht lieber in näherer Umgebung zur Stadt wohnen würde. Aber es war weit und breit kein anderes Angebot im Mietsegment zu finden, welches geeignet schien, zumindest nicht um diese Jahreszeit. Die Wohnungssuche gestaltete sich schon damals bei Caroline und mir sehr schwierig, und das hatte sich wohl bis dahin nicht gebessert. Außerdem glaubte ich rein intuitiv zu wissen, dass dieses Objekt Ms. Filby gefallen könnte, da ich diese Gegend kannte. Es war eine alteingesessene Wohngegend, ruhig gelegen und doch mit zentraler Anbindung. Die Häuser dort waren meist von schönen große Gärten umgeben. Also versuchte ich, die Maklerin Frau Olavsson zu kontaktieren, die als Ansprechpartnerin genannt wurde. Es war Donnerstagnachmittag, und die ganze Stadt bereitete sich langsam auf den Jahreswechsel vor, als ich im Büro der Maklerin anrief.

„Christina Olavsson", meldete sie sich.

„Ja, hallo", antwortete ich, „ich bin interessiert an einem Haus, welches Sie in Danderyd anbieten, und wollte fragen, ob es noch zur Verfügung steht."

„Welches meinen Sie denn?"

„Das kleine gelbe Holzhaus im Handelsvägen."

„Moment, ich schaue mal nach … ja, das seht noch frei, wollen sie es besichtigen?"

„Ja, vielleicht, ich muss das erst noch abklären", sagte ich überlegend, ob ich nicht besser vorher Ms Filby kontaktieren sollte.

„Dann tun Sie das, aber ich bin nur noch bis ca. 17 Uhr im Büro, dann mache ich bis Neujahr zu."

„Gut, ich beeile mich", antwortete ich schnell und legte auf. Hoffentlich war Ms Filby jetzt zu erreichen, denn ich musste mir ja zumindest sicher sein, dass sie sich interessiere. Ich kramte ihre Telefonnummer hervor und wählte hektisch, da es bis 17 Uhr nur noch etwa eine viertel Stunde war. Der Ruf ging durch, ihr Mobiltelefon war also angeschaltet.

„Victoria Filby", ertönte es dann aus dem Hörer.

„Ja hallo Ms Filby, ich bin's, Peter Lorent."

„Hallo Herr Lorent, das ist ja eine Überraschung, ich habe nur leider nicht viel Zeit, da ich gleich zu einer Veranstaltung muss", sagte sie freundlich.

„Ja, es geht um Ihre Wohnungssuche, ich habe da ein Häuschen gefunden und mit der Maklerin gesprochen. Sie will gerne einen Besichtigungstermin machen."

„Ja? Wirklich? Das wäre ja prima. Haben Sie sich extra für mich ins Zeug gelegt? Dann machen Sie einen Termin, irgendwann nach Neujahr, ich komme am zweiten Januar nachmittags zurück. Also ab dritten Januar wäre ideal. Und vielen Dank!" „Gut", antwortete ich rasch, dann noch viel Spaß heute Abend."

Es war kurz vor 17 Uhr und ich hoffte, Frau Olavsson noch zu erreichen. Sie war noch da, als ich anrief, und ich sagte ihr, dass ich gerne das Haus mit einer Interessentin besichtigen würde. Sie gab mir einen Termin am 3. Januar gegen 10 Uhr vormittags. Wir sollten uns dann vor besagter Adresse einfinden. Ich bestätigte und lehnte mich zufrieden in meinem Schreibtischstuhl zurück.

Auf welche Veranstaltung Ms. Filby gehen würde, überlegte ich etwas neidisch. Sie musste ein ausgefülltes Weihnachtsfest mit Ehemann und Familie verbracht haben. Und ich saß gleichzeitig da, völlig alleine die Weihnachtstage verbringend und machte wahrscheinlich aus reiner Verliebtheit Termine für diese Frau, mit der so jemand wie ich doch nie zusammenkommen würde. Ich kam mir irgendwie lächerlich vor. Nicht dass ich das nicht gerne für sie getan hätte, aber trotzdem bildete ich mir ein, dass sie es gar nicht nötig hätte, von mir unterstützt zu werden, da sie in ihren Kreisen wohl bestens aufgehoben wäre. Andererseits aber war ich natürlich verliebt, und diesem Gefühl kann man nur schwerlich entkommen.

Der Silvesterabend näherte sich, und ich überlegte mir, wie ich diesen alleine am besten herumkriege. Zu Hause sitzen wollte ich eigentlich nicht die ganze Zeit, da mir schon an den Weihnachtsfeiertagen die Decke auf den Kopf gefallen war. So kam mir die Idee, den Jahresabschluss in der Stadt zu verbringen, freilich einsam, aber wenigstens mal in einer anderen Umgebung als zu Hause. Ich wollte es mir einfach nur irgendwo gemütlich machen, sofern man von Gemütlichkeit bei Temperaturen von null bis fünf Grad sprechen konnte. Ich packte meinen kleinen Handkoffer, verstaute darin noch eine Flasche Sekt, welche wir mal irgendwann von einem Kollegen geschenkt bekommen hatten und ein Sektglas, zog meinen dicken Wintermantel an und machte mich auf den Weg zur Lidingö-Bahn. Ich dachte darüber nach, was mir nun besser gefallen würde: lieber das Silvesterfest im Kreise von Caroline und den Kindern zu Hause zu verbringen oder alleine mehr oder weniger besinnlich auf das neue Jahr zu warten. Obwohl ich die Kinder vermisste, kam ich zu dem Schluss, dass es doch sehr angenehm sei, in aller Ruhe die letzten Stunden des Jahres zu verbringen. Ich merkte, dass ich gerade in so einem Moment, wo doch alle im Familienkreis - ausgenommen irgendwelcher Partymenschen -, den Jahresabschluss begehen wollen, keine Sehnsucht verspürte, das selbe in Gegenwart von Caroline zu tun.

In der Bahn versuchte ich, telefonisch meine Frau in München zu erreichen, um ihr und den Kindern vorab einen schönen Neujahrsgruß zu schicken. Ihr Telefon schien aber abgeschaltet zu sein, und so probierte ich es mit der Nummer meiner Schwiegermutter. Am Apparat war Katharina.

„Hallo, Kleines, ich bin es, Papa, ich wollte euch ein schönes Silvesterfest und einen guten Rutsch ins Neue Jahr wünschen", sagte ich.

„Hallo Papa, das wünschen wir dir auch, wo bist du denn jetzt?", fragte das Stimmchen auf der anderen Seite.

„Ich bin hier zu Hause", log ich, um weitere Nachfragen ihrerseits zu vermeiden.

„Wir sind hier bei Oma und dürfen aufbleiben und das Feuerwerk anschauen", erklärte sie ganz stolz. Ich fragte sie, ob denn Mama auch da sei. Sie sei an diesem Abend mit einem Mann weggefahren, den sie immer Kollege nenne, und der auch aus Stockholm komme. Der sei ganz nett, aber lange nicht so nett wie Papa, sagte sie. Ob sie wüsste, wohin denn die Mama gefahren sei, fragte ich sie weiter. Da nahm ihr wohl jemand den Hörer aus der Hand, und eine ältere Stimme sprach: „Hallo Peter, erst mal alles Gute von hier. Den Kindern geht es gut. Deine Frau ist mit einem Kollegen, den sie aus Stockholm kennt, zu einem Ball gegangen, den die Zweigstelle ihrer Firma hier organisiert hat. Bei dir alles klar?"

„Ja, ja", antwortete ich, „ich rufe dann später noch mal an."

„Soll ich ihr irgendwas ausrichten?" Ich verneinte.

Caroline war also beschäftigt, und ich dachte mir, dass das bestimmt der gleiche Kollege war, mit dem sie zusammen die Dienstreise unternommen hatte, und dass das für sie wahrscheinlich erneut ein willkommener Anlass sein würde, um ein paar Gläser zu trinken. Wieder war kein Eifersuchtsgefühl bei mir vorhanden, sondern nur die Angst, dass durch eine Beziehungskrise unser Leben völlig aus den Fugen geraten könnte; rein organisatorisch und bezüglich der Kinder, denn emotional war diese Beziehung wirklich eine Ruine. Ich glaubte auch, Caroline würde ähnlich denken. Sie sagte zwar immer, dass ihr unsere Beziehung wichtig sei, und trotz aller Probleme müssten wir auf das schauen, was wir schon erreicht hätten, aber wahrscheinlich hatte auch sie Angst, sich zu trennen, wegen der Kinder und wegen der organisatorischen Strapazen, die damit verbunden wären. Ich wünschte den Dreien noch einen schönen Abend und legte wieder auf.

Die Lidingö-Bahn war inzwischen auf der Stockholmer Seite eingetroffen, und als ich ausstieg, fegte mir ein kalter Wind entgegen. Ich wusste nicht mehr, ob es so eine gute Idee gewesen war, den ganzen Abend dort draußen zu verbringen, nur mit mir und der Sektflasche im Köfferchen. Mit der Tunnelbahn musste ich noch drei Stationen bis Östermalm fahren, einem schön bebauten Innenstadtteil, mit alten Häusern im Patrizierstil und den berühmten Saluhallen. Dort befand sich ein riesiger überdachter Markt, in dem Gemüse, Obst, Fisch und Fleisch an unzähligen Ständen frisch angeboten wurden. Dazu gab es darin mehrere kleine bistroartige Restaurants, wo man gut essen und trinken konnte. Hier müsse ich einmal mit Ms Filby hingehen, kam es mir in den Sinn, aber die Saluhallen waren nicht das Ziel meiner abendlichen Reise. Ich wollte zur Altstadt und von dort aus das Feuerwerk über Stockholm betrachten. Auf meinem Weg von Östermalm dorthin kam ich an so mancher Lokalität vorbei, wo im Inneren an festlich gedeckten Tischen kultivierte Menschen saßen, um bei einem leckeren Essen das alte Jahr zu beschließen. Die Stadt war zwar nicht menschenleer, aber man spürte doch, dass sich, je näher die Mitternachtsstunde rückte, die Straßen mehr und mehr entvölkerten. Wie Weihnachten, so ist auch das Silvesterfest in Skandinavien eine typisch familiäre Angelegenheit. Einerseits kam ich mir hier nun ein bisschen verloren vor, auf der anderen Seite genoss ich die Stille des Abends.

Die Altstadt von Stockholm, Gamlastan, liegt zwischen dem Innenstadtbereich und dem südlichen Stadtteil Södermalm auf einem Ausläufer des Mälarsees. Hier befinden sich viele Gässchen und kleine Straßen, mit einer Vielzahl von Cafés und Restaurants, richtig urig und zu gemütlichen Spaziergängen zu zweit einladend, wenn man denn zu zweit wäre. Aber auch alleine kann die Durchwanderung dieser kleinen Idylle sehr reizvoll sein. Viele Jahrhunderte lang war Gamlastan die eigentliche Stadt Stockholm, in der noch heute mittelalterliche Mauern und Gewölbe zu sehen sind, die teilweise vor allem für gastronomische Zwecke ausgebaut wurden. Ebenso befindet sich dort die berühmte deutsche Kirche (Tyska Kyrkan) aus dem 16. Jahrhundert. Hier war ich schon öfter, wenn ich Ruhe und Muße suchte. An diesem Abend allerdings wollte ich einen Ausblick auf den Nachthimmel von Stockholm genießen, vor allem wegen des Feuerwerks, welches ich in all den Jahren zuvor immer nur von Lidingö aus betrachtet hatte. Dies war von Gamlastan aus nicht so möglich, da die relativ engen Gassen dem Blick nach oben in den Himmel nur durch schmale, sich verjüngende Häuserschluchten Durchlass boten. Also ließ ich mich nach einer längeren Wanderung durch die

Altstadt auf einer Bank nieder, die auf einer der kleinen Übergangsbrücken zum Stadtzentrum hin platziert waren.

Als die letzte Stunde des Jahres angebrochen war, nahm ich die Sektflasche und das Glas aus meinem Koffer und stellte es neben mich. Ich dachte mir, dass ich vielleicht wie ein Obdachloser aussähe, aber dazu war das Glas zu stilvoll und der Sekt zu teuer, so dass vorbeilaufende Passanten schon erkennen konnten, dass ich hier nur alleine auf das neue Jahr anstoßen wollte und mich nicht zum sinnlosen Besäufnis auf der Bank niedergelassen hatte. Dann war es soweit, um Punkt zwölf schossen auf einmal unzählige Feuerwerkskörper in den Himmel; ich fühlte mich wie umringt. Es war ein so dichtes Lichtermeer, dass ich schon fast befürchtete, von herab fallenden Resten der Böller getroffen zu werden. Ich hatte noch nie ein Silvesterfeuerwerk inmitten einer Großstadt erlebt, und ich wurde nicht enttäuscht. Mit einem Mal waren die Straßen gar nicht mehr so leer. Überall kamen die Leute aus den Häusern und Restaurants, um sich das Spektakel am Nachthimmel über Stockholm mit anzusehen oder selbst dazu beizutragen, dass es ein solches Spektakel werden würde. Ich schenkte mir nun endlich ein Glas Sekt ein und fragte mich, was ich mir zum neuen Jahr wünschen solle. Mir fiel nichts Konkretes ein, obwohl es vieles gab, was ich mir von tiefstem Herzen wünschte, besonders was meine emotionale Welt anging. Aber ich fand es klischeehaft und albern, sich ausgerechnet zu Silvester etwas derartiges zu wünschen, genauso albern, wie ich die alljährlich immer wiederkehrenden guten Vorsätze fand, die man ja doch nicht einhält, nur weil man sie quasi magisch am Silvesterabend gefasst hatte. So saß ich da nur da und genoss einfach meinen Sekt und dachte an nichts.

Das neue Jahr war schon über eine Stunde alt, das Feuerwerk längst verstummt, die Straßen fast menschenleer, und trotz Eiseskälte saß ich noch immer in Gedanken versunken auf meiner einsamen Bank. Plötzlich klingelte mein Telefon. Es war Caroline. Ich konnte sie kaum verstehen, weil sie selber wohl nicht mehr ganz so nüchtern war, wie ich es mir schon gedacht hatte. Sie hatte einige Schwierigkeiten, vernünftige Sätze zu formulieren. Ich fragte sie, wie es ihr gehe, aber sie hörte nicht zu, sondern redete unentwegt auf mich ein, wie lustig es in München sei und dass sie viel Spaß habe. Dann brach das Gespräch ab. Nach ein paar Sekunden klingelte es erneut, und sie war wieder am Apparat.

Dieses Mal fragte sie wenigstens nach meinem Befinden und ich erzählte ihr knapp, dass ich in Ordnung sei und mir das Feuerwerk von zu Hause aus angesehen habe; dabei redete sie mir ständig dazwischen. Nachdem auch dieses Gespräch abbrach, schaltete ich leicht wütend mein Telefon aus. Ich beschloss, nach Hause zu fahren. Die Bahn fuhr nur noch sporadisch einige Sondertouren, und auf den nächsten Bus in einer Stunde wollte ich nicht warten. So wanderte ich zumindest bis zum Karlaplan gute zwei bis drei Kilometer, um einerseits warm zu werden und andererseits von dort aus leichter ein Taxi nehmen zu können, weil in der Innenstadt zu diesem Zeitpunkt noch alle Taxis besetzt waren, um nächtliche Ausschwärmer sicher nach Hause zu bringen. Gegen kurz vor zwei Uhr nachts war ich dann endlich wieder daheim und froh, mich aufwärmen zu können. Ich fand mein kleines Silvesterfest gelungen, alleine schon wegen des imposanten Feuerwerkes. Ich dachte an Ms Filby, und dass sie wahrscheinlich im Familienkreise oder mit Freunden gefeiert haben musste. Mir fiel auf, wie sehr ich solche Gelegenheiten verglich im Bezug auf meine Erlebnisse dieser und meiner Annahme, wie Ms Filby sie erlebt haben könnte. Bei jedem dieser Vergleiche schnitt ich jedes Mal schlechter ab, aus meiner Sicht. Kann sein, dass ich mir Ms Filbys Welt nur schönredete, um von meinen eigenen Problemen abzulenken, aber ich hatte tief in mir drin das Gefühl, dass das nicht das einzige war, was mich an ihr interessierte. Kurz bevor ich schlafen ging, schaltete ich mein Mobiltelefon wieder ein, um noch eventuelle Nachrichten von Caroline oder den Kindern mitzubekommen. Da sah ich auf dem Display des Telefons die Meldung: Ein Anruf in Abwesenheit! Ich schaute nach und entdeckte, dass es die Telefonnummer von Victoria Filby war. Sie hatte sicher versucht, mich nach Mitternacht, als ich mit Caroline redete, anzurufen. Da die Nacht schon weit vorangeschritten war und ich Ms. Filby ohnehin am dritten Januar zur Häuserbesichtigung treffen würde, beschloss ich, sie nicht zurückzurufen, sondern legte mich bald schlafen.

Zweisamkeit

Ich wusste, dass Victoria Filby am zweiten Januar zurückkehren würde und ich merkte, dass ich eine Sehnsucht danach verspürte, sie zu sehen; die gleiche Sehnsucht, die ich bei meinen einsamen Spaziergängen fühlte, nur dass sie diesmal ein Gesicht hatte und ich sie eindeutig zuordnen konnte. Kein Zweifel, ich war wirklich verliebt. Dieses Gefühl, als müsse das Herz bei dem Gedanken an die entsprechende Person zerspringen, und der starke, fast unwiderstehliche Drang, sie zu sehen, wann immer es möglich ist, waren bei mir eindeutige Hinweise dafür. Also überlegte ich mir, ob ich sie vielleicht am Flughafen abholen sollte oder nicht. Ich wollte ja schließlich auch nicht aufdringlich sein. Außerdem wusste ich nicht, um wie viel Uhr sie dort eintreffen würde und mit welcher Airline. Vielleicht wollte sie nach dem anstrengenden Flug ja auch einfach nur alleine sein und sich nicht gezwungen fühlen, unerwartet Bekannte zu treffen. Ich war unsicher, aber dann hielt ich es einfach nicht mehr aus und fuhr, da ich nichts anderes an diesem nasskalten Januartag zu tun hatte, auf gut Glück mit dem Airportbus zum Flughafen Arlanda. Ich würde einfach auf die Ankunftszeitentabelle schauen, und immer wenn ein Flug aus Holland käme, am Passagierausgang warten, denn Aberdeen flog Arlanda nicht direkt an, sondern Ms. Filby musste mit einer niederländischen Fluggesellschaft über Amsterdam mit Zwischenstopp fliegen.

In der Zwischenzeit sah ich mich auf dem Flughafen um, trank ein paar Tassen Kaffee, aß etwas und vertrieb mir ansonsten die Stunden damit, startende und landende Flugzeuge zu beobachten. Der Nachmittag war angebrochen, und schon wieder stand eine Maschine aus den Niederlanden an, aber wieder keine Spur von Ms Filby. Es wurde immer später, und allmählich gab ich die Hoffnung auf, dass sie an diesem Tag noch ankäme. Ich hätte sie ja auch einfach anrufen können, um sie zu fragen, wann sie einträfe, aber das traute ich mich nicht. Den ganzen Nachmittag und frühen Abend hatte ich nun gewartet, und bis zur Nacht würden noch ein oder zwei Flüge ankommen. Aber ich setzte mir das Limit auf 19 Uhr, da ich allmählich müde wurde. Danach wollte ich zurückfahren. Was macht man nicht alles, wenn man verliebt ist, dachte ich, und dann fand ich mein Verhalten plötzlich albern, da ich doch gar nicht wusste, ob und wann sie nun wirklich kommt und ob sie überhaupt Lust hätte, mich nun zu sehen.

Den ankommenden Flug um 18 Uhr 20 wartete ich also noch ab. Es kam der erste Schwall der Passagiere dieser Maschine; relativ viele Leute kamen an und ich musste genau hinsehen, ob Ms Filby vielleicht in diesem Pulk dabei wäre, aber nein. Dann schob sich eine etwas kleinere Gruppe durch die Tür und dann nur noch vereinzelt Nachzügler, bis sich der Gang hinter der Tür wieder leerte, wie bei all den Flügen, die ich schon zuvor abgepasst hatte. Das war's, überlegte ich und wollte mich gerade zum Ausgang begeben, um unverrichteter Dinge wieder nach Hause zu fahren; aber immerhin war es ein interessanter Tag auf dem Flughafen. Ich versuchte der Sache einen positiven Aspekt abzugewinnen. Plötzlich sah ich durch die Bullaugen der Ankunftstür schnell eine Person mit blondem Zopf, behangen mit einer Tasche und dickem Wintermantel durch den Gang hasten. Da war sie endlich. Sie trat aus der Tür, stellte ihre Tasche ab und zog erst einmal ihren Mantel an. Als sie sich umsah, trafen sich unsere Blicke. Während ich etwas schüchtern lächelte, riss sie erfreut ihre Augen und den Mund auf und kam schnurstracks auf mich zu.

„Na das ist ja ein Zufall!", rief sie sichtlich überrascht und meine Anwesenheit wohl nicht auf sich beziehend, denn sie fragte gleich: „Warten Sie auf Verwandte oder Freunde?"

„Verwandte eher weniger, und Freunde, also man wird sehen."

„Aber Sie haben doch jetzt hier sicherlich nicht auf mich gewartet?", bohrte Ms Filby ungläubig weiter.

„Nicht direkt, ich wollte nur…", druckste ich herum, „ich hoffe, Sie fühlen sich nicht belästigt oder nachgestellt."

„Iwo, ich finde das ausgesprochen nett von Ihnen, aber sagen Sie, wie lange warten Sie hier eigentlich schon, Sie wussten doch gar nicht, wann ich komme."

Ich erzählte ihr, dass ich eigentlich nur so zum Spaß dort gewesen sei, und dann wäre mir der Gedanke gekommen, dass sie ja auch an diesem Tag in Arlanda landen müsste. Sie schaute mich mit ihrem verschmitzten Lächeln und einem Augenaufschlag an, als wollte sie zu verstehen geben: „Und das soll ich Ihnen glauben?" „Ist aber eine süße Geste", sagte sie mir gleichzeitig, „Sie wollen dann bestimmt jetzt auch nach Hause."

„Ja, erwiderte ich, lassen Sie uns doch ein gemeinsames Taxi nehmen, und wir setzen Sie dann zuerst bei Ihnen in Östermalm ab, und danach fahre ich weiter mit dem Taxi nach Lidingö." Mit einem einwilligenden Nicken ihrerseits nahm ich ihr ihre Tasche ab, und wir gingen gemeinsam zum Taxistand vor der Ankunftshalle. Ich bot ihr an, dass ich die Kosten für das Taxi, nämlich 450 Kronen, übernehmen würde, da ich sowieso mit einem solchen zurückgefahren wäre.

„Wäre ich aber auch sowieso", sagte sie, „was machen wir denn da?", sie lachte, „also ich übernehme das jetzt, Sie haben mir ja schließlich die Arbeit abgenommen und sich für mich um eine neue Wohnung bemüht. Das weiß ich wohl zu schätzen."

„Das soll aber kein bezahlter Dienst gewesen sein, sondern das habe ich einfach nur so für Sie ausgekundschaftet", ließ ich sie wissen.

„Das weiß ich", beruhigte sie mich zwinkernd und legte dabei freundschaftlich ihre Hand auf meinen Unterarm, „aber so machen wir es jetzt einfach." Ich nickte nur und genoss dabei die kurze Berührung, die für sie wohl ein rein freundschaftlicher, körperlicher Ausdruck war, hingegen mein Verliebtheitsgefühl angenehm bestärkte.

Als wir in Östermalm vor ihrer Wohnung ankamen, meinte Ms. Filby spontan zu mir: „Auch wenn sich das jetzt klischeehaft anhört, ich würde mich freuen, wenn Sie mit mir noch auf das neue Jahr anstoßen würden." Damit hatte ich nun wirklich nicht gerechnet.

„Em, … danke, das ist sehr nett, aber Sie sind sicher müde von der Reise, und da möchte ich sie nicht unnötig stören."

„Tun Sie nicht, sonst würde ich Ihnen das nicht anbieten."

Wir gingen hinauf in ihre Wohnung. Sie war sehr klein, vielleicht 45 Quadratmeter, aber für eine Person durchaus ausreichend. Sie war im Kolonialstil möbliert und sehr gemütlich. „Das gehört mir alles nicht", klärte sie mich auf, „ich bin hier sozusagen nur mit zwei Koffern und einem Fagott eingezogen." Dabei nickte sie vielsagend und meinte weiter: „Leider muss ich hier aber raus."

„Ja", erwiderte ich, „dazu können wir morgen den ersten Schritt tun. Ich habe für 10 Uhr einen Besichtigungstermin mit der Maklerin ausgemacht."

„Morgen 10 Uhr? Das trifft sich doch gut. Wollen Sie mitkommen?", fragte sie erwartungsvoll.

„Wenn Sie nichts dagegen haben?", bremste ich mein Vorpreschen sofort etwas ab."

„Nein, nein, von mir aus sehr gerne, ich denke nur, dass vielleicht Ihre Familie Sie zu Hause haben möchte, und dass Sie etwas anderes zu tun haben könnten."

Ich erklärte ihr ohne weitere Erläuterungen, dass meine Familie zurzeit in München sei.

„Sie haben doch nicht etwa das Weihnachtsfest und den Jahreswechsel alleine verbracht?", fragte Ms Filby mich überrascht und ungläubig zugleich.

Ich schaute zu Boden: „Eigentlich schon."

„Geht mich ja auch nichts an", sagte sie dann schnell und wollte das Thema wechseln. Aber irgendwie hatte ich auf einmal den Bedarf, weiter darüber zu sprechen.

„Es war ein bisschen viel in letzter Zeit, die Kinder wollten unbedingt zur Oma, und ich wäre lieber in Stockholm geblieben. Da entschieden sich meine Frau und ich, diesmal getrennt Urlaub zu machen; vor allem wegen der Kinder", schob ich im Nachsatz hinterher, um den Konflikt mit Caroline zu übertünchen.

„Hmm, so ganz glücklich scheinen Sie ja dabei nicht zu sein", antwortete Ms. Filby.

„Hatten Sie denn angenehme Festtage?", wollte ich von ihr wissen, in einer fast selbstverständlichen Erwartung, dass sie das bejahen würde.

„Wie man's nimmt." Ihre Miene wurde nachdenklich, und sie wandte sich zum Fenster, als ob sie mir ihr Gesicht bewusst nicht zeigen wollte. Dann ging sie schnellen Schrittes in die Küche mit den Worten "Ich hole dann mal den Sekt." Ich hörte aus dem Wohnzimmer, wie sie sich schnäuzte, und es dauerte eine Weile, bis sie mit der geöffneten Flasche zurückkam. „Nobel geht die Welt zugrunde, ich habe nur noch den Champagner hier", erklärte sie mit geröteten Augen, und ich erkannte, dass sie ein wenig geweint haben musste. Sie bemerkte meine dahingehende Aufmerksamkeit und gab an, dass ihr etwas ins Auge geflogen wäre. Ich ging nicht weiter darauf ein, um sie nicht in Bedrängnis zu bringen.

„Na dann auf ein gutes neues Jahr, und ich heiße übrigens Victoria", bot sie mir spontan das Du an.

„Peter", antwortete ich, und wir ließen die Gläser klingen.

„Setzen wir uns doch drüben in die Sitzecke", schlug sie vor, „und erzähl doch mal, wie hast du denn dieses Haus aufgetan?"

Ich berichtete Victoria von meinen Bemühungen mittels Internetrecherche, und sie war erleichtert, dass ich etwas gefunden hatte.

„Es ist ohnehin nur für zwei oder drei Monate", erklärte sie, denn dann läuft mein Gastspiel hier aus, und ich muss nach Aberdeen zurück." Die Enttäuschung über diese Aussage war mir wohl ins Gesicht geschrieben, denn sie bemühte sich zu relativieren: „Aber man ist ja nicht aus der Welt."

„Klar", sagte ich und versuchte mich dabei verständnisvoll zu zeigen, „du vermisst sicher auch deinen Mann und die Familie."

Victoria lenkte ab: „Hoffentlich ist es möglich, das Haus für so eine kurze Zeit zu mieten."

„Das weiß ich allerdings auch nicht", gab ich zu bedenken, da ich nicht von einer so raschen Abreise ihrerseits ausgegangen war. Da lernt man mal jemanden wirklich Netten kennen, und dann verschwindet der schon gleich wieder, dachte ich frustriert. Als wir unsere Gläser geleert hatten, wollte ich mich verabschieden.

„Es hat mich wirklich sehr gefreut", sagte sie zu mir, „dass Sie mich…ehm, du mich vom Flughafen abgeholt hast."

„Keine Ursache, wenn du willst, treffen wir uns morgen früh hier gegen neun Uhr und fahren dann gemeinsam mit der Bahn zum Besichtigungstermin", schlug ich ihr vor, was sie freudig annahm. Da spürte ich zum ersten Mal, dass sie sich richtig auf das Wiedersehen freute. An diesem Abend fuhr ich glücklich nach Hause.

Auch wenn ich mich einer Illusion hingeben sollte, auch wenn sie bald wieder abreisen würde, und auch wenn es Caroline über vielleicht nicht fair wäre, ich genoss dieses Gefühl der Verliebtheit in jenem Augenblick aufs Ganze und glaubte, dass auch Victoria sich vielleicht etwas verschossen hätte. Den Gedanken daran, dass sie eine verheiratete Frau war und möglicherweise ein glückliches Leben in Aberdeen führte, blendete ich vollkommen aus, so dass ich auch kein schlechtes Gewissen gegenüber ihrem Mann hatte. Es war wie ein Ventil; meine Gefühle und Sehnsüchte, die in mir sonst nur innerlich werkelten und mich negativ belasteten, konnte ich mit einem Male zulassen und vor allen Dingen zuordnen. Beim Zusammensein mit Victoria schien ich zu wissen, was mir fehlte. Wir waren auf einer Wellenlänge und verstanden uns auf Anhieb. Mag sein, dass das bei Caroline und mir am Anfang auch so war, aber dieses Mal hatte ich den Eindruck, dass ich das noch nie so intensiv erlebt hatte.

Ich konnte den nächsten Morgen gar nicht abwarten und war viel zu früh vor dem Haus, in dem Victoria ihre Wohnung hatte. Auf dem Östermalmer Marktplatz roch es nach Kaffee und frischem Frühstücksgebäck, welches von den Bäckereien täglich frisch an diverse Bistros geliefert wurde. Pünktlich um neun Uhr trat Victoria aus der Haustür. Das, was sie anhatte, war mal wieder äußerst weiblich und ansprechend. Weiße Bluse, blauer Rock und dunkle Pumps, darüber ihren Wintermantel, für unseren Termin völlig passend. Caroline zog bei so etwas immer ihren Hosenanzug an, den ich überhaupt nicht mochte, da ich ihn zu männlich empfand. Sie sagte aber dann immer, dass ein derartiges Auftreten professionell sei. Ich fand das Auftreten von Victoria an diesem Morgen ebenso professionell, eben weiblich professionell. Das war der Unterschied zu Caroline.

„Hallo, Guten Morgen, und wie immer das Köfferchen dabei?", schallte es mir fröhlich entgegen, „wollen wir vorher noch eine Tasse Kaffee trinken?"

„Zwei Dumme, ein Gedanke! Guten Morgen", sagte ich, „lass uns doch gleich hier in das Bistro gehen." Wir ließen uns an einem kleinen Tisch nieder und ich besorgte den Kaffee am Tresen.

„Sehe ich gut genug aus?", fragte Victoria mich etwas unsicher. Da ich nicht überschwänglich in Schwärmereien ausbrechen wollte, auch wenn mir in diesem Moment danach war, antwortete ich: „Genau richtig" und schaute sie aufmunternd an. Nach unserem kurzen Auftakt im Bistro nahmen wir dann eine Tunnelbahn in Richtung Danderyd. Das letzte Stück bis zur Besichtigungsadresse liefen wir zu Fuß. Es war über Nacht klar, aber sehr kalt geworden, so minus fünf Grad, und bis zum Haus war es noch ca. ein Kilometer. Ich bemerkte, wie meine Begleiterin trotz ihres Mantels fröstelte.

„Ist dir sehr kalt?" fragte ich besorgt.

„Geht so", meinte sie und verschränkte Wärme suchend die Arme.

„Komm, hak dich bei mir ein", bot ich ihr an. Sie schaute mich mit ihrem Augenaufschlag an, als wolle sie fragen „Wirklich?", nahm mein Angebot aber dann gerne an. So gingen wir zusammen den Rest des Weges, und ich wünschte mir, dass dieser noch lang wäre. Allmählich wurde die Gegend sehr wohnlich, mit vielen Einfamilienhäusern und Grünflächen drum herum.

„Es gefällt mir hier", zeigte sich Victoria zufrieden über die Umgebung. Ich nickte zustimmend, und als wir die Adresse erreichten, wartete die Maklerin Frau Olavsson dort schon im Vorgarten sitzend. Sie begrüßte uns mit den Worten „Hej, jätte kalt idag, men mycket sol", was soviel heißt wie „Schrecklich kalt heute, aber dafür viel Sonne." Frau Olavsson konnte, entgegen der Tatsache dass viele Skandinavier gut englisch sprechen, kaum Englisch, und so mussten wir uns mit Schwedisch durchbeißen. Victoria flüsterte mir zu: „Kannst du mir ein bisschen helfen, ich bin des Schwedischen nicht so mächtig und deswegen etwas unsicher."

„Klar helfe ich, aber du und unsicher? Doch nicht bei dem Lebenslauf", verplapperte ich mich. Was sollte sie nun von mir denken? Vielleicht, dass ich heimlich Informationen über sie eingeholt hätte für was weiß ich für einen unmoralischen oder sonst merkwürdigen Zweck. Victoria schaute mich mit offenem Mund an und fragte mich halb freundlich, halb verwirrt, woher ich denn ihren Lebenslauf kenne. Noch bevor ich antworten konnte, unterbrach uns Frau Olavsson: „Wollen wir dann hinein gehen?" Wir folgten ihr ins Haus.

Das gelbe Holzhaus war innen eingerichtet und möbliert. Die Maklerin berichtete uns, dass dort bis vor kurzem eine alte Dame gewohnt hatte, die nun in ein Seniorenheim gezogen war. Ihr Mobiliar hatte ihr die Eigentümerin des Hauses, Gunnel Lundnäs, abgekauft. Es war das typische Mobiliar einer alten Rentnerin im Stil der frühen siebziger Jahre. „Die Möbel sind ja schrecklich", sagte Victoria leise zu mir, „aber sehr sauber und ordentlich muss sie wohl gewesen sein, die Vormieterin." Wir durchstreiften die einzelnen Räume. Drei Zimmer und eine Küche, die untereinander direkt mit Türen verbunden waren. Das Wohnzimmer war geräumig, mit Kaminecke und hatte ein Panoramafenster mit Terrasse in Richtung Süden. Hinter der Veranda ging es zu einem großen Garten mit vielen Apfelbäumen. Dieser sah reichlich verwahrlost aus, aber die Vormieterin konnte wahrscheinlich wegen ihres Alters nicht sehr viel im Garten machen. Victoria gefiel das Haus auf Anhieb, und für die kurze Zeit, die sie noch in Schweden wohnte, könnte sie sich auch mit den Möbeln arrangieren. „Was meinst du Peter, soll ich es nehmen?", fragte sie unschlüssig. Ich empfahl ihr, dies zu tun, denn die weitere Auswahl sei sehr dünn gesät. Der Mietvertrag würde für mindestens ein Jahr abgeschlossen, gab die Maklerin an und meinte zusätzlich, dass die Vermieterin mittelfristig an einem Verkauf des Hauses interessiert sei. „Was soll ich denn jetzt machen?", Victoria war verunsichert, "was anders suchen? Ich weiß nicht, das hier gefällt mir recht gut", sie schaute sinnierend aus dem Panoramafenster, drehte sich dann plötzlich zu mir um und meinte: "Und wenn ich es kaufe?" Ich war überrascht.

"Aber du bist doch nur noch zwei Monate in Stockholm, wie kannst du dann noch hier ein Haus kaufen?"

"Das macht doch nichts, entgegnete sie, "eine Immobilie im Ausland zu kaufen und dann zu vermieten, das ist doch eine prima Anlage; oder ich nutze es erst einmal als Ferienhaus. Ich glaube, das sollte ich tun. Können wir uns das Haus und das Grundstück noch einmal genauer anschauen?"

"Von mir aus, ich habe noch Zeit", antwortete ich, und auch die Maklerin hatte nichts gegen eine ausführliche Begehung. Es dauerte eine gute halbe Stunde, und Victoria wurde sich ihrer Sache immer sicherer.

"Ich nehme das Haus, wenn der Preis stimmt", beschloss sie. Der läge bei etwa 2000000 Schwedischen Kronen, die Maklerin schaute in ihren Unterlagen nach.

"Was ist denn das in Pfund?", fragte Victoria mich. Schnell kramte ich meinen Taschenrechner mit Währungsfunktion aus meinem Koffer mit den Worten: "Siehst du, darum der Koffer." Victoria war amüsiert. Ich rechnete aus, dass der Preis in Pfund bei ungefähr 144000 angesiedelt war.

"Da lässt sich doch bestimmt noch was machen", überlegte sie geschäftstüchtig. Dabei kam wohl durch, dass ihr Vater Anwalt war. Ich übersetzte für die Maklerin, und diese gab uns zu verstehen, dass sie die Eigentümerin gerne kontaktiere und uns ihr vorstelle. "Schön", meinte Victoria und gab Frau Olavsson ihre Adresse und Telefonnummer. Ich gab meine Bedenken für ihren meiner Meinung nach etwas frühzeitigen Entschluss, das Haus zu kaufen, Ausdruck.

"Willst du nicht lieber erst mit deinem Mann über die Sache sprechen?" Darauf entgegnete sie, dass er so seines hätte und sie ihres. Was immer sie damit genau meinte, es zeigte mir auf jeden Fall, dass sie finanziell unabhängig von ihm sein musste und auch wohl sonst recht selbständig von ihm getrennt leben konnte. Ich fing an zu phantasieren, was das denn nun für ihre Persönlichkeit bedeuten würde. Entweder Victoria war einfach nur eine selbständige junge Frau, die ihr Leben verstand zu meistern, oder die Beziehung zu ihrem Mann war nicht ganz so harmonisch wie ich es mir vorstellte. Denn der Ton, in dem sie das sagte, war schon fast ein wenig mit Genugtuung gefüllt.

Nachdem wir uns von der Maklerin verabschiedet hatten, war Victoria guter Stimmung, und wir spazierten zurück zur Bahn, um nach Stockholm zu fahren. Unterwegs fragte sie mich dann: „So, und jetzt erzähl mal, woher kennst du meinen Lebenslauf, etwa aus dem Internet?" Aber sie war dabei nicht böse, sondern nur interessiert, wie ich denn dazu käme. Also erklärte ich ihr, wie ich zu Beginn ihrer Vorlesung im Internet über ihre Person recherchiert hatte und wirklich nur öffentlich zugängliche Daten und Biografien gefunden hatte. „Reine Neugier", rechtfertigte ich mich, „daher stammt übrigens auch das Photo, welches ich dir nach der Vorlesung gezeigt habe."

„Ach diese Datensammlungen", stöhnte Victoria, „sie geben alles und auch nichts über eine Person wieder. Wurde deine Neugier wenigstens befriedigt? Was liest du denn daraus?"

„Tja", meinte ich, „zunächst mal ja nur Positives."

„Positiv? Für wen? Es zeigt doch nur meine objektiv messbaren Erfolge, und mit diesen wurde ich allzu lange bemessen und bewertet."

„Aber damit steht dir doch eine ganze Welt von Möglichkeiten offen", erklärte ich unverständig, worauf sie abzielte, „ich wünschte, ich könnte so etwas vorweisen."

„Welche Welt?", fragte sie, „meine oder die von anderen? Glaubst du, dass die Deutung eines solchen Lebenslaufes wirklich Aufschluss über das Leben einer Person gibt? Was ich fühle, was ich denke, meine innere Wertigkeit lässt sich nicht mit Auszeichnungen, Pokalen, Universitätsabschlüssen oder ähnlichem bemessen. Das, was einem wirklich wichtig ist im Leben, findest du in keinem Lebenslauf. Die Art, wie ein Mensch handelt und denkt, und damit auf andere wirkt und ob er wirklich geliebt wird und liebt, oder nicht, ist doch mindestens genauso wichtig, wie das, was er geleistet hat. Du zum Beispiel liebst deine Kinder, und hast viel für sie getan. Für einen Eintrag im Internet reicht das freilich nicht, aber wesentlich ist, dass du damit zwei Menschen zufrieden machst und deswegen für andere eine Wertigkeit hast, die leider heutzutage nicht mehr zählt."

Ich war beschämt, rückte Victoria doch all meine Wünsche nach Erfolg und Anerkennung in ein ganz anderes Licht. Das, was ich mir so wünschte, und was sie anscheinend hatte, schien für sie persönlich nicht das Wichtigste zu sein. Und ich fand es toll, dass sie mir das sagte, nahm es mir doch den Druck und Komplex, ihr leistungsmäßig ebenbürtig sein zu wollen. Als wir in der Innenstadt angekommen waren, läutete Victorias Telefon. Es war

Gunnel Lundnäs. Ich hörte, wie Victoria mit ihr verhandelte. Das Gespräch dauerte eine Weile und schien positiv zu verlaufen. Sie war so vertieft, dass ich sie an unserer Endhaltestelle erinnern musste, auszusteigen. Als sie auflegte, meinte sie nur: „Perfekt." Ich fragte sie, was denn so perfekt sei. „Sie lässt sich auf 1,7 Millionen Kronen runterhandeln, wenn ich alle Renovierungen selber mache und den Garten so übernehme, wie er ist. Morgen früh wollen sie und die Maklerin sich mit mir treffen, um über die Kaufmodalitäten zu sprechen. Magst du mich dabei wieder begleiten? Ich wäre für eine psychologische Unterstützung dankbar?"

„Natürlich", war meine Antwort, wollte ich doch jede Gelegenheit nutzen, Victoria wieder zu sehen. Als wir ihre Wohnung erreichten, gab ich ihr die Hand und meinte: „Also, du hast ja jetzt bestimmt noch einiges für die Uni zu tun, dann will ich mal wieder los."

„Ja schon, aber ich finde, wir sollten meine Entscheidung etwas feiern. Was hältst du von einem fünf Uhr Tee im Hotel Diplomat am Strandvägen heute Nachmittag?"

Ohne nachzudenken, nahm ich sofort an: „Treffen wir uns wieder hier vor deiner Wohnung?"

Sie nickte: „Also bis dann."

Ich war mir ziemlich sicher, dass Victoria begann, mich zu mögen, denn sonst hätte sie nicht von sich aus angeboten, mit mir etwas zu unternehmen. Es konnte natürlich sein, dass sie sich für die Sache mit dem Haus nur dankbar zeigen wollte, aber ich hatte den Eindruck, dass ihr meine Anwesenheit schon genehm war. Ich fuhr kurz nach Hause und musste über die Diskussion, den Lebenslauf betreffend, nachdenken. Ich spekulierte, warum es ihr so wichtig war, darauf hinzuweisen, dass dieser Werdegang, der mich nach wie vor beeindruckte, und es auch heute noch tut, ihr anscheinend nicht den essentiellen Lebenserfolg bot. Vielleicht vermisste sie genau das, von dem sie sagte, dass es viel wichtiger sei, als die Erfolge im Lebenslauf. Vielleicht war sie gar nicht so glücklich, wie ich es mir einbildete. Und vielleicht hatte sie gar nicht ein so schönes Weihnachtsfest, wie ich es annahm. Ich musste an die Situation denken, in der sie mit geröteten, wahrscheinlich verweinten Augen mit der Champagnerflasche aus ihrer Küche trat. Irgendetwas musste es in Victorias Leben geben, woran sie zu beißen hatte.

Am späten Nachmittag dann, holte ich sie wieder an ihrer Wohnung ab.

„So, jetzt haben wir etwas zu feiern", sagte Victoria ganz stolz, als sich die Haustür hinter ihr schloss.

„Ja, die Sache mit dem Haus", bestätigte ich.

„Und noch mehr, ich habe eben mit der Eigentümerin gesprochen, und schon morgen früh machen wir alles klar. Wir wollen uns um 10 Uhr wieder dort treffen. Was soll ich da noch lange handeln und überdenken? Ich habe mich in dieses Häuschen verliebt, und wenn ich mal wieder in Stockholm sein sollte", sie schaute mich vielsagend an, „habe ich direkt eine Bleibe als Sommer- oder Urlaubshaus. Übermorgen kann ich dann schon gleich mit den Renovierungsarbeiten beginnen."

„Ich dachte, du wolltest es vermieten."

„Kann sein, aber noch nicht jetzt, da lasse ich mir Zeit mit", antwortete sie gelassen. Wir gingen am Strandvägen entlang in Richtung Hotel Diplomat. Es war eisig kalt, und die Ränder des einlaufenden Armes des Mälarsees waren gefroren. Viktoria fröstelte wieder wie am Morgen und hakte sich wie selbstverständlich bei mir ein und fragte nur rhetorisch, ob sie das dürfe. Ich lächelte sie an und genoss diese Art der Annäherung sehr; natürlich durfte sie. Verträumt schauten wir bei unserem Gang auf das Wasser.

„Dass das nicht zufriert", bemerkte Victoria erstaunt, „sonst könnte man dort Eislaufen." Ich wollte von ihr wissen, ob sie das denn könne, und sie antwortete, wenn ich ihren Lebenslauf gelesen hätte, müsse ich das eigentlich wissen. Stimmt, dachte ich, da stand irgendetwas von Eistanz.

„Habe ich als junges Mädchen mal ganz gut gekonnt", meinte sie.

„Ich weiß, wo man hier jetzt auf jeden Fall aufs Eis kann. Bei uns auf Lidingö gibt es einen See, den Kottlasee, der zugefroren ist, und zur Zeit ist das Eis dort so dick, dass es zum Eislaufen reicht.", erzählte ich ihr.

Victoria war sofort Feuer und Flamme. „Ehrlich? Warum hast du das nicht früher gesagt? Was hältst du davon, wenn wir uns morgen ein paar Schlittschuhe ausleihen und dann zu diesem See fahren, da würde ich mich super drüber freuen!", rief sie euphorisch. Ich kam mir etwas überfallen vor, da ich von solchen Dingen wie Tanz und Eislauf überhaupt keine Ahnung hatte. Nebenbei bemerkt, mittlerweile habe ich es mit ihrer Hilfe gelernt, und ich hätte damals nicht gedacht, wie viel Spaß es machen könnte.

Das war und ist auch so ein typischer Unterschied zwischen Victoria und mir, der unsere Lebensläufe entsprechend geprägt haben musste. Während sie gleich den Stier bei den Hörnern packte, hatte ich die Angewohnheit, immer erst einmal Bedenken zu äußern. Wer weiß, wie viele Chancen ich mir habe dadurch schon durch die Lappen gehen lassen.

„Bist du dir sicher? Ich stelle mich da bestimmt ziemlich blöde an!", warnte ich sie vorsorglich, aber keine Chance.

„Das zeige ich dir schon", munterte sie mich auf, du sollst ja keine Pirouetten drehen, sondern nur ein wenig mit mir übers Eis laufen." Da konnte ich nicht Nein sagen, und obwohl ich mich bei der Sache etwas unwohl fühlte, wollte ich ihr den Gefallen tun, schon weil ich in ihrem Gesicht diese süße Freude sah und die strahlenden blauen Augen mich fesselten.

„Also gut, ich bin dabei."

Wir kamen beim Hotel an, und es war eine schöne gedämpfte Atmosphäre im Inneren. Das Restaurant war nicht besonders voll um diese Zeit, aber umso gemütlicher. Wir nahmen an einem Zweiertisch Platz und bestellten Tee und Kuchen.

„Sag mal", fing Victoria an, „warst du wirklich die ganze Weihnachtszeit alleine?" Ich bestätigte und beschrieb ihr in Ansätzen, dass ich an Weihnachten krank war und Silvester eben in der Altstadt verbracht hatte. „Du Armer", bedauerte sie mich, was ich gar nicht mochte, aber sie schien es ernst zu meinen, „warum hast du mich denn nicht mal angerufen, da hätten wir doch etwas plaudern können."

„Ich wollte dich wirklich nicht mit meinem Privatkram belästigen", gab ich zur Antwort.

„Aber du hast dich doch auch mit meinen Sachen befasst, da möchte ich jetzt eben mal wissen, was so bei dir los ist.", hakte Victoria wissbegierig nach, „ist etwas mit der Familie, oder den Kindern?"

Der Tee wurde serviert, und wir rührten zunächst schweigend in unseren Tassen herum.

„Also, um ehrlich zu sein, und weil du so direkt fragst, mit der Familie ist das in letzter Zeit so eine Sache."

„Habe ich mir schon gedacht", war ihre direkte Antwort. Du musst mir keine Einzelheiten erzählen, aber es ist wohl das erste Mal, dass du über diese Zeit alleine warst, oder?"

„Ja schon, aber es ist zwiespältig zu betrachten. Auf der einen Seite war ich einmal ganz froh, eine längere Auszeit von der Familie zu haben, und auf der anderen Seite war es ein komisches Gefühl, so ohne die Kinder ein Familienfest dieser Art zu begehen."

„Du liebst deine Kinder, stimmt's?", Victoria schaute mich mit mildem Blick an."

„Sie sind mein ein und alles, ich bin quasi ihre erste Bezugsperson, weil meine Frau immer schon ganztägig und dann auch meistens bis spät abends im Job unterwegs ist. Deswegen fiel es mir auch besonders schwer, sie an Weihnachten gehen zu lassen. Ich glaube, die Zwillinge wären auch lieber bei mir geblieben. Aber die Oma in München hat natürlich ebenfalls ihre Wünsche, und ich komme mit ihr so gar nicht klar."

„Kann ich verstehen; und deine Frau? Oder willst du darüber lieber nicht reden?"

„Vielleicht ein anderes Mal", meinte ich, und sie nickte verständnisvoll mit gesenktem Kopf.

Während wir dort so saßen und unser Plaudern immer wieder von verschwiegenen Sekunden unterbrochen wurde, lag Victorias rechter Arm auf dem Tisch, genauso wie mein linker, und wahrscheinlich mehr oder weniger unbewusst näherten sich unsere Hände einander, bis ich meine Fingerspitzen leicht über die ihren legte. Sie zuckte kurz, zog die Hand aber nicht zurück. Sie schaute mich schüchtern lächelnd an und ich merkte, dass sie diese Berührung nicht als unangenehm empfand. Dann wurde die Situation durch die Serviererin, die den Kuchen brachte, unterbrochen. Wir sammelten uns etwas, als hätten wir die letzten Sekunden in einer Art Träumerei verbracht und bewunderten die wirklich lecker aussehenden Stücke, die uns da aufgetischt wurden.

„Ja, wo waren wir stehen geblieben?", fragte Victoria verlegen.

„Bei unseren Familienfesten an Weihnachten", half ich ihr schmunzelnd auf die Sprünge.

„Genau", und sie schaute dabei verträumt aus dem Fenster neben unserem Tisch auf das Wasser, welches um diese Zeit bereits in den Lichtern der Abenddämmerung schillerte. „Ich frage mich, wo der Unterschied ist", meinte Victoria plötzlich zu sich selbst.

„Welchen Unterschied meinst du?"

„Du warst an Weihnachten alleine und ich, ja ich hatte so einige Leute um mich herum, das stimmt schon", stellte sie fest, „und trotzdem, alleine war ich irgendwie auch, wo ist da der Unterschied?"

„Du meinst, du fühltest dich alleine", versuchte ich ihren Satz zu deuten.

„Ja", so manches Mal", dabei versuchte sie zur Seite schauend ihre aufkommenden Tränen zu unterdrücken, was ihr aber nicht gelang, und mit wässrigen Augen nahm sie ein Taschentuch, um diese zu trocknen. „Entschuldigung", schluchzte sie, „ich wollte die Stimmung nicht trüben, aber ich musste daran denken ..." Weiter kam sie nicht, denn in dem Augenblick schien ihre Traurigkeit ihr die Kehle zuzuschnüren, und sie war nur noch damit beschäftigt, sich irgendwie zu fassen. Ich stand auf, ging zu ihrem Sessel und als sie sich erhob, nahm ich sie fest in den Arm und drückte ihr weinendes Gesicht in meine Schulter. Ich stand mit ihr am Fenster und hielt sie mehrere Minuten in dieser Position, bis ich fühlte, wie sie sich langsam entspannte. Dann löste sich ihr Kopf von meiner Schulter und sie sagte: „Entschuldige, das gehört jetzt eigentlich gar nicht hier her."

Ich lächelte sie nur an und meinte: „Geht es?" Sie nickte tapfer, und wir setzten uns wieder an unsere Plätze.

„Du musst jetzt nichts sagen", versuchte ich Victoria zu beruhigen, aber sie wollte sich mitteilen.

„Dieses Jahr war alles anders zu Hause", meinte sie bemüht, sich die Traurigkeit aus dem Gesicht zu reiben. Dann erzählte sie mir die Geschichte von dem Verlust des Babys ihrer Schwägerin.

„Das ist wirklich schlimm, tut mir sehr leid", antwortete ich und reichte ihr eine neue Packung Taschentücher aus meinem Koffer.

„Wenn ich an dieses Weihnachtsfest zurückdenke, denke ich eigentlich nur an meine Eltern, die waren echt lieb zu mir", fuhr sie fort, als sie sich beruhigt hatte. „Und Linus, ich meine meinen Mann, ja, der ist eben viel unterwegs, kann ich ja verstehen, ist ja sein Job."

Also da lag der Hase im Pfeffer begraben, dachte ich sofort; von wegen traute Zweisamkeit und harmonisches Familienfest einer erfolgreichen Frau. Wie man sich irren kann, überlegte ich mir.

Ich versuchte sie abzulenken: „Apropos, hast du versucht, mich in der Silvesternacht anzurufen?"

„Ja, genau, hast du das gesehen? Sollte ein Silvestergruß sein."

„Das Telefon war leider abgeschaltet und da habe ich den Anruf erst sehr spät bemerkt. Finde ich aber trotzdem lieb von dir", tröstete ich sie.

„War auch so gemeint."

Es war schon weit nach 18 Uhr, und wir verspeisten jeder noch ein zweites Stück Kuchen. Dann bezahlte Victoria die Rechnung, weil sie darauf bestand. Bevor wir das Restaurant verließen, sagte sie: „Warte noch, ich hab da was für dich." Sie schaute geheimnisvoll, und ich war gespannt, was sie denn da aus ihrer Manteltasche entblättern würde. Es war ein kleines flaches Päckchen, welches sie mir mit den Worten „Eine kleine Aufmerksamkeit für einen netten Menschen" überreichte. Ich bedankte mich und konnte es mir nicht verkneifen, sie auf die Wange zu küssen. „Mach mal auf", meinte sie. Es war eine CD von Blackmore's Night, einem bekannten Ensemble, welches mittelalterliche Musik in teilweise romantischen Balladen oder auch flotten Tänzen spielte. Ich kannte die Gruppe und ihre Lieder, aber diese CD hatte ich nicht zu Hause - und ich freute mich ehrlich über dieses Geschenk.

„War es etwas in der Art, was du suchtest, als du in meiner Sprechstunde warst?", fragte Victoria neugierig, ob sie meinen Geschmack getroffen hätte.

„Aber genau", erwiderte ich, „nur ich kann mich gar nicht revanchieren."

„Sollst du auch nicht, ich freue mich, wenn es dir gefällt", erwiderte sie sichtlich froh, dass sie die richtige Wahl getroffen hatte. Als wir nach draußen gingen, nahm sie mich vor dem Ausgang zur Seite: „Es ist sehr selten, dass ich solche Momente erlebe, und darum möchte ich dir danken, und ich freue mich, wenn wir morgen zusammen zum Eislaufen gehen."

„Und der Häuserkauf?"

„Genau, habe ich fast vergessen, du kommst doch mit, oder?"

„Ja, abgemacht, wir treffen uns wieder bei dir vor der Tür", schlug ich vor.

Dann gingen wir den Strandvägen entlang zurück zu ihr nach Hause. Sie wollte sich wieder einhaken, da ergriff ich die Initiative und legte meinen Arm seitlich um ihren Rücken und begleitete sie zu ihrer Wohnung. Victoria schmiegte sich dabei fest an mich.

Am nächsten Morgen fuhren wir beide wieder nach Danderyd, um den Kaufvertrag für das Haus abzuschließen. Ich wusste eigentlich gar nicht, was ich dabei sollte, aber Victoria meinte, dass es bei solchen Summen immer gut sei, Zeugen zu haben. Da mochte sie Recht haben, aber ich konnte mich des Eindrucks nicht erwehren, dass das nur ein Alibi war, zumindest teilweise. Frau Olavsson, Gunnel Lundnäs, Victoria und ich ließen uns in dem Haus am Tisch im Esszimmer nieder. Die Verhandlungen dauerten nicht sehr lange und fanden vorwiegend zwischen Victoria und der Besitzerin statt. Sie besprachen dies und das, von Hypotheken und Tilgungen war die Rede, von offenen Rechnungen und anderen Verpflichtungen. Victoria stellte sich dabei so geschickt an und machte auf mich einen solch professionellen Eindruck, dass ich dachte, sie hätte vielleicht auch noch Juristerei studiert. Nach ca. einer Stunde war die Sache dann unter Dach und Fach. Unterschriftsmappen wechselten hin und her, und dann sagte Victoria: „So, jetzt müssen wir nur noch zum Grundbuchamt, und dann ist der Handel in trockenen Tüchern."

Ich staunte nicht schlecht, wie sie das Ganze managte und fragte: „Bei welchem Meister hast du denn das alles gelernt?"

„Mein Daddy ist Anwalt", meinte sie, „und dem habe ich so manches Mal über die Schulter geschaut, und das kommt mir jetzt hier zugute." Sie war sichtlich stolz, das alles abgewickelt zu haben. Alle schauten zufrieden drein, auch die Maklerin, die ja schließlich eine Provision für die Vermittlung bekam. Dann sah mich Gunnel Lundnäs fragend an und meinte: „Und was hat der Ehemann dazu zu sagen?", womit sie auf mich deutete, „der hat ja nicht so viel erzählt." Gefällt Ihnen das Haus auch?" Victoria und ich wurden gleichermaßen rot, und bevor ich aufklären konnte, dass wir nicht verheiratet waren, tat dies Frau Olavsson an meiner Stelle.

„Schade", meinte Frau Lundnäs, „sie hätten ein sympathisches Paar abgegeben, welches so richtig zu dem Häuschen passen würde." Wir schauten beide verlegen uns und dann die Runde an. „Aber was nicht ist, kann ja noch werden", philosophierte sie weiter. Der Gedanke an diese Vorstellung löste in mir ein kleines Glücksgefühl aus, auch wenn es irreal erschien, aber die theoretische Möglichkeit gefiel mir durchaus. Victoria wollte diesen Gedanken wohl nicht weiterspinnen, oder vielmehr, sie traute es sich nicht, denn sie wechselte schnell das Thema und meinte: „Ja dann müssen wir mal wieder, und die Schlüssel finde ich dann heute Nachmittag im Briefkasten?"

„Ja, ja, sagte Frau Lundnäs, Sie können dann sofort hier rein." Wir verabschiedeten uns, und die beiden anderen Frauen wünschten uns viel Glück.

„Willst du jetzt sofort dort einziehen?", fragte ich Victoria auf dem Rückweg in die Stadt.

„Natürlich, warum denn nicht, ich packe heute noch meine Sachen, und dann nichts wie ran an den Speck. Da ist ja noch einiges zu tun. Sauber machen, ein oder zwei Räume umtapezieren. Da muss ich nicht jeden Tag hier hin fahren von Östermalm aus. Kann ich doch gleich hier übernachten und morgens direkt mit der Arbeit loslegen."

Ich stimmte ihr zu und bot an, ihr bei dem kleinen Umzug und den Renovierungsarbeiten zu helfen.

„Du, wenn du wirklich nicht anderweitig beschäftigt bist, würde ich mich natürlich sehr freuen. Wann kommt eigentlich deine Familie wieder?"

Diese Frage ließ mich jäh aus meinen Gedanken über unsere Zweisamkeit hochschrecken. „Stimmt", bestätigte ich, „die kommen morgen Mittag wieder nach Hause. Und Fiona kehrt schon heute Nachmittag zurück. Da muss ich unbedingt noch etwas einkaufen. Aber ich möchte dir trotzdem helfen."

„Na, wir werden sehen, aber wir hatten doch noch etwas vor. Komm, ich kenne ein Sportgeschäft in der Stadt, wo wir uns Schlittschuhe ausleihen können."

Ich hoffte, sie hätte die Idee mit der Schlittschuhlauferei auf dem See verworfen. Obwohl ich natürlich gerne den Nachmittag mit ihr verbringen wollte, hätte ich mir lieber eine andere Möglichkeit dazu ausgesucht. Aber wenn Victoria sich einmal etwas vorgenommen hatte, konnte man darauf setzen, dass sie es so schnell nicht wieder aus den Augen verlor. Also gingen wir in besagtes Geschäft, und sie wusste sofort, was sie brauchte. „Einmal Größe 38 und …", sie schaute mich an, „…was hast du für eine Größe?"

„43 oder so."

Sie ließ sich die Schuhe aushändigen und betrachtete sie mit fachmännischen Augen. Dann nickte sie zufrieden: „Die passen. Gut, wir bringen sie morgen zurück." Sie wandte sich zu mir: „Dann wollen wir mal, ich war noch nie auf Lidingö", erklärte sie mir. Ich sagte, dass wir mit der Tunnelbahn zuerst nach Ropsten fahren müssten und danach mit der Lidingöbahn nach Kottla, eine Haltestelle vor meinem Zuhause.

„Ach du wohnst da ganz in der Nähe?"

„Ja, eine Station weiter wohne ich, vom See aus vielleicht 5 Minuten zu Fuß. Ich kann dir das Haus ja nachher mal kurz zeigen." Sie nickte und wir fuhren los.

Es war wieder ein kalter Tag ohne Schnee, aber dafür mit viel Sonne. Gegen 14 Uhr erreichten wir Kottla. Von der Haltestelle aus gingen wir zunächst ein Stück die Straße entlang bis zu einer Reihe von Doppelhäusern. „Hier ist es, gleich das erste", sagte ich und zeigte auf eine Haushälfte direkt am Beginn der Reihe.

„Hier wohnst du also mit deiner Familie, eine schöne Gegend, und so nah an der Natur", meinte Victoria anerkennend.

„Ja, und nun komm, lass uns zum See hinunter laufen."

Wir marschierten ein Stück durch den Wald, der sich zwischen felsigem Gestein emporhob.

„Ist das urig hier", staunte Victoria, als wir den kleinen Waldweg hinunter zum Kottlasee gingen, „da kann man sich so richtig hinter jedem Felsvorsprung einen Troll vorstellen."

Der See war komplett zugefroren, und es tummelten sich schon einige Kinder und auch ein paar Erwachsene dort. Das Eis war übersät mit Spuren und Riefen. Mit Schlitten, Gleit- und Schlittschuhen wurde dort herumgerutscht. Victoria hatte sich flink ihre Schlittschuhe übergezogen und stand kerzengerade wie eine Eins darauf, als wäre sie nie in anderen Schuhen gelaufen. Ich stellte mich da schon etwas unsicherer an. Als ich die Schuhe nach längerem Ziehen und Zerren anhatte, versuchte ich aufzustehen und fühlte mich dabei wie auf dünnen Schienen laufend. Etwas unbeholfen trippelte ich in kleinen, wackeligen Schritten voran, und Victoria gab mir ihre Hand, um mich zu stützen. „Das wird schon", versuchte sie mir Mut zu machen. In dem Moment erreichten wir die Eisfläche. Sie lief rückwärts ein Stück vor und winkte mich zu sich heran: „Komm, nur Mut, bis zu mir wirst du es schon schaffen." Wie gerne hätte ich es die paar Meter bis zu ihr geschafft, aber sobald das Eis unter meinen Kufen war, verlor ich die Koordination über meine Beine, und mit einem Schlag lag ich auf dem Rücken und prallte mit dem Kopf auf das Eis. Am liebsten hätte ich jetzt geflucht, aber ich verkniff es mir, da ich fand, dass das nicht gerade ladylike wäre.

„Hast du dir weh getan?", kam Victoria sofort besorgt zu mir.

„Ach, keine Spur", log ich. Ich stand tapfer wieder auf, schüttelte Eis und Schnee von meiner Jacke und sagte mutig: „Jetzt aber noch einmal."

Mit zuerst kleinen, dann immer größeren Schritten fand ich allmählich sichereren Halt auf den Kufen, und Victoria nahm meine beiden Hände. So liefen wir bis zur Mitte des Sees. Hier hielten wir inne und schauten uns um. Nur Wald und hohe Tannen ringsum, bedeckt mit einem leichten Schneeüberzug. Wir sahen uns an, und Victoria sagte: „So, und jetzt halte mich mal hier fest." Sie zeigte auf ihre Taille. Ich folgte ihrer Aufforderung und sie legte ihre Hände auf meine Schultern. Dann versuchte sie mir in dieser Stellung beizubringen, wie man zusammen vorwärts oder rückwärts läuft. Das war ganz schön anstrengend, und ich kam leicht außer Atem, aber ihr schien das recht einfach zu gelingen.

„Da merkt man, dass du das schon oft gemacht hast", lobte ich anerkennend. Sie lächelte, sah aber, dass ich wohl eine Pause bräuchte und bremste abrupt nach hinten ab, so dass ich leicht auf sie prallte. Unsere Gesichter waren sich jetzt ganz nah, und ich konnte ihren Atem spüren. Wir sahen uns in die Augen, und wie von einer fremden Macht gezogen näherten sich unsere Antlitze. Ich schloss die Augen in Erwartung dessen, was nun geschah und spürte dann die Zärtlichkeit ihrer Lippen auf meinem Mund. Es war ein langer, in meiner Erinnerung nicht enden wollender Kuss, in dem ich alles um mich herum vergaß, insbesondere den starken Kopfschmerz, welcher mir seit meinem Sturz geblieben war. Wie versteinert trafen sich wieder unsere Blicke, dann gab sie mir noch einen zweiten Kuss. So hatte ich seit langem keine Frau mehr geküsst. Sie legte dabei ihre Hand auf meinen schmerzenden Hinterkopf, und mit einem Male wurde mir schwindelig. Dies kam aber nicht von der angenehmen Berührung durch Victorias Lippen, sondern wahrscheinlich eher doch von meinem anfänglichen Niedergang. Sie schaute mich an und fragte: „Ist irgendwas?", weil ihr wohl nicht entging, dass mein Gesichtsausdruck irgendwie seltsam gewesen sein musste. Dann sah sie auf die Innenfläche ihrer weißen Handschuhe und stellte entsetzt fest: „Du blutest ja!" Ihr erstauntes Gesicht verschwamm vor meinen Augen …

Ich erwachte auf dem Sofa in unserem Haus. Victoria saß am Rand der Couch und schaute mich sorgenvoll an. „Da bist du ja wieder", bemerkte sie. Ich realisierte, dass ich meine Jacke und die Schlittschuhe nicht mehr anhatte. Um meinen Kopf fühlte ich die Bandage eines Verbandes. In der Hand hielt Victoria ihre blutverschmierten Handschuhe. Ich wusste überhaupt nicht, wie mir geschehen war.

„Wo ist mein Koffer?", rief ich verwirrt, „da sind alle meine Sachen drin."

„Keine Sorge, den haben wir gerettet", antwortete Victoria lächelnd auf mein Köfferchen in der Ecke zeigend. Sie erzählte mir dann, dass ich auf dem Eis zusammengebrochen sei, und sie hatte schnell einen Notarzt gerufen. Der stellte fest, dass ich eine Platzwunde am Hinterkopf hätte und vielleicht eine leichte Gehirnerschütterung, konnte es aber doch verantworten, mich nach Hause zu schicken, wenn ich denn dort ruhig liegen bleiben würde; einen Tag oder so. Der Krankenwagen habe mich dann nachhause gebracht.

„Ich habe mir erlaubt, deinen Hausschlüssel aus deiner Jacke zu nehmen, um hier aufzuschließen. Am besten, du bleibst jetzt hier heute den ganzen Tag liegen", sagte Victoria ernst, „das musst du mir versprechen."

„Ja, ja", flüsterte ich, und mein Schädel brummte, „aber ich muss noch einkaufen."

„Wann kommt denn Fiona?", fragte Victoria.

„So gegen späten Nachmittag", glaubte ich zu wissen.

„Dann bitte sie doch, etwas einzukaufen", schlug sie vor.

„Mache ich."

Sie wollte sich gerade erheben, da nahm ich ihre Hand und hielt sie zurück. „Victoria", flüsterte ich, mich sehr wohl an das erinnernd, was vor meiner Ohnmacht auf dem Eis geschehen war, „das von vorhin, das fand ich übrigens sehr schön."

Sie drückte meine Hand fest und antwortete: „Ich auch." Dann seufzte sie und sah das Bild von Caroline in der Schrankvitrine stehen. „Ist sie das?", fragte sie. Ich nickte. „Sieht aber doch ganz nett aus und kommt mir irgendwie bekannt vor", fuhr sie fort.

Sie spielte wahrscheinlich auf die Begegnung mit Caroline im Hasselbacken beim Julbord an, konnte es aber anscheinend nicht zuordnen. Das ‚aber doch' in ihrem letzten Satz schien darauf hinzuweisen, dass Victoria ahnte, dass die Beziehung von mir zu Caroline nicht ganz einwandfrei war. Danach erblickte sie ein Bild von mir, welches in der gleichen Vitrine gerahmt neben dem von meiner Frau stand.

„Darf ich mir das mal ansehen?"

„Ja, nimm es dir ruhig heraus."

Victoria betrachtete sich das Photo und sagte nichts dazu.

„Möchtest du es behalten?", fragte ich sie.

„Ach was, nein." Sie schüttelte den Kopf und wollte es wieder zurückstellen.

„Doch, ich schenke es dir, als Andenken."

„Wirklich? Oh danke; aber was wird deine Frau dazu sagen, wenn es in der Vitrine fehlt?"

„Ich glaube, es wird ihr nicht weiter auffallen."

„Meinst du wirklich?"

„Ja, stecke es ruhig ein, ich habe noch ein ähnliches, das stelle ich später da hinein."

„Danke, ein nettes Andenken."

Sie verstaute das Bild in ihrer großen Manteltasche.

„Du, jetzt muss ich in die Stadt, die Schlittschuhe nehme ich mit, und dann werde ich noch ein paar Vorbereitungen für meinen Umzug treffen", sagte sie und wollte sich anschicken zu gehen.

„Es tut mir leid, dass der schöne Nachmittag so plötzlich geendet ist", entschuldigte ich mich.

„Das macht nichts, es war ein kurzer, aber dafür sehr angenehmer Nachmittag mit dir. Und das meine ich, wie ich es sage", antwortete Victoria und küsste mich noch einmal auf die Stirn, „und wenn es gleich noch Probleme geben sollte, oder Fiona kommt nicht, dann rufe mich bitte an, ja, ich komme dann sofort vorbei."

„Ich wollte dir doch beim Umzug helfen."

„Das kannst du ja auch, aber jetzt ruhst du dich erst mal aus, und morgen rufst du mich am besten an, was hältst du davon?"

„Sehr viel", entgegnete ich lächelnd.

„Also, dann mach's gut …"

Victoria begab sich zur Haustür und wäre beinahe mit Fiona zusammengestoßen, die gerade in diesem Augenblick mit ihren Koffern hereinkam.

„Hallo, ich bin wieder zurück. Oh Besuch. Hallo Ms Filby, wo ist den Herr Lorent?"

Ich konnte von meiner Position aus nicht verstehen, was die zwei Frauen redeten, aber Victoria klärte Fiona offensichtlich über den Sachverhalt auf. Als sie dann mit einem letzten Winken aus der Haustüre verschwunden war, kam Fiona, mütterlich, wie sie nun mal war, direkt zu mir und sagte: „Sie machen ja Sachen, da lässt man Sie einmal für ein paar Tage allein und schon … na ja. Ich bringe gerade meine Koffer nach oben, und dann mache ich uns erst mal einen Tee und kaufe etwas ein."

„Ruhen Sie sich doch erst mal aus, sagte ich zu ihr, das war doch sicher eine anstrengende Reise."

„Ich bin ausgeruht, lassen Sie mich nur machen", wiegelte sie ab. Dann verschwand sie nach oben und kam kurze Zeit später wieder runter, um Tee zu kochen. Ich fragte sie, was sie über die Tage so erlebt hatte, und sie erzählte mir, dass sie ein schönes

Weihnachtsfest mit ihrer Mutter und ihren Geschwistern verbracht habe, und dass sie in den letzten Tagen mit ihrem Freund zu einem winterlichen Hüttenurlaub draußen auf dem Land war.

„Also rundum zufrieden", bemerkte ich.

Sie ging in sich und meinte dann aber: „Hm, kann man so sagen. Aber sagen Sie, diese Ms Filby ist aber auch eine Nette oder?" Ich schmunzelte vor mich hin und nickte nur. Mit Augenaufschlag schaute mich Fiona an und bohrte weiter: „Sie finden sie sehr nett, stimmt's?" Ich lächelte, sagte aber nichts weiter. „Ja, ja", meinte sie darauf hin, „man merkt es Ihnen an. Aber Spaß beiseite. Hat sich Ihre Frau eigentlich schon gemeldet?"

„Nur kurz an Silvester", erklärte ich ihr mit einem Umschlagen meiner inneren Stimmung, „die wird morgen mit den Kindern hier wieder eintreffen, weil doch dann auch wieder die Schule beginnt.

„Ist die neu?", fragte Fiona auf eine CD zeigend, die auf dem Küchentisch lag. „Ach ja, habe ich ganz vergessen. Das ist ein Geschenk von Victoria, ehm, ich meine Ms Filby", rief ich.

„Herr Lorent, Sie müssen sich mir gegenüber nicht verstellen, ich habe schon bemerkt, dass Sie und Ms Filby gut miteinander können."

„Ist ja auch egal", lenkte ich ab, „legen Sie doch mal bitte die CD ein." Fiona schaltete die Stereoanlage an, und wir lauschten beim Tee und Kuchen, den sie aus Finnland mitgebracht hatte, den Stücken von Blackmore's Night.

„Das ist aber eine tolle Musik", meinte Fiona anerkennend. Ich stimmte zu. Bei dem Lied ‚I can still remember you' schweiften meine Gedanken um den Nachmittag mit Victoria, den Abend im Hotel Diplomat und um das gemeinsame Sektanstoßen bei ihr zu Hause. Es hatte mich total erwischt, und ich wusste nicht wie es weitergehen sollte, auch nicht, ob Victoria überhaupt wollte, dass es weitergehen würde. Der Gedanke an ihre baldige Abreise machte mich traurig, und ich hatte Angst, etwas zu verlieren, das ich noch gar nicht richtig gewonnen und begriffen hatte, mir aber schon seit langem wünschte.

„Ich lasse Sie dann mal ein bisschen bei ihren Gedanken und gehe jetzt einkaufen. Soll ich Ihnen etwas Besonderes mitbringen?", fragte Fiona aufmerksam. Ich verneinte. Sie nahm den Einkaufskorb und verschwand aus der Haustür. Ich überlegte, ob ich Victoria an diesem Tag noch einmal anrufen sollte, entschied mich aber, dies nicht mehr zu tun. Warum, weiß ich auch nicht; vielleicht hatte ich einfach nur Angst davor, sie würde sich von dem, was wir gemeinsam am Nachmittag erlebt hatten distanzieren wollen, es aus Vernunftgründen nicht zulassen oder ähnlichem. Ich wollte das Gefühl unseres Zusammenseins, vielleicht eine Illusion, nicht frühzeitig zerstören.

Am Abend verwöhnte mich dafür Fiona mit einem leckeren Fischgericht. Obwohl sie eigentlich nicht für das Kochen oder zum Einkaufen eingestellt war, sondern als Kinderbetreuerin arbeiten sollte, half sie im Haushalt mit, wo sie nur konnte. Irgendwie musste sie sich bei uns wohlfühlen, oder sollte ich sagen bei mir und den Kindern, denn Caroline war ja eher selten zu Hause. Es duftete im ganzen Haus, wenn sie aufkochte. „Soll ich Ihnen Ihren Teller an die Couch bringen, oder wollen Sie mit mir hier am Tisch sitzen?", fragte sie mich.

„Nein, ich komme zu Ihnen, da können wir uns besser unterhalten", antwortete ich, mich schon besser fühlend. Wie wir so da saßen und ich uns eine Flasche Wein öffnete, erzählte ich ihr von meinem Fund in Carolines Arbeitszimmer.

„Ich habe es Ihnen ja gesagt", fühlte sich Fiona bestätigt.

„Wir müssen das weiter beobachten. Ich wäre Ihnen dankbar, wenn Sie mir immer erzählen, ob Ihnen irgendetwas in der Richtung auffällt, bitte!", drang ich in sie, „es ist wichtig, auch, und vor allem der Kinder wegen." Letzteres Argument schien sie zu überzeugen, wenn auch gleich sie sich nicht als Denunziantin anbieten wollte.

„Wenn mir etwas Komisches auffällt, dann lasse ich es Sie wissen, ist ja auch eine ernste Sache."

Am nächsten Tag rief ich Victoria zu Hause an: „Hallo Victoria, ich bin's, mir geht es heute schon viel besser als gestern."

„Hallo Peter, schön, das zu hören, ich hätte mich sonst gleich mal bei dir gemeldet. Ist deine Familie schon zurück?"

„Die werden heute Mittag hier eintrudeln, schätze ich."

„Holst du sie nicht vom Flughafen ab?", fragte sie weiter.

„Nein, dafür fühle ich mich noch nicht wohl genug und außerdem haben wir das auch nicht abgemacht."

„Kann ich verstehen. Ja also, ich packe gerade meine Habseligkeiten in Kisten und lasse sie nachher mit einem Taxi nach Danderyd bringen. Dann muss ich noch mal in die Uni, um ein paar Sachen für den zweiten Teil der Vorlesungsreihe vorzubereiten, und ein wenig einkaufen muss ich auch noch. Morgen werde ich dann mit dem Tapezieren der Küche beginnen."

„Ich würde dir gerne helfen", bot ich ihr an.

„Das würde mich auch freuen", sagte sie leise mit einem Unterton, der verlauten ließ, dass es ihr nicht nur um die technische Hilfe ging, „aber du wirst doch sicher von deinen Kindern gebraucht, und deine Frau will dich ja schließlich auch sehen."

„Meine Kinder sind ab morgen wieder in der Schule, und meine Frau muss wieder arbeiten und kommt wahrscheinlich vor 22 Uhr nicht nach Hause; ein Familienleben, wie du es dir vielleicht vorstellst, findet so bei uns leider nicht statt. Da kann ich doch auch nützlichere Ding tun, zum Beispiel dir bei der Renovierung des Hauses helfen. Ich könnte ja morgen Abend nach dem Abendessen bei dir vorbeischauen, so gegen 19 Uhr, da können wir doch noch 2 Stunden was schaffen."

„Also gut, aber iss dich nicht zu satt, ich mache für zwischendurch auch noch ein paar Schnittchen."

„Ich freue mich", sagte ich, und legte gut gelaunt auf. Es wurde Nachmittag und ein Taxi fuhr vor. Es waren Caroline und die Kinder.

„Hallo Papa!", stürmten sie auf mich zu und hingen wie zwei kleine Äffchen an mir. Ich begrüßte sie ebenso erfreut und stürmisch. Die Begrüßung von Caroline war wesentlich nüchterner. Mit einem ‚Hallo Peter' strich sie an mir und den Kindern vorbei, als ob sie etwas verbergen wollte. Was ist das denn für ein Wiedersehen, dachte ich bei mir, sagte aber nichts. „Na Kinder, wie war denn der Flug?"

„Also ganz toll", erzählte Florian, „zuerst war es etwas rappelig in der Luft, Turbulenzen und so, aber dann wurde es ruhig, und wir bekamen endlich was zu essen von den blauen Damen", womit er die Stewardessen meinte.

„Ja und zu trinken, und Mama hat zwei Gläser Wein getrunken", plauderte Katharina fleißig aus. Ich ging nicht weiter darauf ein, und auch Fiona ließ sich nichts anmerken. Ich lief hinter Caroline her und sagte: „Hallo, willst du mich nicht begrüßen?"

Sie schaute mich an und meinte nur: „Habe ich doch eben."

„Das war aber knapp."

„Wieso, sonst legst du doch auch keinen Wert auf übermäßige Körperlichkeiten, jedenfalls nicht mir gegenüber." Als sie das sagte, roch ich, dass sie Wein getrunken hatte. Sie schnappte sich direkt das Telefon und gab mir zu verstehen, dass sie zunächst einmal zu telefonieren habe, da sie am nächsten Tag wieder ins Büro müsse und mit einem Kollegen noch so einiges zu besprechen hätte.

Nicht mit einem, sondern mit dem Kollegen, kam es mir in den Sinn. Ich ließ sie gewähren und wandte mich lieber den Zwillingen zu, die Fiona schon völlig vereinnahmt hatten. Sie packte gerade die Schultaschen der Kleinen.

„Was hast du denn da hinten am Kopf?", fragte Katharina neugierig, als sie die kahle Stelle an meinem Hinterhaupt mit dem Pflaster darüber sah.

„Ja, ich bin gestern auf dem Eis ausgerutscht und gestürzt, da bin ich auf den Kopf gefallen, ist aber nicht so schlimm." Caroline, die gerade ihr Ferngespräch beendet hatte, bekam davon Wind und kam sofort zu mir.

„Hast du dich arg verletzt?", fragte sie und hatte sogar einen besorgten, wenn auch dominanten Blick. „Damit ist nicht zu Spaßen. Bist du sicher, dass das richtig versorgt wurde?"

„Ja, ja", wehrte ich ab, „das ist alles nicht so schlimm, bedaure mich lieber ein bisschen", jammerte ich scherzhaft, aber doch mit einer latenten Forderung, das Ganze nicht so sachlich abzuhandeln, sondern vielleicht auch etwas emotional auf mein Leid zu reagieren.

„Mit Emotionen kommen wir da nicht weiter, das muss schon ordentlich versorgt werden. Warst du im Krankenhaus?", fragte sie. Ich versicherte ihr, dass das nicht nötig sei und der Notarzt schon wusste, was er tat, als er mich nach Hause schickte.

Das war wieder typisch Caroline. Natürlich ist bei einer solchen Sache Sachlichkeit angebracht, aber sie hatte dabei immer so eine wirklich komische Art, die vielleicht praktisch half, aber psychologisch und emotional unangenehm kühl wirkte.

„Dann jammere auch bitte nicht herum, wenn es schlimmer wird", beendete sie das Thema. Sie ging nach oben in ihr Zimmer mit den Worten: „Ich muss jetzt noch etwas vorbereiten, und wenn du willst, können wir uns ja gleich zusammensetzen und plaudern." Auch so ein typisches Angebot, Beziehungspflege durch geplante Unterhaltung, dachte ich mir. Aber um unnötigen Konflikten aus dem Weg zu gehen, vermied ich es, mich aus dem Staube zu machen, denn das hätte Caroline mir wieder als

‚beziehungstötend' angelastet, sondern ich half Fiona während dessen in der Küche.

Als meine Frau nach einer Stunde herunter kam, setzte sie sich auf das Sofa und lud mich ein, quasi wie einen Geschäftspartner, mich dazuzusetzen, um uns zu unterhalten. Sie fragte mich, wie ich denn die Tage erlebt hätte, und ich erzählte ihr recht ausführlich von meiner Krankheit an Weihnachten und meinem alleinigen Silvesterfest. „Du musst endlich lernen", versuchte sie mich zu belehren, „dass du auf die Leute zugehen musst, und nicht abwarten kannst, dass das andere dir gegenüber tun. Dann würdest du auch schnell Freunde kennenlernen und nicht so alleine rumhängen."

„Aber ich fand es mal ganz wichtig, alleine zu sein, da konnte ich mal ausspannen und über alles nachdenken."

„Du willst damit sagen, dass du es in Ordnung fandest, dass wir alleine ohne dich zu meiner Mutter gefahren sind, damit du uns mal endlich vom Hals hast, auf gut Deutsch gesagt", provozierte sie.

„Nein", antwortete ich, „jetzt bleib doch mal sachlich, du weißt genau, dass ich mit deiner Mutter nicht gut kann, und deswegen war es so das Beste für alle. Ich hätte gerne mit dir und den Kindern hier gefeiert, das kannst du mir glauben."

„Die Kinder hatten jedenfalls Spaß in München", wollte Caroline mir Glauben machen.

„Und du, wo warst du eigentlich in der Silvesternacht?", fragte ich sie, wohl ahnend, wie sie den Jahreswechsel verbracht hatte.

„Ich war mit einem Kollegen auf einem Silvesterball unserer Zweigstelle in München", erwiderte sie stolz, „du warst ja nicht da, und ich sehe nicht ein, nur weil du so bist, wie du bist, dass ich auf alles verzichten muss, was so in eine Beziehung gehört, zum Beispiel auch der gemeinsame Besuch einer Party, so wie das andere Paare auch machen."

„Wenn sich das direkt ergibt", erklärte ich ihr, „warum nicht, aber du weißt, dass ich solche Veranstaltungen sehr oberflächlich finde und …"

Sie fiel mir ins Wort: „Dann versaure doch hier wie ein Eremit in deinem Häuschen, aber fruste mich dann bitte nicht damit zu."

„Ist das eigentlich derselbe Kollege gewesen, mit dem du auf Dienstreise warst und mit dem du im Büro abends immer so lange arbeitest?", fragte ich sie, allmählich innerlich immer wütender werdend.

„Was heißt hier ‚so lange arbeitest‘, lenkte sie ab, „im Gegensatz zu dir sorge ich für unser Einkommen und arbeite auch, wenn ich zu Hause bin, noch im Haushalt. Du und Fiona, ihr zwei bekommt das doch hier gar nicht alleine in den Griff."

„Lass Fiona aus dem Spiel, du weißt genau, dass sie eigentlich nur für die Kinder verantwortlich ist und alles andere rein freiwillig tut", nahm ich unser Kindermädchen in Schutz, die das Gott sei Dank nicht mit anhörte.

„Soll das jetzt eine Allianz gegen mich werden?", fragte Caroline unsachlich erbost. Dann war Stille. Wir schwiegen uns eine ganze Weile an. „Mann!", rief sie und stand plötzlich auf, „darauf brauche ich erst mal einen Schluck." Sie lief in die Küche und schenkte sich ein Glas von einer übrig gebliebenen Flasche Wein ein, die ich zuvor mit Fiona geöffnet hatte.

„Angefasst werde ich ja von dir auch schon lange nicht mehr. Weißt du eigentlich, wie man mit Frauen umgeht? Früher warst du zärtlicher und aufmerksamer, und außerdem habe ich den Eindruck, du berührst mich gar nicht mehr gerne", beschwerte Caroline sich, „andere Frauen würden so etwas nicht lange mitmachen."

„Andere Frauen verhalten sich vielleicht auch anders", sagte ich.

„Ach ja, brauchst du etwa gar ein dummes Püppchen mit unschuldigem Augenaufschlag und den Worten auf die Stirn geschrieben ‚Erklär mir die Welt‘, damit deine Männerinstinkte funktionieren?" Sie schaute mich verächtlich an.

„Wer weiß. Aber warum bist du eigentlich noch mit mir zusammen, wenn ich ein so schrecklicher Mensch bin?"

„Weil da noch irgendein Band zwischen uns ist, welches mich hindert, mich von dir zu trennen. Ich meine damit nicht die Kinder, sondern all dass, was wir früher gemeinsam durchlebt haben und was uns verbindet. 12 Jahre Ehe kannst du nicht so einfach wegwischen."

Eine Ehe, die keine mehr ist, dachte ich. „Und jetzt muss du unser Problem im Wein ertränken, oder wie", provozierte ich Caroline ein wenig.

Das war wohl ein empfindlicher Punkt, denn sie stand auf und meinte nur noch: „Das hat doch sowieso alles keinen Zweck; mach du dein Ding und ich meins, und dann arrangieren wir uns irgendwie." Mit diesem Satz verschwand sie mit ihrem Weinglas nach oben: „Wir sehen uns dann morgen zum Frühstück", rief sie noch hinunter und blieb für den Rest des Tages verschwunden.

Inzwischen war es Abend geworden und die Kinder kamen noch einmal zu mir, um gute Nacht zu sagen. „Liest du uns noch etwas vor", bat Katharina mich.

„Ist gut, ich komme zu euch, geht schon mal nach oben." Ich erklärte Fiona, dass sie Schluss machen könne, und ich die Kinder ins Bett bringen würde. Sie gingen vorher noch zu Caroline, um ihr auch gute Nacht zu sagen. Als ich ihnen ihre Lieblingsgeschichte von Jim Knopf und Lukas dem Lokomotivführer vorgelesen hatte, fragte mich Florian: „Was hat denn Mama?"

„Sie ist von der Reise müde und hat vielleicht nicht so rechte Lust, morgen wieder ins Büro zu fahren", versuchte ich ihn zu beruhigen.

„Aber ihr habt euch doch noch lieb?", kam es von Katharina.

„Ja natürlich, und jetzt schlaft schön."

Am nächsten Tag holte uns alle wieder der gewohnte Alltag ein. Caroline verließ relativ früh das Haus, Fiona brachte die Kinder in die Deutsche Schule in Stockholm, und ich begab mich, nachdem ich eingekauft hatte, an meinen Schreibtisch, um noch einen Artikel für eine Zeitschrift zu schreiben. Der Lichtblick des Tages war der Abend, an dem ich Victoria wieder sehen würde. Ich fragte Fiona, ob es in Ordnung sei, in den nächsten Tagen abends außerhäuslich zu sein, da ich einem Bekannten helfen müsse bei Renovierungsarbeiten, wie ich erklärte. Ihr machte es nichts aus, wenngleich sie vor sich hin griente, als wisse sie genau, wer diese Bekanntschaft sei. „Wenn etwas mit den Kindern ist, können Sie mich jederzeit anrufen, Sie haben ja meine Nummer", sagte ich zu ihr, bevor ich das Haus verließ.

„Wohin gehst du noch?", fragte Katharina neugierig. Ich erzählte ihr, was ich vorhatte, so wie ich es Fiona erzählte. Die Zwillinge waren damit beruhigt.

Eine gute dreiviertel Stunde benötigte ich von zu Hause bis zu Victorias Heim in Danderyd. Es war kurz vor sieben Uhr, als ich bei ihr ankam. Es war dunkel, aber das Haus war hell erleuchtet, und in der Küche sah ich eine Gestalt mit einem lustigen Papierhut auf dem Kopf hin und her wirbeln. Das musste Victoria gewesen sein, die schon mit Malerarbeiten begonnen hatte. Ich klingelte an der Haustür, und es dauerte ein wenig, bis sich im Inneren etwas rührte. Vermutlich musste sie noch den Pinsel oder ähnliches beiseite legen. Dann öffnete sie und strahlte mich an.

„Hallo Peter, lass dich umarmen", rief Victoria. In beiden Händen einen Pinsel haltend deutete sie ihre Umarmung an: „Komm herein, aber pass auf, wo du hintrittst, ich hab ein bisschen gekleckert. Was macht dein Kopf?" Es roch nach frischem Anstrich und Victoria hatte überall Zeitungen auf dem Boden ausgelegt, zu Recht, wie die vielen Farbtropfen darauf zeigten.

„Meinem Kopf geht es besser", gab ich zur Antwort, während ich durch die Zeitungslandschaft watete.

„Ich schaue mir das gleich mal an, wenn ich darf", meinte sie freundlich.

So kann man es doch auch sagen, dachte ich mir und musste an die sachlich kühle Abhandlung dieses Themas seitens Caroline denken. „Na klar darfst du. Was kann ich hier tun?", fragte ich Victoria und schaute sie dabei amüsiert an. Sie hatte einen viel zu großen Overall und Gummistiefel an sowie einen selbst gefalteten Papierhut, um ihre Haare vor Farbspritzern zu schützen. Darunter das süße Gesicht; zu gerne hätte ich ein Foto davon gemacht.

„Stell dein Köfferchen dort drüben im Wohnzimmer ab." Sie schaute mich ebenso amüsiert an, auf den Koffer zeigend. Weil ich ungefähr wusste, was mich erwartete, hatte ich mir ebenfalls alte Sachen angezogen. „Für die Decke hier", Victoria zeigte auf die arg vergilbte Decke in der Küche, „bin ich ein wenig zu kurz, vielleicht möchtest du das anstreichen." Ich willigte ein und machte mich sofort an die Arbeit, während sie die Türrahmen bearbeitete. „Wie war der Empfang zu Hause?", fragte Victoria mich.

„Die Kinder haben sich sehr gefreut."

„Und deine Frau, ich meine, die wird sich doch wohl auch gefreut haben, wieder nach Hause gekommen zu sein."

Ich konnte mich des Eindrucks nicht erwehren, dass dies eine Art Testfrage war, um zu prüfen, wie bei uns der Haussegen hing. Ich fand ihre Frage aber in Ordnung, da ich selber nach dem letzten Gespräch mit meiner Frau nicht gut auf diese zu sprechen war.

„Du kennst ja diese Problematik wahrscheinlich von deinem Mann, und genauso musst du dir das bei Caroline vorstellen: wenig Zeit, nüchterner Umgang, und oft … nun, also sagen wir mal einfach Meinungsverschiedenheiten. Aber irgendwie muss es ja gehen."

Wir malten fleißig weiter, so eine Stunde lang und unterhielten uns während dessen über dies und das. Wir vermieden es allerdings, den emotionalen Vorfall zwei Tage zuvor zu erwähnen. Manchmal schaute Victoria von ihrer Pinselei zu mir herüber und lächelte mich freundlich an, als wollte sie sagen, dass sie froh über meine Anwesenheit sei. Es kribbelte die ganze Zeit in meinem Bauch, und ich hatte es schwer, mich auf eine exakte Pinselführung zu konzentrieren. „So, das sieht doch gut aus", beäugte ich kritisch meine Arbeit, als ich von der Leiter stieg.

„Toll", meinte sie, „dafür hätte ich wahrscheinlich sehr lange gebraucht. Danke mein Lieber." Victoria knuffte mich freundschaftlich mit ihrem Ellbogen in die Seite, fast kumpelhaft, aber eben doch weiblich dabei. Das gefiel mir. „Wollen wir jetzt etwas essen?", bot sie mir an, „steht schon alles im Kühlschrank." Ich hatte wirklich einen Bärenhunger entwickelt. Zuhause hatte ich zwar schon mit Fiona und den Kindern zu Abend gegessen, aber jetzt konnte ich noch etwas vertragen. Victoria bot mir Platz auf der alten Couch der Vormieterin an, in welcher ich regelrecht versank. Sie tischte während dessen ein leckeres Abendessen auf. „Von wegen nur Schnittchen", sagte ich, „das sieht doch sehr gut aus. Hast du das alles selbst hergerichtet?"

„Na klar, für mich alleine hätte ich das nicht gemacht, aber zu zweit, da schmeckt es besser, und dann macht es auch mehr Spaß, das zu kreieren.", sagte sie stolz, sich an meiner Verwunderung freuend, „dann greif zu!" Ich nahm mir von dem schmackhaften Krabbensalat und den mit Ei, Schinken und Gurken belegten Brötchen. Dazu schenkte sie uns einen leckeren Weißwein ein, viel besser als der, welchen wir zu Hause hatten. Woher sie den denn habe, fragte ich sie anerkennend, denn so etwas gibt es in Schweden eher selten zu kaufen und wenn, dann sehr teuer.

„Von zu Hause mitgebracht, ich weiß, ist eigentlich nicht erlaubt, aber was soll's", winkte sie ab. Dann nahm sie ihren Malerhut vom Kopf, den sie immer noch trug und löste ihre Haare, so dass sie sich in voller Länge entfalteten. Wir ließen es uns gut gehen, und hinterher bot ich ihr an, beim Abwasch zu helfen.

„Ist nicht nötig", verkündete sie, „hier gibt es eine Spülmaschine, ich bringe das Geschirr gerade nur nach nebenan und dann komme ich zu dir, leg doch etwas die Beine hoch und mach es dir bequem. Viel geschafft bekommen wir heute sicher nicht mehr, lass uns morgen weiter machen."

Ich tat, was sie mir sagte und entspannte mich gerade auf diesem zugegebenermaßen nicht sehr ergonomischen Sofa, als sie sich neben mir niederließ und meinte: „So, und nun lass mal sehen", dabei drehte sie meinen Kopf zur Seite und begutachtete das Pflaster auf meinem Hinterkopf. „Tut's noch weh?", fragte sie.

„Hier und da, aber nicht mehr arg."

Sie nestelte vorsichtig daran herum und schlug vor, ein neues Pflaster darauf zu machen. Ich ließ sie gewähren und genoss dabei ihre Berührungen. Als sie fertig war, drehte ich meinen Kopf wieder zu ihr, setzte mich etwas auf und sah sie an. Sie drückte mich sanft zurück, schaute mich schweigend an und flüsterte: „Ich weiß, dass das nicht richtig ist." Dann küsste sie mich. Und ich erwiderte diesen Kuss. So lagen wir uns eine ganze Zeit im Arm, und obwohl wir beide wussten, in welche Problematik wir uns langsam aber sicher hineinmanövrierten, genossen wir den Augenblick intensiv.

„Ich muss dir was sagen", traute ich mich endlich, „ich glaube, ich habe mich ganz stark in dich verliebt, eigentlich schon an dem Abend im Hasselbacken."

„Geht mir genau so, flüsterte sie, „ich habe selten einen Menschen wie dich getroffen."

„Aber du weißt sicherlich …", wollte ich weiter ausführen, da legte Victoria ihren Zeigefinger auf meine Lippen und sagte nur: „Schhhh, nicht jetzt, lass uns einfach nur so hier liegen." Sie legte sich neben mich auf das Sofa und kuschelte sich ganz eng an mich: „Halte mich ganz fest", sagte sie leise, und ich tat dies dann auch. Der Geruch ihrer Haut, ihrer Haare, all das gepaart mit der intensiven Körpernähe, versetzte meinen Körper in einen außerordentlichen Glückszustand, den ich gerne auch mit Caroline erlebt hätte, was jedoch selbst in der Anfangszeit unserer Beziehung nie so intensiv war wie das, was ich jetzt spürte. Es war eine Kombination aus Glück, Geborgenheit einerseits und tiefem Verständnis für die Person, die ich da im Arm hielt, andererseits. Es schien die Antwort auf meine Sehnsucht, die ich all die Jahre hatte. Und Victoria genoss es auch, als hätte sie so etwas ebenfalls lange nicht mehr erlebt. Wir lagen bestimmt eine halbe Stunde oder so dort zusammengekauert und liebkosten uns. Dann klingelte plötzlich Victorias Telefon. Sie schreckte hoch und lief in die Diele zu ihrer Tasche, wo es heraus läutete.

Viel bekam ich von diesem Gespräch nicht mit, nur soviel, dass es ihr Mann gewesen sein musste, weil sein Name Linus immer mal wieder fiel. Ich setzte mich auf und versuchte klar zu denken.

Das, was ich eben erlebte, war ja eindeutig. Wir waren mehr als nur gute Freunde geworden. Wir hatten uns verliebt, und nun blieb die Frage, wie wir damit bezüglich unserer Familien umgehen sollten. Ich hatte ein bisschen ein schlechtes Gewissen gegenüber ihrem Mann, der davon ja nichts ahnte, aber überhaupt nicht gegenüber Caroline, obwohl es sich doch eigentlich schon um den klassischen Ehebruch handelte. Gut, wir hatten nicht miteinander geschlafen, aber für mich reichte es aus, um mir selbst zu zeigen, dass die Beziehung zu Caroline damit wohl mehr oder weniger beendet sein würde; wann genau, wäre nur noch eine Frage der Zeit. Im Kopf war sie für mich schon so gut wie abgeschlossen und zwar unabhängig, ob das mit Victoria eine Zukunft hätte oder nicht. Es müsse schon etwas ganz Besonderes passieren, um diese Beziehung auf Dauer noch zu retten, dachte ich mir.

Victoria kam zurück. „Das war mein Mann", sagte sie etwas verstört, „ein oder zwei mal die Woche ruft er an, um zu erzählen, was so los ist bei ihm, aber ich habe das Gefühl, dass er das nur aus einer Pflicht heraus macht; er war wie immer sehr kurz angebunden."

„Tja, ich muss, glaube ich, auch mal los", versuchte ich die Situation etwas zu entspannen. Ich überlegte mir, ob Victoria unsere gemeinsame Kuschelstunde nun, nachdem ihr Mann angerufen hatte, bereuen würde, aber ich wurde positiv überrascht. „Schade", sagte sie verschämt und schaute sich in ihrer Diele um, „darf ich wohl morgen wieder auf deine Unterstützung hoffen?"

„Du darfst", versicherte ich ihr, froh, dass sie so reagierte.

„Ich mache uns auch wieder was Leckeres", meinte sie, bevor ich hinausging, „und pass auf dich auf."

Es war sehr spät am Abend, als ich nach Hause kam. Zu meiner Verwunderung war Caroline immer noch nicht zu Hause, als ich gegen halb zwölf durch die Haustüre trat. Was sie nicht weiß, macht sie nicht heiß, dachte ich. Fiona und die Kinder schliefen fest, und ich bezog mein Bett im Gästezimmer, wie ich es öfter tat, wenn Caroline erst spät nach Hause kam, um sich dann erst umständlich lange im Schlafzimmer auszubreiten. Hier hatte ich meine Ruhe und konnte noch etwas lesen, bevor ich einschlief und musste mich nicht nervigen Unterhaltungen widmen, zumal dieser Abend so schön für mich war wie lange keiner mehr. Am folgenden Tag, Samstag, fiel mir siedend heiß ein, dass ja

Wochenende war und Fiona frei hatte. Ich wollte sie nicht auch noch da einspannen. Außerdem war Caroline zu Hause, und eine längere Abwesenheit meinerseits wäre natürlich aufgefallen. Ich rief Victoria morgens an, um ihr zu sagen, dass es ein organisatorisches Problem mit unserem Treffen an diesem Tag geben könnte und hoffe, dass sie nicht böse sei.

„Nein Peter, mach dir keine Sorgen deswegen, ich muss ohnehin einiges vorbereiten, und mir ist sowieso die Farbe ausgegangen, da muss ich erst einmal in den Baumarkt am Montag, um neue zu kaufen", erklärte sie verständnisvoll.

„Wir können uns ja am späten Nachmittag dort am Baumarkt treffen, wenn du willst", schlug ich vor.

„Gut", meinte sie, „dann haben wir auch länger Zeit, und abends verwöhne ich dich mit einem feinen Essen. Ich kann richtig kochen, wenn du möchtest, nein wirklich, ich mache das gerne. Bist du denn Montagabend abkömmlich zu Hause?"

„Ja", bestätigte ich, „Fiona schafft das mit den Kleinen prima, und ansonsten hab ich ja da kaum Abwechslung, wenn du verstehst was ich meine."

„Also dann eine schöne Zeit mit deinen Kindern am Wochenende, und wir sehen uns am Montag, mach's gut." Auf Caroline ging Victoria gar nicht ein, sie schien sie völlig auszublenden, und auf ihren Mann Linus auch nicht, denn der war ja sowieso nicht da.

„Mit wem hast du denn da gesprochen?", stand Caroline plötzlich hinter mir.

„Ehm, mit dem Bekannten, dem ich beim Renovieren helfe, ich werde mich mit ihm am Montag Abend wieder treffen, wenn es dir nichts ausmacht", log ich sie an.

„Kenne ich den Mann auch?", fragte Caroline neugierig, „seit wann hast du Bekannte hier?"

„Ein blindes Huhn findet auch mal ein Korn", antwortete ich schnell und begab mich aus ihrem unmittelbaren Gesichtsfeld. Ich war nämlich kein guter Lügner, und man sah mir immer direkt an, wenn ich nicht die Wahrheit sagte, das war schon in meiner Kindheit so.

Das Wochenende verlief ausnahmsweise einmal harmonischer als sonst. Am Samstag ging Fiona, obwohl sie das nicht musste, mit den Kindern zu einem Kinderkonzert in der Musikhochschule, während ich weiter an meinen Artikeln schrieb und Caroline sich vorwiegend der Hausarbeit widmete, mir dabei immer klarmachend, wie viel über die Woche wieder liegen geblieben sei. Am Sonntag zogen wir uns warm an und machten dann alle einen Ausflug nach Schloss Drottningholm, dem Sitz der schwedischen Königsfamilie. In dem riesigen Park konnten sich die Kinder austoben, während ich mich vorwiegend mit Fiona unterhielt und Caroline nur beiläufig daran Anteil nahm und ansonsten die Spiele der Zwillinge mitmachte, da sie ja unter der Woche kaum Zeit für sie hatte. Als die Kinder im Versteckspiel mit ihrer Mutter vertieft waren, nahm mich Fiona zur Seite und fragte mich: „Na, wie weit ist Ihre Renovierungsarbeit gediehen?", dabei zwinkerte sie mir mit einem Auge zu.

„Wie meinen Sie das?", fragte ich zurück.

„Kommen Sie, Herr Lorent, man sieht es Ihnen an, Sie sind verliebt bis hinter beide Ohren."

„So?", sagte ich „woran soll man das denn sehen?"

„Nonverbale Signale; Sie als Psychologe sollten wissen, was das ist, und ich als Frau weiß sie sehr wohl zu deuten.", erklärte mir Fiona, „also mir können Sie sich ruhig anvertrauen; es ist Ms Filby, habe ich Recht, die Dame aus dem Skansen, und die letztens bei Ihnen war."

„Was soll ich da noch leugnen", gab ich zu, „aber meine Frau scheint davon nicht viel mitzubekommen."

„Oder vielleicht doch - und sie sagt es Ihnen nur nicht, sie ist schließlich auch eine Frau, die diese Signale erkennen könnte", mutmaßte Fiona weiter.

„Schon möglich, aber soll ich Ihnen was sagen, ich habe ihr gegenüber kein schlechtes Gewissen, vielmehr sorge ich mich um ihr Alkoholproblem, aber nicht wegen ihr, sondern wegen der Kinder. Stellen Sie sich vor, ich würde mich von Caroline trennen, und die Kinder würden bei ihr bleiben. Außerdem scheint sie ja auch jemanden zu haben, der sich um sie ‚kümmert'", deutete ich ironisch an, „diesen Kollegen, mit dem sie immer zu tun hat. Sogar an Silvester hat sie den getroffen. Schon eine verfahrene Situation das Ganze."

„Und Ms Filby?", interessierte sich Fiona weiter, „was sagt sie zu der Sache? Sie weiß doch sicherlich, dass Sie verheiratet sind."

„Klar, und sie ist es auch, aber sie scheint das nur von ihrem Standpunkt hier in Stockholm aus zu betrachten. Ein bisschen Angst hätte ich schon, wenn sie mit der Realität konfrontiert und ihr Mann plötzlich hier auftauchen würde. Aber das passiert sowieso, denn sie muss ja bald wieder nach Schottland zurück. Dabei mag ich sie wirklich sehr gerne", gestand ich Fiona.

„Sehen Sie", sagte sie, „können Sie sich erinnern, was ich Ihnen über meine Familie gesagt hatte, damals am Vorweihnachtsabend? Ich gebe Ihnen nur den guten Rat, warten Sie nicht zu lange mit einer Entscheidung, sonst wird es über lange Zeit ein bitterer Kampf der Beziehungen."

Ich war froh, dass Fiona so ehrlich mit mir redete. Ich wusste, sie würde auf der anderen Seite dichthalten.

Ein schöner Wintertag neigte sich dem Ende zu, und wir fuhren mit der Bahn nach Hause. Die Kinder hatten sich müde gespielt und es war ein Leichtes, sie an diesem Abend ins Bett zu bekommen. Fiona ging in ihr Zimmer und ich fragte Caroline, ob sie noch ein wenig mit mir spazieren gehen wolle. Sie bejahte, und wir zwei liefen noch ein Stück zum Breviker Strand hinunter.

„Möchtest du mir etwas über deine Arbeit erzählen?", fragte ich sie, um sie aus der Reserve zu locken.

„Da gibt es nicht soviel Spannendes zu berichten; es ist recht viel los, und wir haben die Auftragsbücher voll. Und bei dir, wie laufen so deine Tage ab?"

„Ich schreibe immer noch morgens ein paar Artikel und nachmittags mache ich Hausaufgaben mit den Kindern und abends, nun, je nachdem, was sich so bietet, mal bin ich zu Hause und schaue fern, mal bin ich in der Uni, so etwas eben, oder ich unterhalte mich noch mit Fiona."

„Fiona ist schon ein nettes Mädchen", stellte Caroline fest, „auch wenn ich nicht so gut mit ihr umgehen kann, ich merke, wie sie den Kindern gut tut. Eigentlich würde sie viel besser zu dir passen, als ich."

„Wenn sie älter wäre, vielleicht", relativierte ich, „aber du bist doch wohl nicht eifersüchtig wegen ihr, sie ist gerade mal 20 und noch sehr jung für mich ... als über 40 jährigen Mann."

„Das Alter alleine zählt nicht. Fiona ist sehr reif für ihr Alter und vernünftig", staunte Caroline. Sie wusste ja nicht das, was Fiona mir über ihre Eltern erzählt hatte, das prägte ja sehr. „Frauen geht es nicht nur darum, einen süßen jungen Typen abzubekommen, vielmehr suchen sie erfahrene ernsthafte Männer, mit denen man etwas anfangen kann. Und das muss man dir lassen, ernsthaft bist du und erfahren und verlässlich auch, und genau diese Seite liebe ich an dir. Deswegen bin ich auch noch mit dir zusammen, glaube ich. Aber so, wie wir uns in den letzten

Monaten auseinander gelebt haben, habe ich wahnsinnige Angst, dich zu verlieren. Du müsstest nur ein wenig mehr aus dir machen."

„Ich bin, wie ich bin", meinte ich, „und die Tatsache, dass ich nicht mehr aus mir mache, belastet mich auch, das ist schon wahr."

Caroline blieb stehen und nahm meine Hände: „Was können wir für unsere Beziehung tun?"

Wenn ich darauf eine Antwort gehabt hätte, hätte ich sie ihr wahrscheinlich gegeben. Stattdessen blieb es bei einer allgemeinen Phrase: „Vielleicht müssen wir mehr aufeinander zugehen, uns besser zuhören und mehr zusammen unternehmen." Für mich war diese Antwort wirklich nur eine Phrase, da ich unsere Beziehung bereits zu diesem Zeitpunkt als gescheitert ansah. Caroline nahm sie allerdings sehr ernst und machte konkrete Vorschläge dahingehend. Sie glaubte doch tatsächlich, man könne unser Problem rein rhetorisch durch die Anwendung von Kommunikationstheorien beheben. Dass die Emotionen da mitspielen müssten, vergaß sie wohl ganz. Meine Gefühle sagten mir jedenfalls, dass da nicht mehr viel Spielraum sei für Verbesserungen. Ich merkte, wie dieses Thema an Caroline nagte, aber ich wusste nicht, wie ich ihr helfen sollte. Mir fehlte einfach die innere Bereitschaft dazu, und das tat mir wirklich leid, weil ich sah, wie sie darunter litt.

„Ich habe uns jedenfalls noch nicht aufgegeben", meinte sie und schaute mich an, als wolle sie das gleiche von mir hören. Ich entgegnete aber nichts, sondern versuchte abzulenken. Meine Emotionen und Gefühle für das andere Geschlecht hatten sich längst an eine neue Person gewandt. Ich musste an die Worte unseres ehemaligen Standesbeamten denken, der uns traute, die auch die gleichen waren, wie die des Pfarrers in der Kirche, dass wir auch in schweren Zeiten zusammenhalten müssten, auch wenn Versuchungen von anderer Stelle uns verleiten würden, uns allzu schnell voneinander zu entfremden. Alles gut und schön, dachte ich, aber wie sollte ich es erzwingen? Durch Selbstbetrug? Nein, dass wollte ich mir und Caroline nicht antun. Ich überlegte, ob ich sie auf ihren Alkoholkonsum ansprechen sollte, traute mich aber nicht, und ich wollte an diesem Abend auch nicht unnötig eine unschöne Stimmung aufkommen lassen. Wir spazierten einmal zum Wasser und zurück, und Caroline erinnerte sich an unsere ersten Gänge dorthin.

„Weist du noch, wie wir früher, als die Kinder noch nicht da waren, hier gesessen haben und auf die Wellen gelauscht haben. War doch irgendwie eine schöne Zeit, oder?" sinnierte sie.

„Stimmt", gab ich zu, und dennoch fehlte mir immer irgendetwas, dachte ich weiter ohne es zu äußern. Wir waren nun auch müde von dem langen Ausflug und gingen nur noch nebeneinander her, ohne uns zu berühren. Vielleicht, weil ich es nicht wollte und sie sich nicht traute.

Am nächsten Tag, montags, war wieder alles beim Alten. Berufshektik bei Caroline, Schule, etc. Am Nachmittag war ich mit Victoria verabredet und stand gegen Punkt 15 Uhr vor besagtem Baumarkt in Danderyd. Auf einmal hupte es hinter mir. Es war Victoria, die sich offensichtlich einen Leihwagen genommen hatte, um somit flexibler zwischen der Stadt und Danderyd hin und her pendeln zu können. Als sie ausstieg und mich mit einem Kuss begrüßte, sagte sie: „Da geht ordentlich etwas rein, jetzt besorgen wir erst mal Farbe, Tapeten, und dann machen wir einen Lebensmitteleinkauf hier im Supermarkt, denn mein Kühlschrank ist richtig leer. Ich folgte ihr und schob den Einkaufswagen. Den Inhalt überließ ich ihr. Wir verstauten alles im Auto und gingen dann noch hinüber zum Supermarkt, wo sie vor allem für unser Abendessen etwas einkaufte. Es war alles sehr frisch und sah sehr gesund aus. Ich staunte und überlegte, was sie denn damit wohl vorhaben könnte. Victoria lachte und meinte: „Wirst du schon sehen, das wird etwas Feines." Ich war wirklich gespannt, und ich hoffte, es würde wieder so gut schmecken, wie bei unserem ersten Abend in Danderyd. Als wir an ihrem Haus ankamen und die Schätze aus dem Auto in die gute Stube verfrachteten, standen gegenüber am Zaun zwei neugierige ältere Herrschaften, die sich unsere Entladeaktion betrachteten.

„Wer ist das denn", fragte ich Victoria, „die starren so hier her, kennst du die?"

„Wie, wo, ach so", stammelte sie unter ihrer blonden Mähne hervor, während sie im Kofferraum kramte, „das sind Johanna und Åke, meine Nachbarn von gegenüber. Die sind ganz nett, vielleicht ein bisschen neugierig, aber sehr hilfsbereit. Stell dir vor, als gestern Abend bei mir der Strom ausfiel, half mir Åke doch mit einer Sicherung aus, ist doch süß oder? Er merkte beim Spaziergang, dass bei mir plötzlich alle Lichter ausgingen und klopfte an meine Haustür, um zu schauen, was denn passiert sei."

Wir sahen zu den beiden hinüber, und als sie das bemerkten, riefen sie winkend „Hei" und begaben sich dann aber in ihr Häuschen. Als wir alles im Haus verstaut hatten, sah ich, dass Victoria am Wochenende schon fleißig Tapeten von der Wand gerissen hatte. Das komplette Esszimmer und Wohnzimmer hatte sie mit Plastikfolie abgedeckt und ganze Arbeit geleistet. „Donnerwetter, hast du hier gewütet", staunte ich nicht schlecht.

„Ja, das kann man wohl sagen, es war viel Knochenarbeit, aber jetzt können wir ja den Kleister anrühren und tapezieren."

„Du hast ja an alles gedacht, der Tapeziertisch steht auch schon bereit."

„Eine gute Vorbereitung ist schon der halbe Erfolg", erklärte sie und verschwand in der Küche.

Während sie das Essen vorbereitete, machte ich mich nützlich, rührte den Kleister an, schnitt Tapetenbahnen und schmierte die erste Lage Bahnen mit Kleister ein. Victoria kam dazu, und gemeinsam klebten wir Bahn an Bahn, so dass das Esszimmer schnell fertig wurde. Wir hatten viel Spaß dabei miteinander. Wie zwei verliebte Jugendliche turtelten wir zwischen Kleister und Tapeten hin und her. Für Außenstehende hätte es vielleicht albern ausgesehen, aber wir fühlten uns einfach wohl in diesem Miteinander. Ich war überrascht, wie handwerklich geschickt sie arbeitete, da sie ja eigentlich eher aus dem musisch künstlerischen Bereich kam und ich die Vorstellung hatte, dass so jemand wohl kaum gerne handwerkliche Arbeiten übernähme. Als die letzte Bahn geklebt war, sagte Victoria sich stolz im Raum umsehend: „Na, wie gefällt es dir?"

Ich nickte zufrieden. „Ich glaube, das kann man so lassen."

„Was heißt hier ‚kann man so lassen'?", scherzte sie und küsste mich mit einem „Dankeschön" auf die Wange. Danach schickte sie sich in der Küche an, ein Essen zu machen. Es sollte Kalbsteak mit Kartoffeln und Sahneerbsen geben. Ich war gespannt; nach dem Krabbensalat von letzter Woche müsste es eigentlich ja wieder schmecken, dachte ich. „Du kannst dich ruhig im Haus umschauen", rief Victoria mir aus der Küche zu. Ich begutachtete die Räume und den Keller, den man hätte prima zu einem Wohnbereich ausbauen können. Danach trat ich auf die Terrasse. Von dort aus konnte man in den riesigen Garten gehen. Sieben Apfelbäume standen da auf der Wiese, und in der Mitte des etwa 1000 Quadratmeter großen Grundstücks war ein freier Platz, ideal geschaffen für Gartenmöbel oder eine Hollywoodschaukel. Allerdings sah dort noch alles ziemlich verwahrlost aus.

Victoria kam dazu und legte ihren Arm um mich: „Du kannst jetzt kommen, das Essen ist fertig."

„Du hast es sehr schön hier getroffen. Ich stelle mir gerade vor, wie das wohl im Frühling aussieht, wenn all die Bäume blühen, die Büsche grün werden und die Wiese sprießt."

„Oh ja, allerdings kann ich mich um den Garten erst im Frühjahr oder Sommer kümmern, wenn ich hier mal Urlaub mache. Denn das steht jetzt schon fest, hier werde ich mein Feriendomizil errichten."

Der Gedanke an ihre Abreise Ende Februar wurde wieder in mir wach und damit auch das Wissen um die Endlichkeit unserer Affäre. Ich wurde in dem Moment darüber so traurig, dass mir das Wasser in die Augen stieg.

„Was hast du denn Peter?"

„Ach, es ist nur… weil du halt bald weg musst… und…", stotterte ich mit den Tränen kämpfend.

„… du mich lieb hast?", versuchte sie meinen Satz zu erraten. Ich nickte mit zusammengepressten Lippen und versuchte um jeden Preis, nicht zu weinen. Sie nahm mich in den Arm und drückte mich: „Komm, lass es ruhig zu." Ich konnte mich nun nicht mehr zurückhalten und heulte, was das Zeug hielt. Dabei trat innerlich alles zu Tage; meine persönliche Situation, die Probleme mit Caroline und die unglückliche Liebe zu Victoria. Sie versuchte mich zu trösten und gestand mir und sich ein, dass es ihr auch so gehe, aber die Zeit würde schon den richtigen Weg zeigen. „Komm, es ist zu kalt hier draußen", lenkte sie mich ab „jetzt stärken wir uns erst einmal richtig und dann gehen wir noch etwas spazieren, was hältst du davon?" Ich folgte ihr ins Esszimmer, in dem es richtig lecker roch. Victoria tischte auf, während ich versuchte, mein verweintes Gesicht wiederherzustellen. Peinlich war mir das. Es schmeckte hervorragend. Und als Nachtisch servierte sie uns einen selbst gemachten Schokopudding aus Großmutters Rezeptbuch, wie sie es nannte. Dann zogen wir uns warm an und spazierten los. „Wollen wir mal ein bisschen die Gegend erkunden?", schlug Victoria vor. Ich wollte, und wir gingen ihre Straße hinunter. „Magst du mir deine Hand geben?", fragte sie mich schon fast schüchtern. Ich reichte sie ihr, und so liefen wir verschiedene Sträßchen entlang, bis wir zu einem See kamen, dem Edsviker See.

Dieser wird durch einen toten Arm des Mälarsees gebildet und zieht sich ziemlich lang nach Norden. Am kleinen Jachthafen vor dem See, wo die winterfest gemachten Boote standen, ließen wir uns auf einer Bank nieder und schauten auf das durch Weglampen beleuchtete Ufer mit dem im Licht schillernden Wasser.

„Ich weiß vom Kopf her, dass das, was wir tun, nicht in Ordnung ist, aber dass ich es trotzdem zulasse, ist das Resultat einer langen Vorgeschichte", fing Victoria an zu erzählen, „so, wie ich jetzt lebe, hier in Stockholm, so sieht mein Leben in Aberdeen in Wirklichkeit nicht aus. Ich habe gestern einmal im Internet nachgeschaut und die Webpage aufgerufen, auf der meine Biografie abgebildet ist. Das ist noch ein Überbleibsel aus meiner Zeit als Jugendschauspielerin. Wenn jemand das so liest, kann er wirklich glauben, oh, toll, das muss ja eine ganz glückliche Frau sein. Aber in meinem Leben musste ich so manchen Kampf kämpfen. Nicht Erfolg alleine macht glücklich, auch wenn mein Vater mir immer das Gegenteil weis machen wollte. Weißt du, das Problem mit dem Erfolg ist, wenn du ihn hast, dann hast du genug Neider und bist beliebt; geliebt wirst du aber dennoch nicht unbedingt. Bleibt der Erfolg aus, und du hast nur auf dieses Pferd im Leben gesetzt, dann bist du hinterher ganz schön einsam. Das hat mir lange zu schaffen gemacht. Und meine Beziehungen? Ich weiß nicht, irgendwie habe ich entweder die falschen Männer getroffen, oder aber es lag an meiner Haltung, Entscheidungen nur mit dem Kopf zu fällen auch bezüglich meiner Beziehungen zu Männern. Bei dir habe ich zum ersten Mal nur meinem Gefühl nachgegeben, ohne lange nachzudenken. Wahrscheinlich liegt das mit daran, dass ich hier weit ab von meiner Familie, meinem Mann und meiner Vergangenheit lebe. Es kommt mir manches Mal wie ein Traum vor, und ich habe Angst aus ihm zu erwachen."

Arm in Arm saßen wir da, und ich streichelte ihr Haar und fragte sie: „Wenn man im Leben Fehler gemacht hat, dann muss es doch eine Möglichkeit geben, sie zu korrigieren. Wenn das aber so ist, warum leben wir dann permanent in diesem Fehler weiter, ohne uns zu bemühen, etwas zu ändern?"

„Das habe ich mich auch schon oft gefragt. Entweder wir können den Fehler nicht wirklich erkennen oder wollen ihn nicht erkennen, wahrscheinlich aber sind wir einfach zu bequem oder, und das glaube ich vielmehr, wir haben Angst vor der

Veränderung", spekulierte Victoria, „ich habe gelernt, mit dem Kopf zu denken. Das ist gut so, und oft hilft es mir, aber manches Mal wäre es von Nöten gewesen, meinen Bauch zu fragen. Aber davor hatte ich immer Angst; Angst, einen Fehler zu begehen, den ich bereuen könnte."

„Aber auch Kopfentscheidungen können fehlerhaft sein", entgegnete ich, „genau dann, wenn sie nicht mehr logisch erscheinen, warum hast du vor diesen keine Angst?"

„Ganz einfach, weil ich diese Fehler später nachvollziehen kann und sich mir dann eventuell eine Korrekturmöglichkeit bietet. Eine Bauchentscheidung, rein nach dem Gefühl kann, wenn sie sich als falsch herausstellt, nur durch eine Kopfentscheidung korrigiert werden, denn mein Bauch wird weiterhin nichts anderes sagen. Und vor diesem Konflikt, der dann entsteht, habe ich Angst, weil ich dann nicht mehr weiß, was richtig und falsch ist. Deswegen frage ich lieber nur meinen Kopf, ohne mich auf Gefühle zu berufen."

„Und unsere Verliebtheit, was ist damit?", fragte ich sie weiter, „begegnest du ihr mit dem Kopf oder mit dem Bauch?"

„Das ist es ja, ich denke nicht darüber nach, ich fühle es nur, und es ist ein unbeschreiblich schönes Gefühl. Aber ich kann dir absolut nicht sagen, ob es vom Verstand her richtig ist", erklärte Victoria mir.

„Oder es verhält sich so", mutmaßte ich, „manche Entscheidungen dürfen einfach nur mit dem Bauch getroffen werden, weil sie im Kopf nichts zu suchen haben. Vielleicht ist es durchaus legitim, es einfach hinzunehmen, dass es bestimmte Dinge gibt, die in der einen Instanz richtig sind und in der anderen falsch."

„Vielleicht", erwiderte Victoria unschlüssig. Sie schaute nachdenklich in den klaren Sternenhimmel. Wir gingen zurück, weil es jetzt noch kälter wurde, und Victoria brachte mich noch zum Bus.

Die folgenden Tage und Wochen verliefen alle ähnlich. Tagsüber war ich zu Hause und abends, wenn Caroline noch im Büro war, besuchte ich Victoria, die sich stets sehr freute. Wir renovierten, aßen und hatten Spaß miteinander, wir lagen uns oft im Arm und kuschelten, gingen aber nie bis zum äußersten; irgendetwas hielt uns beide davon ab. Wir machten lange Spaziergänge, oft zum See oder in den winterlichen Wald, und so manches denkwürdige Gespräch über unsere Beziehungen,

Familien und Werdegänge begleitete uns dabei. So erfuhr ich auch die ganze Geschichte über sie und Linus, der nie Zeit für sie hatte und sich auch emotional ihr gegenüber nicht besonders gut verhielt und über ihr zwiespältiges Verhältnis zu ihrem Vater. Manchmal fuhren wir abends gemeinsam in die Stadt zum Essen oder einfach nur nach Östermalm oder in die Altstadt, wo wir gemütlich irgendwo einkehrten. Wir gingen Hand in Hand am Strandvägen entlang und spürten beide, wie aus unserer Verliebtheit langsam eine Liebe wuchs. Victoria erzählte mir viel aus ihrer Kindheit und ich ihr aus der meinen. Wir lebten so, als wenn es immer so weiter gehen würde und dachten nicht über die Zeit nach Victorias Gastspiel in Stockholm nach. Während sich auf der einen Seite ein inniges Verhältnis zwischen ihr und mir entwickelte, sah ich meine Frau andererseits vorwiegend nur am Wochenende oder kurz spät abends, wenn sie nach Hause kam. Die Wochenenden waren wie immer. Ich bemühte mich, mit den Kindern dann viel zu unternehmen. Fiona hatte ja offiziell frei, wenn sie sich uns auch oft gerne mal anschloss, um mit uns gemeinsam etwas zu unternehmen. Caroline nahm nur dann und wann daran teil, was ich nicht gerade förderlich für die Familie fand und erst recht nicht für unsere Beziehung. Victoria hatte kein Problem damit, dass ich am Wochenende nicht für sie da sein konnte. Sie redete sich ein, dass sie dann sowieso für die Uni arbeiten wollte. Aber wenn es Freitag war und ich mich von ihr bis zum nächsten Montag verabschiedete, spürte ich deutlich, dass es ihr schwer fiel, sich von mir zu trennen. Die Kinder bekamen von meinem Doppelleben nichts mit, weil das eine sich tagsüber auf Lidingö abspielte und das andere abends, wenn sie schon schliefen, in Danderyd seinen Lauf nahm. Einzig Fiona wusste Bescheid, aber sie mischte sich da nicht ein. Ich fühlte mich wie ein Rollenspieler in zwei unterschiedlichen Geschichten; ich blendete meine Familie völlig aus, wenn ich mit Victoria zusammen war. Ihre Vorlesung besuchte ich weiterhin, aber mehr, um sie zu sehen, als dem zu folgen, was sie erzählte. Zu Hause freute ich mich eigentlich nur auf den nächsten Abend mit ihr. Dennoch vergaß ich darüber nicht meine Vaterpflichten, wohl aber mehr und mehr meine Beziehung zu Caroline.

Es war wieder einmal Donnerstag, Ende Januar und Victorias Vorlesungsreihe lief noch. Wir verabredeten uns an diesem Nachmittag nach der Vorlesung, welche ich immer noch besuchte, vor ihrem Büro, um gemeinsam in die Stadt bummeln zu gehen.

Ich schlug ihr vor, die Aussicht über die Stadt vom Turm des Statshuset, dem Stockholmer Stadthaus mit den drei Kronen, zu genießen. Sie fand die Idee prima - und so schlenderten wir Hand in Hand dorthin und fuhren mit dem Fahrstuhl ganz nach oben. Von dort aus hatten wir eine fantastische Rundumsicht über Stockholm. Ich stand dort hinter ihr, legte meine Arme um ihren Bauch und meine Wange an die ihre, um unsere Gesichter etwas zu wärmen, denn der Wind fegte dort oben recht eisig.

„Was denkst du jetzt?", fragte ich sie, so da stehend.

„Dass ich das wunderschön finde", antwortete Victoria.

„Was denn?"

„Na das hier…", und sie zeigte auf die imposante Aussicht, „… und das hier", dabei drückte sie ihre Wange fester an meine.

Als wir den Turm verließen, um noch etwas durch die Innenstadt zu spazieren, kam an einer Seitenstraße Caroline plötzlich um die Ecke gebogen. Sie war alleine und offenbar in Eile. Wir wären fast zusammengestoßen und blieben wie erstarrt vor einander stehen, Victoria mit mir auf der einen und Caroline auf der anderen Seite.

„Peter, was machst du denn hier?", rief sie völlig überrascht.

„Ich … ehm … wir kommen gerade von der Vorlesung, darf ich dir vorstellen, Victoria Filby, die Dozentin", antwortete ich ebenso verwirrt über diese unerwartete Begegnung, die mich recht brutal aus meiner romantischen Stimmung riss.

„Hallo", sagte Caroline, ohne Victoria die Hand zu reichen.

„Victoria Filby", stellte sich meine Begleiterin vor und zog ihren zum Handschlag ausgestreckten Arm wieder langsam zurück, als sie merkte, dass Caroline darauf nicht ansprach. Ich sah an den Blicken der beiden, wie sie sich allmählich aneinander zu erinnern schienen, sprachen aber nicht darüber.

„Na, amüsierst du dich gut?", fragte Caroline ironisch, ausdrücklich mich anschauend, „andere Leute müssen ja arbeiten", womit sie sich wohl selbst meinte. Sie nahm kaum Notiz von Victoria, der das Ganze ziemlich peinlich schien, oder sie nahm diese sehr wohl von ihr, und ich bemerkte es nur nicht.

„Wo kommst du jetzt her?", wollte ich von meiner Frau wissen.

„Dasselbe könnte ich dich auch fragen. - Ich war dienstlich unterwegs und muss jetzt schnell wieder ins Büro", war ihre äußerst knappe Antwort. Damit bohrte sie sich ihren Weg zwischen Victoria und mir hindurch, was gleichsam symbolisch für ihren Versuch, diese und mich zu trennen, stehen konnte. Ohne sich umzudrehen, rannte sie weiter.

„Ist das blöd", fluchte Victoria leise, als wir unserer Wege gingen, „jetzt bekommst du heute Abend wegen mir wahrscheinlich einen fürchterlichen Ärger. Und ich weiß jetzt auch, wo ich sie schon einmal gesehen habe: im Hasselbacken, weißt du, das war die, die immer zu uns herüber geschaut hatte. Sag bloß, du wusstest, dass sie an dem Abend da gewesen war?"

„Ja, aber ich wusste wirklich nicht, dass sie dahin gehen wollte, ehrlich. Ich habe dir nur deswegen nichts davon gesagt, um uns den Abend nicht unnötig zu versauern. Außerdem, warum sollte ich Schwierigkeiten bekommen? Was hat sie denn gesehen? Wir sind doch nur hier entlanggegangen, ohne uns in einer kompromittierenden Situation zu befinden. Ich weiß nicht, was sie sich jetzt so aufregt. Sonst interessiert sie sich ja auch kaum für mein Leben."

„Ganz einfach, es ist die Angst, dich zu verlieren", meinte Victoria, „ich als Frau würde wahrscheinlich genauso reagieren, wenn Linus...", sie geriet ins Grübeln, dann sagte sie: „Wir spielen nicht mit offenen Karten, nicht gegenüber deiner Frau und nicht gegenüber meinem Mann. Und jetzt bekomme ich genau diese Angst, von der ich dir letztens am See erzählte. Mein Bauch sagt mir, dass ich dich sehr lieb habe, und mein Kopf sagt mir, dass es irgendwie nicht sein darf."

„Wer hat denn jetzt Recht? Welche Instanz entscheidet oder darf entscheiden?", fragte ich sie und war selbst sehr verunsichert.

„Ich weiß nicht."

„Vielleicht müssen wir es auch nicht entscheiden", überlegte ich, „sondern im Verlauf der Zeit entscheidet es sich von selbst?"

„Oder es ist Selbstbetrug, zu glauben, so etwas löse sich von alleine", entgegnete Victoria, die wie ausgewechselt schien, als wenn sie aus einem Traum gerissen worden wäre. Wir gingen zu ihrem Leihwagen und sie meinte: „Ich glaube, es ist besser, wenn wir heute Abend nicht zu mir fahren; ich meine, ich möchte unnötigen Ärger auf deiner Seite vermeiden, ich komme mir ein wenig schuldig vor."

„Nein, jetzt hör bitte auf, dir diesbezüglich Schuldgefühle einzureden; das Ganze ist mit unser beider Einverständnis geschehen. Ob mit Bauch oder Kopf, wir hatten unsere Gründe, und wir sind es, die dafür verantwortlich sind und nicht nur du."

„Ja, aber ich glaube, wir müssen etwas vorsichtiger sein; fahre jetzt bitte zu dir nach Hause. Ich rufe dich morgen an, in Ordnung?", schlug sie vor.

Ich akzeptierte nur widerwillig und lies Victoria alleine nach Danderyd fahren. So hatte ich mir das Ende dieses Nachmittags nicht vorgestellt. Aber das musste ja mal kommen, dachte ich mir, so oder so muss es irgendwann ans Tageslicht, wenn diese Liebe zwischen Victoria und mir weiter bestehen sollte; wir konnten uns nicht immer verstecken. Frustriert fuhr ich nach Hause. Fiona war verwundert, dass ich schon so früh da war.

„Oh, Oh, das sieht nicht nach Harmonie aus", sagte sie, als ich mit finsterer Miene das Haus betrat.

„Ist es auch nicht", meinte ich. Sie fragte mich was geschehen sei und schickte die Kinder nach oben, um sich bettfertig zu machen. Ich erklärte ihr, dass uns Caroline in der Stadt begegnet sei und Victoria Angst bekommen habe.

Fiona hörte mir zu und sagte: „Jetzt ist es an der Zeit, Entscheidungen zu fällen."

„Ich weiß", antwortete ich, „nur wie und welche?" Ich ahnte in dem Moment noch nicht, dass eine Entscheidung sich wohl sehr bald abzeichnete, zumindest vorübergehend.

Als Caroline an diesem Abend nach Hause kam, bemerkte ich gleich, dass sie wieder etwas getrunken haben musste. Sie roch stark nach Alkohol, obwohl sie einen relativ nüchternen Eindruck machte. Sie war auffallend gelassen und sprach unsere Begegnung am späten Nachmittag nicht an. Also ergriff ich die Initiative, weil ich die Sache so nicht auf sich beruhen lassen wollte. „Was ist los?", fragte ich sie, „bist du noch böse wegen heute Nachmittag, ich meine weil du uns da getroffen hast?" Mir wurde bewusst, was ich mit dieser Frage versuchte; durch Vorspielung falscher Tatsachen Caroline zu besänftigen, das war es doch was ich wollte. Ich kam mir feige vor. Warum sagte ich ihr nicht einfach, dass ich eine andere liebe und dass mit uns Schluss sei, fertig aus; gerade so, wie es Fiona mir empfohlen hatte. Aber dann musste ich an den Spaziergang mit Caroline am Wochenende davor denken, und ich erinnerte mich an ihre angstvollen Augen, als sie sich und mich fragte, ob wir noch eine Chance hätten. Und so blieb ich ein Feigling an diesem Abend und kam nicht zur Sache. Ich war mir ziemlich sicher, dass sie Victoria wiedererkannt haben musste, denn die beiden standen sich ja in dem Restaurant direkt gegenüber, und sie hatte ja auch immer mal wieder zu uns herüber geschaut, wie Victoria mir schilderte. Meine Frau musste einfach wissen, wer sie war und konnte sich nun auch sicherlich denken, dass ich ihr Gegenüber gewesen war. Vielleicht sprach sie es nicht an, um nicht zu riskieren, dass ich sie selbst enttarnen würde, wie sie dort nicht mit mehreren, sondern mit dem speziellen Kollegen doch sehr vertraut saß. Daraus zog ich den Schluss, dass zwischen Caroline und ihrem Kollegen mehr sein musste, als reine Kollegialität.

„Du musst doch selbst wissen, mit wem du durch die Gegend ziehst, und wer dir wichtig ist", sagte Caroline anscheinend gleichgültig. „Wenn es dir hier nicht mehr gefällt, dann geh' doch einfach."

„Es gefällt mir aber", log ich wohl wissend, dass es dies nicht tat. Ich hatte Angst vor meinem eigenen inneren Schweinehund.

„Dann ist ja gut", meinte Caroline, ging nach oben und verschwand in ihrem Zimmer. Was sollte ich jetzt davon halten? Glaubte sie mir, oder nicht? Geschah mir ganz recht dieses Ungewisse, ließ ich sie doch auch im Unklaren darüber, was wirklich passiert war. Ich hörte, wie in ihrem Zimmer eine Weinflasche geöffnet wurde und wusste, was das bedeutete. Die Kinder schliefen Gott sei Dank schon, denn gegen 11 Uhr abends, auch Fiona war zu Bett gegangen, taumelte Caroline die Treppe herunter und wollte sich etwas aus dem Kühlschrank holen. Sie war total betrunken. Ich lief schnell nach oben und sah auf ihrem Tisch die fast leere Weinflasche. Sie musste sie im Laufe des Abends alleine getrunken haben. Das war der eindeutige Beweis für mich, dass sie ihre Probleme mit Alkohol zu bekämpfen versuchte - und ich war mir sicher, dass das diesmal aufgrund des Vorfalles am Nachmittag passiert war. Auch wenn die Szene an sich harmlos war, Caroline traute mir nicht und ahnte wohl, dass ich nicht nur freundschaftlich mit Victoria zu tun hatte. Dann läutete das Telefon. „Ist für mich", stammelte Caroline, „ich nehme oben ab", und auf halber Treppe stehen bleibend rief sie zu mir hinunter: „Wenn du dich da unten langweilst, schaue doch fern oder geh' ins Bett oder fahr zu deiner neuen blonden Freundin." Das hatte gesessen. Betrunkene und Kinder sagen die Wahrheit, sagt man. Wie gerne wäre ich da auch zu Victoria gefahren, aber ich kam mir gleichzeitig schäbig vor Caroline vor.

Am nächsten Tag rief mich Victoria an - und als wäre alles nicht schon verfahren genug gewesen, berichtete sie mir, dass Linus gegen Abend unerwartet in Stockholm eintreffen würde. Er hätte eine Weile dort geschäftlich zu tun. Er und sein Kollege würden zusammen kommen, und sie müsse Linus natürlich in ihrem Haus beherbergen, meinte sie. Linus' Mitarbeiter, Joe

Selmers, würde in der Stadt in einem Fremdenzimmer wohnen. Wie lange ihr Mann denn bleiben würde, fragte ich Victoria. Es wären wohl ein paar Wochen, in denen er und sein Kollege beruflich in Stockholm und Umgebung zu tun haben würden. „Peter", meinte sie daraufhin, „bitte missverstehe mich jetzt nicht, du weißt, was ich für dich empfinde, und wir müssen unbedingt sprechen." Am Montag kommender Woche sei Linus auf einer Sitzung in Uppsala, erklärte Victoria weiter, da könnten wir uns doch treffen, schlug sie mir vor. Ich willigte ein und verabredete mich mit ihr um 17 Uhr im Hotel Diplomat. Nachdenklich und traurig legte ich den Hörer auf, denn ich ahnte, dass das Ende unserer Zweisamkeit nun besiegelt sein würde.

„Gibt's Probleme?", erkundigte sich Fiona mit sorgenvollem Blick.

„Wie man es nimmt; vielleicht wird mir ein Teil meiner Entscheidung jetzt abgenommen, nämlich der, der Victoria Filby betrifft."

Intrigen

Ich sehnte den Montag herbei, an dem ich Victoria endlich wieder sehen würde. Gleichzeitig hatte ich aber auch Angst; Angst, den Wahrheiten ins Gesicht blicken zu müssen und Angst, die Beziehung zu Victoria zu verlieren. An diesem Tag hatte es begonnen, stark zu schneien, und die Lidingö-Bahn hatte über zehn Minuten Verspätung. Ich kam abgehetzt an, und schnellen Schrittes, so wie es der rutschige Boden eben zuließ, lief ich am Strandvägen entlang in Richtung des Hotels, in dem wir uns treffen wollten. Als ich den Treffpunkt erreichte, war von Victoria weit und breit nichts zu sehen. Ich befürchtete, sie könne meine mittlerweile 15-minütige Verspätung als Desinteresse, zu kommen gewertet haben und wäre deshalb wieder weggefahren. Ich hoffte inständig, dass dem nicht so sei. Drei oder vier Minuten stand ich in der Kälte - und meine Winterjacke begann sich allmählich in ein Schneemannkostüm zu verwandeln. Da sah ich auf der gegenüberliegenden Straßenseite einen blauen Wagen, den ich kannte. Er stand wohl schon eine Weile dort, war mir aber bei meiner Warterei nicht aufgefallen. Es war Victorias Leihwagen, und sie saß darin und verhielt sich irgendwie seltsam. Sie schaute in den Rückspiegel, den Seitenspiegel, zum Fenster heraus, nach rechts und links und so weiter. Dies deutete ich schließlich als Suche nach meiner Person. Um diese zu beenden, überquerte ich die Straße und rief ihr laut zu: „Victoria, Victoria, hier bin ich!" Sie stieg aus und winkte mit der Hand nach unten, um mir Zeichen zu geben, mich ruhig zu verhalten. „Entschuldige", sagte ich, „ich habe mich leider total verspätet, die Bahn, weißt du?"

„Ist nicht weiter schlimm", meinte sie und sah sich weiter um, „ich bin auch zu spät." Ich wollte sie gerade umarmen und küssen, da wehrte sie noch einmal ab und schaute, als ob sie sich beobachtet fühle. „Jetzt", sagte sie hastig, und ich vollendete meinen Liebkosungsversuch. Dass dies uns zum Verhängnis werden könnte, hätte ich in diesem Moment nicht gedacht.

„Lass uns zuerst eine Runde spazieren und dann ins Restaurant gehen", schlug sie vor, sich weiter auffällig umschauend.
„Was hast du denn?"
„Es kann sein, dass wir nicht ganz alleine sind. Ich habe dir ja gesagt, dass am Freitag Linus angereist ist. Er wohnt jetzt bei mir und ist tagsüber hier in der Stadt beschäftigt; aber keine Angst, das ist irgendwo in Södermalm, der wird uns hier nicht sehen.

Vielmehr habe ich etwas Unwohlsein bei dem Gedanken an seinen Kompagnon, Joe Selmers, ich habe dir, glaube ich, von ihm erzählt."

„Der schmierige Typ von der Silvesterfeier?"

„Genau der", bestätigte Victoria, „der ist nämlich mitgekommen und hat sich hier irgendwo in einer Pension eingebucht. Und dem möchte ich wirklich hier mit dir nicht begegnen."

„Was ist denn so Schlimmes an dem, außer dass er eben schmierig ist?"

„Genau das ist es, was so schlimm ist. Seit seiner Ankunft mit Linus ist er ständig bei uns zu Hause, angeblich wegen dringender Gespräche und Vorbereitungen mit meinem Mann. Aber allzu oft sitzen die beiden abends nur da, trinken Bier und erzählen sich alles Mögliche. So war es jedenfalls am Wochenende. Und dann schlawenzelt der immer so um mich herum, richtig unangenehm ist das. Linus scheint das nicht zu bemerken. Irgendwie muss er große Stücke auf Selmers setzen."

„Kannst du ihn nicht einfach vor die Tür setzen und vorschlagen, dass die beiden ihre Gespräche bei ihm in der Pension machen sollten oder sonst wo auswärts"

„Könnte ich schon, aber ich glaube, dann bekäme ich Ärger mit Linus, und jetzt, wo er schon mal da ist, möchte ich mich nicht gleich mit ihm in die Haare bekommen."

Ich dachte bei mir, wenn Victoria mich doch liebt, dann kann Linus ihr eigentlich egal sein und auch, ob sie sich in die Haare bekommen. Aber dann musste ich an Caroline denken - und obwohl ich in Victoria verliebt war, wollte auch ich nicht unbedingt einen Streit mit meiner Frau riskieren. Die Feigheit von Victoria und mir sorgte also allmählich dafür, wovor Fiona mich gewarnt hatte, den Kampf der Beziehungen. Wir betraten das Restaurant vom Hotel und ließen uns dort nieder, wo wir schon drei Wochen vorher gesessen hatten. Wir bestellten das übliche, Tee und Kuchen.

„Was schlägst du vor?", fragte ich Victoria.

„Wir müssen in Zukunft vorsichtiger sein, wenn wir uns treffen", antwortete sie.

Oder einfach nur ehrlich, dachte ich. „Dann bleiben nur dritte Orte", entgegnete ich, „bei mir zu Hause geht es auf keinen Fall, ich möchte die Kinder solange nicht damit hineinziehen, bis irgendwie klare Verhältnisse herrschen, wenn du verstehst, was ich damit sagen will."

„Kann ich gut verstehen", versicherte mir Victoria, „aber die merken bald sowieso, dass irgendetwas nicht stimmt. Kinder sind da sehr sensibel." Stumm dasitzend rührten wir in unseren Tees. „Nimm meine Hand", sagte sie auf einmal, „ich brauche jetzt das Gefühl der Vertrautheit, denn ich glaube, in Zukunft wird dies eher Seltenheitswert haben." Wie Recht sie haben sollte. Wir überlegten uns gute Treffpunkte für unsere gemeinsamen geplanten Stunden und Ausflüge und dachten uns, dass dafür das Büro in der Universität gut geeignet wäre. Vorher würden wir uns gegenseitig anrufen und einen Zeitpunkt ausmachen. Trotzdem ahnte ich, dass dieses Zusammensein im Restaurant das letzte bis auf weiteres sein würde. Ich hatte ein ungutes Gefühl, dass unser Plan irgendwie nicht funktionieren könnte. Wir blieben diesmal noch lange dort sitzen, nachdem wir alles verspeist hatten, als ob wir beide gewusst hätten, dass danach ein Abschied auf ungewisse Zeit folgte. Ich begleitete Victoria nach unserem Treffen dort noch bis zu ihrem Auto und umarmte sie ein letztes Mal fest und küsste sie lange und wollte sie einfach nicht loslassen. Die Gefahr, dass ich sie verlieren könnte, schien mir in dem Moment als sehr real. Und dieses Übel nahm seinen Lauf, als Victoria von unserem geheimen Treffen nach Hause kam, wie sie mir später einmal berichtete.

Victoria traf gegen acht Uhr abends zu Hause ein, und es brannte schon Licht im Wohnzimmer. Linus hatte es sich dort mit ein paar Akten bequem gemacht und studierte fleißig vor sich hin.
„Hallo Liebes", begrüßte er seine Frau, ohne sich zu erheben und sie zu umarmen oder ähnliches, „na, wie war dein Tag?"
„Ganz gut", antwortete sie, „soll ich uns etwas zu Essen machen?"
„Für mich nicht, ich habe heute Abend mit Joe in der Stadt gegessen."
Fein, dachte sich Victoria, dann erscheint er vielleicht heute nicht mehr auf der Bildfläche, und sie atmete auf. Sie wollte sich gerade ein paar Kjöttbullar, das sind schwedische Fleischbällchen, braten, als es an der Haustür klingelte. Sie schaute zum Küchenfenster hinaus und sah den, den sie eben lieber an diesem Abend nicht mehr sehen wollte, Joe Selmers. Wie von einer Tarantel gestochen fuhr Linus hoch und schritt zur Haustüre. Wie er diesen Joe umgarnte, als wenn er bei seinem Chef Speichel leckend um eine Gehaltserhöhung betteln würde. Joe hier, Joe da, möchtest du etwas trinken, kann ich dir etwas anbieten? Victoria

fand dieses Verhalten widerlich, und es passte eigentlich gar nicht zu dem ansonsten sehr selbstbewussten und machohaften Linus. Wenn er mich doch auch so hofieren würde, dachte sie. Joe trat ins Wohnzimmer und ließ sich gleich ungefragt auf dem Sofa nieder, auf welchem Victoria Tage zuvor noch Peters Wunde versorgt hatte. „Hier riecht es aber gut!", rief er zu ihr in die Küche und kam gleich angewackelt; anders konnte Victoria seine Gangart nicht beschreiben. Er stellte sich hinter sie und tat so, als wenn er in ihre Töpfe schauen würde, um zu sehen, was sie kocht. Ihr kam es aber eher so vor, als komme er ihr dabei auffällig nahe bei, so dass sie etwas ausweichen musste.

„Oh, bin ich der Frau des Hauses zu nahe getreten?", fragte Selmers ironisch, „das war nicht meine Absicht. Ein paar von den Dingern könnte ich auch noch vertragen", und er zeigte mit seinen Wurstfingern in die Pfanne, wo gerade die Bullar brutzelten. Er rieb sich seinen dicken Bauch, den sein Hemd straff umspannte und über welchem sich ein in Victorias Augen hässlicher Schlips seinen Weg über die Mitte bahnte. Widerwillig legte sie noch ein paar Kjötbullar nach und fragte Joe, ob das so reiche. „Danke, danke", sagte dieser, „ich will es ja nicht übertreiben." Dann trollte er sich wieder ins Wohnzimmer, wo ihm Linus gleich ein Bier anbot. Wenn er gewusst hätte, dass Victoria noch guten Wein im Hause hatte, hätte er ihm diesen wahrscheinlich auch offeriert. Wieder ein typischer Abend, dachte Victoria und servierte Joe ein paar Kjöttbullar lieblos auf einem Teller. Dann ließ sie sich in der Küche am Küchentisch nieder, um dort ihre Portion alleine zu verspeisen. Sie überlegte, ob sie Peter anrufen solle, tat dies aber dann nicht, weil Linus um die Ecke bog und sie fragte, ob sie sich nicht zu ihnen beiden gesellen wolle. Sie lehnte nur dankend ab und meinte, sie müsse noch etwas für die Universität vorbereiten und würde sich später mit ihren Sachen ins Schlafzimmer zurückziehen.

„Wie du willst", entgegnete Linus, „Joe findet dich nur sehr nett, und da dachte ich, wir könnten uns zu dritt unterhalten und den Abend verbringen."

"Was hältst du davon, den Abend ausnahmsweise mal zu zweit zu verbringen? Wir haben uns so lange nicht gesehen und vielleicht auch noch etwas zu erzählen, oder?", entgegnete seine Frau etwas unwirsch.

„Lass ihn doch, er kennt doch sonst niemanden hier in Stockholm", versuchte Linus Selmers zu entschuldigen.

„Ich kannte hier auch niemanden und habe mich trotzdem nicht so bei anderen Leuten breitgemacht", gab Victoria ihrem Mann unverständig zu verstehen.

Linus ging wieder nach nebenan und bekam dort plötzlich einen Anruf. Es ging da um irgendetwas Wichtiges, weil er sich schnell anzog, Victoria kurz auf Wiedersehen sagte und dass er dringend zu einem Kurztermin müsse, aber in ca. einer Stunde wieder zu Hause sei. Joe erhob sich ebenfalls und wollte ihm wohl folgen, hielt aber dann inne und meinte: „ich verschwinde dann auch gleich wieder", setzte sich aber noch einmal ins Sofa. Linus eilte hinaus zu seinem Leihwagen und fuhr schnell davon. Victoria, die immer noch in der Küche saß, fand das sehr merkwürdig. Normalerweise gingen Joe und Linus immer gemeinsam fort. Sie hatte den Gedanken noch nicht ganz zu Ende gedacht, da bog Joe Selmers auch schon um die Ecke, setzte sich dreist zu ihr an den Tisch, grinste sie feist an und fragte: „Na, was fangen wir beide denn jetzt noch mit dem angebrochenen Abend an?" Dabei bemerkte Victoria, wie anscheinend aus Versehen, aber auch nur anscheinend, Selmers' Fuß den ihren unter dem Tisch berührte. Sie zog ihre Beine zurück und antwortete reserviert aber höflich, wie es ihre Art war: „Mr. Selmers, was Sie mit dem Abend anfangen, weiß ich nicht, ich für meinen Teil werde mich gleich zurückziehen - und ich wäre Ihnen dankbar, wenn Sie das gleiche täten, ich bin nämlich müde." Damit erhob sie sich und wollte die Küche verlassen. Selmers schaute, ohne eine Miene zu verziehen, auf den Tisch und sagte leise vor sich hin: „Wer war eigentlich der nette Mann, den Sie heute Nachmittag da so stürmisch begrüßt haben?"

„Was wollen Sie damit andeuten?", fragte Victoria ihn erschrocken.

„Nichts, ich habe nur durch Zufall mitbekommen, dass Sie sich wohl beide ziemlich, na sagen wir mal wohl miteinander fühlten."

„Mit wem ich mich in der Stadt treffe, und wie ich mich wann wohl fühle, geht Sie mit Verlaub ja wohl nichts an."

„Mich vielleicht nicht, aber Linus." Selmers schaute sie frech über sein breites Gesicht grinsend an.

Angst stieg in Victoria hoch. „Soll das eine Erpressung werden?", empörte sie sich, „und überhaupt, was haben Sie schon gesehen?", versuchte sie ihm zu entlocken, was er denn wirklich mitbekommen hatte.

„Es war eindeutig genug, wie Sie Ihr Begleiter an Ihrem blauen Wagen herzte", gab Selmers zurück, „aber wir können den Vorfall ja ganz einfach vergessen, wenn Sie nur ein bisschen freundlicher zu mir wären, und nicht immer so abweisend, das tut man doch nicht gegenüber einem Gast." Er stand auf und streifte im Vorbeigehen mit seinem Zeigefinger über Victorias Wange.

Sie schlug seinen Arm herunter und sagte mit bestimmtem Ton: „Sie verlassen bitte jetzt sofort mein Haus!"

„Schon gut, schon gut", beschwichtigte Joe Selmers sie, „ich wollte eh gerade gehen, aber wir sehen uns wieder, das wette ich."

Victoria schlug die Tür hinter ihm zu, und ihr war, als hätte sich hinter den Vorhängen des gegenüberliegenden Hauses von Åke und Johanna etwas bewegt, als sie Selmers aus dem Küchenfenster nachschaute. Verzweifelt nachdenklich ging sie ins Schlafzimmer, setzte sich auf ihr Bett und fing an zu weinen. Nicht auszudenken, wenn Linus von der Sache auf diese Weise Wind bekommen würde. Sie wusste nicht, wie er reagieren würde. So cool und emotionslos, wie er ihr gegenüber immer war, dürfte es ihm doch eigentlich egal sein. Und wenn sie es ihm einfach sagte? Wenn sie einfach reinen Tisch machen würde? Sie traute sich nicht, weil sie um all die rechtlichen und sozialen Konsequenzen fürchtete. Sie hatten schließlich einen Ehevertrag, und der sah bei einer Trennung durch Verschulden des einen Partners zum Beispiel durch Fremdgehen erhebliche Vorteile für den anderen vor. Auf Bitten ihres Vaters hatten sie ihn damals bei der Hochzeit abgeschlossen, eigentlich zu ihrem Schutz, da Patrick niemals davon ausgegangen wäre, dass seine Tochter einmal untreu werden könnte. Zwar sah dieser Vertrag auch Sanktionen vor, wenn einer der beiden Partner permanent seinen ehelichen Pflichten, wie Patrick es nannte, nicht nachkomme - und Linus kam diesen bei Leibe nicht nach -, doch wie sollte Victoria das im Gegenzug beweisen? Sie kauerte sich auf ihrem Bett zusammen und war völlig erledigt. In diesem Augenblick ging die Tür auf und Linus kam herein. Als er seine Frau auf dem Bett kauern sah, kam er sofort an und setzte sich zu ihr.

„Was ist los, Liebes, du bist ja völlig geschafft", meinte er, „so habe ich dich ja selten gesehen", und zum ersten Mal tat er das Richtige in Victorias Augen. Er nahm sie fest in den Arm und wiegte sie wie ein kleines Kind, etwas unbeholfen, aber für sie war dieser Augenblick wichtig, zeigte er doch, dass Linus noch Gefühle für sie hatte. Es war das erste Mal seit Monaten, dass er sich ihr so näherte. In ihr wurden alte Gefühle wach, die sie für

Linus fast nur zu Beginn ihrer Beziehung so hatte. Sie war völlig verwirrt, denn im gleichen Augenblick musste sie an Peter denken, den sie jetzt genauso gerne umarmt hätte.

Nach unserem letzten Treffen im Hotel Diplomat war ich nicht sehr optimistisch, was Victorias und meine Beziehung anging. Ich ging nach Hause, und dort erwartete mich das Übliche. Fiona, die gerade die Kinder ins Bett gebracht hatte, öffnete mir die Tür und sagte: „Na, wie war's?"

Ich antwortete: „Wie soll es gewesen sein, wir haben geredet. Ihr Mann ist hier in Stockholm, und das bringt natürlich Probleme mit sich, genau wie Sie mir vorausgesagt haben, Fiona."

„Und wozu haben Sie sich entschlossen", fragte sie weiter.

„Nichts Halbes und nichts Ganzes, wir wollen so weiter machen wie bisher, nur vorsichtiger eben, bis wir wissen, dass das so richtig ist oder auch nicht, was wir tun", redete ich mir ein.

„Wie wollen Sie das so je herausbekommen", überlegte Fiona, während sie uns noch einen Tee kochte, „Sie werden dabei immer ein Gefangener in ihrer alten Beziehung bleiben und damit auch befangen bleiben. Es ist doch so einfach", spekulierte sie weiter, „Sie sagen es Ihrer Frau und sie sagt es ihrem Mann, dann ist das Problem gelöst."

„Die Fronten wären dann geklärt", meinte ich, „aber die Probleme würden danach erst richtig anfangen glaube ich.

„Dann müssen Sie diese eben meistern. Sie müssen sich ihnen stellen. Da gab es doch mal so ein deutsches Lied von einem Schlagersänger: Eine neue Liebe ist wie ein neues Leben. Natürlich können sie das Leben so, wie Sie es jetzt führen, nicht weiterleben, wenn sie sich entschließen, zu Ms Filby zu gehen. Und umgekehrt gilt für sie dasselbe. Es muss eben alles neu organisiert und überdacht werden. Eine neue Liebe, ist, wenn sie denn ernsthaft Bestand haben soll, eben nicht nur Romantik, sondern Sie müssen auch für diese Liebe arbeiten und kämpfen, wenn Sie es ernst damit meinen", erklärte mir Fiona.

So eine junge Göre und schon solche Theorien, dachte ich mir, aber Recht hatte sie damit wohl. Ich konnte mir nicht nur die Rosinen aus dem Kuchen herauspicken und den Rest einfach liegen und verkommen lassen. Ich beschloss, mich irgendwie durchzuringen und Caroline in der nächsten Zeit vor vollendete Tatsachen zu stellen. Dazu sollte es allerdings nicht kommen, denn am nächsten Tag, so um die Mittagszeit rief mich Victoria von zu Hause aus an. Sie war sehr verstört am Telefon, jedenfalls empfand ich das so.

„Hallo Peter, ich bin's, Victoria."

„Hallo Victoria", rief ich erfreut in den Hörer, „willst du dich mit mir treffen?"

„Peter, nein, Peter, hör zu, wir … wir … wir können uns nicht mehr sehen", brach es aus ihr heraus.

„Was soll das?", fragte ich ungläubig nach.

„Glaub mir, es ist besser so, ich habe mir lange Gedanken darüber gemacht. Es hat auf Dauer keinen Zweck, wir würden uns nur selbst belügen."

„Wie meinst du das? Was soll das denn? Ich hab dich doch lieb, ich meine, ich verstehe dich nicht." Ich war völlig aufgelöst und konnte es nicht glauben, was ich da hörte.

„Peter, glaube mir, es ist besser für uns alle, wenn wir der Sache ein Ende bereiten", sagte sie gefasst, „wir haben uns da in etwas reingesteigert, was nicht mehr kontrollierbar ist und uns zu entgleiten droht."

Ich wollte ihren Sinneswandel einfach nicht verstehen. „Erkläre mir bitte, was das soll, Victoria. Du kannst doch nicht einfach die Gefühle zwischen uns so mit Füssen treten", redete ich auf sie ein. Ich merkte, wie sie auf der anderen Seite wohl mit den Tränen kämpfte. „Bist du alleine?", fragte ich, „ich komme sofort vorbei und wir reden über alles."

„Nein, Peter, nein, nein, nein, lass es. Es bringt nichts!", rief sie weinend in den Hörer zurück.

Ich zog jetzt alle Register: „Wir machen reinen Tisch", sagte ich, „ich werde Caroline noch heute Abend von uns berichten, und du solltest das mit deinem Mann auch tun, dann ist es raus, die Fronten sind geklärt und wir können offen mit unserer Liebe umgehen. Alles Weitere wird sich dann zeigen. Victoria, bitte, gib unserer Liebe eine Chance, bitte Victoria, lass es doch so nicht enden!", fing ich an, verzweifelt zu flehen. Ich sah alles schwinden, was sich in letzter Zeit an Wertvollem für mich entwickelt hatte. Und ich konnte es einfach nicht wahrhaben, was sie da von sich gab. Das war auch so gar nicht ihre Art.

„Peter, du musst wissen, dass ich dich sehr lieb habe, und dass du als ein besonderer Mensch für immer in meinem Herzen sein wirst, aber wenn wir so weitermachen, hat das vor allem für mich ungeheure Konsequenzen, die ich dir hier im einzelnen nicht erklären kann", versuchte Victoria ihre Entscheidung zu begründen. Mir fiel nichts mehr ein, ich wusste nicht, wie ich sie noch umstimmen sollte. „Peter, lass uns in Frieden auseinander gehen, ich werde dich nicht vergessen und dich immer lieb haben, das sollst du wissen, aber für unsere beiden Familien ist es besser, wenn wir nicht noch mehr Schaden anrichten."

„Was heißt hier Schaden anrichten…", wollte ich fragen, aber sie unterbrach mich weinend: „Peter mach's gut, ich liebe dich, chiao." Dann machte es nur noch kurz klick, und das Gespräch war unterbrochen. Geschockt legte ich den Hörer auf. Ich wählte Victorias Nummer zurück, es läutete auf der anderen Seite, aber niemand nahm ab. Vermutlich hatte sie die Leitung aus der Telefondose gezogen. Ich versuchte es auf ihrem Mobiltelefon, aber auch da ging niemand dran. Hoffnungslos, es hatte keinen Zweck, sie jetzt zu kontaktieren. Die Situation war zu angespannt. Ich konnte ja nicht wissen, dass Joe Selmers die Ursache allen Übels war.

Ich ging mit roten Augen zu Fiona, die gerade die Kinderzimmer etwas aufräumte.

„Herr Lorent", kam sie verunsichert auf mich zu, „was ist?"

Ich schaute durch sie hindurch und antwortete nur leise: „Aus, es ist aus, einfach so", und ich brach in Tränen aus.

„Oh, das tut mir so leid, kommen Sie her." Sie umarmte mich. „Ja, so was tut weh." Ich versuchte mich zusammenzureißen, und Fiona war wirklich eine gute Trösterin, denn sie hielt mich lange fest. „Kommen Sie, bevor ich die Kinder von der Schule hole, setzen wir uns noch mit einem Kaffee zusammen und reden etwas." Wir gingen ins Wohnzimmer und ich legte mich auf der Couch lang. Mir ging das Gespräch einfach nicht aus dem Sinn. Was hatte Victoria zu diesem Schritt bewogen? Ich überlegte, ob ihr Mann hinter unser Verhältnis gekommen sein könnte, ob dieser Joe Selmers etwas gesagt haben könnte, nachdem er uns vielleicht gesehen hätte oder ob sie selbst den Entschluss gefasst hätte. Letzteres konnte ich mir nicht vorstellen, war sie es doch, die vorschlug, uns zwar vorsichtiger zu verhalten, dennoch aber regelmäßig zu treffen. Eines war mir jedenfalls klar: Victoria musste enorm unter Druck stehen, denn sonst würde sie nie so spontan ihre Meinung ändern, und irgendwie hatte ich Selmers in Verdacht, mit der Sache zu tun zu haben.

Fiona brachte den Kaffee und ich fragte sie: „Sie sind doch erfahren auf dem Gebiet, was schlagen Sie mir vor? Soll ich die

Sache auf sich beruhen lassen, Victoria einfach vergessen oder soll ich versuchen, sie anzurufen oder zu besuchen? Ich weiß einfach nicht weiter."

„Weder noch", entgegnete Fiona, Sie müssen zunächst akzeptieren, was Ms. Filby gesagt hat. Eine zwanghafte Umstimmung bringt meiner Meinung nach gar nichts. Und dann müssen Sie die Zeit zeigen lassen, was sich entwickelt. Die Entscheidungen sind vorerst gefallen."

„Meinen Sie, ich hätte früher meine Position mit Caroline klären müssen, dann wäre Victoria vielleicht auch bereit gewesen, das mit ihrem Mann zu tun, denn was sie mir von dem erzählte, lässt nicht auf eine harmonische Beziehung mit ihm schließen."

„Schon möglich, aber Spekulationen nützen jetzt nichts. Lassen Sie mal etwas Gras über die Sache wachsen - ich weiß, das tut weh -, und dann schreiben Sie ihr vielleicht einen lieben Brief, und danach wird man sehen", schlug Fiona vor. „In der Zwischenzeit sollten Sie aber auch mal Ihre Gefühle und Einstellungen Ihrer Frau gegenüber prüfen. Wollen Sie sie wirklich verlassen? Was empfinden Sie ihr gegenüber noch? Was ist mit ihrem Problem, sie wissen schon, dem Alkohol? Sie haben jetzt vielleicht Zeit, sich noch einmal zu besinnen über das, was Ihnen wirklich wichtig ist. Das ist das Positive daran. Sie können sich im Klaren darüber werden, was Sie wirklich wollen, und wenn Sie es wissen, dann handeln Sie, egal, ob Sie versuchen, mit Victoria zusammenzukommen oder nicht, und vielleicht ergeben sich ja in Zukunft ganz andere Optionen in der einen oder anderen Richtung, verstehen Sie?"

Ich konnte Fiona verstandesgemäß nur zustimmen, und für Victoria wäre diese Erklärung wahrscheinlich auch ausreichend, aber für mich nicht ganz so, denn mein Bauch sagte mir etwas anderes, nämlich, dass ich begann, sie wirklich zu lieben, dass ich eine tiefe Zuneigung zu ihr hatte, und dass ich mir wahrhaft vorstellen konnte, auf Dauer mit ihr zusammen zu sein. Sollte ich diesem Gefühl nachkommen und versuchen, es tatsächlich durchzusetzen, oder sollte ich den Kopf entscheiden lassen, so wie es Fiona vorschlug?

„Fiona, ich empfehle Ihnen, Psychologie zu studieren", sagte ich anerkennend zu ihr, „besser hätte ich es eigentlich auch nicht ausdrücken können, aber zu sich selbst ist man ja nie ganz ehrlich. Und so ist es gut, diesen Standpunkt von einem anderen zu erhalten, aber trotzdem bin ich vom Gefühl her überzeugt, dass es so nicht richtig läuft. Das Problem von Caroline belastet mich noch zusätzlich; es ist ja gerade dies, was mich wahrscheinlich abhält, mich von ihr zu trennen. Ich habe Angst, sie würde es nicht verkraften und gänzlich absacken, das kann ich nicht nur ihr nicht antun, sondern auch den Kindern nicht. Ich weiß nicht, ob Caroline wirklich so stark ist, wie sie immer tut. Sie war immer schon ein etwas burschikoser Typ, bei dem ich nie abschätzen konnte, wo die weiblichen Stärken und Schwächen liegen, die sie als Frau eine Frau hätten sein lassen. Sie versteht es sehr gut, solche Schwächen zu kaschieren, und sie findet es albern, sich ausgerechnet von einem Mann helfen zu lassen. Das macht es schwer für mich, sie als Frau zu akzeptieren, heute, da sie Erfolg im Job hat, mehr denn je", erklärte ich. „Mag sein, dass ich da etwas altmodisch denke, aber solch einfache Sachen, wie zum Beispiel das Hineinhelfen in den Mantel, das kavalierhafte Zuvorkommen bei gesellschaftlichen Anlässen, so etwas mag sie einfach nicht. Auch ihre Art, Entscheidungen zu diskutieren und zu treffen, erinnert mich mehr an das Verhandeln mit Managern, als das Gespräch zwischen Mann und Frau. Und doch: hier will sie ganz emanzipiert sein, und dann sehe ich sie neben mir am Wasser stehen und ängstlich um unsere Beziehung bangen, überhaupt nicht mehr so emanzipiert. Das hat unser Verhältnis über die Jahre allmählich abkühlen lassen. Im Gegenzug wirft sie mir natürlich vor, ich würde sie nicht wie eine Frau behandeln."

Fiona hörte aufmerksam zu und schenkte mir noch etwas Tee nach. „Sehen Sie, wie viel Sie zu überdenken haben? Dafür werden Sie Zeit brauchen. Und reden Sie mit Ihrer Frau darüber, selbst wenn Sie keinen Konsens erzielen. Sie werden sich nur auf diese Weise klar darüber, was letztendlich das Beste für Sie ist. Kann ich Sie alleine lassen? Ich würde jetzt gerne die Kinder abholen."

„Ich komme mit, das lenkt mich etwas ab, und die Kleinen freuen sich."

Victoria saß auf ihrem Bett und starrte auf den Boden, das Telefon noch in der Hand. Sie hatte Nägel mit Köpfen gemacht und dabei nur ihren Verstand entscheiden lassen, und trotzdem hatte sie das Gefühl, eben den größten Fehler in ihrem Leben begangen zu haben. Peter würde sie wahrscheinlich nie mehr sehen und wenn, dann nur per Zufall. Auf der anderen Seite schien in Linus irgendeine Veränderung zum Positiven zu geschehen, die sie nicht so ohne weiteres übersehen wollte. Er war ihr Mann, und einer Ehe muss man eine Chance geben, wenn sie sich bietet, und die Geste von Linus tags zuvor auf dem Bett schien ihr diese Chance wert. Sie hatte Linus allerdings noch nicht erzählt, was vorgefallen war, und er glaubte einfach nur, dass sie mit den Nerven am Ende gewesen sei, da er das ja schon einmal in Aberdeen bei ihr erlebt hatte. Aber am Vorabend hatte er sich so rührend gekümmert, da konnte Victoria nicht umhin, ihm als ihrem Mann zu vertrauen. Sie gestand sich aber auch ein, Angst vor Selmers zu haben, und dass die Entscheidung, sich von Peter zu trennen, zunächst von Selmers' Erpressungsversuch ausging und nur sekundär von Linus' Verhalten. So wichtig sie es fand, Linus eine Chance zu geben, so sehr schämte sie sich, Peter eine derartige Abfuhr erteilt zu haben, nur weil sie sich erpresst fühlte. „So kann ich mit einem Menschen nicht umgehen", sagte sie zu sich selbst, „der so gut zu mir gewesen ist", und sie hasste sich dafür, und in diesem Augenblick sehnte sie sich die Nähe von Peter mindestens genauso sehr herbei, wie die Möglichkeit, ihren Mann wiederzugewinnen. Sie dachte darüber nach, ob Peter ihre Kopfentscheidung wohl nachvollziehen konnte, obwohl sie seine Verzweiflung am Telefon deutlich spürte.

Linus war wieder unterwegs mit Selmers, und Victoria überlegte sich, für ihn und sie ein gutes Abendessen zu kochen, vielleicht würde er dadurch weiter positiv gestimmt und es sich hinterher mit ihr gemütlich machen. Nein, das kann es doch nicht sein, da falle ich in alte Verhaltensweisen zurück und will mir seine Liebe erkaufen, oder ist es kein Erkaufen dieser, wenn ich einfach dadurch nur das Wachsen unserer Beziehung fördern will, überlegte sich Victoria. Sie war sehr verunsichert und innerlich zerrissen. Sie konnte es drehen und wenden, wie sie wollte; die Pros und Kontras zu den Entscheidungen, entweder ihrer Ehe eine Chance zu geben oder sie für Peter aufzugeben, flirrten als wirre, ungeordnete Gedanken durch ihren Kopf. Auch ihre Eltern würden ihr hier nicht weiterhelfen können, da ihre Mutter ihr zu einer Bauch- und Herzensentscheidung raten würde, während ihr Vater vor allen Dingen rechtliche Folgen ihres Verhaltens abwägen würde. Aber nun wollte sie zu dem stehen, was sie entschieden hatte, und sie hoffte, dass Peter sie versteht und ihren Weg akzeptiert. Doch auch diese Hoffnung zeigte ihr nur noch mehr, dass sie für Peter schon zu viel empfand, um unbefangen einen Neuanfang mit Linus zu versuchen. Es blieb nun nur eins: Augen zu und durch. Die Zeit heilt alle Wunden, dachte Victoria, und redete sich ein, dass sie Peter im Laufe der nächsten Wochen und Monate, ja, nicht vergessen, aber doch in den Hintergrund treten lassen könne, wenn sie gleichzeitig spüre, wie sich ihre Beziehung zu ihrem Mann verbessere.

An diesem Tag war es ausnahmsweise mal ich selbst, der ein wenig zu tief ins Glas geschaut hatte. Ich war erschrocken, als ich gegen 11 Uhr abends Fernsehen schauend auf dem Sofa saß und bemerkte, dass meine Weinflasche sich dem Ende neigte und ich spürte, wie mein Kopf schwer wurde, denn so eine Menge war ich wirklich nicht gewohnt. Ich entschied an diesem Abend, nicht mehr Victorias Vorlesung zu besuchen, denn das würde die Sache emotional nur noch unnötig in die Länge ziehen, wie bei einem klinisch Toten, der nur noch durch Apparate am Leben gehalten, niemals aber wieder erwachen würde. So war es wohl auch um Victoria und mich bestellt; ein sich zwanghaftes Treffen würde nur die Erinnerung und den Schmerz wach halten, aber wir würden nicht mehr so zusammen sein können, wie in der Zeit davor. Ich musste ihre Entscheidung akzeptieren. Vielleicht sollte ich mich wirklich mehr mit Caroline befassen, wie Fiona vorschlug. An den folgenden Tagen bemühte ich mich sichtlich, den Dialog und Kontakt mit ihr zu suchen. Aber je mehr ich versuchte, auf sie einzugehen, desto mehr wurden weitere Konfliktpotentiale freigelegt. Ich wartete abends extra lange auf sie, um mit ihr zu reden, nachdem sie von der Arbeit gekommen war. Aber sie war immer sehr müde. Manchmal hatte sie auch etwas getrunken und immer, wenn ich es denn schaffte, sie einmal zu einer Unterhaltung zu bewegen, musste auf jeden Fall eine Weinflasche geköpft werden, und je mehr diese sich leerte, je leerer wurden auch die Gespräche zwischen uns. Ich sagte ihr, dass sie keine Angst mehr zu haben bräuchte, dass zwischen mir und Ms Filby, wie ich Victoria vor meiner Frau nannte, irgend etwas laufen würde. Das sei jetzt ohnehin alles egal, erwiderte Caroline nur darauf, so dass ich mich schon wunderte, warum sie denn so gekränkt tat, als sie Victoria und mich in der Stadt gesehen hatte. „Gekränkt war ich nicht", erklärte Caroline, „nur enttäuscht, da ich das Band, das uns noch irgendwie zusammenhält, arg beschädigt sah."

„Aber da ist jetzt nichts mehr", konstatierte ich entschlossen, „ich werde mich nur noch auf unsere Familie konzentrieren, das muss doch honorabel sein. Ich meine, willst du das denn nicht auch?"

„Ich wollte es mal, ja, aber ehrlich gesagt, sehe ich nur noch kleine Chancen für einen sinnvollen Neuanfang."

„Du hast doch letztens am Abend, als wir unten am Wasser standen, mit angstvollen Augen meine Hände gehalten und mich gefragt, ob unsere Beziehung noch eine Chance hätte. Gilt das jetzt plötzlich nicht mehr?", drang ich in sie.

„Ich weiß es nicht", erwiderte Caroline, „das Ding da mit deiner blonden Bekanntschaft ist eigentlich nicht mehr so wichtig für unsere Beziehung, es ist nur ein weiterer Ausdruck dessen, was bei uns schon seit langem nicht mehr stimmt. Wir haben sooft so viel geredet, und nichts hat sich verändert, wir leben einfach schon zu lange aneinander vorbei, als dass da noch viel Bindendes wäre."

„Oder steckt hinter deiner Alles-egal-Stimmung vielleicht ein anderer Mann, vielleicht dein immer dich begleitender Kollege? Da müsste ich mich ja jetzt auch in einer Eifersucht festbeißen und das Handtuch werfen. Oder ist da wirklich etwas zwischen euch?", wollte ich nun wissen.

„Mit ihm kann ich mich jedenfalls zur Zeit besser unterhalten als mit dir", gab Caroline schnippisch zu.

„Mit Alkoholpegel oder ohne?", konterte ich ebenso pampig.

„Das ist auch so ein Thema, welches du viel zu hoch spielst. Wir haben in der Firma eben oft gesellschaftliche Anlässe, da gehört das nun einmal dazu."

„Ach, und ist unsere Unterhaltung auch ein solcher Anlass, dass du immer einen gewissen Level haben musst?", entgegnete ich und zeigte auf ihr sich immer wieder füllendes Weinglas. Mit diesem Themenwechsel wurde unsere Diskussion immer unangenehmer.

„Übertreibe doch nicht so, du siehst da etwas rein, um von unseren eigentlichen Problemen abzulenken", versuchte sie ihr Verhalten zu verharmlosen.

„Caroline, ich weiß, was ich sehe, und das gefällt mir nicht. Du hortest da oben Kisten mit Wein, und andauernd hast du abends eine Fahne, das fällt sogar schon den Kindern auf."

„Lass die Kinder dabei aus dem Spiel, die haben damit überhaupt nichts zu tun!", schrie sie mich auf einmal unsachlich an.

„Natürlich, die sind doch immer die Leidtragenden bei Beziehungsproblemen und erst Recht, wenn Alkohol im Spiel ist." Caroline winkte nur ab, erhob sich und verschwand mal wieder in ihrem Büro, vermutlich um noch einmal nachzutanken. Ich lief ihr hinterher, stellte meinen Fuß in die Tür und sagte: „Also gut, wenn du sowieso keinen Sinn mehr in unserer Beziehung siehst, dann frage ich mich, warum du dich nicht von mir trennst." Ich war überrascht über den Mut, den ich mit einem Male aufbrachte, um ihr dieses Thema zu unterbreiten, auch auf die Gefahr hin, dass Caroline unberechenbar reagieren würde. Aber sie saß da, schaute vor sich auf den Schreibtisch und antwortete darauf nur: „Ich überleg's mir, und jetzt lass mich alleine." Was sollte ich mit dieser Antwort anfangen? Hatte sie meinen Vorschlag überhaupt ernst genommen - oder war er ihr vielleicht nicht ganz bewusst, weil nach vier Gläsern Wein ihre Urteilskraft zu eingeschränkt war, um die Konsequenz meines Vorschlages zu durchdenken? Ich fühlte ganz stark, dass irgendwie die Zeit gekommen war, Entscheidungen zu treffen, es drängte sich förmlich auf. Ich merkte, dass die Diskussionen mit Caroline nun wirklich an einem Punkt angekommen waren, wo es keinen Zweck mehr hatte, diese noch sinnvoll weiterzuführen.

Tage später - ich vermied es, in die Stadt zu fahren, um Victoria nicht unerwartet über den Weg zu laufen - richtete ich meine Ausflüge mehr auf den Innenortsbereich von Lidingö aus. Auch hier konnte man gut einkaufen und alle Dinge des täglichen Lebens erledigen. Per Zufall fiel mir bei einem meiner Fahrten in der Bahn eine Lokalzeitung in die Hände, die ein Fahrgast wohl liegengelassen hatte. Ich blätterte während der Fahrt ziellos darin herum, bis ich auf eine Anzeige stieß: ‚Tysklärare sökes för IT-compani på Lidingö', stand da. Eine schwedische Computerfirma mit ausgedehnten Kontakten nach Deutschland suchte für ihren Betrieb einen Lehrer, der die Mitarbeiter in Deutsch unterrichten sollte. Ich dachte mir spontan, dass dies eine willkommene Ablenkung für mich sei, die es mir einfacher mache, Victoria zu vergessen und auch Abstand von meinem Eheproblem zu bekommen. Ich machte mich noch am gleichen Tag auf zu besagter Firma und stellte mich dort vor. Der Personalleiter war selber Deutscher, und ich verstand mich direkt mit ihm. Schnell wurde klar, dass ich den Job, drei mal die Woche für je zwei Stunden in einem Schulungsraum in der Stockholmer Nordstadt, bekommen würde. Auf meine Frage, wo denn dieser Schulungsraum genau liege, antwortete der Leiter mir, dass die Universität diesen Raum zu Verfügung stelle, und ich in den Unterlagen, die ich von ihm erhalten hatte, ersehen könne, wo denn dieser Raum genau ist. Sofort schoss mir der Gedanke in den Kopf, dass die Wahrscheinlichkeit sehr groß sei, Victoria genau dort über den Weg zu laufen. Aber ich fand es albern, deswegen diese Arbeit auszuschlagen oder um eine Raumänderung aus persönlichen Gründen zu bitten. Also war ich froh, dass ich endlich mal wieder einer regelmäßigen Tätigkeit nachgehen konnte. Als ich zu Hause von der Neuigkeit erzählte, freute sich Fiona und meinte: „Sehen Sie, Herr Lorent, so gefallen Sie mir schon besser. Wann ist denn Ihre erste Stunde?"

„Schon nächste Woche soll es losgehen; montags, mittwochs und donnerstags jeweils um 10 Uhr."

„Und wo ist das?"

„Das ist der Haken", antwortete ich, „in der Uni - und wie ich das aus der Raumzuteilung gesehen habe - ist das ganz in der Nähe von Victorias Büro."

„Und da haben Sie Angst, ihr über den Weg zu laufen.", kombinierte Fiona. Ich bestätigte sie und sagte, dass ich eben aufpassen müsse, und ich mir nun nicht vorstellen könnte, wie ich reagieren würde, wenn ich sie trotzdem träfe.

„Das schaffen Sie schon", beruhigte Fiona mich, „davon dürfen Sie Ihren neuen Job jetzt nicht beeinträchtigen lassen, das wäre kindisch."

„Sie haben gut reden."

Caroline interessierte sich nur nebenbei für meine neue Arbeit und war vor allem besorgt darüber, ob denn bei meiner Außerhäusigkeit auch nicht zu viel Hausarbeit liegen bliebe. Ich konnte das nicht verstehen, da sie mir doch immer in den Ohren lag, ich solle endlich mal etwas machen, das für mich gut ist.

Der erste Termin für die Mitarbeiterschulung war gekommen und ich hatte mein ‚Deutsch für Anfänger' gut vorbereitet. So fuhr ich dann zur Universität. Ich überlegte mir genau, welchen Weg innerhalb des Gebäudes ich nehmen würde, um nicht Victoria begegnen zu müssen. Schulungsraum 311A stand auf meinem Plan. Das bedeutete dritte Etage und somit nicht auf dem Flur, wo Victorias Büro lag. Das Dumme war allerdings, dass diese dritte Etage nur in einem Seitengebäude vorhanden war und einzig der Weg über den Flur des zweiten Stockwerks zur Treppe nach oben führte, also auch direkt an Victorias Arbeitszimmer vorbei. Ich nahm allen Mut zusammen und ging stracks durch den Flur bis zur Treppe, ohne jemandem zu begegnen. Puh, das wäre geschafft, dachte ich und verschwand nach oben in den Schulungsraum. Der Unterricht lief gut und die Mitarbeiter waren motiviert. Gut gelaunt verließ ich nach zwei Stunden den

Seminarraum und ging den Weg zurück, den ich gekommen war. So lief das von nun an drei Mal wöchentlich ohne Zwischenfälle. Wahrscheinlich hatte ich Glück, und Victoria war einfach um diese Zeit nicht an der Universität. Aber ein altes Sprichwort sagt: 99-mal geht es gut, beim hundertsten Mal passiert es dann, so auch in diesem Fall.

Ich unterrichtete nun schon mehr als drei Wochen lang, da geschah es eines Morgens, ich dachte gar nicht mehr an diese Möglichkeit; ich lief geradewegs durch den besagten Flur und war schon fast an Victorias Tür vorbei, als diese sich öffnete und sie heraustrat. Zum Umkehren meinerseits war es schon zu spät, denn sie hatte mich bereits erblickt; es wäre auch albern gewesen, spontan kehrt zu machen. Wir blieben erstarrt voreinander stehen. „Hallo", sagten wir beide gleichzeitig und dann ebenso simultan: „ich wollte gerade in den Schulungsraum" aus meinem Munde und „wolltest du zu mir?", aus dem ihren. „Nein", antwortete ich völlig verstört, „ehm… ich … ich unterrichte da oben Deutsch." Sie nickte und schaute mir nicht lange in die Augen. Dann fügte sie schnell hinzu: „Ja, ich muss dann mal…", und wollte hastig verschwinden.

Ich rief hinter ihr her: „Warte…", sie stockte, „wie geht es dir denn?", fragte ich. Sie schaute weiter zu Boden, nickte unschlüssig mit dem Kopf hin und her und antwortete:

„Ja doch, ganz gut, und dir?"

„Hm, ja, auch", stammelte ich.

„Ich habe dich nicht mehr in der Vorlesung gesehen", meinte sie dann leise.

„Ja - jetzt, seitdem ich arbeite", zeigte ich nach oben, „muss ich eben auch viel vorbereiten, du kennst das ja, da komme ich nicht mehr dazu, die Vorlesungen zu besuchen." „Hmm", nickte sie wieder vor sich hin, „ja dann, bis dann mal", sie drehte sich um und eilte schnurstracks zum Ausgang des Flures.

„Ja, mach's gut!", rief ich unsicher hinter ihr her.

Alles, was ich vergessen wollte, war wieder da; ihr Gesicht, ihre Augen, ihre Haare, ihre Ausstrahlung, und es begann mich, erneut zu quälen. Ich fühlte plötzlich, dass ich immer noch sehr, sehr viel für sie empfand. An diesem Tag konnte ich mich gar nicht richtig auf den Unterricht konzentrieren, da meine Gedankenwelt wieder begann, sich um Victoria zu drehen, und genau das wollte ich ja eigentlich vermeiden. Ich bin ihr in der Universität danach nur noch einmal begegnet. Es war nach meinem Unterricht, ich wollte gerade zurück durch den Flur in der zweiten Etage, da sah ich sie mit einem Mann, der von der Beschreibung her auf Linus passte, den Gang entlang zum Ausgang gehen, Hand in Hand, und er schien sich zu bemühen, sehr freundlich zu sein. Zumindest sahen die beiden sehr vertraut miteinander aus.

„Wo verbringen wir zwei denn jetzt die Mittagspause, Liebes?", fragte Linus Victoria, als sie das Universitätsgebäude verließen.

„Ich weiß nicht", überlegte sie.

„Vielleicht sollten wir in die Stadt zum Mittagessen fahren", schlug Linus vor, „das Hotel Diplomat kann ich sehr empfehlen."

„Nein, nicht dort", kam es von Victoria wie aus der Pistole geschossen, „ich meine, wir können doch auch hier in der Nähe einkehren, zum Beispiel …", sie dachte über eine schnelle Alternative nach, denn das Hotel Diplomat erinnerte sie zu sehr an Peter, „… zum Beispiel im Restaurant im Naturhistorischen Museum, dann bin ich nachher auch wieder schnell im Büro."

„Also gut", erklärte sich Linus einverstanden, „lass uns dort zu Mittag essen."

„Aber nur, wenn Selmers nicht mitkommt", verlangte Victoria weiter.

„Nein, nein", beruhigte sie ihr Mann, der ist heute in der Innenstadt."

„Muss dieser Joe eigentlich so häufig bei uns aufkreuzen?", fragte sie Linus, als sie sich an einem gemütlichen Ecktisch im Restaurant niederließen.

„Du weißt doch, wir haben viel zu reden und zu planen, und das geht in deinem Haus am besten."

Victoria seufzte. „Aber er merkt nie, wenn wir zwei alleine zusammen sein wollen, immer ist er bei allem dabei."

„Es kommen auch noch mal andere Zeiten, lass uns erst mal demnächst wieder nach Aberdeen zurückkehren, dann regelt sich das alles wieder." Victoria musste wohl irgendwie geistesabwesend auf Linus gewirkt haben, denn er fragte: „Ist irgendwas mit dir, du scheinst mir gar nicht zuzuhören, was ich erzähle."

„Wie, was…?"

Victoria war wirklich nicht immer bei der Sache, wenn sie sich neuerdings öfter mit ihrem Mann unterhielt, sondern ihre Gedanken drehten sich um Peter, dem sie kürzlich ja noch begegnet war, und sie merkte immer mal wieder, dass er in ihrem Kopf herumspukte und für Verwirrung sorgte. Sie hatte noch immer ein schlechtes Gewissen, und manchmal steigerte sie sich so in ihre Gedanken um Peter hinein, dass sie richtig Sehnsucht bekam und schon öfter daran gedacht hatte, ihn anzurufen. Obwohl sich Linus sichtlich um sie bemühte, lenkte sie das kaum von Peter ab, so wie sie es sich erhoffte; vielleicht deshalb nicht, weil sie Linus' scheinbare Wesensänderung nicht begründen konnte. Warum war er auf einmal so freundlich und zuvorkommend zu ihr? Und Selmers? Ein Gutes hatte Linus' Verhalten jedenfalls: es nahm Selmers den Wind aus den Segeln, und er musste einfach akzeptieren, dass Linus ihr Mann war und er sich nicht erpresserisch dazwischenzudrängen hatte. Abends war Joe Selmers in der Tat fast täglich bei Victoria im Haus. Sie schätzte das gar nicht, akzeptierte es aber weiterhin Linus zuliebe. Und dieser Joe schien irgendwie zu merken, dass das Verhältnis zwischen Victoria und ihrem Mann besser wurde. So versuchte er denn auch nicht mehr, ihr Avancen zu machen, wenn Linus mal nicht dabei war, sondern er schien irgendetwas anderes auszubrüten. Das war ihr unheimlich. Wenn er sich dann meist spät abends verabschiedete, gab es oft Streit zwischen Victoria und Linus darüber. „Komm Liebes", beschwichtigte Linus dann immer, „siehst du denn nicht, wie ich mich bemühe, um dich zu werben? Lass uns das doch nicht durch die Anwesenheit dieses kleinen Dicken aus den Augen verlieren. - Gut, er ist etwas aufdringlich, aber ich muss halt mit ihm klar kommen, und ich verspreche dir, in Aberdeen wird das nicht mehr so weiterlaufen."

„Ich kann es nur hoffen", antwortete Victoria, „sonst fühle ich mich nämlich wirklich von dir getäuscht."

Eines Abends, Victoria war gerade von der Uni nach Hause zurückgekehrt, da klingelte es und Joe stand vor der Tür, allerdings dieses Mal ohne Linus. „Linus ist nicht da", gab Victoria ihm selbstsicher zu verstehen.

„Das will ich auch nicht hoffen", grinste Selmers dreist, „ich möchte nämlich mit Ihnen über Ihren Herrn Gemahl reden, nur um Sie zu warnen und Ihnen zu zeigen, dass ich Ihnen wegen unserer kleinen, unschönen Szene von kürzlich nicht mehr böse bin."

„Was soll denn das jetzt wieder für ein mieses Spiel werden", fragte Victoria ihn im Türrahmen stehend, dann bat sie ihn jedoch schnell herein, da sie sah, wie Åke und Johanna auf der anderen Straßenseite genau jetzt anfangen mussten, Schnee zu schaufeln. Sie wollte nicht, dass sie diese Szene mit Selmers mitbekämen.

Victoria schloss die Haustüre: „Also, was haben Sie mir zu sagen?", forderte sie den ungebetenen Gast auf, sich etwas klarer auszudrücken.

„Wollen wir uns dabei nicht setzen?", fragte Selmers in der für ihn typischen schmierigen Art. Victoria bot ihm in der Küche einen harten Stuhl an und stellte sich selbst rücklings an die Küchentür.

„Also, raus mit der Sprache, was ist mit Linus?"

„Mir ist wohl aufgefallen, wie gut Sie sich neuerdings mit ihm verstehen", begann Selmers.

„Geht Sie gar nichts an", unterbrach ihn Victoria, „kommen Sie bitte zur Sache."

„Oh, bitte nicht in so einem Ton, ja?", meinte er, „Nun, Linus ist ja ganz nett, und er bemüht sich vielleicht jetzt auch um Sie, aber, sagen wir mal so, er ist eben nicht so harmlos, wie er aussieht."

„Was soll diese Geheimniskrämerei?", wurde Victoria nun ungeduldig, „Nicht harmlos, was soll das heißen?"

„Könnte es nicht sein, dass er manchmal nicht ganz ehrlich zu Ihnen ist, ich meine, er ist viel unterwegs, und seine Sekretärin ist ja auch oft bei ihm und... nun, unter seinen Geschäftspartnern sind eben auch viele Frauen."

„Wollen Sie vielleicht damit andeuten, dass mein Mann mit anderen Frauen etwas hat?", fragte Victoria ungläubig.

„Das habe ich nicht gesagt, ich kenne ihn halt, und ich weiß, wo seine Schwachpunkte sind", stichelte Selmers.

Victoria glaubte sein Spiel zu durchschauen; er merkte wohl, dass er bei ihr nicht landen konnte und versuchte deshalb auf diese primitive Tour, Linus bei ihr schlecht zu machen, um sich selbst wieder anbiedern zu können. Aber zu denken gab es ihr schon, denn immerhin kannten sich Selmers und Linus ganz gut, und warum sollte Selmers Linus etwas vorwerfen, was nicht stimmte? Das würde ja bei einer Gegenüberstellung von beiden schnell ans Tageslicht kommen, dachte sie sich. Selmers war vielleicht dreist, aber dumm war er sicher nicht, wenn es darum ging, für sich Vorteile herauszuschlagen. Um also herauszufinden, ob an den latenten Vorwürfen von dem kleinen Intriganten etwas Wahres dran war, musste Victoria Linus auf jeden Fall darauf ansprechen. Es läutete an der Tür. Linus war zurück von einem Außentermin und begrüßte Victoria freundlich.

„Hallo Liebes, sind wir alleine?"

„Was eigentlich eine Selbstverständlichkeit sein sollte",
antwortete sie, „sind wir aber mal wieder nicht. Aber wo ihr jetzt
hier beisammen seid, kann ich dich auch gleich etwas fragen",
ergriff sie die Initiative.

„Lass mich doch zuerst mal ablegen", bremste sie Linus, „was
ist denn los, gab's irgendwelche Probleme?"

„Wie man es nimmt, das wird sich gleich herausstellen",
antwortete seine Frau. Sie begaben sich ins Wohnzimmer, wo sich
Joe schon wieder im Sofa niedergelassen hatte und so tat, als ob er
kein Wässerchen trüben könne. Das, womit Selmers im
Folgenden sicher überhaupt nicht gerechnet hatte, geschah.
Victoria sprach seine Vorwürfe in seinem und Linus' Beisein an.
„Was ist an der Sache dran?", fragte sie ihren Mann konkret ins
Gesicht.

„Liebes, ich versichere dir, das ist totaler Schwachsinn!",
konterte er gleichzeitig sich zu Joe wendend und den Kopf
schüttelnd: „Joe, wie kannst du nur so etwas Ungeheuerliches
behaupten, was soll denn das?" Dann wandte er sich wieder
Victoria zu. „Du musst mir glauben, ich hatte zwar nie viel Zeit
für dich, aber so etwas würde ich nicht tun."

Selmers sammelte sich und sagte zu Linus: „Hey Hey, was soll
die Aufregung, ich habe ihr nur erzählt, dass du viele
Geschäftspartner hast, und dass darunter eben auch viele Frauen
sind."

„Da muss man doch nicht gleich so etwas hineindeuten",
versuchte Linus Victoria klarzumachen.

„So? Das hörte sich aber eben ganz anders an", herrschte
Victoria ihn an und schloss das Küchenfenster, welches zum
Lüften geöffnet war und wahrscheinlich den Streit nach außen
dringen ließ.

„Also, das muss ich mir hier jetzt nicht sagen lassen", wehrte
Selmers ab, „regelt eure Eheprobleme lieber mal selber, ich melde
mich wieder; Linus, wir sehen uns dann morgen."

Bevor er verschwinden konnte, hielt Linus ihn davon ab: „Joe,
jetzt sei nicht beleidigt, komm wieder rein und lass uns den
Blödsinn vergessen." Joe ließ sich anscheinend gönnerhaft darauf
ein und setzte sich wieder hin. „Jetzt trinken wir alle erst mal
einen, und dann beruhigen sich die Gemüter", versuchte Linus zu
schlichten. Victoria konnte es nicht verstehen. Warum schleimte
Linus jetzt noch so um Selmers herum und lud ihn zum Bleiben
ein? Das wäre doch die Chance gewesen, ihn loszuwerden,
wenigstens einmal, dachte sie. Und außerdem, warum ließ er

solche Vorwürfe seines Kollegen so auf sich sitzen? Sie an Linus'
Stelle hätte Selmers sofort rausgeschmissen. Irgendetwas könne da
nicht stimmen, überlegte Victoria sich; entweder Selmers treibe
ein ganz merkwürdiges Spiel oder es gebe da wirklich etwas, was
sie nicht über Linus wisse. Aber so, wie er sich ihr gegenüber in
der letzten Zeit verhalten hatte, mochte sie einfach nicht glauben,
dass Selmers Recht haben könnte. In dieser Situation musste sie
gleich wieder an Peter denken und daran, dass sie ihn wegen einer
Kopfentscheidung hatte gehen lassen. Konnte es sein, dass die
Kopfentscheidung am Ende falsch gewesen war? Seit diesem
Vorfall kreuzte Joe Selmers nur noch selten auf, und Victoria war
froh, in den letzten Wochen vor ihrer Heimreise endlich einmal
Zeit nur für sich und Linus zu haben. Hoffentlich, so dachte sie,
würde sich das so in Aberdeen fortsetzen.

Es war Ende Februar, und Victorias letzte Vorlesung an der
Stockholmer Universität war vorüber. Insgeheim hatte sie immer
gehofft, dass Peter doch noch einmal dort auftauchen würde. Sie
konnte es ihm aber nicht verdenken, davon Abstand genommen
zu haben. Auch wenn er sagte, dass er aufgrund seiner Arbeit
nicht mehr daran teilnehmen konnte, glaubte sie ihm das natürlich
nicht so richtig, sondern ahnte, dass es Peter, genauso wie ihr, zu
schwer fallen würde, sich unter den momentanen Umständen
wieder zu sehen. Ihr dreimonatiger Gastvertrag war ausgelaufen,
und ihr kamen diese paar Wochen vor, als wenn sie ein ganzes
Jahr in Stockholm verbracht hätte. Das lag wahrscheinlich daran,
dass sie die Zeit mit Peter als sehr intensiv erlebt hatte, denn die
Wochen mit ihrem Mann schienen viel schneller vergangen zu
sein. Einerseits war sie froh, wieder nach Hause zurückzukehren,
um an ihrer alten Schule in Aberdeen weiterzuarbeiten, denn dort
würde man sie bestimmt freudig begrüßen. Auf der anderen Seite
würde sie bald das kleine Häuschen in Danderyd vermissen,
ebenso wie ihre Nachbarn Åke und Johanna, mit denen sie sich
zwischenzeitlich ein wenig über den Gartenzaun angefreundet
hatte. Aber sie wollte auf jeden Fall in den nächsten Sommerferien
dorthin zurückkehren, um Urlaub zu machen und weiter zu
renovieren, vielleicht ja sogar mit Linus. Und dann war da
natürlich noch Peter, den sie jetzt schon begann, zu vermissen,
obwohl sie sich ja seit Wochen nicht mehr gesehen hatten. Aber
wenn sie erst mal nach Schottland abgereist wäre, wäre auch die
Hoffnung, ihn vielleicht doch noch einmal zu sehen, gänzlich
dahin. Dass sie sich immer noch wünschte, Peter wieder zu

treffen, war für sie ein Zeichen, dass sie ihn insgeheim einfach nicht vergessen konnte oder wollte, obwohl Linus sich immer mehr, ja fast schon auffällig, um seine Frau bemühte. Victoria überlegte sich, ob sie sich vielleicht doch noch offiziell von Peter verabschieden sollte, um endgültig einen Schlussstrich unter diese Affäre zu machen. Sie tat es nicht, vielleicht, weil sie in ihrem tiefsten Inneren keinen solchen endgültigen Schlussstrich akzeptieren wollte.

Die Koffer waren nun gepackt, Linus und Selmers waren schon am Vorabend des ersten März nach Aberdeen geflogen, mal wieder aus dienstlichen Gründen. Victoria schlenderte noch einmal durch das Haus, um sich zu vergewissern, dass sie nichts Wichtiges vergessen hätte einzupacken, da blieb sie nachdenklich vor ihrem Schreibtisch stehen, um dann hinter der untersten Schublade eine Art Geheimfach zu öffnen, aus welchem sie ein gerahmtes Bild nahm. Es war das Bild, welches ihr Peter am Tage ihres gemeinsamen Eislaufens geschenkt hatte. Sie hatte es nach dem Abschiedsanruf bei Peter dort unten verborgen, um Linus nicht auf ihn aufmerksam zu machen, und um nicht immer schmerzlich sein Gesicht vor sich zu haben. Und dieser Schmerz war immer noch da, und er hatte kein bisschen an Intensität verloren, als sie das Bild nach einigen Wochen zum ersten Mal wieder betrachtete. Sie drückte es an ihre Brust und schaute zum Fenster hinaus in den Garten, wo sie den weinenden Peter getröstet hatte und ihm gesagt hatte, dass die Zeit den richtigen Weg weisen werde. Jetzt musste sie anfangen zu weinen, weil sie nicht wusste, ob sie sich wirklich Zeit genug gelassen hatte, die Entscheidung zu treffen, die sie so schmerzlich traf, oder ob dies nicht alles zu voreilig, initiiert durch Joe Selmers, auf Kosten von Peter geschehen war. Sie packte das Bild vorsichtig in ihre Handtasche, es würde auf jeden Fall einen besonderen Platz in ihrem alten Kinderzimmer zu Hause bekommen. Als sie im Taxi zum Flughafen fuhr, schaute sie ein wenig wehmütig zurück in die gemütliche Straße und zu ihrem Haus, welches jetzt erst einmal leer stehen würde. Von den Stockholmer Kollegen hatte sie sich verabschiedet und von ihren Studenten auch, ebenso von Johanna und Åke, und diese versprachen ihr, ab und zu mal nach dem Rechten ums Haus zu schauen. Allen hatte sie auf Wiedersehen gesagt, nur demjenigen nicht, der ihr wohl am meisten in dieser Zeit dort gegeben und bedeutet hatte, Peter. Sie redete sich ständig ein, dass es so sein müsse, um den Trennungsschmerz nicht wieder neu aufflammen zu lassen, alles andere wäre sehr unvernünftig. Er würde es hoffentlich auch so sehen, und ihr die abschiedslose Abreise nicht übel nehmen.

Ich war mittlerweile richtig zufrieden mit meiner neuen Tätigkeit, wenngleich zu Hause die Probleme nicht weniger wurden und meine Sehnsucht nach Victoria auch nicht merklich nachließ. Aber meine Arbeit konnte mich zumindest etwas ablenken. Eines Tages, ich war gerade wieder auf dem Weg zu meinem Unterricht, da sah ich, wie Mitarbeiter der Universität den Schreibtisch aus Victorias Büro trugen. Ich war neugierig, sollte das etwa bedeuten, dass sie ihre Arbeit an der Uni beendet hatte? Zeitlich käme das hin, dachte ich mir, da es ja bereits der Anfang März war. Als die zwei Männer verschwunden waren, versuchte ich die Bürotür zu öffnen, und sie war nicht verschlossen. Kein Zweifel, Victoria arbeitete nicht mehr hier, denn so gut wie alle Möbel waren ausgeräumt. Stattdessen sollte dort wohl eine Art Archiv eingerichtet werden, was die Vielzahl der neuen Regale mich mutmaßen ließ. Auch ihr Namensschild war von der Türe verschwunden. Ich fragte mich, ob sie dennoch in Danderyd zu erreichen wäre. Der innere Drang, wahrscheinlich aus einer spontanen Verlustangst heraus, sie zu kontaktieren, wurde plötzlich sehr stark, und ich konnte es nicht erwarten, dass meine Unterrichtsstunde an diesem Tag zu Ende ging. Als ich zu Hause ankam, war mir diese Verlustangst auf einmal voll bewusst. Ich wusste, dass Victoria in den nächsten Tagen zumindest für sehr lange aus Stockholm verschwinden würde. Dass es soweit kommen würde, war mir ja schon lange klar, aber ich hatte diesen Gedanken verdrängt. Erst der Blick in ihr leeres Büro führte mir vor Augen, dass ich sie jetzt wirklich nicht mehr zu sehen bekäme, denn insgeheim hatte ich immer noch gehofft, dass sie mir in der Uni wieder einmal über den Weg laufe. Aber jetzt war es so endgültig. Der Gedanke daran, dass Victoria von nun an glücklich mit Linus zusammenleben könnte, tat mir unheimlich weh. Es ist nicht so, dass ich ihr dieses Glück nicht gegönnt hätte, aber da ich dieses eben auch mit ihr und nur mit ihr erlebt hatte, schmerzte mich die Vorstellung, dass sie in ihrem Wesen, so wie sie mir erschien und ich sie erlebte, jetzt einem anderen Mann begegnete, der freilich ihr Ehemann war. Und das musste ich einfach so akzeptieren.

Ich wollte Victoria gegenüber nicht gram sein, dass sie sich, zugegebenermaßen spontan, so entschieden hatte. Ihre Gründe hatte sie wohl, jedoch, ich wollte einfach nicht so schnell aufgeben. Obwohl ich grundsätzlich die Tendenz hatte, Dinge, wenn sie denn aussichtslos erschienen, nicht weiter zu verfolgen, legte ich in diesem Fall sehr viel Energie in meine Versuche, noch einmal Kontakt mit Victoria aufzunehmen. Anfangs gelang es mir, wie gesagt, meine Gedanken so zu kontrollieren, dass ich nicht ins Grübeln über sie und ihr jetziges Leben kam. Aber mit der Zeit brachen die Gefühle immer häufiger durch, wie ein emotionales Geschwür, welches in einer beruhigten Gefühlslandschaft größer und größer wird. Und nach dem Erlebnis mit dem leeren Büro in der Universität hielt ich es dann nicht mehr aus. Ich nahm allen Mut zusammen und versuchte sie auf ihrem Mobiltelefon zu erreichen. Diese Nummer war vorübergehend nicht in Betrieb. Sollte das bedeuten, dass sie schon außer Landes war? Ich versuchte es mit ihrer Nummer in ihrem Haus in Danderyd. Der Ruf ging zwar durch, aber niemand hob ab. Ich probierte es an diesem und den folgenden Tagen noch öfter, aber es blieb ruhig am anderen Ende der Leitung. Wahrscheinlich war sie schon vor Tagen abgereist. Also beschloss ich, ihr einen Brief zu schreiben.

Liebe Victoria,
diesen Brief schreibe ich dir, nachdem ich mehrmals versucht habe, dich telefonisch zu erreichen. Da du nicht abgenommen hast, gehe ich davon aus, dass du nicht mehr in Stockholm bist. Deine Entscheidung, die du mir per Telefon mitgeteilt hast, muss ich wohl so akzeptieren, wenn es mir auch sehr schwer fällt. Ich hatte zumindest gehofft, dass wir uns noch einmal vor deinem Rückflug sehen und voneinander verabschieden könnten. Vermutlich hast du aber genau wie auch ich den Kontakt vermieden, um den emotionalen Schmerz nicht zu schüren. Dieser Schmerz ist aber zumindest bei mir noch immer vorhanden, und ich kann dir gar nicht sagen, wie sehr du mir fehlst. All die letzten Wochen habe ich versucht, das zu verdrängen, aber als ich vor einigen Tagen an deinem leeren Büro vorbeikam, waren meine Gefühle mit einem Male wieder ganz da und mir wurde klar, dass ich dich jetzt für immer verloren haben könnte. Ich möchte, dass du weißt, dass mir unsere gemeinsame Zeit hier in Stockholm sehr viel gegeben hat und mich hat erfahren lassen, was es heißt,

wirklich jemanden zu lieben. Das mag sich vielleicht abgedroschen anhören, und du wirst vielleicht entgegnen, dass man sich nach einigen Wochen noch gar nicht richtig lieben kann, weil man sich nicht gut genug kennt, jedoch empfinde ich es trotzdem so, weil ich glaube, dass unsere Herzen schon längst das erkannt haben, was unser Verstand vielleicht erst nach langer Zeit erkennt oder sogar blockiert. Ich weiß nicht, was es dir bedeutet, aber ich glaube, dass auch du mehr empfunden hast oder vielleicht noch empfindest, als nur eine Schwärmerei. In unseren Unterhaltungen und bei unserem täglichen Zusammensein fühlte ich mich von dir verstanden wie selten von jemandem. Ich akzeptiere, dass du verheiratet bist und deinem Mann und deiner Ehe eine Chance geben willst, das ehrt dich, und das Schicksal will es vielleicht so. Aber dennoch möchte ich dir sagen, dass du immer in meinem Herzen sein wirst und ich dich so in Erinnerung behalten werde, wie ich dich kennen gelernt habe. Also wünsche ich dir viel Glück für dein weiteres Leben - und dass es so verläuft, wie du es dir vorstellst

Dein dich immer noch liebender Peter

Als ich den Brief beendet hatte und in einen Umschlag stecken wollte, fiel mir ein, dass ich ja gar nicht Victorias Adresse in Aberdeen hatte. So adressierte ich diesen denn mit ihrer Anschrift in Danderyd, in der Hoffnung, er würde ihr nach Schottland nachgesendet. Ich ging nach unten, um mich auf den Weg zur Post zu machen, damit der Brief möglichst noch am gleichen Tag auf Reisen ginge.

Ab diesem Zeitpunkt verlief mein Leben gänzlich wie zuvor, als ich Victoria noch nicht kannte, jedenfalls emotional. Es herrschte zwar in den letzten Wochen Funkstille zwischen ihr und mir, aber sie war ja da immer noch in Stockholm und somit theoretisch auch ansprechbar. Und wenn ich mich besonders einsam fühlte, vor allem nach diversen Streitgesprächen mit Caroline, kuschelte ich mich in mein Lieblingskissen auf dem Sofa, dachte an sie und wusste zumindest, dass Victoria zu Hause war. Manchmal überlegte ich dann, ob ich sie nicht einfach doch anrufen sollte; ich tat es zwar nie, aber die Möglichkeit es tun zu können, beruhigte mich dann schon. Das gab mir auch seltsamerweise immer noch eine emotionale Geborgenheit, obwohl sie sich eindeutig am Telefon geäußert hatte. Jetzt aber, wo sie endgültig verschwunden war, gab es auch nicht mehr diese theoretische Möglichkeit, mit ihr in näheren Kontakt zu treten. Umso größer wurde wieder meine emotionale Einsamkeit. Mit Caroline konnte ich schlecht über dieses Problem sprechen, da ich von ihr wohl kaum Verständnis dafür erwarten konnte, und Fiona wollte ich auch nicht ständig damit belästigen. Also vergrub ich mich in die Vorbereitungen für meine Unterrichtsstunden, um mich wenigstens etwas abzulenken.

Ich überlegte mir, wie lange der Brief von Stockholm nach England benötigen würde. Mit einer Woche müsse ich rechnen, zuzüglich ein bis zwei Tagen Nachsendeverspätung, sagte mir der Angestellte bei der Post. Auf meine Frage hin, ob eine Ms. Filby aus Danderyd einen Nachsendeauftrag gestellt hatte, konnte er mir nicht antworten, aus Datenschutzgründen, wie er meinte. Um herauszufinden, ob der Brief wirklich nicht in Danderyd gelandet wäre, sozusagen in einem toten Briefkasten, blieb mir nur eins, nämlich selber dort nachzuschauen. So fuhr ich Tage später direkt nach meiner Unterrichtsstunde vom Universitätsgebäude aus weiter nach Danderyd. Auf dem Fußweg von der Bushaltestelle zu Victorias Haus machte ich zunächst noch einen Abstecher an den Edsviker See, wo Victoria und ich immer Arm in Arm saßen, und schaute auf das Wasser. Ich erinnerte mich, wie sie sich bei mir zum ersten Mal fröstelnd einhakte, wie wir dort Hände haltend spazieren gingen, und wie wir Diskussionen über Beziehungen und Entscheidungen führten. Ich dachte daran, wie wir dort auf der Bank lange Gespräche hatten, zusammen lachten und auch manches Mal weinten; und als die Erinnerung an all die schönen Momente unseres Zusammenseins wie ein Film vor meinen Augen ablief, war ich den Tränen sehr nahe. All das wurde in meiner Erinnerung wach, als wenn es eben erst geschehen wäre.

Schließlich kam ich an ihrem Haus an. Es sah wie immer aus. Nur die Rollos waren von innen heruntergelassen und zeigten an, dass zurzeit niemand dort wohnte. Auch der Garten war noch immer unaufgeräumt. Bei dem Gedanken an den Garten erinnerte ich mich dann, dass Victoria mir sagte, dass sie im Sommer hier Urlaub machen und sich um diesen kümmern wolle. Das gab mir ein wenig Hoffnung, da sie früher oder später hier wieder auftauchen würde; aber wäre dann noch alles wie jetzt? Vielleicht hätte sie sich bis dahin endgültig für ihre Ehe entschieden, und vielleicht hätte sie mich bis dahin, wenn nicht vergessen, aber immerhin soweit verdrängt, dass der Gedanke an mich sie nicht mehr schmerzte. Vielleicht galt dann aber auch dasselbe für mich, und ich würde Victoria im Laufe der Monate weniger lieben und sie mehr und mehr vergessen können und im Sommer kaum noch einen Gedanken an sie verschwenden. Ich müsste also im Prinzip nur die Zeit abwarten, dann würde der emotionale Schmerz von selbst verschwinden, und ich würde andere Dinge tun oder vielleicht sogar jemanden anderen kennen lernen, denn der Beziehung zu Caroline gab ich keine Chance mehr. Warum machte ich dann also nun noch diese Anstrengungen, um mit Victoria in Kontakt zu treten? Warum marterte ich mein Hirn mit der Frage, wie ich sie zurückgewinnen könne, wenn die Zeit meine Gefühlswunde ohnehin heilen würde? Ich war doch sonst auch ein Meister im Abwarten. Nein, dachte ich, hier geht es nicht nur darum, schmerzhafte Emotionen nicht mehr zu spüren, sondern es geht darum, eine Chance zu nutzen, vielleicht die Chance meines Lebens; die Chance, die Frau zu lieben, die man wirklich lieben will und die einem kein zweites Mal über den Weg läuft. Und damit konnte ich nicht bis zum Sommer warten, bis dahin wären die Würfel gefallen. Wenn ich Victoria zurückgewinnen wolle, und ich merkte mehr und mehr, wie dieser Wille in mir stärker wurde, dann müsse es bald geschehen. Die Entscheidung, die Victoria für sich und damit auch für mich getroffen hatte, war eine klare Kopfentscheidung, da war ich mir sicher. Und obwohl ich diese zu akzeptieren hatte, weil sie sie nun einmal so getroffen hatte, und obwohl ich mich selber bemühte, Verständnis dafür aufzubringen, warum sie sie getroffen hatte, und obwohl ich auch für mich selber versuchte, vom Kopf her zu erklären, warum es für uns alle das Beste so sei, sprach mein Herz eine ganz andere Sprache. Ich spürte intuitiv, dass etwas falsch lief, dass Victorias Entscheidung eben nicht richtig war. Dieser unerwartete Sinneswandel konnte nicht nur ihrem Kopf entsprungen sein. Irgendwer oder irgendetwas musste sie plötzlich dazu bewogen haben, so zu denken. Ich hatte darüber schon öfter nachgedacht, aber in diesem Moment, als ich vor ihrem Haus stand und mich an unsere Zweisamkeit erinnerte, wurde es mir klar, dass wir zwei uns schon zu gut verstanden, um so plötzlich diese Beziehung innerhalb eines Telefongespräches zu beenden. Mein Bauch sagte mir, dass die ganze Sache irgendetwas mit Joe Selmers und Linus zu tun haben musste und dass Victoria in ihrer Entscheidung von

Voraussetzungen ausging, die wahrscheinlich nicht stimmten. Dass ich mir diese Theorien nicht nur einbildete, sondern möglicherweise sehr richtig lag, sollte ich bald erfahren.

Ich ging durch das Gartentor zum Briefkasten des Hauses und schaute nach, ob dort noch Post darin läge. Außer ein paar unadressierten Werbebroschüren fand ich nichts. Die Post musste also nach Aberdeen weitergeleitet worden sein, denn zurück zu meiner Adresse war sie auch nicht gekommen. Victoria musste den Brief also in diesen Tagen erhalten haben. So war ich beruhigt, dass denn wenigstens meine Kontaktaufnahme zu ihr geglückt schien. Auch wenn es ein Abschiedsbrief war, sollte er ihr doch zeigen, dass ich sie nicht vergessen würde, vielleicht in der stillen Hoffnung, sie würde ihn beantworten.

Ich trat gerade wieder aus dem Tor heraus, als mich von gegenüber Johanna mit einem ‚Hej' begrüßte. Ich erwiderte den Gruß, und als ich zu ihr hinüberging, sagte sie gleich: „Hun är bort", was soviel heißt wie „Sie ist fort." Ich unterhielt mich mit ihr auf Schwedisch und wollte wissen, wann Victoria denn genau abgereist sei.

„Jetzt, Anfang März", sagte Johanna, „es ist ihr wohl schwer gefallen, das Haus zu verlassen. Sie ist eine so nette Nachbarin gewesen. Einmal haben wir sie zum Kaffee eingeladen, sie kam dann alleine, ihr Mann hatte ja nie Zeit … und sowieso: da geschahen manchmal merkwürdige Dinge in dem Haus. Nicht dass wir neugierig wären, aber man bekommt so einiges mit, wenn man so Nachbar an Nachbar wohnt. Wollen Sie nicht reinkommen, junger Mann, auf einen Kaffee? Sie haben sich doch immer gut mit der Dame verstanden. Sie hat viel von Ihnen erzählt." Ich nahm Johannas Angebot an, und wir gingen ins Haus. „Setzen Sie sich doch, Herr…"

„Peter Lorent", stellte ich mich vor, „angenehm."

„Ja genau, also ich bin Johanna, und Åke hier haben Sie ja auch schon gesehen."

Ich sagte ihnen, dass sie ruhig Peter zu mir sagen sollten, da es ja in Schweden so üblich ist, sich beim Vornamen zu nennen. An der kleinen Kaffeetafel schenkte Johanna mir Kaffee ein und servierte mir ein Stück Kanelkrans, einen sehr süßen Zimtkuchen. Die beiden ließen sich ebenfalls nieder und Johanna begann gleich, weiter zu erzählen: „Also weißt du, Victoria ist eine ganz entzückende Frau; wir haben ja anfangs gedacht, ihr beide wäret ein Paar. Aber dann auf einmal bist du ja nicht mehr hier hergekommen, stattdessen waren da immer zwei Männer, die in ihrem Haus ein- und ausgingen."

„Ja", bestätigte ich, „der eine war ihr Mann und der andere muss der Kollege ihres Mannes gewesen sein."

„Ja stimmt, so ein kleiner dicker Mensch. Auf uns machte er rein optisch einen eher unsympathischen Eindruck. Er hatte immer so ein Grinsen im Gesicht und so einen verschlagenen Blick. Der war aber eigentlich fast jeden Abend da und ging erst sehr spät wieder weg", erinnerte sich Åke.

„Das heißt also, Victoria war nie alleine, sondern immer mit diesen beiden Männern zusammen", versicherte ich mich.

„Ja", erwiderte Johanna, „hat sie dir denn nie davon erzählt, auch nicht von den Streitereien, die es da drüben manchmal gab?"

Ich klärte die beiden auf, dass ich schon seit Ende Januar keinen Kontakt mehr zu Victoria hatte, eben weil ihr Mann angereist war, und um deshalb Eifersüchteleien zu vermeiden.

Åke meinte darauf hin ganz trocken: „Du würdest aber viel besser zu ihr passen."

„Ja? Warum glaubst du das?"

„Euch beiden stand die Liebe doch im Gesicht geschrieben, so wie ihr miteinander umgegangen seid. Aber dieser ... wie hieß er noch gleich?"

„Linus", fiel Johanna ein.

„... ja Linus, dieser Linus war nicht ehrlich in seinem Verhalten, das sahen wir beide sofort, wenn wir ihnen auf der Straße begegnet waren. Victoria grüßte immer sehr freundlich und suchte das Gespräch mit uns, aber ihr Mann hatte anscheinend nie Zeit, und wie er mit ihr umging: so aufgesetzt freundlich und künstlich um sie bemüht, dass es schon auffällig war. Ja, er buhlte richtig um ihre Gunst, kann man sagen."

Ich fragte Johanna, was das denn für Streitereien gewesen seien.

„Ja, also - alles haben wir natürlich nicht mitbekommen, das geht uns ja auch nichts an, aber wenn das Küchenfenster auf war, konnte man so einiges hören, wenn wir im Garten waren - so still, wie es sonst in der Straße ist. Irgendwie ging es immer wieder darum, dass Victoria etwas gegen diesen kleinen dicken Mann hatte", berichtete Johanna.

„Ja, und weißt du noch", erinnerte sich Åke, „einmal - da stritten sich doch die beiden Männer lautstark vor der Tür, da war Victoria nicht dabei. Es ging wohl um viel Geld, Vermögens-aufteilungen, ja und auch der Begriff ‚Ehevertrag' fiel. Ach ja und eine andere Frau spielte da auch eine Rolle, Karin oder so heißt sie. Der kleine Dicke sprach immer davon, dass er auch seine Schulden bezahlen müsse und ihm der Gerichtsvollzieher im Nacken sitze und Linus endlich die versprochenen Gelder locker machen solle - oder so ähnlich."

„Habt ihr einmal mit Victoria über diese Seltsamkeiten gesprochen?", wollte ich wissen.

„Wir haben sie einmal sonntags, als ihr Mann und dessen Kollege nicht zu Hause waren, zum Nachmittagskaffee eingeladen, weil wir dachten, dass sie so nett sei und wir einmal mit ihr plaudern wollten", erzählte Johanna, „ und da hat sie uns in Andeutungen berichtet, dass ihr wohl der Kollege ihres Mannes auf die Nerven gehe, und sie nie mit ihm alleine sein könne. Finanzielle Streitigkeiten erwähnte sie dabei nicht. Wir haben diese aber auch nicht angesprochen, weil wir nicht indiskret sein wollten. Vielleicht wusste sie gar nichts von dem Gespräch zwischen Linus und dem anderen Mann, als es ums Geld ging. Sie hat auch von dir erzählt, was für ein netter Bekannter du seist, mit guten Umgangsformen und, wie sie sagte, eigentlich zum Verlieben, aber du seist ja nun schon einmal verheiratet."

So ganz wurde ich aus dem, was das Rentnerehepaar mir da erzählte, nicht schlau. Aber es genügte doch, um mir vorstellen zu können, dass nicht alleine das Aufkreuzen von Linus für Victorias plötzlichen Sinneswandel verantwortlich war, sondern wahrscheinlich ein Zusammenhang zwischen ihrer Blitzentscheidung und dem merkwürdigen Dreiergespann, in dem sie dort lebte, bestand. Eines ahnte ich jedoch von nun an: Linus und sein Kollege trieben bestimmt ein falsches Spiel mit Victoria - und sie hatte es noch nicht erkannt. Ich bedankte mich für die nette Bewirtung und verabschiedete mich von den Zweien. Danach ging ich noch einmal hinüber zu Victorias Haus. Ein so schönes kleines Haus, dachte ich, als ich daran vorbei schritt. Es passte so richtig zu ihr. Es war eine so harmonische Zeit mit ihr darin. Aber die letzten Wochen, die sie dort verbracht hatte, waren wohl gar nicht so angenehm für sie. Ich glaubte nun nicht mehr unbedingt daran, dass Victoria so glücklich mit ihrem Linus werden könnte, wie ich es mir einbildete, dazu benahm sich dieser zu merkwürdig, ganz anders, als Victoria ihn mir am See beschrieben hatte. Er war doch immer beschäftigt und hatte nur wenig für sie übrig, und jetzt auf einmal spielte er den treuen, umsorgenden Ehemann. Und warum war da immer dieser Selmers im Haus?

Als ich nach Hause fuhr, überlegte ich mir, ob ich Victoria irgendwie warnen sollte, aber ich hatte ja keine konkreten Verdachtsmomente in der Hand. Einfach nur so ins Blaue zu spekulieren, ließ mich ihr gegenüber vielleicht auch nicht glaubwürdig erscheinen, wenngleich ich schon annahm, dass sie mir ihr Vertrauen schenken würde.

In den folgenden Wochen hoffte ich vergeblich auf eine Antwort von Victoria, und mit jedem Tag, der ohne einen Brief von ihr verstrich, begrub ich diese Hoffnung ein wenig mehr. Gleichzeitig begann mir der Zustand meiner Frau Caroline extreme Sorgen zu bereiten. Sie war zwischenzeitlich fast jeden Abend betrunken, und ich konnte sie nicht davon abhalten. Dieses Problem beschäftigte mich so sehr, dass meine Gedanken an Victoria langsam aber sicher mehr und mehr in den Hintergrund rückten. Das geschah nicht etwa, weil mir wieder besonders viel an Caroline gelegen war, sondern aus der realen Angst, unsere Familie und vor allem die Kinder würden durch ihr Problem argen Schwierigkeiten entgegensehen. Ich versuchte, Caroline wieder und wieder zur Rede zu stellen, aber sie war auf diesem Ohr taub. Ich sagte ihr, dass sie durch ihr Verhalten nicht nur unsere Familie gänzlich auseinander reißen würde, sondern sie wahrscheinlich auch ihre Arbeitsstelle verlieren werde, wenn sie jetzt nicht das Ruder herumreiße. Sie blockte jedes Mal ab: „Ja, ja, zum Geldverdienen, da bin ich gut genug. Wenn es dir darum geht, kannst du dir deine Bemühungen sparen, und außerdem ist unsere Familie doch sowieso so gut wie am Ende." Ihr schien allmählich so ziemlich alles egal zu werden. Fiona bemühte sich nach besten Kräften, die Kinder abzulenken, ja man konnte sagen, sie war mittlerweile wie eine Ersatzmutter für sie. Katharina und Florian waren über das Verhalten ihrer Mama sehr betrübt und konnten nicht verstehen, warum sie mal so war, wenn sie nüchtern war und plötzlich ganz anders, wenn sie stockbetrunken nach Hause kam. Ich sagte ihnen, dass Mama krank sei und sich deshalb so verhalte, aber sie würde die zwei natürlich immer noch lieben. Meist bekamen sie Gott Lob nicht viel davon mit, denn wenn Caroline nach Hause kam, dann immer sehr spät, als die Zwillinge schon im Bett lagen. Während sie früher erst nach ihrem Eintreffen zuhause zu trinken begann, kam sie jetzt regelmäßig mit einem hohen Promillewert nach Hause. Sie sei noch mit Kollegen aus gewesen, um vom Job zu entspannen. Wenn sie sich dann so zugetrunken hatte und ins Bett fiel, saßen Fiona und ich zusammen und diskutierten die Lage.

„Fiona, ich bin mit meinem Latein am Ende, ich weiß einfach nicht, was ich mit Caroline anstellen soll. Ich wollte sie in eine Therapie geben, aber in der Klinik haben sie gesagt, dass dies bei Alkoholikern nur dann Sinn mache, wenn diese selbstständig Hilfe suchen würden."

Sie antwortete: „Es gibt hier nur einen einzigen Weg, der sich brutal anhört, aber Caroline dazu zwingen wird, aus eigenen Stücken eine Therapie aufzusuchen, wenn ihr zumindest etwas an den Kindern liegt."

„Ich weiß worauf Sie anspielen, Sie wollen, dass ich ihr sage, dass ich sie mit den Kindern sobald wie möglich verlassen werde und sie selbst sehen müsse, wie sie dann klar komme."

„Genau so", bestätigte Fiona, „anders geht es wirklich nicht."

„Ich weiß nicht, ob sie das verkraftet, sie hat so einen zerbrechlichen Kern; ich habe diesen in all den Jahren schon oft kennen gelernt. Und dieser Wesenszug an ihr hat mich wohl auch mit dazu bewogen, sie zu heiraten, aber der ist im Laufe der Zeit, vor allem, je mehr sie sich in ihre Arbeit hineinsteigerte, nach und nach in den Hintergrund getreten. Sie ist nicht die Caroline von früher, aber ein Stück von ihr, wie sie früher war, steckt noch tief in ihrem Innern, und ich habe Angst, wenn dieses angegriffen wird, dass sie das nicht aushält."

„Aber es wird in ihrer jetzigen Situation ihre einzige Möglichkeit bleiben", blieb Fiona hart, „ich werde Sie unterstützen mit den Kindern; ich war jetzt so lange in Ihrer Familie, und vor allem Sie waren immer so gut zu mir, dass ich Ihnen gerne beistehe."

Ich wusste, dass Fiona Recht hatte und nahm mir vor, Caroline an einem der nächsten Abende, an denen sie nicht ganz so betrunken wäre, die Pistole auf die Brust zu setzen.

Bevor dies geschah, erlebte ich wenige Tage nach dem Gespräch mit Fiona eine unerwartete Überraschung. In unserem Briefkasten befand sich doch tatsächlich ein Brief aus Aberdeen. Ich konnte es nicht glauben, aber der Absender lautete wahrhaftig auf Ms. V. Filby, allerdings nicht mit ihrer Wohnanschrift, sondern mit einer c/o Adresse ihrer Musikschule, an der sie wohl wieder arbeitete. Wahrscheinlich hatte sie diese angegeben, um eventuelle Probleme mit Linus zu vermeiden, sollte ich noch einmal zurück schreiben. Ich traute mich zunächst nicht, den Brief zu öffnen, konnte er doch alles enthalten: vernichtende Worte, versöhnliche Töne, Gefühle, oder gar…", nein, einen Neuanfang würde sie mir in diesem Brief bestimmt nicht anbieten. Ich nahm den Brief an mich und ging ins Wohnzimmer. Meine Aufregung stieg, als ich ihn mit zittrigen Händen öffnete. Es war Victorias Schrift und sie schrieb:

Lieber Peter,

vielen Dank für deinen lieben Brief. Ich bin froh, dass du dich doch noch einmal gemeldet hast, obwohl ich dir am Telefon so eine harsche Abfuhr erteilt habe. Es tut mir im Nachhinein so leid, und du hast es sicherlich nicht verdient, so behandelt zu werden, aber damals stand ich unter einem enormen Druck. Es war in der Tat so, dass uns Joe Selmers in der Stadt in eindeutiger Situation gesehen hatte. Er erpresste mich darauf hin damit, dass er, wenn ich seinen schmierigen Avancen nicht nachkomme, alles Linus erzähle. Davor hatte ich aber riesige Angst, denn vor allen Dingen rechtlich und finanziell hätte es für mich starke Konsequenzen gehabt, wenn Linus mich des Ehebruchs hätte bezichtigen können. Also blieb mir keine andere Wahl, mich mit Linus wieder besser zu stellen, um Selmers den Wind aus den Segeln zu nehmen. Gott sei Dank hat Selmers nicht Ernst gemacht. Er scheint es sich auch mit Linus nicht verderben zu wollen. Die beiden verbindet eine merkwürdige Symbiose. Welche Rolle ich dabei spielen soll, ist mir auch noch nicht klar. Aber seit jener Zeit, als ich mich Linus wieder annäherte, scheint er ein anderer Mensch geworden zu sein. Er bemüht sich sichtlich, gut zu mir zu sein und unsere Ehe zu retten, wie er sagt. Ich kann ihm diesen Wunsch nicht abschlagen; es wäre unfair, ihm jetzt einfach so die Tür vor der Nase zuzuschlagen. Auch wenn ich weiß, dass es an unserer Beziehung viel zu arbeiten gibt, muss ich Linus diese Chance geben. Du kannst mir glauben, Peter, ich bin manchmal hin und her gerissen. Schon oft habe ich das Telefon in der Hand gehabt und habe deine Nummer fast zu Ende gewählt, aber dann wollte ich stark sein und meine Entscheidung durchziehen. Gleichzeitig weiß ich, was ich für dich empfunden habe und immer noch fühle. Du bist ein so einfühlsamer Mensch und hast mir in den eineinhalb Monaten, die wir uns kannten, so viel gegeben, vor allem emotionale Wärme, wie ich es sonst selten erfahren habe. Dafür werde ich dich immer lieb haben. Ich glaube, wir beide hätten wirklich ein schönes Paar abgegeben, wie die netten Nachbarn Åke und Johanna sagen würden, aber wir müssen den Tatsachen ins Auge sehen. Wir haben beide eine Familie zu retten; ich meine Ehe, und du vor allen Dingen die Beziehung zu deiner Frau und den Kindern. Ich werde dich, lieber Peter, genau, wie du mich, immer in liebevoller Erinnerung behalten und das Bild, dass du mir geschenkt hast, wird einen Ehrenplatz bekommen, damit ich nie vergesse, dass es Hoffnung auf die Liebe gibt, auch wenn widrige Umstände dies verhindern. Sei geküsst und umarmt, und glaube mir, diese Entscheidung ist mir nicht leicht gefallen.

Deine ebenfalls dich liebende Victoria

Resigniert ließ ich das Schriftstück sinken. Sie stand also weiterhin zu ihrer Entscheidung, was sie ehrte, aber sie entschied es nur mit dem Verstand. Dass sie mich noch liebte, nahm ich ihr ab, aber leben konnte sie diese Liebe anscheinend nicht, denn ihr Kopf schrieb ihr alleine vor, wie sie zu leben hatte. Ich begann zu zweifeln. War das, was sie forderte, nicht eigentlich auch richtig, nicht nur verstandesgemäß, sondern vor allem moralisch gegenüber unseren Partnern bzw. Kindern? War das, wie ich es mir hingegen vorstellte, nämlich mit Victoria ein neues Leben anzufangen, und dabei Linus auf der einen Seite und Caroline mit den Zwillingen auf der anderen Seite zu kompromittieren, nicht fürchterlich egoistisch? Würde unser Auseinandergehen im Nachhinein wirklich honoriert, oder würden wir durch diese Entscheidung um etwas gebracht, was vielleicht einen anderen, sehr hohen, durchaus legitimen Stellenwert in unserem Leben hätte? Was ist wichtiger, Beziehungen, in denen wirkliche Liebe eher eine untergeordnete Rolle spielt, um jeden Preis aus Vernunftgründen zu retten, oder diese Beziehungen zu Gunsten einer gelebten Liebe aufzugeben? Ich wusste nicht, was richtig war. Das, was Victoria mit Linus anstrebte und was ihr anscheinend sehr viel Kraft abverlangte, wollte ich gar nicht mehr in meiner Beziehung zu Caroline versuchen. Ich hatte einfach nicht die Kraft und den Willen dazu. Von diesem Standpunkt aus gesehen musste ich einfach anders denken als Victoria. Deswegen drehte sich meine Emotionswelt hauptsächlich um sie, während bei ihr immer noch der Konflikt zu schwelen schien. Der Brief machte mir meine Gefühlswelt nicht gerade leichter, aber ich wusste nun, was ich vorher nur ahnte, nämlich, dass sie mich wohl noch lieben würde. Mit Selmers lag ich also auch richtig, was meine Vermutungen betraf, aber außer seinem Erpressungsversuch musste noch mehr dahinter stecken. Im Gegensatz zu Victoria glaubte ich nicht wirklich an eine Verhaltensänderung ihres Mannes. Ich kannte diesen zwar nicht, aber ich hegte intuitiv immer noch den Verdacht, dass Linus und Selmers etwas gegen Victoria im Schilde führten. Mag sein, dass meine Eifersucht diesen Verdacht mitbegründete.

Ich hatte nicht weiter Zeit, darüber nachzudenken, denn in dem Augenblick kamen Fiona und die Kinder herein. Sie machten einen etwas kränklichen Eindruck und fühlten sich beide nicht wohl.

„Was ist denn mit euch beiden los?", fragte ich sie.

„Ich glaube, sie brüten etwas aus", meinte Fiona.

„Also, dann aber Marsch, Marsch ins Bett mit euch", sagte ich, „Fiona, könntest du bitte bei den beiden Fieber messen?"

„Mache ich."

Sie verschwand mit den Zwillingen im Kinderzimmer. Nicht auch das noch, dachte ich mir, als Fiona herunterkam und meinte, dass beide schon 38 Fieber hätten. Ich eilte zu ihnen und entdeckte kleine Pusteln auf ihrem Rücken: Windpocken, schoss es mir durch den Kopf, eine langwierige und nervenaufreibende Sache, nicht nur für die Kinder, die den unerträglichen Juckreiz aushalten müssten, sondern auch für die Eltern, die des Nachts zum Pudern und Beruhigen wach sein müssten. Innerhalb weniger Stunden hatte sich die Krankheit soweit ausgebreitet, dass die zwei armen Würmer ziemlich zu leiden begannen. Fiona unterstützte mich mit der Pflege, und deswegen war ich ihr dankbar, als sie sich anbot, auch nachts nach ihnen zu schauen. Dass die folgende Nacht eine der stressigsten der letzten Zeit werden würde, wusste ich bis dahin nicht.

Ich rief Caroline abends im Büro an, um ihr zu sagen, was los sei mit den Kindern. Sie versprach mir, sich so bald wie möglich auf den Weg zu machen, aber im Moment komme sie einfach nicht aus ihrem Büro, weil ein ganz dringendes Meeting laufe. Sie müsse ja wissen, was sie tut, sagte ich zu ihr, es seien ja schließlich auch ihre Kinder. Darauf antwortete sie nur, dass wir, also Fiona und ich, doch wohl selbständig genug seien, eine Kinderkrankheit in den Griff zu kriegen. Das machte mich zum ersten Mal unwahrscheinlich wütend. Solange Caroline nur sich selbst schädigte, konnte ich mit gewissem Abstand zusehen, wenn auch mit Besorgnis. Aber wenn sie so mit ihren Kindern umginge, die in Krankheitszeiten vielleicht mal ihre Mutter außer der Reihe sehen möchten, dann war das das Signal für mich, dass der Alkoholkonsum sie schon extrem verändert haben musste. Das regte mich so auf, dass ich ohne weiter nachzudenken in den Telefonhörer rief: „Wenn deine Trinkerei jetzt schon solche Formen annimmt, dass die Kinder leiden müssen, dann schlage ich dir hiermit offiziell die Trennung vor! Ich will das einfach nicht mehr so, verstehst du mich? Ich kann das nicht mehr ertragen." Jetzt war es mit einem Male raus. Am anderen Ende war Totenstille. Ich rief: „Caroline, bist du noch da?", aber dann klickte es kurz und die Verbindung war unterbrochen. Das war vielleicht nicht der richtige Zeitpunkt, Caroline so hart vor die Alternative zu setzen. Das sollte eigentlich zu Hause geschehen. Ich lief hinauf zu Fiona, die mit den Kindern beschäftigt war und ihnen etwas vorlas, um sie ein wenig abzulenken.

„Kann ich Sie mal kurz sprechen?", unterbrach ich Fiona, die sich rührend mit den Kleinen beschäftigte, „ich glaube, ich habe einen riesigen Fehler gemacht." Ich erzählte ihr von dem Vorfall am Telefon. Sie fand das auch nicht gerade gut, meinte aber, dass es nun wenigstens gesagt sei. Ich fragte sie, ob es in Ordnung sei, wenn ich zu Caroline ins Büro fahre, um direkt mit ihr zu sprechen, da ich nicht wisse, wie sie nun reagieren würde. Fiona meinte, dass sie mit den Zwillingen klar käme, sie hätte schon öfter mal ein krankes Kind gepflegt, früher, als sie als Schülerin manchmal als Babysitter jobbte.

Ich rief ein Taxi, um möglichst schnell in Carolines Büro zu sein. Von unterwegs aus versuchte ich, sie mehrfach anzurufen, aber sie ging weder an ihr dienstliches Telefon, noch an ihr Mobiltelefon. Als wir endlich dort eintrafen, bat ich den Taxifahrer, zu warten. Ich ging in das Bürogebäude, und der Pförtner hielt mich gleich an: „Hier ist keiner mehr, die sind alle gegangen."

„Sind Sie sicher?", fragte ich ihn, „können wir noch einmal im Büro meiner Frau nachschauen?"

„Na gut", bequemte er sich und ging mit mir den langen Gang bis zu Carolines Abteilung. Dort schloss er ihre Bürotür auf: „Sehen Sie, ich habe es doch gesagt." Ich ließ meinen Blick schnell durch den Raum wandern und stellte fest, dass alles so unaufgeräumt aussah, als ob sie das Büro blitzartig verlassen habe. Ich bedankte mich beim Pförtner und rief auf dem Weg zum Taxi zurück zu Hause an, um Fiona zu fragen, ob meine Frau denn schon dort eingetroffen sei. Sie verneinte. Ich überlegte, wo ich Caroline suchen sollte. War sie alleine weggegangen, oder mit ihrem Lieblingskollegen? Wo konnte sie überhaupt stecken, sie würde doch wohl jetzt keine unüberlegten Sachen machen. Ich traute mich nicht, meine wilden Gedanken weiter auszumalen. Zu suchen hatte jedenfalls keinen Zweck, also ließ ich mich wieder nach Hause fahren. Dort war Fiona immer noch treu sorgend mit Katharina und Florian beschäftigt, die nur unruhig schliefen. Ich schlug ihr vor, sie gegen Mitternacht abzulösen, da ich eh kein Auge zu tun könne, bis Caroline nicht etwas von sich hören ließe. Die Stunden an diesem Abend vergingen nur schleppend. Das Warten auf ein Lebenszeichen meiner Frau machte mich nervös und kribbelig. Dann, um kurz nach Mitternacht, ich wollte Fiona gerade zu Bett schicken, da klingelte es an der Haustür. Ich schaute von oben aus dem Kinderzimmer auf die Straße und erschrak, denn dort stand ein Polizeiwagen. „Was wollen die denn hier", fragte Fiona mich entsetzt.

„Hoffentlich nicht das, was mir die ganze Zeit im Kopf rumspukt", antwortete ich, bevor ich die Treppe hinunter hastete und die Tür öffnete.

„Sind Sie Peter Lorent?", fragte mich der ältere der beiden Beamten, der auch Carolines Jacke und Handtasche dabei hatte.

„Ja", hauchte ich außer Atem, „was ist mit Caroline passiert?" Die beiden sahen sich an, und der eine übergab mir ihre Sachen; sie waren total verdreckt.

„Wir haben Ihre Frau bewusstlos auf einer Parkbank am Karlaplan gefunden. Sie war sehr stark unterkühlt und hatte ziemlich viel Alkohol getrunken. Hätten uns Anwohner nicht benachrichtigt, dann wäre sie vielleicht heute Nacht bei fast minus 10 Grad erfroren. Wir haben bei ihr zwei Adressen gefunden, die Ihre und die eines Arbeitskollegen, den wir ebenfalls benachrichtigt haben, da sie in seiner Firma zu arbeiten scheint. Sie ist dann mit einer Ambulanz ins Lidingö Krankenhaus gebracht worden. Ich schlage vor, Sie kommen mit uns dorthin."

Ich lief zu Fiona hinauf und teilte ihr mit, was geschehen war.

„Natürlich, gehen Sie, ich bin ja da, und schlafen kann ich auch morgen noch", beruhigte sie mich Ich zog mir schnell etwas über und folgte den Beamten zu ihrem Fahrzeug. Sie waren sehr wortkarg. Auf meine Fragen hin, wie es Caroline gehe, antworteten sie nur ausweichend, dass genauere Angaben nur von den Ärzten im Krankenhaus gemacht werden könnten. Aber der Form halber müssten sie mich schon noch befragen, da ja nicht geklärt sei, wie Caroline denn in diesen Zustand dort gekommen sei. Es handele sich ja nicht um eine Obdachlose, bei der die Ursache relativ klar sei, sondern um jemanden, der augenscheinlich ein normales Leben führe und durch irgendeinen Umstand in diese Situation der Hilflosigkeit geraten sei. Theoretisch könne ja auch ein Verbrechen dahinter stecken.

Im Krankenhaus angekommen, fragte ich die Polizisten, ob wir die Befragung durchführen könnten, bevor ich zu Caroline ins Zimmer ginge. Sie erklärten sich damit einverstanden und setzten sich mit mir in einen Warteraum. Sie wollten wissen, was für ein Leben Caroline führte, ob dieser Vorfall schon einmal in ähnlicher Art und Weise vorgekommen sei, und ob sie theoretisch durch das Verschulden eines Dritten in diese Situation geraten sein könnte. Ich erzählte ihnen, dass sie ein ganz normales Familienleben führte und wir in letzter Zeit ab und zu Konflikte gehabt hätten. Ich verneinte die letzten zwei Fragen. Ich wusste natürlich, dass Carolines Absturz wahrscheinlich durch meine Attacke am Telefon ausgelöst wurde, aber den Beamten ging es nur um strafrechtlich relevante Dinge. Die Polizisten resümierten: „Alles klar, also wahrscheinlich familiäre Probleme; damit ist der Fall für uns abgeschlossen, aber passen Sie in Zukunft vielleicht etwas besser auf sie auf." Damit verabschiedeten sie sich und wünschten mir noch eine gute Nacht, was ich nur als Ironie empfinden konnte. Ich begab mich zur Nachtschwester und fragte, wo meine Frau denn liege. Sie nannte mir die Zimmernummer und meinte, dass schon jemand bei ihr sei. Es konnte sich dabei nur um den Kollegen handeln, mit dem sie öfter zusammen war und den die Polizei auch benachrichtigt hatte.

Als ich das Zimmer betrat, wurde meine Vermutung bestätigt. Carolines Mitarbeiter saß an ihrem Bett, und ich konnte gerade noch sehen, wie er ihre Hand losließ, als ich eintrat. Er erhob sich sofort und sagte mir gegenüber etwas unsicher: „Also, ich gehe dann mal", drückte sich an mir vorbei und verschwand aus dem Zimmer. Ich setzte mich zu Caroline ans Bett.

„Was machst du für Sachen?", fragte ich sie Kopf schüttelnd. Sie drehte ihr Gesicht zu mir und öffnete blinzelnd ihre Augen, aber sie konnte nicht sprechen. Eine Schwester kam hinzu und erklärte mir, dass Caroline mit Unterkühlung und einer Alkoholvergiftung eingeliefert worden sei. Jetzt sei sie aber außer Gefahr und müsse sich ruhig erholen. Ein Arzt würde später noch einmal vorbeikommen. Ich saß drei Stunden bis in den frühen Morgen an ihrem Bett, da erwachte sie wieder und schaute mich noch einmal an. Sie öffnete langsam ihren Mund und versuchte zu sprechen:

„Bitte ... Peter ... verlasse mich nicht." Das war eindeutig die Caroline von früher. Aber was sollte ich darauf antworten? Ich hielt ihre Hand und sagte nichts außer: „Schhhh, du musst dich jetzt ausruhen." Sie dämmerte wieder weg. Ich machte mir schwere Vorwürfe, dass ich meinen Mund am Telefon nicht gehalten hatte. Ich hatte Mitleid mit ihr, aber Liebe konnte man das nicht nennen. Die Tür zum Krankenzimmer öffnete sich und ein Arzt trat herein.

„Sind Sie der Mann von Frau Lorent?", fragte er mich. Ich bejahte, und er nahm mich zur Seite: „Wir glauben, dass Ihre Frau ein großes Alkoholproblem hat und empfehlen unbedingt eine Entzugstherapie." Ich erzählte ihm von meinen Erlebnissen mit Caroline und von den Beziehungsproblemen. Verständnisvoll nickte er mit dem Kopf: „Das erklärt natürlich vieles, aber das reine Retten Ihrer Beziehung wird das Problem Ihrer Frau nicht mehr lösen. Sie braucht eine Entzugstherapie, und das möglichst bald, sonst werden sich Exzesse dieser Art immer wieder wiederholen. Auf Dauer zerstört das einen Menschen." Ich wollte mitnichten, dass das Leben von Caroline zerstört würde. Und so nahm ich mir vor, sobald sie wieder ansprechbar war, ihr den Vorschlag des Arztes zu unterbreiten. Bis zum Morgengrauen schlief sie fest, und diverse Infusionen sorgten für ihre Entgiftung. Als sie erwachte, saß ich völlig übermüdet an ihrem Bett.

„Ein Glück, da bist du ja wieder", sagte ich. Sie schaute mich verwirrt und noch ganz benommen an.

„Wie komme ich denn hierher?", fragte sie vor sich hin starrend.

„Du bist gefunden worden, heute Nacht auf einer Parkbank."

„Und wie kam ich dahin?"

„Das würde ich auch mal gerne wissen. Du kannst dir ja denken, dass wir uns zu Hause gewaltige Sorgen gemacht haben heute Nacht."

„Wieso war ich denn nicht zu Hause?"

Ich erzählte ihr, dass nachts die Polizei gekommen sei und mich über ihren Zusammenbruch informiert hatte.

„Wie peinlich", meinte sie daraufhin. Allmählich kam sie mehr und mehr zu sich. Dann kam die Schwester mit dem Frühstück herein: „Guten Morgen, jetzt müssen Sie sich erst einmal stärken."

Caroline hatte einen guten Hunger, und als sie so aß und bei der ersten Tasse Kaffee langsam klar im Kopf wurde, erzählte sie mir leise, was sich wohl am Vorabend zugetragen hatte. Nachdem sie mit mir telefoniert hatte, war sie entsetzt über meinen ernsthaften Vorschlag, mich zu trennen. Kurz darauf habe eine Kollegin zu einem Geburtstagsumtrunk eingeladen, zu dem sie auch in ein Nachbarbüro gegangen sei. Da habe sie wahrscheinlich etwas zu kräftig ins Glas geschaut, sozusagen als spontane Frustreaktion auf meinen Anruf, und sie konnte sich noch erinnern, dass besagte Kollegin ihr vorgeschlagen hatte, sie besser nach Hause zu fahren; aber Caroline wollte zu Fuß bis zur Bahn laufen. An weiteres konnte sie sich nicht mehr erinnern, auch nicht daran, dass sie von der Polizei gefunden wurde und dass ihr werter Kollege mehrere Stunden bei ihr am Krankenbett gesessen hatte.

„Wer ist das eigentlich?", fragte ich neugierig.

„Na ja, ein enger Mitarbeiter, mit dem ich mich super verstehe, und er kümmert sich auch sonst um mich, wenn ich im Büro mal Probleme habe."

„Trinkt der auch so viel?"

„Nein, keinen Tropfen, er versucht, genau wie du, mich zu zügeln, wie er immer so schön sagt."

„Da hat er vielleicht nicht ganz Unrecht", pflichtete ich bei.

„So schlimm ist das nicht", redete Caroline sich heraus, „ich vertrage es eben nur nicht, wenn ich ein oder zwei Gläschen getrunken habe, und danach durch die Eiseskälte gehe. Da muss ich wohl irgendwie abgebaut haben - und mein Kreislauf hat schlapp gemacht. Also alles halb so schlimm."

„Halb so schlimm? - Der Arzt hat mir heute Nacht gesagt, dass du ein echtes Problem hast und dir dringend eine Therapie empfehle", versuchte ich sie zu überzeugen.

„Mache ich nicht!", kam ihre Antwort trotzig.

„Warum denn nicht?"

„Du willst mich doch nur aus dem Weg haben."

„Das ist doch albern, ich möchte vor allem, dass du dich nicht zugrunde richtest mit deinem Verhalten."

„Dass ich nicht lache; das hast du dir so gedacht, mich wochenlang in Therapie zu schicken, damit du dich mit deiner neuen Flamme amüsieren kannst."

„Zum einen habe ich jetzt keine neue Flamme, wie du es nennst, und zum zweiten denk bitte auch mal an die beiden Kleinen, die nach dir rufen und nicht immer eine betrunkene Mutter erleben wollen. Um die beiden geht es mir vor allem. Sie liegen übrigens mit Windpocken im Bett, und Fiona macht momentan ihren und unseren Job zusammen, weil du hier so ausrastest. Eigentlich müsste ich längst mal bei ihnen vorbeigeschaut haben."

Der behandelnde Arzt betrat das Zimmer, um nach der Patientin zu sehen. Ich sprach ihn an und sagte ihm, dass ich bezüglich der Therapie bei Caroline auf Granit beiße. Er ging an ihr Bett und bestätigte noch einmal das, was er mir schon in der Nacht erzählte. Caroline machte auf trotzig.

„Ich lasse mich hier nicht fremd bestimmen, ich fühle mich wohl und würde jetzt gerne das Krankenhaus verlassen."

Der Arzt zuckte mit den Schultern: „Aus medizinischer Sicht kann sie wohl morgen das Krankenhaus verlassen, aber es wird eine Frage der Zeit sein, wann sie wieder hier auftauchen wird, und dann vielleicht in einem noch erbärmlicheren Zustand als letzte Nacht."

Ich sah das genau so, aber was ich denn machen solle, wenn sie sich nicht einsichtig zeige, fragte ich ihn.

„Nichts", meinte er lapidar, „sie muss aus eigenen Stücken versuchen, trocken zu werden, sonst bringt eine Therapie nichts, so Leid es mir tut. Das einzige, was ich Ihnen bis dahin empfehle: entfernen Sie jeglichen trinkbaren Alkohol aus Ihrem Haus, das macht es für Ihre Frau zumindest schwieriger, so unkontrolliert zuzulangen."

„Dann besorgt sie sich das Zeug doch wieder selbst", gab ich zu bedenken.

„Tja", aber was anderes können Sie da im Moment nicht tun, es sei denn, Sie setzen sie unter Druck, indem Sie ihr damit drohen, dass sie so die Familie zerstört und deshalb zum Schutz der Familie eine Trennung vorziehen würden. Das hilft oft."

„Das genau habe ich ja versucht, nämlich gestern Nachmittag", erwiderte ich, „und das Resultat sehen Sie hier."

„Sie müssen sie sich selbst überlassen; ich weiß, dass sich das inhuman anhört, aber wenn Sie sie immer wieder hochpäppeln und sie dadurch in ihrem Verhalten unbewusst bestärken, wird sich nicht viel ändern. Ein Alkoholiker muss ganz unten sein und sozial isoliert, damit er sieht, was aus ihm durch seine Abhängigkeit geworden ist; nur so kann er von vorne anfangen, wenn er nicht schon früher selbständig kooperiert", erklärte mir der Arzt, „also - wir werden Ihre Frau morgen erst einmal entlassen, und Sie sollten dann zu Hause klären, was zu tun ist. Es kann auch sinnvoll sein, mit Ihrer Frau eine Beratungsstelle für Suchtkranke aufzusuchen, um weitere Schritte zu planen. Ich gebe Ihnen gleich mal eine Kontaktadresse." Damit verabschiedete der Doktor sich und ließ mich mit Caroline alleine. Ich versuchte nicht weiter, auf sie einzureden, da ich darin sowieso kaum Aussicht auf Erfolg sah.

„Ich muss jetzt nach Hause gehen", sagte ich zu ihr, „Fiona hat dort die Nacht mit den Kindern durchgebracht, und ich sollte sie bald ablösen." Caroline nickte schweigsam, und man sah ihr schon an, dass sie ein schlechtes Gewissen deswegen hatte.

„Dann mach's mal gut", meinte sie, legte sich zurück und schloss die Augen.

Als ich zu Hause bei Fiona eintraf, war diese ziemlich übernächtigt und hielt sich an einer Tasse Kaffee fest: „Die Kleinen schlafen noch, und ich müsste dies nun auch unbedingt tun", meinte sie mit einem unübersehbar müden Gesichtsausdruck. Ich erlöste sie sofort von ihrem Job und sagte, sie solle sich den nächsten Tag komplett frei nehmen. Da die Kinder bei Fiona in guten Händen waren und nun schliefen, gönnte ich mir auch etwas Ruhe und legte mich auf das Sofa im Wohnzimmer. Ich legte die CD von Blackmores Night ein, die Victoria mir zu Weihnachten geschenkt hatte und entspannte ein bisschen bei der Musik und schlief letztendlich völlig am Ende meiner Kräfte darüber ein.

Victorias Rückreise nach England lag nun ein paar Wochen zurück, und sie hatte sich wieder etwas besser in dem Landhaus ihres Mannes eingelebt. Linus hatte sich anscheinend wirklich geändert. Natürlich war er unter der Woche viel unterwegs, aber wann immer er Zeit hatte, bemühte er sich, nach Potterton zu kommen und bei seiner Frau zu sein. Während dieser Zeit rief auffällig oft seine Schwester, die Victoria noch nie zu Gesicht bekommen hatte, bei ihm an, wenn er zu Hause war. Anscheinend ging es ihr nicht so gut, denn er hatte oft lange Gespräche mit ihr. Auf der körperlichen Ebene blieb die Beziehung zu Victoria jedoch auf der Strecke. Linus zeigte nie den Bedarf nach körperlicher Nähe, und wenn sie auf ihn zukam, wich er immer aus. Peter wäre da ganz anders, dachte sie dann manchmal. Das störte sie mit der Zeit auch sehr, aber sie war ja schon froh über die kleinen Fortschritte, die Linus in ihren Augen machte. Allerdings hatte das Ganze einen Wermutstropfen. Joe Selmers hing an Linus wie eine Klette, als wenn er permanent etwas von ihm wollte. Victoria fragte ihren Mann immer wieder, warum er denn diesem Menschen so übermäßig viel Aufmerksamkeit schenke. Linus beantwortete diese Art Fragen immer gleich: Selmers wäre eben ein komischer Typ, aber ein brillanter Mitarbeiter, ohne den er nur schlecht alle seine Aufträge abarbeiten könnte. Victoria verstand von Linus' Aufträgen nicht viel, aber so brillant konnte doch kein Mitarbeiter sein, dass er sich dermaßen stark in Linus' und ihr Privatleben einmischen musste. Manchmal, wenn Selmers im Hause war, und das war er oft, zogen sich die Männer zurück und diskutierten angeblich über ihre Arbeit, aber Victoria fand es merkwürdig, dass sie nie dabei sein durfte. Einmal diskutierten sie dermaßen laut, dass es sich schon eher wie ein Streit anhörte. Und eines blieb ihr dabei nicht verborgen, nämlich dass sich die zwei, so sehr sie auch sonst immer zusammenhingen, in irgendwelchen finanziellen Schwierigkeiten befanden. An solchen Abenden konnte es auch schon einmal vorkommen, dass Selmers leicht erbost davonfuhr. Linus war danach immer sehr verstört und redete nicht viel. Wenn Victoria ihn auf diese Sache ansprach, wollte er nicht näher darauf eingehen, als wenn er wegen irgendetwas ein schlechtes Gewissen gehabt hätte. Dass sie mit ihrer Annahme nicht ganz falsch lag, merkte sie dann eines Abends, als Linus sie besonders freundlich zum Essen in ein Restaurant einladen wollte.

„Das machst du doch sonst so selten", reagierte sie überrascht, als ihr Mann mit seiner Einladung herausrückte.

„Aber du hast es verdient", antwortete er - und wir kommen ja meistens nicht so oft dazu, etwas zusammen zu unternehmen, also habe ich mir heute Abend mal komplett frei genommen, um nur für dich da zu sein." Er lud seine Frau in eines der teuersten Restaurants in Aberdeen ein, und Victoria fühlte sich auf der einen Seite geehrt, aber auf der anderen Seite hatte sie das Gefühl, dass mit dieser Einladung noch etwas Weiteres auf sie zukomme. Linus ließ sich nicht lumpen an diesem Abend und bestellte Champagner und ein ausgedehntes Menü.

„Womit habe ich das denn verdient?", fragte Victoria ganz erfreut, als sie das leckere Essen sah.

„Das ist für die beste Ehefrau der Welt, die es mit mir aushält, obwohl ich so wenig Zeit für sie habe; ein kleines Dankeschön für die Geduld, die du mit mir hast, sozusagen", erklärte Linus theatralisch.

„Na dann auf unser Wohl", sagte Victoria und erhob ihr Glas. Sie sprachen über seine Arbeit und auch über ihre an der Musikschule, jedoch dominierte Linus' Arbeitswelt das Gespräch.

Plötzlich dann senkte er den Kopf und meinte: „Tja, es könnte alles so gut laufen, aber unsere Aufträge können wir gar nicht alle zu zweit bearbeiten. Wir benötigen einfach noch ein zweites Büro in London, aber dafür fehlen uns im Moment die Mittel."

„Verstehe ich schon", meinte Victoria, „aber wenn euer Geschäft doch so gut läuft, könnt ihr denn aus den Einnahmen nicht so etwas finanzieren?"

„Könnten wir schon, aber wir haben einige säumige Kunden, was uns auch wiederum ein finanzielles Problem bereitet."

„Wie viel Geld bräuchtet ihr denn ungefähr?"

„Na ja, so um die 50000 Pfund."

„Das ist aber eine Menge", staunte Victoria, „war Selmers deswegen letztens so aufgebracht, als er plötzlich verschwand?"

„Ja, ja", stammelte Linus, als wenn er sich eine Antwort erst überlegen müsste, „er hat sich wegen der … ja …wegen der zahlungsunwilligen Kunden so aufgeregt, und … ja … er war wohl allgemein nicht gut aufgelegt an diesem Abend."

„Würde es dir denn helfen, wenn ich, nun … sagen wir mal in Vorkasse treten würde?"

„Das würdest du tun? Nein, das kann ich nicht verlangen."

„Warum denn nicht, wir sind doch eine Familie - und da muss man sich doch helfen."

„Das beschämt mich aber jetzt sehr", schleimte Linus herum.

„Soll ich dir einen Scheck ausstellen, oder willst du es lieber bar in einem Koffer, dann gehen wir morgen zur Bank", schlug Victoria vor. Linus Augen leuchteten: „Bar wäre natürlich optimal, also, ich meine, wenn das möglich wäre."

„Ja, gut, machen wir so, und du kannst es mir ja dann monatlich zurückzahlen, ohne Zinsen natürlich, abgemacht?"

„Abgemacht!", versicherte ihr Linus, und seine Stimmung hellte sich sichtlich auf, „ich muss mal gerade mit Joe telefonieren und ihm das mitteilen." Dazu erhob er sich von seinem Platz und ging nach draußen, was Victoria nicht ganz nachvollziehen konnte und ihn deswegen später fragte, warum er denn für dieses Gespräch das Restaurant verlassen hätte.

„Das Netz", erklärte Linus, „ich habe hier drinnen kein Signal für mein Mobiltelefon." Irritiert schaute Victoria auf ihres, und da war das Signal aber klar und deutlich gegeben.

„Verstehe ich nicht, mein Telefon hat hier einen guten Empfang."

„Dann ist meins wohl irgendwie gestört", wiegelte Linus ab, „sollen wir jetzt noch irgendwo etwas trinken?"

„Nein, ich bin jetzt ziemlich satt und müde, und morgen ist ein langer Tag an der Schule."

„Siehst du", pflichtete Linus ihr heuchlerisch ganz in seinem Sinne bei, „so ist das, wenn man beruflich viel zu tun hat", da muss man aufpassen, dass nicht zu viel Privates dabei auf der Strecke bleibt."

Sie fuhren nach Hause. Victoria dachte sich noch den ganzen Abend, dass sie vielleicht etwas zu vorschnell mit ihrem Angebot war. Irgendwie kam ihr das Ganze im Zusammenhang mit Joe Selmers komisch vor, aber sie konnte auch keine rationale Begründung für ihre Bedenken finden, und so blieb sie bei ihrer Entscheidung, Linus das Geld zu leihen.

Am nächsten Tag gingen beide zur Bank und erledigten das Geschäft. Linus wollte noch am gleichen Abend mit dem Geld zu Selmers fahren, um ihm dieses zu überreichen.

„Bist du sicher, dass du ihm diese Summe anvertrauen willst?", fragte Victoria skeptisch.

„Ja, das ist auf jeden Fall besser, da er häufiger in London ist und deswegen dort alles günstiger managen kann. Du kannst sicher sein, Victoria, bei ihm ist das Geld gut aufgehoben", versuchte Linus seine Frau zu beruhigen.

Von diesem Tag an gab es zwei wesentliche Veränderungen, von denen die eine durchaus von Victoria begrüßt wurde, die andere aber weniger. Seltsamerweise war Joe Selmers nach der Geschichte mit der Geldübergabe nicht mehr bei Linus und Victoria zu Hause aufgetaucht. Und obwohl Victoria dies an sich als sehr angenehm empfand, machte sich ein ungutes Gefühl in ihr breit, welches ihr sagte, dass das Verschwinden von Selmers unmittelbar mit dem plötzlichen Geldsegen zu tun haben musste. Die zweite Veränderung machte sie gar nicht glücklich, da sie von nun an merkte, wie Linus mehr und mehr in frühere Verhaltensweisen zurückfiel. Er blieb immer öfter immer länger weg, und auch sein Umgang mit Victoria war nicht mehr so umsorgt, wie sonst. Ganz so schlimm wie früher war es wohl nicht, aber die Richtung war eindeutig. Als Victoria Linus darauf ansprach, reagierte der anscheinend mit einem schlechten Gewissen, aber er redete sich damit raus, dass er eben durch die Neueröffnung in London auch dort viel gebraucht würde. Victoria wurde misstrauisch und fragte Linus, wo denn genau sich das neue Büro befinde. Darauf antwortete er nur allgemein mit der Aussage, dass es in einem der vielen Büroneubauten am Rande der Stadt sei; die genaue Adresse hätte er aber im Moment nicht im Kopf. Auch die Rückzahlung schien Linus Schwierigkeiten zu bereiten, da er andeutete, dass sich Victoria noch etwas gedulden müsse, bis die aktuellen Geldeingänge aus seinem Geschäft verbucht wären. Victoria war zwar nicht auf das Geld angewiesen, aber sie fand den neuerlichen Umgang von Linus mit ihr nicht fair, und das sagte sie ihm auch. Wie früher ging er weniger und weniger auf sie ein und das führte schnell wieder zu Unstimmigkeiten. Wenn sie ihn fragte, warum er jetzt wieder sein Verhalten verändern würde, nachdem alles doch viel besser zu werden schien, antwortete er ihr nur: „Das siehst du nur so, es gibt halt stressige und weniger stressige Zeiten - und da ist man mal so oder so eingebunden und hat eben für Privates weniger Zeit. Das wird sich auch wieder ändern." Sie versuchte ihm zu glauben und hoffte inständig, dass sie sich nicht geirrt hatte.

Unterdessen kamen mit der weiteren Vernachlässigung durch Linus wieder vermehrt Gedanken an Peter auf, an den sie immer noch häufig dachte und sich oft überlegt hatte, mit ihm wieder in Kontakt zu treten. Was er jetzt wohl mache? Ob er seine Beziehung zu seiner Frau verbessern konnte? Das alte Hin- und Hergerissenheitsgefühl wurde wieder stärker und stärker. Wenn Victoria zwischenzeitlich bei ihren Eltern vorbeischaute, was in letzter Zeit wieder vermehrt vorkam, wenn sie sich wie früher begann einsam im Landhaus zu fühlen, ging sie oft in ihr altes Zimmer und schaute sich Peters Bild an, welches sie an einen besonderen Platz dort gestellt hatte. Manchmal fragte sie sich, ob Linus nur des Geldes wegen nett zu ihr gewesen war und ob es richtig war, ihm dieses für seinen Zweck gegeben zu haben.

Zudem zweifelte sie immer mehr, dass ihre Unterstützung wirklich in das neue Büro fließe, weil sie darüber nie eine Information erhielt, wenn sie Linus danach fragte. Sie kam sich ausgenutzt vor und spürte, dass irgendetwas nicht stimmen konnte.

An einem Wochenende, es war mittlerweile Anfang April, entschloss sich Victoria, der Sache etwas auf den Grund zu gehen. Von Linus hatte sie bisher keinen Cent gesehen, und er und sein Kollege waren wie früher oft unterwegs. Victoria flog nach London, um sich nach der Firma ihres Mannes zu erkundigen, es müsse da ein neues Büro geben. Aber wo sie auch nachfragte, bei Behörden, und anderen Stellen, die es wissen mussten, überall sagte man ihr, dass diese Firma ihren Sitz in Aberdeen hätte und keine weitere Adresse bekannt sei. Das machte Victoria nun endgültig misstrauisch. Was war mit ihrem Geld geschehen? Was hatte dieser Selmers damit angestellt - und warum konnte Linus ihr weder sagen, was los ist, noch wenigstens ein paar tausend Pfund zurückbezahlen? Diese Fragen würde sie Linus, wenn sie nach Potterton zurückgekehrt wäre, unter die Nase halten, auch dass sie selbst Recherchen wegen des neuen Büros angestellt hätte, mit den entsprechenden negativen Auskünften. Als sie wieder zu Hause war, und ihrem Vater von der Sache erzählte, regte sich Patrick mächtig auf: „Wie kannst du nur auf so etwas hereinfallen, Vicky, die Sache stinkt doch zum Himmel."

„Glaube ich auch", stimmte seine Tochter enttäuscht zu, aber ich will Linus keine Boshaftigkeiten unterstellen, ich glaube vielmehr, dass sein Kollege, dieser Joe Selmers, dahinter steckt."

„Ich werde sofort Jonathan anrufen", meinte Patrick, „der soll sich der Sache mal annehmen und über Selmers recherchieren lassen. Er kennt da einen guten Privatdetektiv, der vielleicht weiterhelfen kann."

„Na gut Papa, aber Linus darf davon nichts merken, er fühlt sich sonst vielleicht von mir hintergangen, und ich will ihn nicht so ohne weiteres verlieren. Ich möchte ihn gerne selber damit konfrontieren. Ich glaube, dass er in seinem Inneren ein guter Mensch ist."

„Dein Wort in Gottes Ohr", redete Cora dazwischen, denn sie hielt nie allzu viel von ihrem Schwiegersohn, „ich denke, der hat es faustdick hinter den Ohren."

„Sag so etwas nicht, das ist schließlich mein Mann", erwiderte ihre Tochter wohl ahnend, dass vielleicht auch etwas mit Linus nicht stimme, vor allem, weil er so plötzlich wieder mehr Abstand von seiner Frau hielt.

„Du darfst jetzt auf keinen Fall mit Linus über deine Recherchen sprechen, Vicky", meinte Patrick, „sonst gefährdest du unsere Aktion. Wenn wir herausfinden wollen, was wirklich dahinter steckt, musst du dich zurückhalten, sonst besteht die Gefahr, dass dieser Selmers, sollte er wirklich Dreck am Stecken haben, versuchen wird, alles zu verschleiern. Bitte, auch wenn es dir schwer fällt, es ist wichtig, dass du schweigst."

„Also gut, von mir vorerst kein Wort, versprochen", versicherte Victoria ihrem Vater.

Gelebte Liebe

Als Caroline wieder nach Hause kam, wurde die Situation in unserer Familie nicht gerade besser. Alle, außer den Kindern natürlich, wussten, was mit meiner Frau los war. Fiona hielt sich naturgemäß zu dieser Thematik zurück und kümmerte sich ausschließlich um die immer noch an Windpocken leidenden Zwillinge. Caroline wurde von ihrer Firma zunächst beurlaubt, um sich zu erholen und sich um eine Therapiestelle zu bemühen. Dies war denn auch das Hauptthema, welches unsere Gespräche beherrschte. Wieder und wieder versuchte ich sie zu überzeugen, dass sie sich therapieren lassen müsse, aber es war aussichtslos, ihre Meinung zu ändern. Sie war der Ansicht, durch den längeren Urlaub käme sie schon wieder auf die Beine, und ich entgegnete ihr, dass sie nur deswegen so lange vom Job freigestellt würde, um die Zeit für eine Therapie zu nutzen. Ich hatte derweil sämtliche Alkoholvorräte aus dem Haus verbannt und überprüfte genau, ob von Carolines Seite etwas herein geschmuggelt wurde. Ich war gespannt, wie lange sie das aushalten würde, denn früher oder später mussten zumindest psychische Abhängigkeitssymptome auftreten. Lange ließ das denn auch nicht auf sich warten.

Caroline wurde unausgeglichener und von Tag zu Tag aggressiver. Aber ich konnte sie natürlich nicht auf Schritt und Tritt kontrollieren, denn manchmal verschwand sie, ohne uns Bescheid zu sagen und kehrte erst Stunden später zurück. Auch wenn ich meine Unterrichtsstunden hatte, war ich nicht im Haus und konnte so nicht kontrollieren, ob meine Frau diese Zeit nutzen würde. Ich bat Fiona, die sich in dieser Sache mir gegenüber wie eine Verbündete verhielt, ein wenig die Augen aufzumachen und mir zu berichten, ob sich etwas Verdächtiges ereignen würde. Eines Morgens nach dem Frühstück, Caroline machte sich angeblich zu einem Erholungsspaziergang auf, da flüsterte Fiona mir zu: „Herr Lorent, Ihre Frau hat heute morgen ziemlich stark nach Alkohol gerochen, aber nicht nach Wein, sondern es war ein sehr starker Geruch." Ich lief in ihr Zimmer, aber ich fand dort nichts, auch in dem Verschlag hinter ihrem Schreibtisch war nichts versteckt. Wo konnte sie sich das Zeug besorgt haben?

„Fiona, sind Sie sicher? Ich habe nichts gefunden, und heute Nacht war Caroline nicht fort. Kann es sein, dass vielleicht ihr Mundwasser so gerochen hat?", fragte ich unser Kindermädchen.

„Nein, diesen Geruch kenne ich ganz bestimmt, es roch nach richtig starkem Alkohol, so wie Schnaps oder ähnliches."

Irgendeine heimliche Quelle musste Caroline also aufgetan haben. Es war naiv, von mir zu denken, dass ein richtiger Alkoholiker sich durch einfaches Entfernen des Stoffes aus dem Haus vom weiteren Trinken abhalten ließe. Ich musste überprüfen, ob an der Annahme Fionas etwas dran wäre. Als Caroline nach Hause kam, durchsuchte ich in einem günstigen Moment ihren Mantel und ihre Tasche, dabei wurde Fionas Verdacht bestätigt. Sie hatte einen Flachmann dabei, den sie wohl unterwegs füllte und dann vor allem nachts konsumierte. Es half nichts, ich musste Caroline damit konfrontieren. Als ich ihr die kleine Schnapsflasche präsentierte, regte sie sich total auf. Ich würde ihr nachspionieren, und das wäre das allerletzte, sie wie einen unmündigen Menschen zu behandeln. Ich merkte, dass es keinen Zweck hatte, Caroline so unter Kontrolle zu halten. Auch das Wegwerfen dieser Ration wäre nur ein Tropfen auf den heißen Stein. Ich machte ihr noch einmal klar, dass sie mit ihrem Verhalten ernsthaft unsere Familie gefährde, und dass ich mir das nicht mehr sehr lange mit anschauen würde. Aber mir kam es vor, als wenn sich Caroline irgendwie in Sicherheit wiegte, dass ich sie nicht verlassen würde, vor allem der Kinder wegen. Ganz Unrecht hatte sie dabei nicht, aber ich brauchte jetzt mal eine Auszeit und fragte Fiona, ob sie Lust hätte, die ganze Woche nach Ostern frei zu nehmen, um zu ihrem Freund nach Finnland zu reisen. Sie war überrascht über dieses Angebot, aber ich erklärte ihr, dass ich mit den Kindern in Stockholm Ostern feiern würde, und sie dann mit nach Deutschland auf einen Kurzurlaub nehmen würde, in meine alte Studienstadt Bonn, in der ich jahrelang studiert hatte. Caroline wollte ich auf Lidingö für diese Zeit zurücklassen, damit sie sich einmal im Klaren über verschiedene Dinge werden könnte, insbesondere was es bedeute, einsam zu sein. Vielleicht käme sie dann auf die Idee, eine Therapie zu beginnen, wenn sie merke, dass die anderen sich von ihr zurückziehen. Ich kalkulierte ein, dass sie eventuell die Gelegenheit wieder nutzen würde, mehr zu trinken, aber ich hatte keine andere Wahl. Entweder sie käme endlich zur Besinnung und kooperierte, oder aber sie würde sich über diese Woche dermaßen betrinken, dass ich dies als endgültiges ‚Aus' unserer Beziehung ansehen würde. Ich erzählte Caroline von meinem Vorhaben, und sie gab sich anscheinend unbeeindruckt. Ihr würde es nichts ausmachen, mal eine Woche alleine zu entspannen, ich solle die Kinder ruhig nehmen und mir in Bonn eine schöne Woche machen, meinte sie recht gleichgültig dreinschauend. Am Karfreitag verabschiedete sich Fiona in ihren Kurzurlaub, und ich war mit Caroline und den Zwillingen alleine zu Hause. Das Osterfest verlief halbwegs harmonisch, jedenfalls versuchte ich den Kindern die Osterzeit so gut wie möglich zu verschönern. Mit Caroline war kaum zu rechnen, sie saß nur teilnahmslos herum und schien sich zu langweilen. Ich begann mir wirklich Sorgen um unsere Existenz zu machen, da der Sonderurlaub meiner Frau in zwei Wochen ablief und sie bis dahin immer noch keine Anstalten gemacht hatte, sich therapieren zu lassen; und Carolines Arbeitgeber würde auch nicht ewig dieses Theater mitmachen.

Am Dienstag nach Ostern war es dann soweit, ich verabschiedete mich von ihr und gab ihr den Rat, sie solle die Woche über vernünftig werden und sich entsprechend verhalten, und dass ich mich freuen würde, wenn sie mir am folgenden Wochenende einen positiven Entschluss mitteilen könnte. Ich bot ihr auch an, dass sie mich im Hotel in Bonn ruhig jederzeit anrufen könne, wenn sie in Schwierigkeiten sei. So machte ich mich am Dienstag nach Ostern mit den Kindern auf den Weg zum Flughafen Arlanda. Die beiden waren ganz schön aufgeregt und freuten sich riesig, endlich mal mit mir alleine eine größere Reise zu unternehmen. Wir hatten uns in einem renommierten Hotel ein Doppelzimmer mit Zustellbett gebucht, das Doppelbett war für die Zwillinge gedacht, und ich nahm Vorliebe mit der zusätzlichen Schlafstelle. Ich wollte in den nächsten Tagen einige Aktivitäten mit ihnen unternehmen; Boot fahren auf dem Rhein, den botanischen Garten besuchen und mit geliehenen Fahrrädern in die Rheinauen fahren, und Picknick machen stand auf unserer Liste. Für Mittwochabend allerdings hatte ich mir vorgenommen, ein Open Air Konzert im Innenhof der Bonner Universität zu besuchen, wie ich es schon früher oft als Student gemacht hatte. Es gelang mir, für diesen Abend einen Babysitter zu engagieren, eine junge Studentin, welche mir das Hotel vermittelte. Ich traf mich am Nachmittag vor dem Konzert mit ihr und den Kindern im Hotelzimmer, und es war kein Problem, die beiden Zwillinge davon zu überzeugen, den Abend mit ihr im Hotel zu verbringen, da sich die drei auf Anhieb verstanden. Bei unerwarteten Zwischenfällen könnte sie mich auf meinem Mobiltelefon anrufen, sagte ich zu ihr.

Da das Wetter im Rheinland gänzlich verschieden ist zu dem typischen im Frühjahr immer noch kalten Klima in Skandinavien, war es an diesem schönen Frühlingsabend in Bonn möglich, bei angenehmen Temperaturen von ca. 20 Grad eine solche Freiluftveranstaltung zu genießen. Als ich den Innenhof der Uni erreichte, begann sich dieser langsam mit Publikum zu füllen. Die Sitzbänke waren kreisförmig um die Mitte des Hofes angeordnet, so dass man nicht nur das Ensemble von überall gut beobachten konnte, sondern auch das gegenüberliegende Publikum. Ich suchte mir ein lauschiges Plätzchen auf einer der hinteren Sitzbänke. Nach einer viertel Stunde des allgemeinen Einlaufens, ließen sich die Leute allmählich nieder. An den Rändern des Innenhofes wurden Fackeln entzündet und die Mitte, wo das Quartett spielen sollte, wurde von leichtem Scheinwerferlicht eingehüllt, gerade so, dass man genug sah, aber doch nicht zu hell, um der gemütlichen Atmosphäre nicht den Reiz zu nehmen. Die Luft duftete frühlingshaft, und so wollte ich entspannt diesen Abend genießen. Dann wurde es still. Nur das leichte, aber nicht störende Stadtgeräusch außerhalb des Hofes war noch wie ein Grundrauschen zu vernehmen, welches aber im Laufe des Abends auch immer geringer werden sollte. Gespielt wurde an diesem Abend Vivaldis ‚Vier Jahreszeiten' von einem Studentenensemble der Bonner Musikschule. Ich schloss genüsslich die Augen, und von Zeit zu Zeit ließ ich meinen Blick im Innenhof umherschweifen, mal zum Ensemble, mal zum Publikum mir gegenüber. Plötzlich blieben meine Augen wie gebannt stehen. Das Scheinwerferlicht, welches die Mitte des Schauplatzes erhellte, blendete mich ein wenig vor dem Blick auf das mir gegenüberliegende Publikum. Dennoch meinte ich die Umrisse einer Person erkannt zu haben, und ich konnte nicht glauben, dass es diese Person wirklich sein könnte: Ich glaubte Victoria direkt mir gegenüber zu sehen. Ich versuchte, sie deutlicher zu erkennen. Dann, als sie den Kopf leicht etwas zur Seite drehte, war ich mir sicher, diese Frau dort drüben musste Victoria Filby sein. Mein Herz schlug plötzlich bis zum Hals, und ich bekam von der Musik um mich herum nur noch wenig mit. Ich versuchte, durch leichtes Hin- und Herbewegen meines Kopfes mit Blick in ihre Richtung ihre Aufmerksamkeit zu erregen. Aber sie schien so vertieft in die Musik, dass ich wohl keine Chance gehabt hätte, sie mit meinen Gesten abzulenken, wenn die Künstler nicht nach der Hälfte des Konzertes eine Pause eingelegt hätten. Der Applaus verebbte, das Publikum nahm wieder Platz, und in dem Moment trafen sich unsere Blicke. Wie gebannt starrte Victoria auf mich mit sich öffnendem Mund, als wollte sie etwas sagen. Dann hob sie langsam ihre Hand und winkte mir ebenso vorsichtig zu, anscheinend ungläubig darüber, dass sie mich ausgerechnet hier antreffen würde. Die Musik setzte wieder ein und wir sahen uns während des zweiten Teils oft an und lächelten uns zu. In meinem Kopf spielten die Gedanken verrückt, alles ging durcheinander. Wie würde sie reagieren, wenn ich gleich nach dem Konzert, und das hatte ich auf jeden Fall vor, auf sie zuginge? Was würde Victoria sagen? Oder würde sie vielleicht schnell weggehen, um mir nicht zu begegnen? An letztere Möglichkeit glaubte ich weniger, denn dafür schien sie mir heute Abend zu freundlich gesonnen. Ich konnte das Ende kaum noch abwarten.

Endlich, der letzte Bogenstrich war verklungen, und das Publikum erhob sich zum Beifall. Sie jetzt bloß nicht aus den Augen verlieren, dachte ich und versuchte, sie zwischen der Menge hindurch zu erblicken. Sie schien irgendwie nicht mehr an ihrem Platz zu sein, also verließ ich den meinen und begab mich in den hinteren Gang der Kulisse, an welchem sich auch der Ausgang aus dem Innenhof befand, weil ich hoffte, Victoria auf diesem Gang anzutreffen. Auch dieser Weg war noch relativ voll mit der sich langsam verlaufenden Menschenmenge, die sich zum seitlichen Ausgang hin bewegte. Es wurden immer weniger Personen, die den Torbogen passierten, da sah ich sie stehen, am anderen Ende des Ganges. Anscheinend das gleiche Ziel wie ich verfolgend, wartete sie dort auf einen besseren Überblick. Dann war der Gang frei, nur noch wir zwei standen je an einem Ende. Wir schauten uns an und bewegten uns langsamen Schrittes aufeinander zu. Vor Freude und emotionaler Überwältigung, vielleicht auch geprägt durch die laue sommerliche Atmosphäre des Abends, traten mir die Tränen in die Augen, als sie dann ganz nah vor mir stand.

„Mein Peter", sagte sie leise und reichte mir beide Hände. Ich brachte kaum ein Wort hervor, so gerührt war ich in diesem Augenblick.

„Victoria", flüsterte ich, ungläubig über diese Begegnung, als ich ihre Hände entgegennahm und sie fest an mich zog. Sie umarmte mich ebenso. „Du glaubst nicht, wie ich dich all die letzten Wochen vermisst habe", seufzte ich ihr ins Ohr und sie erwiderte:

„Geht mir genauso, aber ich habe mich nicht getraut, dich anzurufen, nachdem, wie ich dich habe einfach stehen lassen. Es tut so gut, dich endlich wieder zu spüren."

Wir hielten uns bestimmt mehrere Minuten lang fest, bevor sich unsere Umklammerung löste und wir zusammen die Universität verließen.

„Wollen wir noch ein Stück um den Hofgarten spazieren?", schlug ich vor.

„Gerne." Victoria strahlte mich an, als wenn es seit längerer Zeit das erste Mal gewesen wäre, dass sie so entspannt gelächelt hätte. „Wie kommt es, dass du hier bist?", fragte sie mich.

„Das ist das Resultat meiner Erlebnisse der letzten Wochen in Stockholm", erwiderte ich. Dann erzählte ich ihr die ganze Geschichte mit Caroline, den Kindern und dem Alkohol. Ich erklärte ihr auch, dass ich mit den Zwillingen dort in Bonn in einem Hotel wohne und dass ich für diesen Abend einen Babysitter engagiert hatte.

„Siehst du denn keine Chance mehr, deine Beziehung zu kitten?", fragte Victoria weiter.

„Die Frage ist nicht die, ob ich eine sehe, sondern ob ich noch eine sehen will; wir haben uns in der letzten Zeit zu sehr voneinander separiert, und selbst wenn Caroline eine Therapie macht, ich weiß nicht, ob uns das zusammenhalten wird." Victoria schwieg betreten. „Und was treibt dich hierher?", fragte ich sie verwundert - von meinen Problemen ablenkend.

„Eine Fachtagung internationaler Musiklehrer. Morgens haben wir im Konferenzraum meines Hotels in Bad Godesberg Diskussionsrunden und Seminare. Die dauern noch bis Freitag, und am Samstag reise ich wieder ab. Meine Musikschule in Aberdeen hat mich hier hergeschickt, sozusagen zum Knüpfen internationaler Kontakte."

„Also unterwegs in beruflicher Mission", bemerkte ich anerkennend.

„Ja, könnte man so sagen."

Wir gingen schweigend nebeneinander her. Ich spürte, wie eine leichte Spannung zwischen uns entstand, nicht negativ, aber wahrscheinlich geprägt von unserer beider Unsicherheit bezüglich unserer Gefühle füreinander. „Ich wollte …", begannen wir beide gleichzeitig zu reden. Wir mussten lachen.

„Zuerst du", gab ich Victoria den Vortritt.

„Nein, du."

„Nein, komm sag schon", erwiderte ich.

„Also", begann Victoria verlegen, „ich wollte dich fragen, ob du mir verzeihen kannst, wegen meines plötzlichen Kontaktabbruchs. Ich weiß auch nicht, was da in mich gefahren ist, aber ich hatte solche Angst vor Joe Selmers, und dass er meinem Mann etwas sagen könnte und da …"

Ich stellte mich vor sie und hielt meine Hände um ihren Kopf. „Psst, ist ja schon gut, ich bin dir nicht böse, und du musst dich nicht rechtfertigen. Du hattest deine Gründe, und das verstehe ich", beruhigte ich Victoria und küsste sie auf die Stirn.

Erleichtert sah sie mich an: „Da bin ich aber froh, denn ich bin sonst nicht so und du …", sie musste sich ein wenig fassen, „ja, jetzt wo ich dich sehe, merke ich, wie viel ich für dich empfinde." Ich legte ihren Kopf an meine Brust und streichelte über ihr Haar.

„Ich habe auch immer noch die gleichen starken Gefühle für dich, wie vor Monaten", versicherte ich ihr, „aber wir müssen uns darüber klar werden, was wir beide wollen."

„Das ist es ja, ich weiß nicht, was ich machen soll; vor allem nach dem, was in den letzten Wochen geschehen ist, bin ich mir unsicherer als je zuvor."

„Was ist denn passiert, was dich so unsicher werden lässt?", fragte ich sie und setzte mich mit ihr auf eine Bank am Rande der Wiese.

Victoria berichtete mir, wie Linus anfänglich anscheinend so fürsorglich gewesen war, und nachdem er von ihr Geld bekommen habe, sein positives Verhalten wieder auffällig abklingen ließ. Da ich ja von Åke und Johanna von dem Streitgespräch zwischen Linus und Selmers über Gelddinge wusste, bestätigte das, was Victoria mir da erzählte, meine Vermutung, dass mit Linus und Selmers etwas nicht stimmte.

„Soweit ich von deinen Nachbarn weiß", deutete ich vorsichtig an, „haben die wohl mal einen Streit zwischen Linus und Selmers mitbekommen, aus dem klar hervorging, dass Selmers Schulden hat."

„Nein, das glaube ich nicht!", erschrocken fuhr Victoria hoch, „ich kann mir nicht vorstellen, dass Linus das Geld für Selmers' Schulden brauchte. Und warum sollte er dessen Schulden bezahlen?" Dann schaute sie nachdenklich vor sich hin, lehnte sich wieder an meine Schulter und meinte: „Aber irgendwie komisch ist das schon. - Ach, es ist so schön, so mit dir hier zu sitzen", wechselte sie das Thema, „so unbeschwert, nicht nachdenken zu müssen, ob man hintergangen wird oder nicht. Warum kann das nicht immer so sein?"

„Weil wir uns nicht entscheiden können."

„Komm, lass uns für einen Augenblick unsere privaten Probleme vergessen und den Moment genießen, wie wir es so oft in Danderyd getan haben."

Dicht an dicht saßen wir in der Abendkühle an der Hofgartenwiese, an welcher nur noch vereinzelt Spaziergänger vorbeiliefen. Ich legte meine Jacke um Victorias Schultern, um sie etwas zu wärmen. Victoria schloss die Augen und schien vor sich hin zu träumen. Ich musste mir dabei die ganze Zeit ihr hübsches Gesicht ansehen, und traute mich nicht zu fragen, ob ich sie küssen dürfe. Ich tat es dann einfach und sie ließ es zu. „Ich liebe dich", flüsterte ich ihr ins Ohr.

„Ich liebe dich auch."

Es wurde dunkel in Deutschlands ehemaliger Hauptstadt, und Victoria schien es zu gefallen, so mit mir dort zu sitzen, denn sie machte keine Anstalten, sich von mir zu lösen. „Es wird langsam spät und …", sagte ich.

„… und du willst deinen Babysitter nicht überfordern", meinte Victoria verständnisvoll zu mir aufblickend.

„Ja, abgemacht war bis 10 Uhr, und jetzt ist es kurz davor."

„Ich muss auch in mein Hotel, mit der U-Bahn nach Godesberg. Morgen früh um Acht haben wir wieder ein Seminar. Aber wenn du, ich meine du und deine Kinder, wenn ihr wollt, dann können wir doch zusammen nachmittags mit dem Boot ein Stück Rhein aufwärts fahren. Da soll es so eine Burg geben, wie war noch gleich der Name?"

„Löwenburg, die ist in Königswinter; ja, können wir gerne machen, das hatte ich den beiden nämlich auch schon versprochen. Wie wäre es mit dem Schiff, so um 14 Uhr?"

„Au ja, ich freue mich", sagte sie.

Ich brachte Victoria noch zur U-Bahn und ging dann beschwingt ins Hotel, wo die Babysitterin einen guten Job gemacht hatte. Die Zwillinge schliefen fest und hatten einen zufriedenen Gesichtsausdruck.

„Ging einfach", meinte Christine, so hieß die Studentin, „ich habe ihnen einfach Geschichten vorgelesen, und darüber sind sie nach einer halben Stunde eingeschlafen. Und Sie, hatten Sie einen erfreulichen Abend?"

„Ja, danke, ich kann nicht klagen, ehm, kann ich eventuell morgen noch einmal auf Sie zurückkommen?", fragte ich sie, als ich ihr ihren wohlverdienten Lohn aushändigte.

„Klar doch, abends ab 19 Uhr kein Problem, hier haben Sie meine Nummer."

Christine gab mir ein Kärtchen mit ihrer Telefonnummer und verabschiedete sich dann. Obwohl wissend um Victorias und meine Probleme, freute ich mich riesig, sie an jenem Abend wieder getroffen zu haben. Ich konnte den nächsten Tag kaum erwarten und schlief mit wohligen Gedanken ein. Dass wir uns ausgerechnet in Bonn wieder treffen sollten, war für mich wie ein Wink des Schicksals.

Am nächsten Morgen schliefen wir uns aus und genossen dann ein ausgiebiges Frühstück in unserem Hotel. Danach besuchte ich mit den Kindern den Botanischen Garten der Universität, in dem eine Vielzahl von exotischen Pflanzen zu bestaunen war. Es gefiel den Kleinen sehr, und sie fragten mir unentwegt Löcher in den Bauch. Ich erzählte den beiden von dem Vorhaben, welches Victoria und ich uns für diesen Nachmittag ausgedacht hatten. Sie waren Feuer und Flamme, und ich ahnte, dass es ein sehr schöner Nachmittag werden würde. Nach dem Mittagessen begaben wir uns zusammen zur Anlegestelle am Rhein, von wo aus ein Boot in Richtung Königswinter abfahren sollte. Victoria saß dort schon auf einer Bank und genoss die Frühlingssonne, die auch in Schottland um diese Jahreszeit noch auf sich warten lässt. „Da seid ihr ja", rief sie erfreut, als sie uns erblickte. Florian und Katharina gaben ihr artig die Hand und Katharina erkannte sofort: „Ist das nicht die nette Dame aus dem Skansen?"

„Ja", erwiderte ich und Victoria errötete leicht. „Die zwei sind ja süß", amüsierte sie sich.

„Ja, im Großen und Ganzen sind sie wohl gelungen, aber, wie Kinder so sind, man hat auch seine Sorgen mit ihnen; die treten bei Fremden natürlich nicht so zu Tage." Ich merkte, dass Victoria sehr positiv auf die zwei ansprach.

„Kommt, gehen wir zusammen auf das Boot", munterte sie meine beiden Sprösslinge auf und nahm rechts und links jeweils einen an die Hand. „Darf ich?", fragte sie mich dabei.

„Klar doch, nur zu."

Ich schlenderte hinter dem fröhlichen Dreiergespann her auf das Schiffchen. Obwohl Victoria selber keine Kinder hatte, sah man ihr das Talent im Umgang mit ihnen an. Fast schon wie

Fiona, dachte ich bei mir, und die Zwillinge schienen Victoria auch zu mögen, jedenfalls hatte ich meine Mühe, sie etwas von ihr abzuhalten. „Nun belagert sie doch nicht so, sie will sich doch auch ein wenig erholen."

„Macht mir nichts aus", meinte Victoria, „ich erhole mich prima."

Die Fahrt dauerte nicht sehr lange, etwa eine viertel Stunde, und das Boot legte in Königswinter an. Victoria blickte erstaunt nach oben und sah auf dem Gipfel des Hügels die Ruine der Löwenburg sich emporrecken. „Da müssen wir hoch?"

„Ja, aber ich weiß, wie es etwas schneller geht, wir nehmen die alte Zahnradbahn und laufen dann nur noch das letzte Stück", verriet ich ihr. Die Zahnradbahn war natürlich für Florian und Katharina ein echtes Erlebnis. Überhaupt hatte ich den Eindruck, dass ihnen die Reise sehr gut bekam. Als wir oben angekommen waren, mussten wir nur noch ein kurzes Stück bis zur Ruine laufen. Die Kinder tummelten sich auf einem kleinen Spielplatz bei der Burg, und ich stand mit Victoria am Ruinenrand, und wir schauten gemeinsam zum Rhein hinunter. Es war eine wunderbare Aussicht auf das Siebengebirge bei klarem Wetter. Ich fragte Victoria, ob das ihre erste Reise nach Deutschland sei, was sie bejahte. „Und es gefällt mir gut hier", meinte sie, „und hier hast du studiert?"

„Ja. Weißt du, es gibt hier viele schöne Plätze; ich würde dir gerne irgendwann einmal meine Heimat zeigen, die Eifel, die hat ihren ganz eigenen Reiz durch das Mittelgebirge und sehr viel waldige Natur, ganz anders als bei euch da oben in Schottland, denke ich."

„Das würde ich sehr gerne mal sehen", sagte sie lächelnd zu mir, „vielleicht werden wir ja mal eine Zeit dafür haben." Verträumt stand sie neben mir und schaute sich die Gegend an.

„Papa, Papa", kamen die Zwillinge plötzlich angelaufen, „kaufst du uns ein Eis?"

„Na, da kann ich ja wohl schlecht ‚nein' sagen", wir liefen hinter den Kleinen her zu einem Restaurant - und ich machte Victoria den Vorschlag: „Komm, während die zwei ihr Eis essen, lade ich dich zu einem Kaffee und Stück Kuchen hier oben ein."

„Ja gerne, Dankeschön", erwiderte sie leise. Während sie mit den Kindern noch etwas herumalberte und dann Platz nahm, bestellte ich an der Kasse Eis, Kaffee und Kuchen, und dabei fiel mir ein Plakat auf, auf dem eine Tanzveranstaltung an diesem

Abend in einem Festsaal an der Bonner Uferpromenade beworben wurde. Mir kam sofort die Idee, mit Victoria dort hinzugehen, obwohl ich vom Tanzen genauso wenig wie vom Eislaufen verstand. Aber ich wusste, dass sie es mögen würde. Eintrittskarten konnte man direkt in dem Restaurant an der Kasse erwerben, in dem wir uns gerade niedergelassen hatten. Ich wagte es und kaufte, auch mit dem Risiko, dass Victoria ablehnen könnte, zwei Karten für diesen Abend. Nach meiner Bestellung ging ich an unseren Tisch und setzte mich zu den anderen. „Wird alles gleich serviert", meinte ich in die Runde. Da kam auch schon die Kellnerin und brachte den Kleinen die Eisbecher und für Victoria und mich Kaffee und Schwarzwälder-Kirsch-Torte. „Dann lasst es euch schmecken", sagte ich und zog langsam die Abendkarten aus der Tasche und legte sie unauffällig unter Victorias Serviette. Als wir alles aufgegessen hatten und langsam unsere Kaffeetassen leerten, entdeckte sie die Karten für den Abend. Sie schaute überrascht darauf, dann sah sie mich an und sagte ungläubig mit den Karten wedelnd: „Wir zwei, heute Abend?

„Nur, wenn du Lust hast."

„Hab ich sogar sehr, aber was machst du mit den Kindern?"

„Das lass mal meine Sorge sein, da habe ich schon eine Idee." Ich schaute zu Katharina und Florian und fragte sie, ob sie Lust hätten, sich noch einmal Geschichten von der Studentin vom Vorabend erzählen zu lassen. Sie fanden das gut, da sie so spannend erzählen konnte, wie Florian sagte. Ich zückte schnell mein Telefon und versuchte, Christine, die Studentin zu erreichen und hatte Glück. Ich fragte sie, ob sie an diesem Abend noch einmal Zeit habe, meine kleinen Zwerge im Hotel zu hüten. Sie hatte Zeit und versprach, pünktlich um halb sieben vor Ort zu sein.

Es wurde kühl auf dem Berg, und wir entschieden uns, allmählich die Rückreise anzutreten. Wir gingen dieses Mal den ganzen Weg zu Fuß zurück. Die Kinder sprangen vor uns her, und Victoria und ich gingen nebeneinander abwärts ins Tal. Sie nahm meine Hand und gab mir zu verstehen, dass sie sich schon auf den Abend freue. Als wir müde unten ankamen, mussten wir die Bahn zurück nach Bonn nehmen, denn die Boote fuhren nicht mehr. Victoria wollte allerdings schnell mit der Fähre übersetzen nach Bad Godesberg auf der anderen Rheinseite, um sich im Hotel noch etwas frisch zu machen. Sie verabschiedete sich von den Zwillingen: „So ihr zwei, vielleicht sehen wir uns mal wieder."

„Schade", maulte Florian, „musst du denn jetzt schon gehen, wir haben dich doch gerade erst richtig kennen gelernt."

Victoria kniete sich zu ihm nieder und erklärte: „Schau mal, jetzt haben wir nicht mehr soviel Zeit dazu, aber ich habe ein Haus in Stockholm, und wenn ich da im Sommerurlaub bin, dann könnt ihr mich doch da besuchen, da gibt es nämlich einen großen Garten und viele Bäume zum Klettern."

„Au ja!", rief Katharina, „das ist toll, versprochen?"

„Versprochen", bekräftigte Victoria.

Sie schaute zu mir auf und ich sagte: „Wir kommen wirklich!"

„Das will ich doch sehr hoffen", zwinkerte sie mir zu.

Unsere Wege trennten sich an dieser Stelle. Ich brachte die mittlerweile sehr müden Zwillinge mit der Bahn zurück in die Stadt zum Hotel, wo wir schnell noch etwas aßen. Während sie mit dem Essen beschäftigt waren, rief ich zu Hause bei Caroline an, um zu hören, wie es ihr gehe. Aber sie nahm nicht ab. Ich würde es später noch einmal versuchen, dachte ich mir. Dann kam auch schon Christine. „Sie werden es heute Abend leicht mit ihnen haben", sagte ich zu ihr, „die waren den ganzen Tag auf den Beinen und sind jetzt schon kaum noch wach zu halten."

„Fein, dann lese ich ihnen wieder vor und schaue danach fern, wenn es Ihnen recht ist. Wie lange werden Sie denn bleiben?"

„Am liebsten die ganze Nacht", sagte ich mehr scherzhaft als im Ernst, aber Christine meinte: „Kein Problem für mich, rufen sie nur kurz vorher an, wenn Sie sich dazu entscheiden sollten, bis morgen weg zu bleiben."

„Gut, ich bin dann mal weg, tschüss ihr Zwei und benehmt euch."

„Wir sind viel zu müde, um uns daneben zu benehmen", scherzte Florian.

Ich machte mich auf den Weg zum Festsaal am Rheinufer, um dort auf Victoria zu warten. Ich dachte weniger ans Tanzen, als an ein gutes Abendessen zu zweit abseits der eigentlichen Tanzfläche. Aber ich hätte wissen müssen, dass Victoria, wenn sie denn die Chance hatte zu tanzen, diese auch wahrnehmen wollte. Ich wartete vor dem Eingang - und plötzlich stieg sie aus einem der immer wieder haltenden Taxis. Wieder einmal sehr elegant mit paillettenbesticktem champagnerfarbenem Abendkleid und hellen Pumps kam sie auf mich zu und freute sich sichtlich nicht nur auf den Abend, sondern auch auf mich.

„Wollen wir hineingehen?", fragte sie mich, der ich immer noch von ihrem Aussehen gebannt dastand.

„Ja, natürlich", ich geleitete sie in das Foyer des Hotels. Der Saal war zweigeteilt in einen Dinnerbereich, in dem sich die Gäste zum Essen niederlassen konnten und die direkt daneben liegende Tanzfläche. Die Musik sollte von verschiedenen Ensembles kommen, und es sollte populäre Musik und andere Tanzmusik gespielt werden. Ich suchte uns einen Tisch, von dem aus man eine gute Sicht auf die Tanzfläche hatte. Als wir uns niedergelassen hatten und die Menükarte studierten, blickte Victoria mich über ihren Kartenrand hinweg an und sagte schmunzelnd: „Du weißt, dass wir hier heute Abend nicht nur zum Essen her gegangen sind, oder?"

„Ich kann es mir denken, also ich mache alles mit, was du mir vorschlägst. Bei dir bin ich da ja wohl in guten Händen, aber sei nicht enttäuscht, wenn ich mich etwas dumm anstelle." Ich gestand ihr, dass ich noch nie richtig getanzt hatte.

„Es wird mir ein Vergnügen sein, dir das beizubringen", sagte sie fröhlich, „aber jetzt habe ich erst einmal Hunger. Wir ließen es uns gut gehen, bei einem Fischgericht, welches mir mein attraktives Gegenüber empfahl, weil es nicht so schwer sei und man nicht so müde beim Tanzen werde. Ein leckerer Weißwein mit Tafelwasser wurde dazu serviert. Zum Dessert gab es ‚Mousse au Chocolat'. Dann kam die Stunde der Wahrheit, von der ich hoffte, dass sie nicht die der Peinlichkeit für mich werden würde. Aber Victoria war eine geschickte Lehrerin, und als langsame Tanzmusik einsetzte, fragte sie mich aufmunternd: „Wie ist es, möchtest du mich nicht auffordern, bevor es ein anderer tut?" Das wollte ich mir natürlich nicht zweimal sagen lassen, und ich nahm meinen Mut zusammen: „Darf ich dich um diesen Tanz bitten?", fragte ich sie förmlich.

„O ja, sehr gerne." Sie erhob sich und ging mit mir aufs Parkett. Sie zeigte mir, wie ich sie fassen musste - und schon ging es los. Ganz langsam folgte ich ihren Schritten, und es ging scheinbar wie von selbst. Ich war sehr darauf bedacht, ihr nicht auf die Füße zu treten, aber das passierte nicht. „Schau nicht so zwanghaft nach unten, ich melde mich schon, wenn du mir auf die Zehenspitzen trittst", sagte sie leise. Manchmal vertrippelte ich mich etwas, was Victoria aber gekonnt auszugleichen wusste. Nach diesem Tanz setzten wir uns wieder hin und tranken noch ein Glas Wein. „So", munterte Victoria mich auf, „wollen wir noch einmal?" In dem Augenblick schallte es aus den Lautsprechern: „Und jetzt auf besonderen Wunsch etwas für die Verliebten des Abends!" „Das passt doch zu uns", sagte ich und zog sie an ihrer Hand hoch von ihrem Stuhl und hin zum Tanzbereich. Dann setzte die Musik ein, ein langsamer Blues. Mit einem Male wurde die Atmosphäre im Saal romantischer, und die nun tanzenden Pärchen nahmen eine vertrautere, engere Haltung ein. Wir schmiegten uns aneinander und ließen uns von der Musik dahin treiben. Ich hätte stundenlang so mit ihr herumschweben können.

„Allein dieser eine Tanz", erklärte ich ihr, „war es mir wert, heute Abend mit dir hier zu sein." Wir gingen noch einmal zu unserem Tisch, um uns zu stärken.

Der Abend war wunderschön und ging leider viel zu schnell zu Ende. Aber dieses Mal war es anders als sonst. Wir hatten irgendwie keine Lust, voneinander Abschied zu nehmen. Wir verließen dann gegen 22 Uhr das Restaurant und schlenderten zu einem bereitstehenden Taxi.

„Ich bringe dich noch mit zum Hotel und fahre dann zurück in die Stadt."

„Danke, das finde ich lieb von dir", meinte Victoria und nahm zärtlich meine Hand. An der Godesburg angekommen, blieben wir noch einen Augenblick draußen stehen, um uns zu verabschieden. Es war eine klare und milde Nacht. Sie schaute mir in die Augen und sagte leise: „Du Peter, ich möchte heute Nacht nicht allein sein, aber ich kann verstehen, wenn du jetzt zurück musst."

„Ich würde auch gerne bei dir bleiben", erwiderte ich und überlegte, „warte mal kurz …"

Ich rief schnell Christine im Hotel an und fragte sie, ob sie etwas dagegen habe, die Nacht auf dem Gästebett zu verbringen, ich würde morgens, bevor die Zwillinge erwachen, auf jeden Fall zurückkommen. Sie erklärte sich einverstanden und meinte, dass es keine Schwierigkeiten an diesem Abend gegeben hätte und dass sie sich im Falle eines Falles melden würde.

„Also von mir aus, ich habe noch Zeit", erklärte ich daraufhin Victoria, „der Babysitter spielt auch mit."

„Las uns nach oben gehen", wies sie mir den Weg, „da können wir noch etwas trinken und plaudern, die Nacht ist wie gemacht dafür, finde ich."

Wir gingen auf ihr Zimmer, und Victoria öffnete das Fenster. Dann löschte sie das Licht und zündete Kerzen an. Die herein strömende Abendluft, gepaart mit dem Kerzenduft, beschwingte die Atmosphäre, und es stellte sich zumindest bei mir ein seliges Gefühl aus einer Mischung von leichter Müdigkeit und Verliebtheit ein.

„Setz dich doch, Peter", bot sie mir Platz auf der gemütlichen Sitzecke an, „mal sehen, was wir in der Minibar haben, hm na ja, immerhin ein kleines Fläschchen Sekt; magst du?" Ich nickte. Sie schenkte uns die kleine Flasche ein, und als sie mir das Glas reichte, fragte sie: „Darf ich mich neben dich setzen?"

„Natürlich darfst du." Wir schauten zusammen schweigsam in das Kerzenlicht. Dann fiel mir etwas ein, als ich die kleine Stereoanlage in ihrem Zimmer sah. Ich griff in meine Sakkotasche und zog eine CD heraus, die ich mir auf meiner Reise zur Entspannung für unterwegs mitgenommen hatte. „Na, erkennst du sie?", fragte ich Victoria.

„Mein Weihnachtsgeschenk für dich."

„Ja, und immer, wenn ich diese Musik in den letzten Wochen hörte, musste ich an dich denken."

„Wollen wir sie anhören?"

Ich gab ihr die Disk mit den Worten: „Starte beim dritten Lied, das gefällt mir besonders gut." Sie tat, was ich ihr sagte.

„Ich möchte noch einmal in deinem Arm liegen und tanzen", meinte Victoria und forderte mich auf, mich zu erheben. Ich erfüllte ihr den Wunsch gerne. Wir stellten unsere Gläser ab und dann erklang die wunderbare Stimme von Candice Night mit dem Lied ‚I still remember'. Im Kerzenschein eng umschlungen und darauf hoffend, dass der nächste Morgen nie kommen möge, wiegten wir uns zu diesem Lied, bis uns unsere Gefühle übermannten. In dieser Nacht liebten wir uns das erste Mal.

Ich erwachte und schaute auf die Uhr. Sie war bei vier Uhr stehen geblieben, aber die Helligkeit draußen zeigte mir, dass es schon viel später gewesen sein musste. Ich wand mich zur Seite, aber Victoria war nicht mehr da. Verwirrt fuhr ich hoch. Ich konnte mich genau an alles erinnern, was in der Nacht zuvor geschehen war; aber wo war sie jetzt? Ich rief nach ihr. „Victoria, Victoria, bist du hier irgendwo?" Keine Antwort. Ich stand auf, ging in ihr Bad. Dort fand ich keine persönlichen Sachen von ihr. Wieder zurück im Zimmer bemerkte ich, dass auch dort nichts mehr von ihr vorhanden war. Nur noch die Sektgläser auf dem Tisch. Ich griff nach dem Servicetelefon und rief die Rezeption an. „Hallo, hier ist das Zimmer von Victoria Filby, ist sie bei Ihnen vorbeigekommen?"

„Ja", antwortete die Stimme aus der Rezeption, „die Dame ist heute ganz früh abgereist, aber sie hat eine Nachricht für Herrn Lorent hinterlassen, sind Sie das?" Ich bejahte und teilte ihr mit, dass ich gleich nach unten komme, um mir diese abzuholen.

Warum war Victoria nur so Hals über Kopf abgereist? Sollte das wieder so eine kalte Dusche gewesen sein, wie damals das Telefonat, als Selmers aufgekreuzt war? Das konnte ich nicht glauben. Dazu war die Nacht zu schön; vielleicht aber auch zu schön, um wahr zu sein, und Victoria hatte urplötzlich der Verstand einen Strich durch ihre Gefühlswelt gemacht, aber das erschien mir abwegig. Nachdem ich mich angezogen hatte, verließ ich ihr Zimmer und nahm vorher noch schnell meine CD aus der Anlage. Im Foyer an der Rezeption überreichte mir die Dame einen Umschlag mit den Worten: „Frau Filby hat alles bezahlt, nur diesen Brief hat sie für Sie hinterlegt." Ich nahm ihn dankend an mich und lief schnell zur U-Bahn in Richtung Bonn. Unterwegs öffnete ich den Umschlag und fand einen Brief vor.

Lieber Peter,
vielen Dank für den gestrigen Abend. Ich fand diesen und unsere gemeinsame Nacht wunderbar. So zärtlich hat mich selten ein Mann behandelt, und ich werde das niemals vergessen. Am liebsten wäre ich heute Morgen mit dir aufgewacht und hätte auch diesen Tag gerne mit dir und deinen Kindern verbracht. Allerdings habe ich heute früh gegen fünf Uhr einen Anruf von zu Hause erhalten. Es war meine Mutter, die mir erklärte, dass es meinem Vater sehr schlecht gehe. Er hat einen Herzinfarkt erlitten, und es stehe schlecht um ihn, wie die Ärzte in Aberdeen meinten. Ich hoffe, du verstehst, dass ich sofort aufgebrochen bin, um nach Hause zu fliegen. Mache dir um mich bitte keine Sorgen. Wenn sich die Wogen geglättet haben, melde ich mich bei dir. Tue mir einen Gefallen, und verbringe in Ruhe die letzten Ferientage mit deinen Kleinen - und ich wünsche dir eine gute Heimkehr nach Stockholm.
In Liebe, deine Victoria.

Als Victoria das Flugzeug in Aberdeen verließ, erwartete sie dort passend zum Anlass ein raueres Klima als in Deutschland. Ihre Mutter wartete am Flughafen und sah sehr mitgenommen aus.

„Entschuldige Vicky, dass wir dich so aus deiner Sache rausreißen", fiel sie ihrer Tochter in die Arme.

„Aber Mama, du brauchst dich doch deswegen nicht zu entschuldigen", sagte Victoria, "wenn es euch schlecht geht, lasse ich alles stehen und liegen, das ist doch klar."

„Sauwetter", bemerkte Cora, denn es regnete in Strömen, „komm, lass uns schnell zum Auto gehen."

Im Auto fragte Victoria ihre Mutter dann über den Zustand ihres Vaters aus: „Wie geht es Papa denn nun?", wollte sie wissen.

„Gar nicht gut. Gestern Abend nach dem Essen klagte Patrick plötzlich über starke Bauchschmerzen und in der Nacht zusätzlich über Schmerzen in der Brust, und als er dann aufstehen wollte, um sich ein Medikament zu holen, brach er auch schon zusammen. Er hatte sich wahrscheinlich zu sehr aufgeregt."

„Aufgeregt, über was?"

„Ach ja, Vicky, lass uns jetzt darüber nicht reden."

„Ich möchte wissen, worüber sich Papa so aufgeregt hat?", drang Victoria in ihre Mutter.

„Du weißt doch, dass Jonathan einen Detektiv beauftragt hat - wegen Joe Selmers. Und der hat wohl herausgefunden, dass er verschuldet ist und urplötzlich diese Schulden bezahlt hat. Die Gläubiger waren auch überrascht, wie er das so schnell und auf einmal begleichen konnte. Und da die Summe genau mit dem Betrag übereinstimmt, den du Linus geliehen hast, ... nun ja, jedenfalls ist es irgendwie verdächtig."

„Ich kann das einfach nicht glauben", erschrak Victoria, „nein, so etwas macht Linus nicht."

„Es ist ja nicht nur das", erzählte Cora weiter, „es ist ja auch ... also Linus hat wahrscheinlich selber irgendeine Leiche im Keller vergraben."

„Mama, wie kannst du so etwas sagen, er benimmt sich zwar in letzter Zeit wieder merkwürdig, und das tut mir auch sehr weh, aber ..."

„Hör mir zu, Kind", unterbrach sie ihre Mutter, „ich wünschte, dass du Recht hast, aber Tatsache ist, dass irgendwelche Ermittlungen gegen ihn laufen, über die jetzt noch nichts bekannt gegeben werden darf."

Victoria war geschockt, „Ermittlungen? Da wird doch wohl nichts dran sein. Na ja, ich werde unbedingt mit Linus reden müssen. Fährst du mich jetzt bitte direkt zu Papa ins Krankenhaus?"

„Sollen wir nicht zuerst nach Hause fahren, um uns dort etwas zu stärken, ich habe einen guten Eintopf gemacht, weißt du, den von früher, den mochtest du doch immer so gerne."

„Später, Mama, ich möchte jetzt Papa sehen."

„Na gut Kleine, es ist nicht weit."

Victoria wurde auf der Fahrt zum Krankenhaus an das schmerzliche Ereignis zu Weihnachten erinnert. Es war das gleiche Hospital, in dem Claudia damals ihr Baby verlor. Sie beschlich ein unheimliches Gefühl, als sie die Klinik mit ihrer Mutter betrat. Sie mussten zur Kardiologie. Cora führte ihre Tochter zum Krankenzimmer ihres Vaters. Es war auf der Intensivabteilung. Als Victoria eintrat, sah sie ihn dort liegen - mit Infusionen und angeschlossen an intensiv medizinische Geräte. Der Anblick trieb ihr das Wasser in die Augen. Timothy und Jonathan saßen ebenfalls dort und konnten nur hilflos mit ansehen, wie ihr Vater dahinsiechte. „Hallo Schwesterherz", begrüßten sie die beiden Brüder, „geht es dir gut?"

„Ja, bei mir ist alles soweit in Ordnung." Sie setzte sich auf den Besucherstuhl an der anderen Seite des Bettes.

„Hallo Paps", grüßte sie Patrick und nahm seine Hand. Dieser erkannte seine Tochter, und ein flüchtiges Lächeln überflog seine Lippen. Er war ganz blass und schwach. Das EKG zeigte sehr unregelmäßige Herzschläge an. Er umklammerte fest die Hand seiner Tochter und versuchte zu sprechen.

„Vicky, schön dass ich dich noch einmal sehe. Verzeih mir das, was damals war; ich weiß, es war nicht richtig, wie ich dich angetrieben habe."

„Vergiss das, Paps, das ist heute nicht mehr wichtig."

„Doch ist es das", erwiderte ihr Vater, „ich habe viele Fehler gemacht, die letztendlich zu dieser Situation hier führten und auch dich beeinflusst haben. Versprich mir, mache nicht die gleichen Fehler wie ich; höre mehr auf dein Herz, als ich es je getan habe. Erfolg ist eben doch nicht alles im Leben."

„Papa, du bist ein guter Vater und ich liebe dich dafür. Wir alle machen Fehler und wir alle müssen daraus lernen", Victoria streichelte ihm über die Stirn, „das ändert aber nichts an der Tatsache, dass wir eine Familie sind und uns lieben."

„Lass dich nicht unterkriegen Kleine, es würde mir das Herz brechen, wenn jemand dir weh täte."

„Keine Sorge, Paps, ich beiß' mich schon durch; ich habe doch meine großen Brüder", sagte sie mit einem gequälten Lächeln und konnte ihre Tränen kaum noch zurückhalten.

Cora, die - ebenfalls den Tränen nahe - daneben stand, reichte Victoria ein Taschentuch.

„Weine bitte nicht, Vicky", bat Patrick sie.

„Muss ich aber, weil mein Herz es so will." Victoria merkte, wie schwer es ihrem Vater fiel, zu sprechen. Dann drehte er sich noch einmal zu den anderen hin und lächelte sie an.

„Ich bin so stolz auf euch alle", er blickte wieder seine Tochter an, „und auf dich, meine Kleine, ganz besonders, halt die Ohren steif ... ich liebe dich."

„Ich liebe dich auch, Papa."

Victoria spürte, wie der Händedruck ihres Vaters langsam nachließ und schließlich ganz erschlaffte. Das EKG verstummte, und nur noch eine weiße Linie war auf dem Kontrollschirm zu sehen. Patrick schloss langsam die Augen und schlief ein – für immer. Victoria legte ihren Kopf auf seinen Arm und weinte leise. Auch Timothy konnte sich damit nun nicht mehr zurückhalten, ging zu seiner Schwester hinüber und drückte sie. Jonathan nahm seine Mutter in den Arm, um sie in dieser Minute zu trösten.

Patricks Begräbnis fand im engsten Familienkreise auf dem kleinen Friedhof in Denmore, nahe der Ortskapelle, statt. Auch ein paar seiner ehemaligen Kollegen wollten ihm ebenfalls die letzte Ehre erweisen. Linus, der sich kurzfristig frei nehmen konnte, und Claudia waren auch anwesend. Es regnete wieder einmal stark an diesem Tag, und die Trauergäste standen mit Schirmen an der Grabstelle, an welcher der örtliche Pfarrer die Grabrede hielt. Dann wurde der Sarg hinab gelassen und gesegnet. Alle standen mit üblichen Trauermienen um das Geschehnis herum, und nur Victoria weinte unaufhörlich leise vor sich hin. Als alle sich dann einzeln von Patrick verabschiedeten, indem sie etwas Weihwasser aus der Schale des Pfarrers auf den Sarg sprengten, wartete Victoria eine Weile, bis sie alle das Grab passiert hatten. Danach ging sie als letzte dorthin und verharrte mit gesenktem Kopf. Leise flüsterte sie ihrem Vater ins Grab zu: „Ich hab dich lieb, Paps, und ich werde deinen Rat befolgen", sie versprühte ebenfalls etwas Weihwasser, „Lebe wohl, Papa", dann warf sie ihm eine Rose ins Grab und begab sich zu den übrigen Trauergästen.

Nach der Beerdigung bat Cora die Gruppe zu sich nach Hause zu etwas Kaffee und Gebäck. Linus, der Victoria nach ihrer Deutschlandreise erstmals bei Patricks Beerdigung wieder traf, hatte ein sichtlich schlechtes Gewissen, als er seine Frau begrüßte. „Wir müssen über verschiedene Dinge reden, auch über Selmers und so", meinte er zu ihr.

„Später, Linus, mir ist heute wirklich nicht danach, mich mit dir über unsere Beziehungsprobleme zu unterhalten", gab sie ihm zu verstehen. Linus merkte, dass Victoria wohl nicht allzu gut auf ihn zu sprechen war und hielt sich dementsprechend zurück. Es war eine kleine Trauerfeier im Hause Filby, und am späten Nachmittag begannen die Gäste, sich langsam zu verabschieden. Zum Schluss waren nur noch die Familie und die Angeheirateten versammelt. Victoria sah, dass Claudia wieder in anderen Umständen war, und sie fragte sie: „Na, Claudia, fühlst du dich wohl?"

„Ja danke, dieses Mal sieht alles sehr gut aus, meinte der Doktor bei der letzten Untersuchung."

„Ich würde mich so für dich freuen, wenn diesmal alles klappt."

„Das wird schon", bekräftigte Claudia, "ganz gewiss, ich fühle es", und sie umarmte ihre Schwägerin. Gedankenvoll blickte Victoria auf Claudias Bauch. Auch ihr eigener Kinderwunsch war sehr stark. Sie erinnerte sich an den Nachmittag mit Peter und hatte noch das Lachen der Kinder im Ohr, als sie zusammen soviel Spaß hatten. Sie beneidete ihn um seine zwei Schätze. Bald darauf verabschiedeten sich Timothy mit Claudia und Jonathan von Cora.

„Also, Mama, ruf an, wenn du uns brauchst, ich bin sowieso immer hier im Ort, und Timothy kann auch schnell aus London hierher kommen, wenn was ist", sagte Jonathan. Dann drehte er sich zu seiner Schwester: „Passt du in den nächsten Tagen ein bisschen auf Cora auf?"

„Ist doch klar", entgegnete sie.

„Ach ja, und … kann ich dich vielleicht kurz unter vier Augen sprechen, ich möchte nicht, dass Linus das mithört", forderte Jonathan Victoria auf. Zögernd folgte sie ihrem Bruder auf die Terrasse.

„Was ist denn, Jonathan?"

„Vicky, pass auf, wir haben da einiges herausgefunden über Joe Selmers und vielleicht auch Linus; ich weiß, dass du es nicht glauben willst, und ich möchte dir damit auch nicht weh tun. Aber in einer Woche wird mich Mr. Fox anrufen, der Privatdetektiv, und mir in Einzelheiten berichten, was er recherchiert hat. Ich werde mich dann sofort mit dir in Verbindung setzen. Und bitte, kein Wort zu Linus!"

„Aber das ist mein Mann; findest du nicht, wir sollten ihn da mit einbeziehen?"

„Nein, auf keinen Fall; es gibt da laufende Ermittlungen. Eigentlich dürfte ich dir nicht einmal davon erzählen, aber du bist meine Schwester, und ich will dich nicht im Unklaren lassen; trotzdem, du musst den Mund halten."

„Na gut", versprach sie ihrem Bruder. Sie gingen wieder hinein, und Linus unterhielt sich gerade mit Cora.

„Ja", sagte Linus dann mit einem Unterton des Aufbruchs, „ich muss dann auch mal wieder. Vicky, Liebes, am Wochenende habe ich frei, da können wir doch zusammen etwas unternehmen und viel sprechen, ja? Also, ich rufe dich dann vorher an." Er küsste seine Frau beim Abschied wie immer flüchtig auf die Wange.

„Mach's gut, Linus", erwiderte sie mit besorgtem Blick, als er verschwand.

„Jetzt sind wir alleine", meinte Cora zu ihrer Tochter.

„Ich mache mir Sorgen um dich, Mama."

„Das brauchst du nicht, Kind, ich habe ja meine Lieben um mich, und gebrechlich bin ich auch noch nicht; ich werde diese Situation überstehen, das müssen wir alle schließlich irgendwann einmal. Es gehört zum Leben einfach mit dazu." Dabei blickte Cora auf den leeren Schaukelstuhl am Kamin, in dem Patrick sonst oft um diese Zeit gesessen und in das flackernde Feuer geschaut hatte. „Ach komm, lass uns noch etwas nach draußen auf die Veranda gehen und die Abendluft genießen", meinte sie dann zu ihrer Tochter. Sie nahmen nebeneinander in der Hollywoodschaukel Platz. Es hatte aufgehört zu schütten und Victoria erzählte von ihrem Deutschlandaufenthalt.

„Irgendwie habe ich ein schlechtes Gewissen; an dem Abend, als Papa zusammengebrochen ist, hatte ich einen meiner schönsten Abende seit langem", berichtete sie ihrer Mutter mit verträumtem Blick in den Himmel.

„Aber deswegen brauchst du kein schlechtes Gewissen zu haben. Das ist doch unabhängig davon wunderschön; du konntest ja nicht ahnen, was passiert. Was war denn so schön an dem Abend?" Victoria schaute Cora gedankenverloren an. „Hat es etwas mit deinem Bekannten aus Stockholm zu tun?", fragte ihre Mutter. Victoria nickte stumm. Dann erklärte sie:

„Wenn ich an die letzten Worte von Paps denke und auf mein Herz hören würde, wüsste ich, wen ich wirklich liebe."

„So starke Gefühle? Ich meine, es ist mir ja an Weihnachten schon nicht entgangen, dass sich da etwas anbahnt. Und so, wie Linus dich behandelt, ist es dir auch nicht zu verdenken."

„Er ist so ganz anders als Linus und so zuvorkommend. Er kümmert sich richtig um mich, das habe ich sonst noch nie so erfahren, außerdem hat er Manieren, und er würde mich nie hintergehen", schwärmte Victoria.

„Vielleicht solltest du diesen Ratschlag deines Vaters wirklich einmal überdenken", bekräftigte ihre Mutter sie, „man sollte Fehler direkt korrigieren, wenn man sie denn erkannt hat, bevor es zu spät ist."

Ich verbrachte die restlichen zwei Tage mit den Zwillingen, so wie Victoria es sich gewünscht hatte. Obwohl ich sehr oft an die letzten Tage mit ihr denken musste und auch dementsprechend unkonzentriert war, bemühte ich mich, die Kleinen das nicht merken zu lassen, und so unternahmen wir noch einige Touren durch die Bonner Umgebung. Am Tage unserer Abreise waren sie dann auch ganz niedergedrückt und traurig darüber, dass diese schöne Zeit nun zu Ende gehen sollte. Ich beruhigte sie und sagte ihnen, dass das ja eigentlich unser Heimatland ist, und dass wir bestimmt irgendwann einmal wiederkommen würden. Als wir dann wieder zu Hause waren, öffnete uns Fiona die Tür mit den Worten: „Da sind ja unsere Ausreißer wieder!"

„Fiona, Fiona, wir haben so viel zu erzählen", rief Katharina ihr zu.

„Ja, dann kommt mal herein. Hallo Herr Lorent, na, hat Ihnen der Urlaub gut getan?"

„Oh, ganz sicher", stöhnte ich müde und froh, das Gepäck ablegen zu können, „vor allem die Zwillinge hatten viel Spaß, und ich … na davon erzähle ich Ihnen später."

Wir legten unsere Sachen ab, und die Kinder tummelten sich mit Fiona im Haus. Draußen auf der kleinen Terrasse saß Caroline. Ich kam von hinten an sie heran und fragte: „Hallo, willst du mich denn gar nicht begrüßen?"

„Hallo", erwiderte sie meinen Gruß. Mehr sagte sie nicht.

„Wie geht es dir?", wollte ich wissen.

„So lala."

„Erzähl doch mal", bohrte ich weiter, „was hast du die Woche über gemacht?"

„Nicht viel; herumgesessen und nachgedacht - und übrigens keinen Tropfen getrunken."

„Das finde ich gut, wirklich gut, aber du weißt, dass das nicht ausreichen wird."

„Ja, ja, ich weiß; wie geht es Florian und Katharina?"

„Die hatten eine prima Woche, sie werden gleich kommen und dich begrüßen wollen." Wie sie so da saß, tat sie mir unheimlich leid, und mich packten Gewissensbisse, weil ich sie ja vor ein paar Tagen nicht nur mit Victoria betrogen hatte, sondern auch deswegen, weil ich mich scheinbar im Gegensatz zu ihr etwas erholen konnte. Sie saß einfach nur da und grübelte vor sich hin. Ich traute mich nicht, sie auf ihre Entscheidung bezüglich eines Entzugs anzusprechen. Am übernächsten Montag müsste sie ja wieder zur Arbeit, dachte ich mir, also fragte ich sie: „Und, wie wird es nächste Woche weiter gehen?"

„Wie soll es schon weitergehen? Ich gehe meinem Job nach und du, na ja du weißt ja selbst am besten, was du tust."

„Und du meinst, dass das so funktioniert?"

„Warum nicht, hat doch sonst auch geklappt."

„Aber du wirst früher oder später einen Rückfall erleiden."

„Ach was", winkte sie ab, „wenn ich mich zusammenreiße, geht das schon. Du siehst, wenn ich will, dann muss ich nichts trinken." Die typische Aussage einer Alkoholikerin, dachte ich. Ich ging zurück ins Wohnzimmer, in dem die Zwillinge ganz aufgedreht angelaufen kamen: „Wo ist Mama?"

„Geht raus und begrüßt sie", rief ich ihnen zu.

Während die Kinder ihre Mutter belagerten, ging ich zu Fiona in die Küche und fragte sie, wie ihr Aufenthalt in Helsinki gewesen sei. Sie äußerte sich sehr zufrieden über die freie Woche, und zeigte mir stolz ihren Verlobungsring. „Donnerwetter", rief ich erstaunt, „wann soll denn die Hochzeit nun sein?"

„Nächstes Frühjahr. Dann werde ich wahrscheinlich nicht mehr bei Ihnen sein können."

„Vielleicht hat sich bis dahin sowieso einiges geändert, vielleicht sind wir dann alle nicht mehr hier in diesem Haus."

„Haben Sie etwa Entscheidungen getroffen?", wollte Fiona erstaunt wissen. Ich schaute sinnierend aus dem Fenster zu Caroline, die auf der Terrasse mit den Kindern spielte.

„Getroffen noch nicht, aber ich weiß, was ich nicht will, nämlich, dass es so weitergeht wie jetzt."

„Sie haben Ms. Filby wieder gesehen, stimmt's, die Kinder erzählten mir das eben."

„Ja, habe ich, und sie werden es Caroline berichten. Ich habe so ein schlechtes Gewissen, Fiona. Ich weiß nicht, was ich machen soll. Ich bin hin und her gerissen. Ich weiß, wen ich liebe und doch kann ich mich nicht überwinden, es Caroline zu sagen, geschweige denn, sie zu verlassen. Stehe ich ihr gegenüber und will mit ihr reden, macht sie auf trotzig; verschwinde ich oder lasse ich sie links liegen, spielt sie die arme verlassene Maus. Ich glaube, sie packt es einfach nicht, wenn es hart auf hart kommt."

„Ich wäre mir da nicht so sicher, vielleicht braucht sie jemanden, der sie anders anfasst. Das ist nicht gegen Sie gemünzt."

„Ich weiß schon, was Sie meinen."

„Sie telefonierte oft mit, ja ich weiß nicht genau mit wem, aber es schien jemand aus ihrem Kollegenkreis zu sein", überlegte Fiona.

„Ich kann mir schon denken, wer das war. - Also, ich glaube, für die Kinder wird es jetzt Zeit für das Bett, der Flug war recht anstrengend für die beiden.

Wenige Tage später klingelte morgens bei uns das Telefon. Ich nahm den Hörer ab. „Hallo, Peter Lorent am Apparat."

„Hallo Peter, ich bin es, Victoria."

„Hej, wie schön, dass du endlich anrufst! Wie geht es dir? Vor allem, wie geht es deinem Vater?"

„Papa …", ihre Stimme wurde verhaltener, „… mein Vater ist am Tag meiner Abreise aus Bonn gestorben; Herzinfarkt."

„Ach Herrje, das tut mir unendlich leid. Kann ich von hier aus irgendetwas für dich tun?"

„Nein Lieber, es ist ja nun schon ein paar Tage her, und wir kriegen uns hier geregelt. Wir vermissen unseren Vater natürlich alle sehr, und ich versuche, meiner Mutter ein bisschen die Übergangszeit durch meine Anwesenheit zu erleichtern, weißt du?"

„Natürlich."

„Aber ich muss unbedingt nach Stockholm. Dort muss ich mich mit Leuten einiger Firmen treffen, die das Haus von außen renovieren, es braucht ein neues Dach und einen neuen Anstrich. Auch der Garten muss gemacht werden usw."

„Aber ich könnte doch in deinem Auftrag handeln, ich bin doch vor Ort, während dessen kannst du dich weiter um deine Mutter kümmern und ich rufe dich an, wenn ich etwas erreicht habe."

„Das ist lieb von dir, aber ich muss das selbst machen, sonst wird es nachher zu kompliziert mit den Verträgen und Abwicklungen. Außerdem möchte ich nach Stockholm kommen, weil ... na ja, weil ich dich eben sehr vermisse."

„Ich habe mir gewünscht, dass du das sagst, ich vermisse dich auch, aber hier ..."

„Was ist, Peter?"

„Nein ... nichts ... vergiss es, hier ist eben ... na ja, Caroline bereitet mir starke Probleme, menschlich, verstehst du?"

„Ja, verstehe ich", meinte Victoria leise.

„Nein, verstehe mich bitte nicht falsch, ich liebe dich, sehr sogar, aber es ist nicht einfach ...", mir fehlten weitere Worte, meine zwiespältigen Gefühle zu erklären; die Liebe zu Victoria einerseits und das Mitleid mit Caroline andererseits.

„Aber ich würde mich riesig freuen, wenn du nach Stockholm kämst. Ich will dich gerne am Flughafen abholen, wenn du willst.", schlug ich Victoria spontan vor.

„Ich will - und ich freue mich auf dich, Peter", sagte sie mit etwas aufgemunterterer Stimme, „ich würde dann gerne den Flug morgen Mittag nehmen, so bin ich um 18 Uhr in Arlanda."

„Ich werde dort sein und kann es kaum erwarten, dich in meine Arme zu schließen."

„Danke Peter, also dann, bis morgen Abend?"

„Bis morgen Abend", versicherte ich ihr, „ich liebe dich."

„Ich dich auch, ciao."

Als ich ins Wohnzimmer kam, empfing mich Caroline mit den Worten: „Na, war sie das?"

„Ja, sie war es. Sie kommt nach Stockholm, morgen. Und ich werde sie vom Flughafen abholen", erklärte ich und blickte Caroline fest in die Augen. Da waren sie wieder, die traurigen Augen, die mir ein schlechtes Gewissen einflößten, und dennoch war ich entschlossen, Victoria wirklich am nächsten Tag abzuholen und in ihr Haus nach Danderyd zu bringen, wenn ich auch in diesem Augenblick nicht wusste, dass alles anders laufen sollte.

Am nächsten Tag machte ich mich am Nachmittag auf den Weg nach Arlanda, um Victoria abends vom Flughafen abzuholen. In einem Blumengeschäft beim Flughafen kaufte ich eine rote Rose, die ich ihr bei ihrer Ankunft überreichen wollte. Dann setzte ich mich auf eine Bank in dem Ankunftsbereich und wartete geduldig ihren Flug ab. Es gab keine Verspätungen, und der Flug aus

Aberdeen über Amsterdam war pünktlich. Gegen 18 Uhr bewegte ich mich erwartungsvoll langsam auf die größer werdende Menge vor der Schwingtür des Ankunftsausganges zu, die Rose in meiner Hand haltend und mit immer stärker werdendem Lampenfieber. Nachdem die Fluggäste der vorangegangenen Maschine alle herausgekommen waren, dauerte es wohl nur noch ein paar Minuten, bis die Passagiere aus Amsterdam erscheinen würden. Dann kamen vereinzelt die ersten, danach immer mehr und ich musste schauen, dass ich Victoria in den teilweise großen Passagiergruppen nicht übersehen würde. Sie musste jeden Moment dabei sein. Die Menschenmenge verlief sich allmählich, und ich begann ein wenig zu zweifeln, ob sie denn wirklich dabei wäre. Dann kam auf einmal niemand mehr. Noch ein, zwei versprengte Nachzügler, danach war Ruhe, bis die Passagiere des nächsten Fluges eintrudeln würden. Ich konnte es nicht fassen. Sollte Victoria wirklich nicht geflogen sein. Zwanghaft wartete ich noch weitere Passagiergruppen ab, aber nach einer halben Stunde war mir klar, dass Victoria wohl nicht in Stockholm angekommen war. Ich war beunruhigt. An den Flügen konnte es nicht liegen, die waren alle planmäßig. Ich setzte mich zurück in den Wartebereich und versuchte, sie auf ihrem Mobiltelefon zu erreichen. Aber da war nur die Mailbox zu hören. Ich probierte es mehrere Male, aber es war immer das gleiche. Daraufhin lief ich zum Informationsschalter und fragte die Dame dahinter, ob sie mir sagen könne, ob auf der Passagierliste des letzten Fluges aus Amsterdam eine Victoria Filby verzeichnet war. Sie erwiderte, dass sie solche Informationen leider nicht so ohne weiteres an Privatpersonen herausgeben dürfe. Enttäuscht schaute ich sie an. Dann sah sie meine Rose, die ich für Victoria gekauft hatte, lächelte, und meinte dann: „Aber vielleicht kann ich in Ihrem Fall einmal eine kleine Ausnahme machen." Sie tippte in ihrem Computer herum, und ich wurde ganz kribbelig vor Aufregung, dann die Gewissheit: „Nein, mein Herr, eine Person mit Namen Filby ist hier nicht dabei, definitiv nicht bei diesem Flug; tut mir leid." Ich nickte enttäuscht und sah meine Rose an.

Ich fragte die Stewardess: „Hat Ihnen heute schon jemand Blumen geschenkt?"

„Nein, warum?"

„Dann nehmen Sie die hier, als kleines Dankeschön für Ihre Hilfsbereitschaft, diese Blume scheine ich wohl nun nicht mehr loszuwerden."

„Oh, vielen Dank, der Herr", sie nahm die Blume und stellte sie in ein kleines Väschen vor sich auf den Tresen, während ich mich abwandte.

„Aber vielleicht kommt sie ja mit einem der nächsten Flieger!", rief sie noch Mut machend hinter mir her.

„Nein, nein, das glaube ich nicht", denn ich wusste, dass auf Victoria Verlass war; sie hätte mich sonst sicherlich angerufen. Frustriert fuhr ich mit dem Flughafenbus nach Hause.

„Schon wieder zurück?", begrüßte mich Fiona.

„Ja, sie ist einfach nicht gekommen. Und ans Telefon geht sie auch nicht, ich habe es von unterwegs noch mehrmals probiert. Es muss irgendetwas Unerwartetes dazwischengekommen sein."

Caroline kam mir entgegen und fragte: „Na, Pech gehabt?"

„Ja!"

„Tja", sagte sie sarkastisch, „ist vielleicht ein Wink des Schicksals."

Ich schaute sie recht böse an, und ich merkte die Aggression, die in ihr aufstieg, wahrscheinlich, weil die Abstinenz, welche sie zu Hause ja zwangsweise halten musste, sie so veränderte. Also ging ich ihr lieber aus dem Weg. Ich blätterte das Display über eingegangene Anrufe auf unserem Festnetztelefon durch, um zu schauen, von welchen Anschlüssen Victoria mich in der Vergangenheit einmal angerufen hatte. Aber außer ihrer Mobilnummer und der Telefonnummer ihres alten Büros in der Universität Stockholm waren dort keine Einträge zu finden. Ich bemühte daraufhin das Internet, um im internationalen Telefonbuch nach dem Namen Filby in Aberdeen zu suchen. Aber da gab es so einige, nicht eindeutig zuzuordnen, und ich wollte nicht alle diese Nummern anrufen. Also blieb mir nichts anderes übrig, als zu warten, bis sich Victoria melden würde. Einen Tag später endlich, nachdem ich mir doch große Sorgen gemacht hatte, rief Victoria mich am frühen Abend an. „Hallo Peter, hier ist Victoria."

„Victoria, endlich, ich habe mir riesige Sorgen gemacht, was ist denn passiert?"

„Es tut mir schrecklich leid, dass du umsonst gewartet hast, aber das war höhere Gewalt."

„Ja was denn, was war denn?"

„Auf dem Weg zum Terminal, wo ich einchecken wollte, bin ich ziemlich unglücklich auf einer Rolltreppe gestürzt."

„Oh Gott, hast du viel abbekommen?"

„Wie man's nimmt, Bruch des rechten Wadenbeins und eine leichte Prellung am Arm. Das Bein ist in Gips, und ich bin momentan noch im Krankenhaus, aber meine Mutter wird mich heute Nachmittag abholen und mit mir nach Denmore in ihr Haus fahren."

„Und was ist mit deinem Mann, kümmert der sich nicht ein wenig um dich?"

„Du kennst die Geschichte ja, außerdem laufen da Dinge, … da kann ich jetzt nicht mit dir drüber reden."

„Kann ich irgendetwas für dich tun?"

„Eigentlich nicht, meine Termine in Stockholm habe ich vorerst abgesagt, und das einzige, was mich beschäftigt, ist … na ich würde dich eben gerne sehen, aber das müssen wir ja jetzt wohl verschieben."

„Und was ist, wenn ich mir morgen einen Flug nach Aberdeen nehme?"

„Nein, das kann ich von dir nicht verlangen. Du wirst doch jetzt zu Hause gebraucht und … nein, das geht einfach nicht, das wäre nicht fair von mir."

„Doch, das muss gehen", sagte ich energisch, daran denkend, wie schadenfroh mich Caroline angesehen hatte, als ich am Vortage unverrichteter Dinge vom Flughafen zurückgekehrt war. „Doch", wiederholte ich, „ich werde morgen kommen und buche gleich einen Flug, wenn es möglich ist."

„Aber nur … ich meine, bist du dir wirklich sicher, kannst du die Kinder und deine Frau alleine lassen?"

„Für ein paar Tage schon, denke ich. Auf Fiona ist Verlass, und Caroline … ach ich weiß auch nicht, aber sie kann mich nicht so mit ihrer Art fesseln; das geht einfach nicht; sie redet ja sowieso kaum noch mit mir."

„Na gut Peter, dann freue ich mich einfach ohne schlechtes Gewissen auf deine Ankunft. Ich werde meine Mutter bitten, dich vom Flughafen abzuholen; ist das in Ordnung für dich?"

„Ja, auf jeden Fall, aber ich kann mir auch ein Taxi nehmen."

„Nein, kommt nicht in Frage, du bemühst dich extra wegen mir, da kann ich ja wohl auch eine Kleinigkeit beisteuern. Also mein Lieber, ich wünsche dir einen guten Flug und … ja grüße die Zwillinge von mir."

„Mache ich, Victoria, ich hab dich lieb, bis morgen."

Sofort suchte ich im Onlineangebot einer günstigen Fluggesellschaft nach einem Flug für den nächsten Tag nach

Aberdeen. In Schottland war ich noch nie gewesen - und ich überlegte mir, wie wohl die Gegend aussehe, in der Victoria aufgewachsen war. Es war in der Tat noch möglich, einen Flug, wenn auch mit zwei Zwischenstopps, für den nächsten Tag zu bekommen. Ich musste meine Buchung nur noch mit einem Klick auf den Bildschirm bestätigen und es wäre erledigt. Ich zögerte. Sollte ich, ohne Caroline vorher zu fragen, wirklich fliegen? Aber mein Finger war schneller als meine Gedanken, und so bestätigte ich einfach meine Buchung. Erleichtert und doch etwas ängstlich ging ich zu Caroline hinunter, um ihr von meinem Entschluss zu erzählen, nach Aberdeen zu fliegen. Ich druckste nicht lange herum und vermittelte ihr direkt, was ich vorhatte. Sie reagierte typisch und doch ziemlich ernst: „Wenn du das wirklich tust, dann kann ich dir nicht garantieren, dass noch Platz für dich hier ist, wenn du zurückkommst."

„Ich verstehe", erwiderte ich, „ich habe mich jetzt so lange mit dir und deinem Alkohol auseinandergesetzt, und du machst keinerlei Anstalten, kooperativ mitzuarbeiten, dann sehe ich nicht ein, mich hier von dir noch länger so hinhalten zu lassen. Ich fliege da morgen hin und basta."

„Warum?", fragte Caroline, „die ist doch versorgt und der geht es doch gut, was musst du denn da tun?"

„Sie weiß meine Hilfe zu schätzen, im Gegensatz zu dir, glaube ich." Caroline setzte wieder ihre Jammermiene auf und spielte die Nummer des armen Mäuschens. Und wieder kamen mir Zweifel. Vielleicht war sie wirklich eine arme Maus, und die arrogante Haltung war nur ein hilfloser Versuch, sich positiv darzustellen oder sonst etwas. „Nein", blieb ich aber dann hart, „mit der Nummer brauchst du mir jetzt nicht zu kommen." Sie fing an zu weinen und wollte in meinen Arm. Wie ich dass hasste, und beinahe hätte sie es geschafft, mich von meinem Entschluss abzubringen, wenn nicht Fiona durch Zufall dazugekommen wäre und den Ausbruch von Caroline unterbrochen hätte. Sie hatte irgendeine Frage wegen der Hausaufgaben der Kinder. Ich sagte ihr, dass ich gleich dazu komme. Fiona verschwand wieder nach oben. Caroline sammelte sich und gab sich dann schon fast herrisch: „Dann fahr, bitte, ich halte dich nicht!"

„Das werde ich tun", bestätigte ich ganz sicher. Sie begab sich in die Küche, um sich etwas zu essen zu machen, während ich nach oben ging, um Fiona und den Kindern von meiner Reise zu berichten.

„Triffst du dann Victoria wieder?", fragte Florian.

„Ja, ich soll euch von ihr grüßen."

„Nimm uns doch bitte mit!", rief Katharina, „sie kann so schön mit uns spielen."

„Und sie ist nicht so komisch wie Mama neuerdings immer", meinte Florian vorlaut.

„Jetzt ist aber gut", sagte ich zu den beiden, „eure Mama hat euch sehr lieb."

„Ja schon", erwiderte Katharina, „aber sie hat ja nie Zeit und wenn, dann ist sie ganz anders als früher, da spielen wir lieber mit Fiona."

Diese Worte meiner Kinder machten mich sehr traurig, und ich wusste in dem Moment, dass die Beziehungskrise eine Familienkrise geworden war. Und das machte alles nicht gerade einfacher.

„Ihr müsst doch in die Schule, aber ich rufe euch jeden Tag an und Fiona ist ja bei Euch, und mit ihr kommt ihr doch gut klar, oder?", meinte ich zu den beiden und zwinkerte Fiona zu, die verschämt lächelnd daneben saß.

„Klar doch", sagte Fiona, „wir machen spannende Sachen, wenn ihr aus der Schule kommt, einverstanden?" Das schien die Kinder etwas zu beruhigen, und ich las ihnen wie so oft etwas zur Nacht vor.

„Papa?", fragte Florian mich plötzlich, „sag mal, hast du Mama eigentlich lieb?"

„Ja sicher, irgendwie schon."

„Ich glaube, sie hat dich auch lieb."

„Das hoffe ich doch", erwiderte ich absolut unsicher darüber, ob dies wirklich so wäre.

Katharina klappte aus ihrem Bett hoch und fragte weiter: „Und Victoria, hast du die auch lieb?"

„Ja weißt du, Victoria ist eine gute Freundin - und die mag ich natürlich auch."

„Und warum wohnt sie dann nicht bei uns?"

„Na, weil wir eine Familie sind und Victoria hat ihre eigene in Schottland."

„Hat Victoria Kinder?", löcherte Florian mich wieder.

„Nein, hat sie nicht."

„Warum nicht?"

„Ach Florian, das hat sich einfach nicht so ergeben."

„Aber sie mag doch Kinder?"

„Ja sicher tut sie das, sie hat nur eben keine eigenen."

„Da müssen wir sie aber bald mal besuchen", kombinierte Katharina in ihrer Kinderlogik, „denn sonst kann sie ja zu keinen Kindern nett sein, wenn sie keine eigenen hat."

„Ja, ganz sicher, wir werden sie hier in Stockholm in ihrem Haus besuchen, wenn sie mal hier ist."

„Ok, Papa, gute Nacht", gähnten beide fast gleichzeitig.

„Schlaft schön, ihr zwei."

Ich stieg wieder hinunter, wo Caroline immer noch mit ihrem Abendbrot saß und betrachtete sie mir, von ihr unbemerkt. Was war sie früher so eine liebe Frau, dachte ich, und ich wusste nicht, warum sich alles so über die Jahre entwickelt hatte. Wir hatten uns einmal versprochen, ein Leben lang füreinander da zu sein, in guten, wie in schlechten Zeiten. Was ist aus diesem Versprechen geworden? Auseinander gelebt! Wir hatten uns einfach nur auseinander gelebt. Wir hätten wahrscheinlich viel mehr miteinander reden müssen. Das kam wirklich zu kurz - all die Jahre. Könnte man das jetzt noch nachholen? Mir schien, dass unsere Lebensstränge sich unendlich weit voneinander entfernt hatten; zu weit, um sie wieder zusammenzuführen. Es fehlte an gegenseitigem Verständnis und wahrscheinlich auch an dem Willen, etwas in dieser Richtung zu unternehmen. Und trotzdem, irgendetwas von mir hing noch an ihr. 12 Jahre lassen sich eben nicht so einfach wegwischen, wie sie selbst schon sagte.

Am folgenden Tag war es dann soweit. Ich verabschiedete mich morgens von den Kindern, bevor Fiona sie zur Schule brachte. Caroline hatte sich schon früh aus dem Hause gemacht, und wie ich einem von ihr hinterlegten Zettel entnehmen konnte, war sie angeblich in ihr Büro gefahren, um Dinge für die nächste Arbeitswoche zu regeln. Auf diesem Wege wünschte sie mir auch eine gute Reise, was wahrscheinlich eher ironisch gemeint war. Mein Flug ging gegen Mittag, und so startete ich, kurz nachdem Fiona mit den Zwillingen aus dem Haus war, in Richtung Flughafen. Ich war ziemlich aufgeregt, zum einen, weil ich noch nie in Schottland war und zum anderen, weil ich Victoria bald wieder sehen würde. Mein Herz hüpfte wie bei einem frisch verliebten Teenager. Der Flug war durch die zwei Zwischenstationen ziemlich langatmig und auch anstrengend, weil uns über der Nordsee auch noch einige Turbulenzen zu schaffen machten. So war ich denn froh, nach einigen Stunden endlich wieder festen Boden unter den Füssen gehabt zu haben. Auf dem

International Dice Airport von Aberdeen, wo meine Maschine landete, herrschte ein rauer Wind, und die Wolken rasten nur so über mich hinweg, als ich aus dem Flughafengebäude hinaustrat.

„Ja, hier weht ein harter Wind, nicht war?", redete mich auf einmal eine Frau ganz in Schwarz von der Seite an, „Sie müssen Peter Lorent sein oder?"

„Ja!", rief ich verwundert.

„Cora Filby", stellte sich die Dame vor, „herzlich willkommen in Aberdeen." Die äußerst sympathische Frau trug offensichtlich Trauer, und mir war klar, warum: Victorias Vater.

„Ja, ich bin Peter Lorent, aber woran haben Sie mich erkannt, Ms. Filby?"

„Victorias Bild, wissen Sie, sie hat doch ein Bild von Ihnen in ihrem Zimmer stehen und außerdem ...", sie zeigte auf mein Aktenköfferchen, „... daran würde ich Sie erkennen, sagte mir meine Tochter." Ich musste lachen: „Ja, ja, das ist so eine Macke von mir, den habe ich unterwegs immer dabei, ist so handlich und passt alles rein, was man so braucht."

„Dann kommen Sie mal, der Wagen steht dort drüben."

Ich folgte ihr zum Auto, verstaute mein Gepäck im Kofferraum, und dann fuhren wir los nach Denmore. Es war nicht weit entfernt, nur ein paar Kilometer. Vor einem kleinen Haus in der Marblelane 43 blieben wir stehen. „So, da wären wir", erklärte Ms Filby. Ich stieg aus - und da kam mir auch schon ein bekanntes Gesicht aus der Haustür entgegen. Victoria, ebenfalls in Schwarz. Sie rollte langsam mit ihrem Rollstuhl den Gartenweg entlang. Eine Decke wärmte ihre Beine. Ich lief ihr entgegen und beugte mich zu ihr hinunter.

„Peter, ach Peter, wie ich mich freue, dich zu sehen."

„Hallo Victoria, ich freue mich auch sehr." Ich strich ihr die durch den Wind ins Gesicht gewehten Haare beiseite. „Ich habe dein süßes Gesicht vermisst. Wie geht es dir?", dabei wies ich auf ihr rechtes Bein.

„Das wird wieder, komm!", sagte sie, „wir bringen deine Sachen ins Haus." Sie rollte mit mir zum Auto. „Ich kann dein Köfferchen nehmen", dabei schaute sie ihre Mutter an, die die Begrüßungsszene schmunzelnd aus einigem Abstand mit verfolgte, „hab ich dir nicht gesagt, daran erkennst du ihn!"

Als Ms. Filby den Wagen richtig eingeparkt hatte, gingen wir alle zusammen ins Haus.

„So, jetzt wollen wir uns erst einmal stärken", meinte Victorias Mutter, „ich mache uns ein leckeres Abendbrot, und ihr zwei könnt doch schon mal ins Wohnzimmer gehen und euch am Kamin wärmen. Ich schob Victoria ins Wohnzimmer und fuhr sie seitlich vor das gemütlich knisternde Feuer. Ich selbst nahm neben ihr Platz, in einem der großen, weichen Sessel direkt neben einem Schaukelstuhl.

„Hast du noch Schmerzen?", fragte ich sie, und nahm ihre Hand.

„Nein, es drückt nur manchmal noch etwas."

Ich schaute auf den Schaukelstuhl. „Ein schönes Stück", bemerkte ich.

„Ja, das ist der Stuhl, in dem Paps abends hier immer saß." Victorias Augen wurden feucht.

„Entschuldige, ich wollte nicht …"

„Ist schon gut, ich sehe ihn nur manchmal immer noch dort sitzen."

„Sag mal, wird dein Mann Linus nicht verärgert sein, wenn er mitbekommt, dass ich hier bin?", wollte ich von ihr wissen.

„Ach, ich glaube da brauchst du dir keine Sorgen zu machen, er hat sich wieder sehr zu seinem Nachteil entwickelt und ist kaum noch zu Hause. Seit der Sache mit seinem neuen Büro in London, welches aber scheinbar nicht existiert, hat er sich wieder um 180 Grad gewendet. Das begann genau in dem Moment, in dem ich ihm die Summe von 50000 Pfund geliehen habe."

„Eine ganze Menge", gab ich zu bedenken.

„Oh ja, und ich habe bis jetzt keinen Cent davon zurückerhalten. Das ist aber auch nicht so wichtig, viel schlimmer ist es, wie er mich seitdem behandelt. Wieder so oberflächlich und teilweise richtig abweisend. Umso mehr ärgert mich mein Verhalten damals dir gegenüber." Victoria drückte meine Hand feste und strich mit der anderen über meinen Arm. „Ich bin so froh, dass du jetzt hier bist, wenn ich auch weiß, das du gebunden bist, wie ich ja eigentlich auch." Sie sagte das mit angstvollen Augen und fügte hinzu: „Ich habe Angst vor der Wahrheit, die da noch kommt."

„Ich kann mir denken, worum es geht. Es hat mit Linus und Selmers zu tun, nicht wahr?"

„Ja, Selmers ist mir egal, aber wenn Linus da mit drin steckt, dann …" Sie sprach nicht weiter, denn in dem Moment kam Cora Filby herein, mit einem Tablettwagen, bestückt mit Kartoffelsalat, Würstchen und Brot. Pfefferminztee und Apfelschorle gab es dazu. Ich servierte Victoria eine Portion und reichte ihr ein Glas Apfelschorle. Dann zog ich ihr ihre Decke richtig über die Beine, da sie etwas nach unten gerutscht war. Ms Filby beobachtete mich dabei still und sagte nichts. Dann aber begann sie:

„Victoria hat ja schon manchmal von Ihnen erzählt, dass Sie in Stockholm mit ihrer Familie leben."

„So, hat sie das?" Ich schaute zu Victoria hinüber.

Sie wurde etwas rot: „Nur so beiläufig."

Ich erläuterte Ms. Filby, wie es mich nach Stockholm verschlagen hatte, erwähnte dabei zwar die Kinder, aber von meinen Beziehungsproblemen verriet ich nichts. Ich sagte auch, dass ich mittlerweile als Lehrer in der Erwachsenenbildung arbeite. „Wie unsere Vicky also", meinte Ms. Filby anerkennend. Wir schauten zusammen stumm ins Kaminfeuer, und es war eine sehr angenehme, äußerst gemütliche Atmosphäre. In den Gesichtern der beiden Frauen sah ich allerdings, wie sich ihre Gedanken um den kürzlich erlebten Verlust drehten, und ich wollte sie darauf nicht ansprechen. Dann erhob sich Victorias Mutter und verabschiedete sich: „Nun, ihr beiden, ich bin müde und lege mich jetzt hin; redet noch ein bisschen, und genießt die Zeit." Sie sagte dies so, als würde sie ahnen, dass wir uns mehr mochten, als sich nur einfache Freunde mögen.

Am nächsten Morgen erwachte ich gegen acht Uhr im Gästezimmer im Erdgeschoss des Hauses - und es duftete nach Kaffee und Frühstückskuchen, von dem mir Victoria schon einmal vorgeschwärmt hatte. Ich stand auf und machte mich etwas frisch. Ich schaute auf das Display meines Telefons, aber das zeigte keine Besonderheiten an, und so war ich gewiss, dass zu Hause alles in Ordnung wäre. Als ich das Zimmer verließ, um mich in die Richtung zu begeben, aus welcher der leckere Geruch kam, rollte mir Victoria schon entgegen. „Guten Morgen, mein Lieber", begrüßte sie mich freundlich und streckte ihre Hände nach mir aus. Ich gab ihr einen Kuss und schob sie dann ins Esszimmer, wo Cora Filby schon ein Frühstück aufgebaut hatte.

„Guten Morgen, Mr. Lorent", kam es aus einer Ecke der Küche, wo sie gerade die Eier abschreckte, „na, wie war Ihre Nacht?"

„Ich habe ausgezeichnet geschlafen, obwohl im fremden Bett. Lag wahrscheinlich an der guten Luft heute Nacht, ich schlafe gerne bei geöffnetem Fenster." Ich schob Victoria an den Essenstisch, und Cora kam mit der Kaffeekanne herein. „Dann wünsche ich uns ein gutes Frühstück", meinte sie. Victoria, die durch ihren Beinbruch von der Schule beurlaubt war, fragte mich, ob ich an diesem schönen Sonnentag Lust hätte, mit ihr etwas spazieren zu gehen, sie würde mir gerne den Ort zeigen und außerdem das Grab ihres Vaters besuchen wollen. Ich willigte ein, und so machte uns ihre Mutter noch eine kleine Wegzehrung zurecht, etwas Obst und Schinkenbrote, und dann spazierten wir los. Es machte mir nichts aus, Victoria im Rollstuhl durch die Gegend zu schieben, nein, ich tat das sogar sehr gerne, und ich merkte, wie sie meine Fürsorge genoss. Sie zeigte mir die Sträßchen und Gassen, in denen sie früher als Kind gespielt hatte, und auch die Häuser ihrer ehemaligen Schulkameraden, und zu jedem fiel ihr irgendeine Geschichte ein. Sie erzählte auch von ihrem Dasein als Kinderschauspielerin, und dass dies nicht immer so harmonisch war. „Ich würde dir gerne meine Schule zeigen", meinte sie, „aber das müssen wir vielleicht auf später verschieben, wenn ich wieder mobiler bin." Dann bat sie mich, am Ende der letzten Straße, die wir gegangen waren, abzubiegen. Wir kamen zum Dorffriedhof, nicht sehr groß, aber dafür sehr ruhig gelegen, mit einer kleinen Kapelle nebenan. „Hier liegt dein Vater?", fragte ich Victoria.

Sie nickte stumm. „Dahinten, links unter der Eiche, da ist es", dirigierte sie mich zu der Stelle, wo Patrick Filby seine letzte Ruhestätte hatte. Es sah alles sehr frisch aus, ein Grabstein war noch nicht vorhanden, nur ein schlichtes Kreuz mit seinem Namen. „Er wollte immer ein einfaches Grab", meinte Victoria, und ihre Trauer kam zum Vorschein, was ich deutlich in der Rötung ihrer Augen sehen konnte. Ich hockte mich neben ihren Rollstuhl und legte meinen Arm um sie: „Ich hätte ihn gerne einmal kennen gelernt", sagte ich zu ihr.

„Er war ein guter Mensch und mir ein guter Vater. Er war immer um mich bemüht und wollte, dass es mir gut geht." Ich reichte ihr ein Taschentuch. „Es gab einmal eine Zeit, da schien unser Verhältnis nicht so gut zu sein", erzählte sie weiter, „das war die Zeit meiner sogenannten Erfolge. Damals erzählte er mir, dass das sehr wichtig für mich und meine Zukunft sei. Ich fühlte aber, dass das nicht alles sein konnte. Na ja, später hat er dann diesen Irrtum eingesehen, vielleicht etwas zu spät. - Komm, lass uns zurückgehen, Peter."

Ich spazierte mit ihr noch eine kleine Runde um die Friedhofswiese, und dann gingen wir langsam in Richtung ihres Elternhauses. Als wir dort eintrafen, erwartete uns Victorias Mutter schon an der Haustüre.

„Ihr seid aber lange unterwegs gewesen!", rief sie uns entgegen.

„Ja", sagte ich, „Ihre Tochter hat mir alles gezeigt; es ist wirklich ein netter Ort, in dem Sie hier wohnen."

„Bevor ich es vergesse, Mr. Lorent, eben hat Ihr Telefon geläutet, aber ich wollte da nicht drangehen, nur, dass Sie Bescheid wissen", informierte mich Cora.

„Danke", erwiderte ich und sagte Victoria, dass ich sofort wieder zu ihr käme, aber ich müsse kurz nachsehen, ob es zu Hause eventuell Probleme gäbe.

Ich schaute mir die Nummer an, die mich da eben angerufen hatte. Es war die Telefonnummer von Fionas Mobiltelefon. Was konnte sie wohl wollen? Ob was mit den Kindern oder Caroline geschehen war? Ich wählte sofort ihre Nummer und hoffte, sie würde drangehen, denn bei solchen Sachen war ich nie gerne im Ungewissen. „Fiona Plääti", meldete sie sich endlich.

„Hallo Fiona, Sie haben versucht, mich zu erreichen? Was ist passiert? Irgendetwas mit den Kindern oder Caroline?"

„Ach gut, dass Sie anrufen, Herr Lorent, die Zwillinge haben solche Sehnsucht nach Ihnen, sodass Ihre Frau vorgeschlagen hat, wir sollten für zwei Tage nach Schottland kommen, damit sie ihren Vater sehen können. Und da haben wir einen Flug für morgen ganz früh gebucht und eine Pension in Aberdeen. Ich hoffe, das ist Ihnen recht, wir wollen Sie ja auch nicht überfallen."

„Überraschend ist das jetzt schon, aber wenn die Kleinen sich das so wünschen, dann kommen Sie natürlich bitte. Haben Sie die Reise denn geregelt?"

„Ja, ich habe auf Anweisung Ihrer Frau alles erledigt, was für den Flug wichtig ist, Tickets, Pässe usw."

„Gut, ich finde es nur merkwürdig, dass Caroline das so vorgeschlagen hat."

„Ich weiß auch nicht", meinte Fiona, „aber ich habe den Eindruck, sie baut psychisch zunehmend ab."

„Oh nein, nicht das jetzt schon wieder. - Ist gut, wir sehen uns dann morgen. Rufen Sie mich bitte an, wenn Sie in der Pension sind, ja? Ich weiß ja, dass ich mich auf Sie verlassen kann."

„Ja, können Sie, Herr Lorent, machen Sie sich bitte keine Sorgen um die Kinder, die sind bei mir in guten Händen."

Dann legten wir auf. Ich ging nach draußen, um den beiden Damen davon zu berichten.

„Ach wie schön", meinte Victoria, „dann sehe ich die zwei ja."

„Ja, mal sehen", erwiderte ich, „sie ziehen für eine Nacht in eine Pension in Aberdeen, vielleicht fahre ich sie dort besuchen."

„Kommt gar nicht in Frage", konterte Victorias Mutter, „die sollen hierher zu einem schönen Kaffeenachmittag kommen, was meinst du, Vicky?"

„Ja genau", bestärkte Victoria ihre Mutter, „das ist doch viel gemütlicher als da in der Stadt im Hotel, und außerdem würde ich mich sehr freuen, die beiden Zwillinge wieder zu treffen."

„Wie ihr meint", erwiderte ich zögernd, „soll ich sie dann für morgen Nachmittag hierher einladen?"

„Ich möchte doch darum bitten", konstatierte Cora gastfreundlich, wie sie nun mal war.

Der nächste Tag war für schottische Aprilwetterverhältnisse recht warm. Es wehte kaum ein Lüftchen, und der Himmel war strahlend blau. So entschied sich Ms. Filby, die Kaffeetafel nach draußen auf die Veranda zu verlegen. Ich ging ihr bei den Vorbereitungen etwas zur Hand, was sie wohl mochte. Victoria saß derweil in ihrem Rollstuhl und hatte Musik von ihrem CD Player auf ihrem Kopfhörer. „Ach übrigens", sagte ich zu ihr, dabei lief ich schnell zur Garderobe und zog die ‚Blackmore's Night' CD aus meiner Jackentasche. „Magst du sie hören?", ich reichte sie Victoria. Sie bedankte sich und legte sie umgehend in ihren Player, schloss die Augen und lehnte sich zurück. Dann fuhr ein Taxi vor. Am Kindergeschrei konnte ich schon vernehmen, wer es wohl war, der da lautstark eintrudelte. Ich ging vor das Haus, um die Rasselbande samt Fiona zu begrüßen.

„Papa, Papa, da bist du ja! Ist das das Haus von Victoria?", fragte Florian aufgeregt.

„Ja!", rief seine Schwester dazwischen, „da, da sitzt sie!" Katharina hatte Victoria im Garten erblickt und die Zwillinge rannten aufgeregt zu ihr. Ich schaute zu Fiona, und sagte scherzhaft: „Hm, ich dachte eigentlich, die wären wegen mir hierher gekommen." Wir betraten das Haus, und ich stellte Fiona Victorias Mutter vor.

„Sie sind also die gute Seele im Hause Lorent?", fragte Cora.

„Wenn sie so wollen, ja." Fiona reichte Ms. Filby die Hand. Danach ging ich mit ihr hinaus auf die Terrasse, auf der die Kinder Victoria immer noch umlagerten, und diese ließ es sich nicht nehmen, Späße mit ihnen zu treiben.

„Victoria", sagte ich „Fiona kennst du ja schon." Die beiden begrüßten sich und redeten etwas miteinander. Dann überließ Fiona den Kindern wieder das Feld, die weiter mit Victoria spielten. Fiona ging derweil in die Küche, um Cora etwas zur

Hand zu gehen. Dabei hörte ich bruchstückhaft, wie sie sich über Victoria und mich unterhielten. Alles konnte ich nicht verstehen, nur so viel, dass Cora zu Fiona meinte, dass ich viel besser zu ihrer Tochter passen würde als ihr jetziger Mann, und Fiona schien das zu bestätigen und sagte, dass ich es nicht leicht zu Hause hätte mit meiner Frau, aber mehr wollte sie dazu auch nicht verlauten lassen. Das zeigte mir einerseits Fionas Loyalität, an der ich nie gezweifelt hatte, und andererseits, was Coras Mutter von mir zu halten schien. Ich ging hinaus zu Victoria und den Zwillingen.

„Kommt, ihr zwei", forderte ich sie auf, „ich zähle bis 20, und ihr versteckt euch ganz schnell hier im Garten."

Sie ließen von ihrer Spielgefährtin ab und waren sofort Feuer und Flamme, denn Versteckspiel machten sie schon immer gerne mit mir. „Dann kannst du mal etwas verschnaufen", zwinkerte ich Victoria zu.

„Ja, ja, ach, die zwei machen mir wirklich Spaß!"

Ich merkte, wie sie unserem Treiben im Garten zuschaute und dabei ein wenig wehmütig verträumt wirkte. Ich wusste, dass sie Kinder mochte und sich selber auch sehr welche wünschte. Dann war der Gartentisch gedeckt. Die Kinder brauchte ich nicht lange zu rufen, denn sie witterten förmlich, wo es leckeren Kuchen gab. Dazu bekamen sie Kakao von Cora eingeschenkt. Wie wir da so saßen, uns unterhielten und es uns schmecken ließen, fragte Florian auf einmal. „Du Papa, wann fliegst du denn wieder nach Hause?"

„Na eigentlich hatte ich noch vor, zwei oder drei Tage hier zu bleiben und euch dann zu folgen", antwortete ich ihm.

„Kannst du nicht schon morgen mit uns kommen, es ist so blöd ohne dich zu Hause", fiel Katharina ein.

„Ach, ihr habt mich doch immer um euch - normalerweise, da werdet ihr es doch einmal ein paar Tage ohne mich aushalten."

„Ja schon", antwortete meine Tochter, „aber Mama ist so komisch und immer so traurig, seitdem du weg bist; und wir möchten nicht, dass sie traurig ist."

Ich schaute verstohlen in die Runde. Victoria sah auf ihren Teller und biss auf ihrer Unterlippe herum, als wenn sie sich als Schuldige dafür betrachte, dass ich nicht zu Hause bei Caroline wäre, sondern hier bei ihr. Ich versuchte die Stimmung etwas aufzuhellen, indem ich den Kindern versprach, wenn ich wieder daheim wäre, würden wir alle zusammen eine Bootstour durch die

Schären machen, was sich ja nun im beginnenden Frühling in Stockholm anbot. Das stimmte sie ruhig, und so verlief der Rest des Nachmittags ohne weitere Zwischenfälle.

Ich wusste, dass das, was die Kinder erzählten, ein typisches Verhalten von Caroline widerspiegelte. Aber Victoria nahm sich das Ganze sehr zu Herzen. Am Abend, als sich Fiona und die Zwillinge dann verabschiedeten, da sie am nächsten Tag wieder zurückflogen und nur für zwei Tage vom Schulalltag beurlaubt worden waren, kam Victoria auf mich zu und sagte zu mir: „Peter, das, was ich da heute Nachmittag gehört habe, beschäftigt mich sehr. Ich weiß, dass ich dich liebe und ich würde es dir auch gerne weiterhin zeigen, aber wenn ich sehe, dass durch meinen egoistischen Wunsch ein anderes Leben … ja quasi zerstört wird, nein, damit kann ich nicht leben. Peter, du musst ihr eine Chance geben."

„Was meinst du, Victoria, wie oft ich das schon versucht habe. Das, was die Kinder erzählt haben, ist nichts Neues für mich. Du hast völlig recht, es ist auch sehr schwer für mich, das durchzustehen, und ich weiß auch nicht, was ich machen soll; denn eines ist klar, eine Bindung ist immer noch da. Aber ich kann und will einfach nicht mehr, verstehst du? Ich werde ganz mürbe durch dieses Hin und Her."

Sie schaute mich an und wusste selbst nicht, wozu sie mir raten sollte. Sie liebte mich, das fühlte ich, und doch wollte sie nicht an etwas Schuld sein, wofür eigentlich nur ich und Caroline etwas konnten. Ich stand mit Victoria auf der Veranda, als wir uns darüber unterhielten und Cora den Tisch abräumte. Sie sagte zu alledem nichts, nur einmal kam sie während ihrer Arbeit an mir vorbei und stellte sich vor mich, mit einem Tablett in der Hand, und meinte: „Ich mag Sie sehr gerne, und ich würde mich freuen, Sie hier öfter begrüßen zu können, genau wie augenscheinlich meine Tochter, aber Sie müssen wirklich selbst wissen, was Sie tun müssen; fragen Sie Ihr Herz - und dann treffen Sie eine Entscheidung und stehen dann zu ihr, damit ist allen am besten geholfen."

„Ich werde eine Nacht drüber schlafen", antwortete ich, „den frühesten Flug kann ich sowieso erst morgen Abend nehmen."

Am anderen Tag war ich nicht schlauer als einen Tag zuvor. Zweifel quälten mich - und Victoria und ich verbrachten diesen Tag zusammen in ständiger Diskussion, was denn nun richtig wäre. Wir bezeugten uns gegenseitig unsere Liebe und doch merkte sie mir an, dass ich auf der anderen Seite nicht loslassen konnte. Gleichzeitig schien sie auch immer noch zu hoffen, dass sie ihre Beziehung zu Linus retten könne. Das bewog sie letztendlich dazu, mich zu drängen, an diesem Tag noch nach Stockholm zurückzufliegen. „Bitte Peter, fliege jetzt", sagte sie mir unter Tränen, „sonst nimmt es nie ein Ende." Ich sah in ihr trauriges Gesicht und dann in meiner Vorstellung das von Caroline, wie sie auf unserem Sofa einsam resignierend saß, an dem Tag, an dem ich mich entschied, nach Aberdeen zu fliegen. Ich sah auch Victorias Entschlossenheit, mich nach Hause zu schicken. „Also gut", beschloss ich, „Gott weiß, was passiert!"

Sie nickte gefasst und sagte: „Komm, umarme mich noch einmal."

Ich tat es und küsste sie lange zum Abschied. Dann bestellte ich mir ein Taxi. In der Zwischenzeit klingelte es an der Haustür, und Cora öffnete. Es war Jonathan, der Bruder von Victoria, ein stattlicher Mann, der da hereinkam. „Hallo Vicky, Hallo Mama", begrüßte er die beiden, und zu mir sagte er: „Guten Tag, Sie sind sicherlich Victorias Bekannter aus Stockholm."

„Ja", entgegnete ich, aber leider schon wieder auf der Abreise."

„Na, vielleicht sehen wir uns ja dann irgendwann einmal und lernen uns näher kennen."

„Ja …", ich schaute zu Victoria, „wer weiß, vielleicht!" Dann fuhr das Taxi vor. Ich verabschiedete mich noch einmal von Cora und auch von Jonathan. Victoria rollte mit ihrem Stuhl hinter mir her, als ich mein Gepäck in den Wagen verladen ließ. „Also, meine Kleine", sagte ich und konnte meine Traurigkeit kaum verbergen, „lebe wohl und halt die Ohren steif." Sie lächelte mit wässrigen Augen: „Das sagte Paps auch immer zu mir." Ich musste sie noch einmal küssen. Dann bestieg ich das Taxi, und als wir losfuhren, sah ich durch das Rückfenster, wie sie mir lange nachwinkte. Gefasst schaute ich nach vorne und wusste immer noch nicht, ob das, was ich da tat, gut war.

Victoria kehrte mit verweinten Augen ins Haus zurück. Dort warteten Cora und Jonathan auf sie. Cora tröstete ihre Tochter und sagte: „Die Zeit heilt alle Wunden, Kind, lass Gott entscheiden, was geschieht."

„Vicky", meinte Jonathan, ich weiß nicht, ob du jetzt in der Lage bist, mir zuzuhören, es geht um Linus, aber ich kann auch später …"

„Egal", sprach Victoria ihm dazwischen und versuchte sich zu sammeln, „heraus damit, ich ahne bereits, dass da etwas nicht stimmt, also, ich werde es verkraften."

„Gut", begann ihr Bruder, „wir, also Mr. Fox und meine Kanzlei haben herausgefunden, dass Joe Selmers Schulden in Höhe von über 50000 Pfund hatte, die er urplötzlich begleichen konnte."

„Da ist also das Geld für Linus doch hin geflossen, ich habe mir schon so etwas gedacht", resignierte Victoria, „und weiter?"

„Ja, also Linus ist auch nicht ganz ohne; nun, was ich sagen will ist, dass er über 150000 Pfund unterschlagen hat, wie die Ermittlungen ergeben haben, und das schon seit Jahren."

„Ich kann es nicht fassen", erzürnte sie sich, „soviel Geld?"

„Ja, das ist so gut wie sicher", bestätigte ihr Bruder, „die Beweise sind so erdrückend, dass mit seiner Verhaftung bald zu rechnen ist."

Victoria saß schockiert in ihrem Rollstuhl und wusste nichts mehr zu sagen. In dem Augenblick fuhr ein Wagen unten vor. Es war Linus mit seiner Sekretärin Karen. Sie kamen gerade wohl von einer Geschäftsreise zurück. Noch bevor er klingeln konnte, öffnete Cora die Tür. „Linus, komm rein", sagte sie, ohne eine Miene zu verziehen.

„Hallo", grüßte er etwas verunsichert, „Karen kennt ihr ja, meine Assistentin." Er winkte seine Sekretärin hinter sich herein. Als er Victoria im Rollstuhl sitzen sah, ging er auf sie zu: „Meine kleine Arme, wie geht es dir denn? Ab Morgen kann ich mir ganz viel Zeit für dich nehmen …" Victoria wehrte ab.

„Spar dir bitte deine Gefühlsausbrüche. Hast du Selmers' Schulden bezahlt?" Sie ging direkt in die Offensive. Linus wurde leichenblass.

„Em, nein … ja … aber … em."

„Von dem Geld, welches ich dir für dein Büro geliehen habe?"

„Liebes, du verstehst das nicht, ich …"

„Nenne mich nicht ‚Liebes'", Victoria war außer sich, „sage einfach die Wahrheit!" Karen stand betreten daneben und sagte keinen Ton.

„Em … Joe … ich meine Selmers … hat … mich erpresst", begann Linus zu stottern.

„Wegen der Unterschlagung?", kombinierte seine Frau weiter.

„Vicky, bitte", unterbrach sie jetzt ihr Bruder.

„Nein", wehrte sie sich, „ich will das jetzt alles wissen!"

„Woher … weißt du …?", fragte Linus sie erstaunt.

„Das Versteckspiel ist aus, Linus. Es liegt alles auf dem Tisch."

„Ja … nun … da … also … Selmers erpresste mich damit, dass er über irgendetwas auspacke, wenn ich ihm nicht 50000 Pfund besorge für seine Schuldentilgung."

„Jetzt verstehe ich, warum du auch immer so hoffärtig zu ihm warst, damit er die Summe nicht noch höher treibt. Aber warum, Linus? Warum bist du nicht damit zu mir gekommen? Wir hätten darüber reden können. Hier!", Victoria wies auf Jonathan, „er hätte dir bestimmt helfen können - und auch gegen Selmers' Erpressung hätte man vorgehen können."

„Nein", stammelte Linus, sich offensichtlich in arger Bedrängnis befindend, „so einfach ist das nicht gewesen. Er hatte mich weiter erpresst und drohte mir, dass, wenn ich irgend jemandem von der Erpressung erzähle, er verlauten lassen wolle, dass …" Linus stockte, er brachte den Satz nicht zu Ende.

„Was?", fauchte Victoria, auf alles gefasst, „was ließe er dann verlauten?"

„Komm Linus", mischte sich Karen auf einmal gelangweilt dazwischen, „erzähl es schon, es kommt doch sowieso heraus."

Linus holte tief Luft: „Selmers wolle in dem Falle, wenn ich etwas über den Verbleib der 50000 Pfund erzähle, ausplaudern, dass ich etwas … etwas mit Karen hier habe."

Es herrschte gespenstische Stille im Erdgeschoss des Hauses.

„Sag', dass das nicht wahr ist!" meinte Victoria ungläubig. Linus schwieg. „Es ist also wahr!", resümierte sie. „Wie lange geht das schon so?"

„Seit … em … seit vor unserer Hochzeit."

„Ich kann es nicht glauben, das gibt es einfach nicht. Die ganzen Anrufe zu deiner Schwester, das war sie, die du da immer heimlich anriefst", kombinierte Victoria und zeigte auf Karen, „und dieser penetrante Geruch im Landhaus, das war ihr Parfum. Und in der Silvesternacht, da war sie bei dir, stimmt's?" Linus widersprach nicht. „Weißt du, Linus", klärte Victoria ihn weiter auf, „ich habe gerade jemanden weggeschickt, den ich in den letzten Wochen kennen und lieben gelernt habe, weil du all die Zeit nicht für mich da warst. Und warum habe ich ihn weggeschickt? Um uns noch eine Chance zu geben. Ich ahnte das mit Selmers, aber ich habe immer daran geglaubt, dass wir zwei uns zusammenraufen könnten. Aber du hast mich von Anfang an hintergangen, und du würdest es wahrscheinlich weiter tun, wenn es nun nicht aufgeflogen wäre. Ich wollte es nie wahrhaben, jetzt aber habe ich Gewissheit. Warum hast du mich überhaupt geheiratet?" Linus blieb stumm. „Des Geldes wegen? Nur wegen des Geldes? Du hattest damals schon Probleme, nicht wahr? Du hast gedacht, wenn du mich heiratest, kommst du leichter an mein Vermögen. Habe ich recht? - Ob ich recht habe?", schrie sie ihren Mann an.

Jonathan musste seine Schwester etwas zurückhalten: „Rege dich nicht auf Vicky, es ist ja größerer Schaden verhindert worden."

„Dieser Schaden", Victoria zeigte an die Stelle auf ihrer Brust, wo ihr Herz saß, „der kann gar nicht mehr größer werden. Das ist so schäbig, so widerlich. Bitte, nimm deine Freundin, und verlasse dieses Haus auf der Stelle."

Linus konnte Victorias Bitte nicht mehr nachkommen, denn ein weiterer Wagen fuhr vor; es war die Polizei. Zwei Beamte stiegen aus und bewegten sich auf das Haus zu. Wieder öffnete Cora die Tür.

„Guten Tag zusammen, ist einer von Ihnen Mr. Linus Petorius?", fragte einer der Beamten. Linus hob stumm die Hand. „Sie werden wegen Unterschlagung in mehreren Fällen dringend verdächtigt. Sie sind vorläufig festgenommen. Würden Sie uns bitte begleiten?"

Wortlos - und ohne sich noch einmal nach seiner Frau umzudrehen, folgte Linus ihnen nach draußen, und Karen stöckelte auf ihren hohen Absätzen hinterher.

Victoria war innerlich völlig erstarrt. Cora stand ebenfalls wie versteinert daneben. „Jonathan, kannst du mir bitte nach oben in mein Zimmer helfen?", fragte Victoria ihren Bruder, „ich möchte jetzt gerne allein sein." Jonathan half seiner Schwester aus dem Rollstuhl und begleitete sie langsam nach oben in ihr Zimmer. Dort setzte er sie in ihren Sessel vor dem Fenster, von wo aus sie in den Garten schauen konnte.

„Kannst du mir bitte diese CD einlegen, die hat Peter hier vergessen." Jonathan tat ihr diesen Gefallen.

„Wenn du etwas brauchst, Vicky, wir sind unten", meinte ihre Mutter, die ihnen nach oben gefolgt war.

„Danke", flüsterte sie, dann verließen Cora und Jonathan ihr Zimmer. Victoria nahm das Bild von Peter, während sie der Musik lauschte und betrachtete das Photo. Sie glaubte, nun alles verloren zu haben. Sie fing an zu weinen, und die Tränen tropften auf das Glas des Bilderrahmens. Sie verrieb sie mit ihren Fingern und sagte ganz leise immer wieder vor sich hin: „Ich liebe dich, Peter, ... ich liebe dich."

Ich war über den Abschied von Victoria so in Gedanken versunken, dass ich gar nicht bemerkte, dass das Taxi schon seit einiger Zeit kaum noch vorankam. Ich schaute nach vorne und hinten aus dem Fenster und sah, dass wir wohl in einem langen Stau standen. Ich fragte den Fahrer, ob er nicht irgendwo eine Abkürzung nehmen könne, da ich dringend meinen Flug erreichen müsse. Keine Chance, meinte dieser, dies sei der einzige Weg zum Flughafen, und er könne sich das auch nicht erklären, wahrscheinlich ein Unfall oder so, meinte er. So konnte ich denn nur hoffen, rechtzeitig am Airport anzukommen. Ich dachte mir, dass ich schon einmal zu Hause anrufe, um zu mitzuteilen, dass ich in ca. vier bis sechs Stunden da sein würde. Fiona und die Kinder waren schon früh abgeflogen und müssten mittlerweile schon in Arlanda angekommen sein. So rief ich denn zunächst sie an und hatte Glück. Sie erzählte mir, dass sie einen guten Flug hatten, und nun gemütlich mit dem Airportbus nach Stockholm und dann mit der Bahn weiter nach Lidingö fahren würden. Ich war beruhigt, dass sie gut angekommen waren. Dann wählte ich unsere Festnetznummer auf Lidingö. Es läutete. 20-mal ließ ich es klingeln. Aber es nahm niemand ab. Entweder musste Caroline in die Stadt gefahren sein, oder aber ich würde sie in ihrem Büro antreffen. Also versuchte ich auch diese Option und rief ihre Büronummer an. „Hallo", ertönte eine männliche Stimme aus dem Hörer. Ich legte auf, ich musste mich verwählt haben. Ich betrachtete mein Telefondisplay, aber nein, die Nummer stimmte, das war Carolines Büro und nicht das eines Kollegen. Also probierte ich es noch einmal, vielleicht war sie ja gerade nicht dort und jemand anderes hatte für sie abgenommen. Der Ruf ging wieder durch. Und wieder war es diese Stimme, die sich meldete: „Hallo?"

„Ja hallo", erwiderte ich, „wer ist denn da, das ist doch der Büroanschluss von Caroline Lorent, oder?"

„Ja, hier spricht Robert Huber."

„Und hier ist Peter Lorent, könnte ich mal bitte meine Frau sprechen?"

„Moment." Es herrschte eine Zeit lang Stille am anderen Ende. Dann war der Mann wieder am Apparat: „Hallo, hören Sie, ich soll Ihnen von Ihrer Frau ausrichten, dass sie nicht mit Ihnen sprechen möchte, … jetzt nicht und in Zukunft nicht mehr." Dann beendete er das Gespräch.

In diesem Augenblick wusste ich, dass ich Caroline für immer verloren hatte. Wie erstarrt saß ich auf dem Rücksitz des Taxis.

Endlich, nach einer weiteren halben Stunde kam ich gerade noch rechtzeitig am Terminal an. Ich bezahlte schnell den Fahrer und hastete zum Check-In Schalter, kurz bevor das Gate geschlossen werden sollte. „Ich muss den Flug nach Amsterdam kriegen", keuchte ich der Stewardess hinter dem Schalter entgegen, stellte meine Reisetasche und mein Köfferchen ab und reichte ihr mein Flugticket hinüber.

„Da sind Sie ja gerade noch rechtzeitig", meinte die freundliche Dame am Schalter, „sind Sie sich sicher, dass Sie den Flug wirklich nehmen wollen?"

„Ja, ja natürlich, warum fragen Sie, ist etwas mit dem Flieger?", hakte ich unsicher nach.

„Nein, mit dem sicher nicht", antwortete sie, „aber sehen Sie, wenn jemand so spät kommt, hat das in der Regel zwei Gründe: Entweder Sie sind wirklich aufgehalten worden, oder aber Sie sind sich vielleicht nicht sicher, ob Sie wahrhaftig fliegen wollen."

Ich schaute verdutzt und wusste zunächst nichts darauf zu antworten. Für derartige Späße war ich nicht gerade aufgelegt.

Die Stewardess aber lächelte mich freundlich an: „Also dann, einmal nach Stockholm über Amsterdam." Ich stockte, dann nahm ich ihr den Flugschein, den ich ihr gereicht hatte, langsam wieder aus der Hand und sagte:

„Vielleicht gehöre ich eher zu der zweiten Kategorie." Sie schaute mich weiter an und fragte wieder: „Also?"

Ich sah nach links zum nur für Passagiere zugelassenen Abflugbereich und dann nach rechts zum Ausgang des Flughafengebäudes.

„Nein …", meinte ich dann zögernd zu ihr, ich … ich fliege nicht." Ich schulterte meine Reisetasche auf und ging in Richtung Ausgang; zuerst langsam und dann immer mehr im Laufschritt. Ich hörte, wie die Stewardess noch hinter mir her rief, wegen meines wohl stehen gelassenen Koffers. Aber in diesem Moment realisierte ich es nicht.

Draußen hatte es angefangen zu regnen. Das letzte Taxi, welches in der Warteschlange stand, fuhr mir gerade vor der Nase weg. Dann rollte ein weiteres heran. Ich verzichtete bei dem Wetter darauf, die Tasche im Kofferraum verstauen zu lassen und riss einfach die Hintertür auf, warf mein Gepäck auf die Rückbank und setzte mich ebenso schnell dorthin. „Bitte nach Denmore, Marblelane 43", bestellte ich die Fahrt. „Wird gemacht", sagte ein Hüne von einem Taxifahrer. Mir ging die Fahrt irgendwie nicht schnell genug, und ich bat den Fahrer, sich zu beeilen. „Sie können es wohl gar nicht erwarten, was?", fragte er mich. Ich antwortete nicht. Ein komischer Typ, dachte ich mir. Er hatte auf dem Armaturenbrett die Passbilder von zwei Kindern geklemmt. Ob das wohl seine sind, überlegte ich flüchtig. Ihm war wohl nicht entgangen, wie ich darauf schaute, denn er blickte in den Rückspiegel und meinte grinsend zu mir: „Ja, das sind meine, meine zwei Goldschätze. - Sie sind aber ganz schön nervös dahinten, zappeln ja richtig rum." Ich ließ ihn reden. „Fahren Sie einfach nur", bat ich ihn. Er fuhr weiter und merkte, wie ich immer unruhiger wurde. „Sie sind ja gleich bei ihr", sagte er dann auf einmal.

„Woher wollen Sie wissen, zu wem ich will?"

„Oh, ich habe schon so viele Gäste kutschiert, da bekommt man Erfahrung, glauben Sie mir."

Endlich bogen wir in die Marblelane ein, und auf der nassen Fahrbahn etwas rutschend, bremste er vor der Nr. 43.

„So, da wären wir", meldete der Fahrer. Ich bezahlte, und als ich das Taxi verließ, kurbelte er das Beifahrerfenster herunter und rief mir hinterher: „Halten Sie sie fest, solange Gott sie Ihnen schenkt, und passen Sie gut auf sie auf."

Ich rannte durch den Regen über die schlammig gewordene Einfahrt zu Cora Filbys Haus und klingelte total durchnässt an der Tür. Cora öffnete. Sie sagte nichts, sondern lächelte mich nur freundlich an.

„Wo ist sie?", hauchte ich völlig außer Atem - teils durch mein Laufen und teils durch meine Aufregung.

„Sie ist oben", erwiderte Victorias Mutter mit ruhiger Stimme, „nun gehen sie schon zu ihr." Ich ließ meine Tasche in der Diele fallen und raste die Treppe hinauf. Dann stand ich vor Victorias Tür und klopfte leise an.

„Nicht jetzt Mama, lasse mich bitte alleine!", erklang es aus dem Zimmer. Ich drückte langsam die Klinke herunter und trat leise ein. Da sah ich sie sitzen, in ihrem Sessel, aus dem Fenster schauend. In der Hand hielt sie ein Bild. Aus den Lautsprechern ihrer Stereoanlage erklang das Lied ‚I still remember', jenes, zu welchem wir in Victorias Hotelzimmer in Bonn tanzten. Victoria bemerkte meine Anwesenheit und drehte sich, so gut sie das konnte, nach hinten um und sah mich mit großen Augen an. Ich trat vor ihren Sessel und reichte ihr meine Hände. Das Bild glitt ihr dabei zu Boden. Ich hob es auf und legte es auf ihren

Schreibtisch. Dann kniete ich mich zu ihr hinunter und sah ihr in die Augen; ganz fest drückte ich sie in meine Arme und flüsterte ihr leise ins Ohr: „Liebe Vicky, ich werde dich jetzt nicht mehr alleine lassen."

„Du hast ja diesmal gar nicht dein Köfferchen dabei", schluchzte sie.

„Das brauche ich auch nicht mehr, das gehört zu meinem alten Leben." ...

Es war früh kalt geworden in diesem Winter. Fiona, die uns in unserem kleinen Häuschen in Danderyd besuchte, saß mit mir am Edsviker See auf der Bank, auf der ich damals mit Victoria oft verweilte. Wir warteten auf den Mittag, um die Kinder von der Schule abzuholen. Victoria wollte am Nachmittag von der Universität zurück nach Hause kommen. Ich hatte mir eine Woche frei genommen, um mich um unseren Gast zu kümmern. Wir hatten uns längst das ‚Du' angeboten.

„Bereust du deine Entscheidung?" fragte Fiona mich.

Ich schaute auf den teilweise vereisten See und antwortete: „Nein, ich glaube, ich würde wieder so handeln; allerdings, wer weiß schon, was einem das Schicksal so beschert. So, wie ich mich entschieden habe, ist es gut, aber ich weiß nicht, was passiert wäre, wenn bei meinem damaligen, letzten Anruf in Carolines Büro nicht ihr jetziger Lebensgefährte, sondern sie selbst ans Telefon gegangen wäre und auch nur einen Funken Freude hätte erkennen lassen, dass ich zurück komme. Vielleicht würden wir zwei dann jetzt nicht hier sitzen."

Fiona nickte und meinte: „Glaubst du, Caroline geht es jetzt gut?"

„Ich hoffe es; ich denke, dass dieser Robert Huber anders mit ihr umgeht als ich. Und die Kinder berichten immer, dass Mama nicht mehr traurig sei, wenn sie sie in München besuchen."

„Hast du diesen Mann denn einmal kennen gelernt?"

„Nicht wirklich. Ich habe ihn ja öfter mit Caroline zusammen gesehen, aber unterhalten habe ich mich mit ihm nur einmal, als ich meine persönlichen Sachen und die Kinder auf Lidingö abholte. Er machte einen sehr ordentlichen Eindruck - und ich glaube, dass er mit beiden Beinen fest im Leben steht. Ich denke, sie ist bei ihm gut aufgehoben. Jedenfalls sind sie und ich nicht im Streit auseinander gegangen. - Und du, wirst du wirklich im Frühjahr heiraten, Fiona?"

„Ja, das steht fest. Ich liebe meinen Freund, und wir kennen uns ja jetzt schon drei Jahre, und er zeigt mir auch, dass er mich liebt."

„Das ist wichtig, aber genauso wichtig ist es, dass ihr viel miteinander redet. Caroline und ich haben viele Jahre lang den Fehler gemacht und nicht miteinander gesprochen, wenn es notwendig gewesen wäre. Das hat uns letztendlich auseinander gebracht. Das wird mir mit Vicky nicht noch einmal passieren."

Fiona schaute auf die Uhr: „Fast Mittag, müssen wir nicht los?"

„Ja, dann wollen wir uns einmal auf den Weg machen, so wie in alten Zeiten?"

„So wie in alten Zeiten."

Der Abend brach langsam herein - und die Sonne stand immer noch weit über dem Horizont. Es war Mittsommer. Åke und Johanna saßen andächtig in ihren Gartenstühlen und lauschten dem Ende der Geschichte. Florian und Katharina waren ums Haus und vertrieben sich die Zeit.

„Und was ist aus den anderen geworden?", fragte Åke neugierig.

„Caroline hat tatsächlich eine Entziehungskur in Deutschland gemacht und lebt jetzt, wie gesagt, mit ihrem ehemaligen Kollegen in München. Dieser konnte sie wohl im Gegensatz zu mir dazu bringen, das in Angriff zu nehmen. Die Kinder besuchen sie immer mal wieder und fühlen sich ansonsten hier in Schweden sehr wohl."

„Und sie mögen Victoria ja auch sehr, das sieht man", flocht Johanna ein.

„Ja, und Fiona hat in diesem Frühjahr ihren Freund in Helsinki geheiratet und meldet sich immer mal wieder bei uns. Ihr habe ich wirklich viel zu verdanken. Linus und Joe Selmers sind beide zu Bewährungsstrafen verurteilt worden, soweit ich weiß, und sie haben seitdem nie wieder etwas von sich hören lassen. Vickys Mutter Cora lebt immer noch in Aberdeen in Victorias Elternhaus, und ihre Söhne Timothy und Jonathan geben ein wenig Acht auf sie. Ach ja, und Vickys Schwägerin, Claudia, ja, sie hat nun auch einen gesunden Jungen zur Welt gebracht. Sie möchte uns demnächst hier in Danderyd besuchen, nicht wahr, Vicky?" Ich schaute zu meiner Frau hinüber. Victoria hatte die ganze Zeit, während ich erzählte, meine Hand gehalten, so wie sie es sonst auch immer tat, wenn sie mir nahe sein wollte. Sie war müde geworden und schlief ein wenig.

„Lassen wir sie noch etwas schlafen", meinte Johanna, „sie braucht in ihrem Zustand diese Ruhe." Åke reichte seiner Frau eine Sommerdecke, welcher sie um Victoria legte, damit sie sich nicht verkühle, denn auch um die Mittsommerzeit kann ein Abend in Schweden recht frisch werden.